장편역사소설

1

현해(玄海), 통한의 바다

김경호 지음

박영사

지은이의 말

　이 책은 한반도와 일본 열도의 경계에서 삶을 살아간 민초들의 삶의 기록이다. 흔히 '역사는 이긴 자들의 기록'이라 한다. 그런데 이긴 자란 무엇일까? 아마도 강력한 무력으로 침략과 정복을 통해 권력을 잡은 지배자 또는 그 집단을 지칭하는 것일 게다. 그들이 옳든 그르든 일시적으로 역사의 흐름을 바꾼 것은 부정할 수 없다. 그러나 한때 물줄기의 방향을 바꿔 놓았다고 해서 그들이 역사의 주인공일 수는 없다. 역사는 도도히 흐르는 장강이다. 그 줄기를 이루는 것은 민초이다. 권력자들이 때때로 자기중심적으로 역사 물줄기를 바로 놓으려 하면 이를 바로잡는 것은 항상 민초이다. 그러므로 역사 기술의 대상은 권력자가 아니라, 긍정적이든 부정적이든 끊기지 않고 그 물줄기를 이어 나가는 민초들이어야 한다. 그런 의미에서 지금까지의 권력자 중심의 역사 기록은 권력자들이 자기들 입맛에 맞게 요리해 놓은 '편파적 기록'이라 해야 할 것이다.

　작금의 한, 일간의 역사 인식 문제도 여기에 기인한다. 아전인수적 역사 인식, 주체가 빠진 기록을 가지고 역사를 해석하려 하니, 항상 문제가 끊이지 않는 것이다. 직장 근무로 전라도 광주에서 7년간 지낸 적이 있다. 그때, 순천 왜성을 알게 됐다. 순천 왜성은 임진왜란 당시 제1번대 대장인 고니시 유키나가(小西行長)가 왜군의 주둔지로 축성한 성이다. 그런 왜성이 남쪽 해안에 스물여섯 개나 있었다 한다. 호기심과 사실 확인을 위해 짬이 날 때마다, 서쪽 순천에서 동쪽 서생포까지 답사를 위해 뛰었다. 400년 이상의 세월의 단절이 있었지만, 아직도 그곳에는 당시의 전모를 상상하기에 충분한 흔적이 남아 있었다. 그런데 침략의 상징으로 낙인찍혀서인지, 아니면 치욕의 역사로 판단된 탓이었는지, 그대로 방치되어 오랜 세월 진토(塵土 - 먼지와 흙)에 뒤덮여 있었다. 부서진 성벽과 둔덕을 살피며, 축성에 동원된 민초들의 손때를 더듬었다. 그리고 문헌을 통해 민초들의 흔적을 살펴보려 했다. '풍전등화의 위기에 빠진 나라를 구한 영웅, 성웅 등의 영웅담'만이 손에 잡혔다.

임진, 정유년의 난리 속에서 당시 조선과 일본의 많은 민초들이 어떠한 희생을 겪었으며, 어떻게 살았는지에 대한 기록은 전무했다. 주체가 빠진 역사 기록의 현실이었다.

역사에서 권력자와 지배 계급을 걷어 내자, 역사의 진정한 주체이면서도 편린처럼 다루어지거나, 아니면 기록조차도 없는 민초들의 모습이 산발적으로 나타나기 시작했다. 비단 한반도에서뿐만 아니라 일본 열도에서도 마찬가지였다. 민초에 초점을 맞추자, 이제 더 이상 한반도와 일본 열도의 구별은 의미가 없었다. 답사 지역을 일본으로 확대했다. 일본의 가고시마를 시작으로, 오키나와, 구마모토, 사가, 나가사키, 오도열도, 후쿠오카, 야마구치, 츠시마, 시코쿠, 시마네를 찾아가 흔적을 뒤졌다. 십 년 이상의 세월이 걸렸다.

임진, 정유년의 난리 속에서 사망자는 말할 것도 없고 일본에 끌려간 조선인 포로만 십만 명에 이른다고 한다. 또한 히데요시에게 강제 동원돼 당시 조선에 건너온 왜병이 30만을 넘는데, 무사히 일본에 돌아간 병사는 15만이 채 되지 않는다고 한다. 반수 이상인 15만이 이국땅에서 목숨을 잃거나 주저앉게 된 것이다.

일본으로 끌려간 조선인 포로들은 피로인(被虜人)으로 불렸고, 조선에 남은 왜병은 항왜로 불렸다. 권력을 가진 자들은 경위와 관계없이 상대국에 정착한 민초들을 모두 반민으로 낙인찍고, 매도했다.

역사 속에서 민초들이 지배자와 권력자에게 지배당하며 어떻게 희생되어 갔는지, 민초들의 역사를 이야기로 전달하고 싶었다.

이야기의 영어 표현인 스토리(story)의 어원은 역사(history)라는 단어에서 파생됐다 한다. 이 소설은 왜란이라는 사건을 둘러싸고 동아시아라는 경계(境界)에서 살아간 민초들에 관한 역사 이야기다. 권력자들이 등장하지만, 그들의 이야기는 연대기를 위한 부차적인 것이다. 이 책은 역사적 사실을 날줄로, 민초들의 삶을 상상의 씨줄로 엮어, 민초들을 역사의 주체로 자리매김한 대하 역사 소설이다.

약 5년 전에 소설 『구로시오(黑潮)』를 집필해 출간한 적이 있다. 그런데 해류를 나타내는 '구로시오'가 일본어인지라 독자들에게 전달되기 어렵고, 일본 관련 부분이 난해하다는 의견이 많았다. 아무리 좋은 내용이라도 독자들을 힘들게 해서는 안 된다는 생각에 이번에 제목과 내용을 대폭 수정해 개정판을 내게 되었다.

『구로시오(黑潮)』의 개정판 『현해(玄海), 통한의 바다』의 출판을 선뜻 맡아 주고, 기획과 편집, 교정에 힘써 준 박영사 관계자들에게 감사의 뜻을 전하는 바이다.

저자 김경호

목차

고니시 유키나가(小西行長)

조선침략 제1번대 총대장으로 히고(현 구마모토 지역)의 영주. 독실한 천주교도다. 주군인 히데요시의 명령으로 조선에 출정한다. 하지만 화평론자인 그는 화평교섭을 통해 전쟁을 끝내려 애를 쓴다.

소요시토시(宋義智)

대마도의 젊은 도주. 선대인 요시시게가 병사하자, 차남이었던 그가 약관의 나이에 도주의 자리를 물려받아 대마도를 통치한다. 고니시 유키나가의 사위이기도 했다. 조선침략 제1번대를 이끌고 부산포에 들어온다.

남사고(南師古)

명종 때의 인물이다. 어려서 신동이란 소릴 들었으나, 주역에 눈을 떠 과거보다는 술사의 길을 택한다. 후에 관상감 교수가 된다. 선조의 왕위 등극과 사화, 임진왜란을 예언한다.

살동(沙火同)

농민 출신이나, 흉년이 들어 소작이 떨어지자 바다로 밀려와, 어민이 된다. 어려서 양친을 여의고, 포작(鮑作 – 전복잡이)이 된다. 일행과 함께 전복을 따러 먼바다로 나갔다가 폭풍을 만나 왜나라 땅인 오도열도에 표착한다. 왜구의 일행이 돼, 약탈에 참가한 죄로 조선에 송환된다.

도리에몽(鳥衛門)

조선침략 제1번대 총대장인 유키나가의 병사이다. 같은 마을에서 차출된 일행 다섯과 함께 바다를 건넌다. 철포를 잘 다루어 저격수 역할을 한다. 권력자가 일으킨 싸움과 개인의 존재를 두고 끊임없이 고민하는 인물이다. 후에 조선에 귀순해 항왜(降倭)로서 조선 땅에서 살아간다.

도요토미 히데요시(豊臣秀吉) – 아명, 기노시다 도키치로(木下藤吉郎)

하층 농민의 아들로 태어났다. 바늘 장수를 거쳐, 영주인 노부나가의 시종이 된다. 출세를 거듭한 후, 주군인 노부나가 사후 일본을 통일한다. 가난한 농민 출신의 입지전적인 인물이다. 왜소한 체구와 원숭이를 닮은 자신의 외모를 열등감이 아닌 장점으로 활용한다. 자신의 한계를 극복하고 끊임없는 노력과 계략, 술책을 통해 천하를 지배한다. 임진왜란을 일으킨 장본인이다.

오다 노부나가(織田信長)

일본 중부 오와리(尾張) 지역의 영주. 기존의 관습이나 전통을 무시하고, 어릴 적부터 괴팍한 행동을 해, 미치광이 영주라 불렸다. 날카롭고 직선적인 성격의 소유자로, 천하통일을 꿈꾼다. 그러나 천하통일을 앞두고 측근 가신의 반란으로 그의 꿈은 화염과 함께 사라진다.

어동

　기장 출신의 어민이며, 양민이었다. 어려서 조실부모했으나, 누이가 하나 있었다. 부산진성 싸움에 참가했다가 왜군의 포로가 된다. 왜나라로 끌려가 노예 생활을 한다. 후에 일본에서 일어난 세키가하라 싸움에서 공을 세워 출세를 한다.

나이토 죠안(內藤如安)

　독실한 가톨릭교도로서, 단바(丹波) 지역의 영주였다. 노부나가에게 성을 공략당한 후, 낭인이 되었다가, 같은 천주교도인 고니시 유키나가에게 몸을 의탁한다. 임진왜란 때, 유키나가의 군사역이 되어 조선에 들어온다. 외교 교섭을 맡아 명나라의 북경에 다녀오며, 많은 조선의 포로들을 천주교도로 만든다. 후에 일본에서 종교 박해를 받자, 신도들과 함께 종교적 자유를 찾아 필리핀의 마닐라로 망명한다.

표류

    살동은 전복잡이였다.

    당시 조선에서는 전복잡이나 해물을 따는 사내들을 한자로 포작(鮑作)이라 썼다. 진서(眞書-한자)를 모르는 상민들은 그 의미는 접어 둔 채, 한자 발음 뒤에 사람을 지칭하는 '이'를 붙여 발음 나는 대로 '보자기'라 칭하였다. 이른바 '포작이'가 발음하기 편하게 '보자기'가 된 것이었다. 그런데 그 표현에는 매우 천한 것들이라는 의미가 내포되어 있었다.

    "쩌 보자기들은 말이여. 막장 인생 사는 것이랑께."

    "그러지. 쩌놈들은 말이다. 먹을 게 떨어지면 뭔 짓을 할 줄 모르는 개망나니들이랑께. 상종을 안 하는 것이 상책이여."

    사농공상의 신분 사회에서, 양반 대접을 받는 사(士)와, 소작일지라도, 땅에다 농사를 짓는 사람들은 농(農)으로서, 양민(良民) 대접을 받았다. 그런데 노비가 아닌 양민임에도 소작이든 제 것이든 발붙일 땅이 없는 사람들은 땅에서 밀려날 수밖에 없었다. 공(工), 상(商)이나 천역(賤役)이 그들의 일이 되었다.

    땅의 끝인 바다까지 밀려와 생계를 잇는 어민들 역시 천민 취급을 받는데, 특히 바다를 뒤져 전복을 따는 포작들은 보자기라 불리며 육지 사람들에게 천대와 멸시의 대상으로 각인돼 있었다.

일 중에서도 가장 어렵고 힘든 일이 포작 일이었다. 당시 생활이 아주 곤궁한 자들이 먹고살기 위해 할 수 없이 선택하는 비천한 직업이 백정이었는데, 그들보다도 못한 취급을 받는 것이 포작이란 직업이었다.

백정이야 짐승을 도륙하고 피를 보는 일이니, 하는 일이 잔인하다 해서 천대를 받았지만, 포작들은 목숨 걸고 바닷속으로 뛰어들어 임금과 양반들이 즐겨 찾는 맛 좋고 질 좋은 전복과 해산물을 잡아 바쳤는데도 천대를 받았다.

그렇다고 큰 벌이가 되는 것도 아니었다. 천대는 천대대로 받고, 목숨을 걸어도 대가는 별로 없는 아주 힘든 직업이었다. 그러니 보자기라는 말은 천하고 비루한 천민을 지칭하는 상징어였다.

"네미 붙을 놈의 세상."

포작들은 이렇게 세상을 원망했다. 죽도록 고생해도 고단한 삶이 계속되니 그들의 입에서는 푸념이 절로 나왔다. 해안가에서 빈민으로 태어나 가진 거라곤 몸뚱이 하나밖에 없는 그들이었다. 신분 상승은 꿈도 못 꾸었다. 오직 갈고리 하나만으로 삶을 영위해야 했다.

게다가, '보자기'라는 명칭 자체가 조롱과 경멸 그리고 경계의 대상이었으니, 포작 일을 하는 총각에게는 나이가 차도 시집올 처녀가 없었다. 혼기가 꽉 찬 딸을 두고 있는 포작도 같은 포작에게는 딸을 주지 않으려 했으니, 그 천대와 괄시가 얼마나 심한지 능히 짐작할 수 있었다.

보자기는 심지어 개돼지와 하등 다를 바 없는, 아니 그보다 못한 존재였다.

살동이 태어난 곳은 진도 앞바다에 면해 있는 작은 어촌 마을이었다. 물가에서 태어난 아이들이 으레 그렇듯이 살동 역시 어려서부터 물질을 배웠다. 싫든 좋든 그에게는 바다가 생활 터전이었다. 걸음마를 배움과 동시에 바다에 뛰어들어 물갈퀴질을 배웠다. 먹고살아가기 위한 생존 법칙이었다.

살동의 부모는 원래 내륙에서 소작을 하던 농민이었다. '농자천하지대본(農者天下之大本)'이라고, 조선 사회에서 농민은 나라를 지탱하는 중심이었다. 그러기에 소작을 하더라도 농민은 양민 대접을 받아 신분적 멸시는 없었다. 그러나 제 농토가 없던 소작 농민들은, 악독한 지주를 잘못 만나면, 졸지에 천민으로 떨어지는 일이 많았다. 찢어지게 가난했던 소작인들은 지주 밑에서 농사를 짓다가, 흉년이 들면 수확을 소작료로 다 뺏기고 먹을 게 없었다. 가족을 데리고 유랑걸식을 하지 않으면 굶어 죽는 판이었다. 추수가 끝난 농한기에 보릿고개를 넘기지 못하고, 남의 집으로 문전걸식을 다니는 유민이 되어, 그대로 천민이나 노예로 떨어지는 일이 많았다.

살동의 부모도 흉년에 소작을 잃고 유민이 되어 걸식으로 전전하다가, 결국 바다까지 밀려왔다. 땅은 주인이 있지만 바다는 주인이 없었다. 갯가로 밀려온 그들은 먹고살기 위해서, 낯설고 익숙하지 않은 바다를 뒤질 수밖에 없었다. 그러다가 보자기 소리를 들으며 경멸의 대상이 되어 갔다.

살동이 채 열 살이 안 될 무렵이었다. 그의 친부는 남쪽 해안으로 전복을 잡으러 떠났다가, 배와 함께 돌아오지 않았다. 그때 같이 배를 타고 나갔던 사람들은 모두 불귀의 객이 되었다. 친부가 실종되고, 채 얼마 지나지 않아 원래부터 몸이 약한 친모는 원인 모를 병으로 시름시름 앓기 시작했다.

생활이 워낙 궁핍해, 의원은커녕 약 한 첩 제대로 써 보질 못했다. 살동은 한약 한 첩이라도 써 보는 것이 소원이었으나, 그 소원은 이루어지지 않았다. 결국 살동이 열한 살이 되던 해에, 살동의 어미는 입에서 피를 한 바가지나 쏟고 눈을 감아 버렸다.

"워메, 어린 새끼 하나만 나뛰불고 어찌 눈이 감겼단 말이냐. 워메, 어린 쩌것만 짠하게 됐구마."

"그랑께 말이여. 어째사쓰까?"

조실부모한 살동을 마을 사람들이 측은하게 여겨, 장례도 도와주고 먹을 것도 챙겨 주곤 하였다. 그러나 그것도 잠시였다.

"워메, 너 또 와부렀냐? 어째사쓰까? 우리 묵고 죽을 것도 없응께, 인제 오지 말아라잉!"

"아따, 마을에 큰 혹덩이가 생겼구마."

천애 고아가 되어 버린 살동을 마을 사람들은 천덕꾸러기 취급을 했다. 살동은 사람들이 싫어하는 것을 알고 동냥질을 그만두었다. 대신 바다를 뒤졌다.

첨벙.

작은 바위 위에서 바다를 향해 냅다 머리를 거꾸로 처박으면, 물길이 사방으로 튀었다. 알몸이 된 살동은 코를 손으로 막고, 밑바닥을 향해 쉴 새 없이 자맥질을 해댔다.

바다에 들어가면 처음에는 허파가, 다음에는 가슴 전체가 바닷물에 눌리는 듯했다. 바닷속은 공포가 되어 그를 엄습해 왔다. 그래도 그는 숨이 넘어가기 직전까지 바닷속을 훑었다. 바다가 허파를 억죄고 가슴이 답답해 왔지만, 살동은 그 고통과 두려움을 참아 냈다. 남들보다 더 오래, 그리고 더 깊은 바다 밑까지 잠수를 해야만 남보다 더 많은 해산물을 채취할 수가 있었기 때문이었다.

"푸우후, 콜록, 콜록."

살동은 바다에 들어갔다가 나오면, 언제나 입과 코로 들어간 물을 내뱉어 내느라 기침을 해 댔다. 염기가 많은 바닷물은 엄청 짰다. 숨이 너무도 가빠, 참지 못하고 숨을 들이키다가 어긋나면 바닷물은 인정사정없이 코와 입을 파고 들어왔다. 생소금보다 몇 배나 짠 바닷물은 혀뿐 아니라, 입 전체를 얼얼하게 했다. 그럴 때마다, 폐가 찢어져 곧 죽을 것 같은 고통을 느꼈다. 그런 날은 온종일 물을 들이켜야만 했다.

어린 살동은 바닷물을 삼키는 것이 죽기보다 싫었다. 그러나 어쩔 수 없었다. 게다가 어린 그는 깊은 바다는 엄두도 못 내고, 물가 작은 바위 근처에서 물질을 했으니, 수확이라 해 봤자 자잘한 해산물뿐이었다. 바닷가 근처에서 자랐기에 익숙한 바다였지만, 해산물을 채취해, 갖다 팔고 식량을 마련하는 일은 어린 살동에게 결코 쉽지 않은 일이었다. 그래도 열세 살 때까지 굶어 죽지 않고 그렇게 버텨 왔다.

해안가 바위 근처에서 홀딱 발가벗은 벌거숭이가 되어 물질을 하는 일이 쉽지는 않았지만, 또래 동무들이 있어 재미도 없진 않았다.

"아따, 니, 그게 뭐다냐?"

어느 때부턴가 잠지에 검고 보송보송한 것이 올라오지, 숙성한 그를 보고 동무들이 놀려 댔다.

"웜메, 느그들도 크면 다 나오는 것이여."

남들보다 성숙했던 살동은 그때부터 벌거벗고 물질을 하는 것이 창피해졌다.

"난, 이제 배를 타야겠다."

"아따, 누가 널 태워나 준다냐?"

"웜메 탈려고 하믄 못 탈 거도 없어야.

그렇게 또래들과 바위 근처에서 하던 물질을 그만두고, 그는 어른들을 따라 배를 탔다. 어른들도 살동의 나이가 어려 조금은 꺼려했지만, 살동이 고아라는 것이 사정이 딱하기도 해, 잔심부름이라도 시킬 겸 배에 태웠던 것이다.

고아였던 그는 어른 포작들을 따라 위험하기 그지없는 먼바다까지 나가는 것을 마다하지 않았다. 어려서 부모를 잃고 외로웠지만 고아인 덕에 살동은 남들보다 네댓 살 빠른 나이부터 본격적인 포작 노릇을 하게 된 것이다.

살동은 영특하고 눈치가 빨랐다. 성격상 남에게 지는 것도 싫어했다. 그래서 바다에 한 번 들어가면 어린 나이에도 불구하고 남들보다 오래 바닷속에 머물렀다. 독하게 버텼다.

"나이도 어린 것이 독하구만."

"긍게 말일쎄. 애송이가 어른 버금가 부르네, 그려."

"아가야, 쉬엄쉬엄해라. 그러다 허파에 쐬금물 들어가 부려야."

"그려, 허파에 짠 쐬금물 들어가믄 약도 없서부러. 그대로 통통 부어 죽는 거여."

"야, 알았으라우."

어른 포작들을 쫓아다닌지 얼마 지나지 않아, 포작들 중에서 내로라하는 자들도 살동에게는 혀를 내둘렀다.

"아따, 어린 게 아주 독하구먼."

그들은 살동이 나이는 어리지만 독한 놈이라고 빈정거리면서도, 그를 꾼으로 인정했다. 그리고는 동급으로 대해 주며, 수확물을 균등하게 나눴다.

그는 머리가 영민하여 세상 돌아가는 일에도 관심이 많았다. 천민인지라 한자를 가르쳐 주는 사람이 없어, 진서(眞書－한자)를 배우지는 못했지만, 언문(한글)을 혼자 힘으로 깨쳤다.

살동은 무엇이든지 귀로 들은 내용을 언문으로 쓰고 읽는 것을 좋아했다.

스무살 청년이 되어서는 어른들보다는 또래 동무들과 함께 배를 타고, 주로 남쪽 해안을 많이 뒤졌다. 그는 진도와 흥양(현 고흥) 일대 지역을 잘 알았다. 어려서부터 배를 타, 경험이 풍부했기 때문이었다. 그런 살동을 또래 동무들은 우두머리처럼 여기고 따랐다.

남쪽 해안은 다도해라 섬이 많았지만 암초도 산재해 있어, 위험했으나, 파도가 심하고 암초가 많은 지역에는 그만큼 실한 전복이 많이 서식했다.

"오늘은 쩌 아래쪽 바다로 쬐깐 멀리 가서 훑어보자고요, 잉!"

"그려, 여기 뒤져 봤지만 별 소득도 없구, 재미가 별로구만."

"그라끄나, 날씨도 쾌청하고 조은께, 오늘은 좀 멀리 나가보까이?"

왼편에서 떠오르는 유월의 해가 볼을 따갑게 비춰 왔다. 바다는 비스듬히 떠오르는 해를 그대로 비춰 내 파랗고 청명한 구슬을 자꾸 만들어 냈다.

살동 일행은 전날부터 바다로 나와 고흥 앞바다 거금도에 머물고 있었다. 해가 떠오름과 동시에 일어난 살동과 일행은 모래사장에 올려져 있는 배를 앞에 두고 빙 둘러앉아 조식을 하고 있었다. 그들 앞에는 보리밥을 그득 담은 광주리와 말린 생선들을 올려놓은 대나무 소쿠리가 몇 개 놓여 있었는데, 먹을 것이라 봤자 보리와 생선 말린 것뿐이었다. 그런데도 그들은 여느 진수성찬 부럽지 않다는 듯이 보리밥을 나무 숟가락으로 푹푹 퍼, 입 속에 넣은 후, 생선 말린 것을 집어 입으로 주욱주욱 찢어 가며 씹고 있었다.

"그래 보끄나, 탐라 근처 추자도에 작은 섬들이 많응께 그쪽에 있는 바위를 뒤지면 좋겠구만."

살동이 밥을 다 먹었는지, 그릇을 한쪽으로 밀어 놓고 일어서며, 중얼거리듯 말을 했다. 경험이 풍부하고 담대한 살동이었다. 다른 사람은 몰라도 그가 먼바다까지 나가는 것을 꺼릴 일은 없었다.

"아따, 거긴 너무 먼데…. 배가 째깐해서 너무 멀리 나가면 위험하꺼신디…."

나이가 좀 더 들어 보이는 손가라는 사내가 햇볕이 반사되어 하얗게 비치는 살동의 옆얼굴을 바라보며 걱정스럽게 말을 했다.

"아따, 하늘이 쩌릇케 푸란디 뭔 걱정이라요! 그리고 날씨가 싸나져 불면 탐라가 가깡께, 그리로 피하면 되지 뭘 그라고 걱정한다요…."

살동이 곧 바로 그 말에 대꾸했다.

"그래붑시다, 아제. 기왕 나가는 거 쫌 멀리 나가 실한 놈들 많이 잡어 붑시다. 어제 못 잡은 거 보충도 해야 항께."

살동이 대꾸하자 또래뻘인 만석이 말린 생선을 씹으며 거들었다.

"워메, 나도 그라고 싶은 맴이야 굴뚝같제. 근디 유월이라 날씨가 변덕이 심항께, 쬐깐 걱정은 되는구먼!"

"아따 걱정은 붙들어 매소. 파도가 높아질라고 하믄 언능 가차운 땅으로 올라가 불면 될 거 아니겠소!"

"암튼 걱정은 되는구만. 갈 때 가드라도, 좌우간 하늘을 잘 보라고. 파도에 안 쓸리려믄, 구름이 어뜨게 움직잉가 잘 살펴야 한당께…."

저마다 한마디씩 하던 공론은 그렇게 결론이 났다.

"여차."

어구(漁具)가 배에 올려지고, 전복잡이 열한 명을 태운 돛배는 서남쪽 바다를 향해 나아갔다. 배는 기장이 어른 키 두 개 정도였고, 폭은 어른 걸음으로 두 폭 될까 말까 한 작은 돛단배였다. 배 뒤쪽에는 커다란 노가 고정되어 있었다. 배가 바람을 받아 한참을 달리고 난 후, 커다란 섬이 눈앞에 나타났다. 그 옆으로 작은 섬들이 점점이 흩어져 있었다.

"워메, 섬들이 아주 촘촘히 잘 떠 있구먼!"

살동의 눈에는 틀림없이 큰 섬은 추자도로, 작은 섬들은 암초인 무인도로 보였다.

"자, 오늘 솜씨를 좀 발휘해 볼꾸나!"

살동이 흥이 났는지 직접 돛을 내리면서 큰소리로 외쳤다.

"그나저나 배는 어느 쪽에 대나?"

"저쪽 짝은 섬이 있는 쪽으로 가자고. 거그다 배를 띄워 놓고는, 그 옆 바위를 훑자고…."

나이 든 손가가 추자도에서 조금 옆쪽으로 둥실 떠 있는 암초들을 가리켰다.

"자, 그럼 그리로 나갑니다요."

살동이 돛을 내리는 것을 보고 만석이 노를 저었다. 노질로 나가는 배는 끄덕끄덕 갈지자를 그리며 앞으로 나아갔다. 잔잔한 파도가 뱃전을 쳐 댔다. 닻을 내린 후, 손가 한 사람만을 남겨 두고, 나머지는 모두 바다로 뛰어들었다. 나이 든 손가에게는 배를 지키면서, 하늘을 살피는 역할이 주어진 것이었다.

"살이 포동포동한 아주 큼지막한 것들로 잘 훑어 걷어 올리라고 잉!"

살동과 일행이 갈고리를 손에 들고 바다로 뛰어들자, 배 위에 있던 손가가 돛줄을 잡으며, 끝의 '잉' 소리에 힘을 주어, 격려를 보냈다.

"푸우후!"

물속으로 들어간 지 얼마 되지 않아 살동이 수면 위로 고개를 내밀더니 배 쪽으로 다가왔다.

후두두둑.

배 위에다 커다란 전복을 한 소쿠리 쏟아 놓았다.

"어따, 들어가자마자 한 움큼을 건져 오는구먼."

"오늘 횡재하게 생겼구먼요. 이따마한 전복이 널려부렀당께요."

"긍께, 오길 잘했구먼."

입이 찢어지는 손가의 얼굴을 바라보던 살동은 씨익 웃으며, 쏟아부었던 망태를 옆구리에 둘러찬 후, 갈고리를 한 번 고쳐 잡고는, 먹이를 발견한 오리가 대가리를 처박고 자맥질을 하듯이 다시 폴짝 뛰어 바닷속으로 들어갔다. 물속에서 살동은 발을 갈퀴처럼 뻗어, 재게 놀렸다. 바닷속에서 조금이라도 시간을 벌기 위해서는 빠르게 수면 아래쪽으로 내려가야 했기 때문이었다.

살동의 전복 채취 솜씨는 타의 추종을 불허했다. 워낙 어릴 때부터 먼바다에 나가 물질을 해, 전복이 숨어 서식하는 곳을 잘 알았다. 또 폐활량도 좋았다. 남들이 숨을 헐떡거리고 머리를 내민 후, 숨을 고르고 다시 물에 들어갔다 나올 때 즈음에서야, 그는 물 위로 고개를 내밀었다. 남들보다 한 배 반 정도를 물속에 더 머물렀다. 게다가 민첩하고 노련했다. 그런 터라, 그는 항상 남의 두 배 정도를 걷어 올렸다.

물에 익숙했으나 살동은 바다가 무서웠다. 물질을 할 때마다 가슴이 떨림을 느꼈다. 항상 두려운 마음이 엄습했다. 어릴 적 들이켰던 짠 바닷물의 독한 맛은 뇌리 깊은 곳에 박혀 있었다. 게다가 바닷속은 언제나 깊고, 고요했고, 무거웠다.

18

넓고 무겁고 깊은 속을 지닌 바다는 언제나 자신을 포근하게 받아 주었으나, 살동은 그 무겁고 깊은 바다가 무서웠다. 바다는 잔잔하다가도 어느 일순간에 표변해서 모든 것을 집어삼켰다. 그러고는 다시 아무 일 없던 것처럼 태연했다. 바다는 갑작스레 표변하는 인간보다 변덕이 심했다. 따뜻하다가도 매몰차고 차갑게 변하는 것이 바다였다. 게다가 무심했다. 바다를 잘 알았기에 살동은 오히려 바다가 두려웠다.

그래도 일단 그곳에 뛰어들면 세상 모든 것과 차단되는 느낌이 좋았다. 물속에서는 아무런 생각을 하지 않아도 됐다. 오직 자신이 노리는 전복이나 해산물과 어울릴 뿐이었다. 신분이 천하다고 차별받는 일도 없었고, 양반이라고 잘난 체 하는 놈도 없었다.

"잘나고 못나고 바닷속에선 오래 있는 놈이 최고여."

"그려, 해산물을 많이 따는 놈이 잘난 게지. 잘난 게 뭐 별거여."

그랬다. 좋은 해물을 많이 채취하는 포작이 대접받았다. 으레 떨어지는 몫도 많았다. 실력에 따라 그만큼 행세할 수 있었고 인정도 받았다. 양반 상놈 구별하는 인간이 만든 세상과는 달랐다.

"푸우후!"

"푸우후!"

바닷속으로 들어갔던 살동과 일행들은 주기적으로 수면을 뚫고 나왔다. 고개를 쳐들며 숨을 들이쉬기 위해 크게 물을 내뿜고는 헤엄쳐, 배 쪽으로 다가왔다. 망태를 뒤집어 따 온 전복과 해삼들을 배 위에 쏟아 놓고는 그들은 다시 바다 밑으로 모습을 감추었다. 얼마간 시간이 흐르자 배 위에는 전복과 해산물이 수북이 쌓였다.

"워메, 오늘은 수확이 증말 실해뿌리네. 탁주를 방구리로 마실 수 있겄구먼."

19

전복과 해산물이 배에 쏟아져 떨어질 때마다, 좋아서 손가는 입이 주욱 찢어져 높고 탁한 소리를 내었다. 그 소리를 들으며 살동이 일행이 스무 번 이상을 바닷속으로 들락날락하고, 해도 서쪽으로 많이 기울었을 때였다.

"어이, 구름의 움직임이 빨라졌당께. 이제 그만하고 뭍으로 가야 하네 잉!"

배 위에서 하늘을 보고 있던 손가가 일기가 걱정되었는지 물속에서 나와 배로 다가오는 살동에게 그만 끝내자고 재촉하였다.

"아제여, 쩌그 바위 밑에 실하고 두툼한 전복들이 검난디, 쩌걸 냅두고 가자고우라?"

"아직 파도가 일지 않으니, 쪼께 더 잡아도 될 거 가튼디요. 아제."

"하늘이 수상찮아서 하는 말이제. 나라고 전복을 많이 잡는 게 싫은 게 아니랑께."

"알았당께요. 우리도 지쳐가니, 쪼께 더 잡고 가부릅시다."

말을 마친 살동은 손가의 대답이 나오기 전에 머리를 들었다가 물속으로 처넣었다.

"아따, 전복 몇 개 더 딸라다가 배가 파도에 떠내려 가불면 어짤라고 고집을 펴싼단가."

아무도 들어주지 않는 손가의 투정은 바다 위로 공허하게 퍼져 나갔다. 그러고 채 한 식경도 지나지 않아서였다.

'어어.'

바위에 붙어 있던 전복을 따던 살동은 바닷물에 몸이 크게 밀리는 것을 느꼈다. 옆을 보자 바닷속 해초가 좌우로 흔들리는 것을 느꼈다. 살동은 위험을 감지하고 부리나케 갈퀴질을 했다. 물 위로 올라오니 이미 하늘빛은 검게 변해 있었다.

철썩, 철썩

파도가 하얀 거품을 일으키며 크게 일고 있었다.

"싸게 싸게 올라오더라고. 서둘러 빨리 섬으로 안 가믄, 다 죽게 생겼어야."

후두둑.

손가의 재촉하는 소리를 들으며 배에 올라타는 살동의 젖은 몸에서 물방울이 소리를 내며 떨어졌다.

"아제 말이 맞아뿌렀네요. 서둘러 돛을 올리고 뭍으로 가야겠습니다요, 잉."

"워메, 그랑께 진즉에 내 말을 들었음 이런 꼴 안 볼 텐데, 고집을 피워쌌트니."

일행이 모두 배에 올라탔음을 확인한 손가는 가까운 추자도를 향해 배를 몰았다. 폭풍이 몰려오려는지 바람은 점점 세졌다. 덩치가 큰 만석이 마음이 급했는지 뒤쪽으로 가서는 두 손으로 노를 저었다. 돛폭이 바람에 심하게 흔들렸고, 선체는 파도에 실려 일렁거렸다.

'이러다 괜않아지겠지….'

일행 모두는 바람이 심상치 않다고 느끼면서도 추자도가 바투 보였기에, 설마하며 큰 걱정은 하지 않았다.

휴우웅, 휴웅.

바람과 비는 폭풍우로 변해 갔다.

"돛이 흔들리지 않도록 돛대를 꽉 잡고 방향을 잘 잡아야!"

"워메, 근디 바람이 워낙 쎄부러서 맘 같지 않그만요."

추자도가 바로 눈앞에 있었다. 평소 같으면 누군가 호기 있게 물로 첨벙 뛰어들어 헤엄을 칠 만한 거리였다. 그러나 아무도 그럴 엄두를 내지 못했다. 바람이 거칠었고, 파도가 높았다. 설상가상으로 하늘에서는 폭우가 내려쳤다. 사위는 금세 컴컴해졌고, 배는 높은 파도에 실려 요동쳤다.

"아따, 저쪽으로 배를 몰아야제! 어디로 몬당가!"

눈 깜짝할 사이였다. 배는 추자도 쪽이 아닌 아래 방향으로 빗겨 떠내려가고 있었다.

"워메 바람이 요동을 치니, 맘대로 안 된당께요! 아제가 해 보소."

"염병, 사공이 많아 배가 산으로 기올라 가겠네."

티격태격 저마다 한마디씩 했다. 성난 파도는 화를 삭이지 못하는 듯, 점점 높게 으르렁거렸다. 파도가 삼킬 듯이 다가와 뱃전을 들이칠 때마다 배는 크게 흔들렸다.

우당탕, 툭턱.

배 위에 놓아두었던 나무통이 쓰러져 굴렀고 한나절 동안 잡아 따로 담아 놓았던 전복과 해삼들도 모두 뱃바닥으로 흩어져 나갔다.

"워메, 애써 잡아 놓은 것이 엎어져 버렸네, 쪼걸 오매 우짜까?"

배에서 떨어져 나가지 않으려고, 배 모퉁이를 잡고 있던 살동과 일행은 발을 동동 굴렀다. 몇인가가 아까운 마음에 해산물을 주워 담으려 요동치는 배 위를 무릎걸음으로 기었다. 그러나 바닥에 떨어져, 제 멋대로 흩어진 해산물은 이리 흔들리고 저리 흔들려 마치 깨진 쪽박 속의 물과 같았다.

"워메, 주워 담기가 여간 어려워뿌네."

"지금 그게 문제가 아니랑께. 이리 와 돛대를 잡아! 이게 부러지면, 다 죽어야."

서봉이 애를 쓰며 악을 쓰자, 둘이 돛대 쪽으로 앉은뱅이걸음을 하며 다가갔다. 그들이 돛대를 잡으려 할 때 배가 한쪽으로 기울며 쏠렸다.

“워메, 조심하라고, 잉. 균형을 잡어야제, 균형을. 빨리 퍼져서 앙 거랑께.”

배는 섬과 점점 멀리 떨어져 나갔지만, 사방에서 부는 바람 때문에 돛으로 방향을 잡는 것은 불가능했다. 배의 수평을 유지하기 위해서는 모두 배 가장자리에 붙어야 했다.

“돛을 내려야쓰지 않겠냐?”

모두 제자리에서 꼼짝달싹할 수가 없었다. 시간이 지나면 꺾일 줄 알았던 바람은 수그러들 줄 몰랐고, 폭풍에 실려 온 굵은 빗방울들은 필사적으로 버티고 있는 이들의 온몸 위를 사정없이 내려쳤다. 고개조차 들 수 없었다.

뚝!

갑자기 나무가 부러지는 소리가 들려왔다.

“워메, 돛대가 뿌러져 부렀어라우. 돛대가.”

“아따, 은자 워쩌크름 한다요. 집에도 못 가고 바다 귀신이 되게 생겼구먼.”

두터운 황포가 달려 있던 돛이 힘없이 뚝 부러져 나가자, 모두 가슴이 철렁했다. 달리 손을 쓸 도리가 없었다. 뒤쪽에서 노를 잡고 있던 만석도, 심하게 흔들리는 배 때문에 더 이상 서 있을 수가 없었는지, 노 가까이로 주저앉았다. 그 와중에도 노가 떨어져 나가면 죽는다는 생각으로, 그는 노를 두 손으로 꼭 잡고 버티었다.

돛대가 부러져 나가자 배는 요동이 조금 덜해졌으나, 이제는 방향을 잡을 수도 없었고, 배를 뭍으로 향하게 할 수도 없었다. 그저 파도의 움직임에 운명을 맡기는 것 외에 달리 그들이 선택할 수단은 없었다.

“이제는 어쩔 수 없응게, 모두 바다에 빠지지 않도록 조심해야 한당게. 암튼 폭풍이 지나가기만 기다리자고.”

살동은 배가 어디로 가든 배만 꼭 잡고 바다에만 빠지지 않으면, 살길이 있을 것으로 믿었다.

'유월의 폭풍이니 그리 오래 가지 않을 것이다.'

돛이 부러져 나가 동요하고 있는 사이에 배는 아래쪽으로 흘러 어느새 추자도의 모습은 사방 어디에도 보이지 않았다. 배는 점점 어디론가 밀려가고 있었다. 파도가 점점 높아져 불안을 느끼고 있는데, 아니나 다를까 배가 파도에 실려 붕 떴다가는 바다 위로 내동댕이쳐졌다.

"으악!"

비명 소리가 들려왔고 서너 명이 바다로 떨어져 나갔다. 요동치는 파도가 이들을 바로 삼켜버려, 금세 그들의 모습은 사방 어디에도 보이지 않았다.

"조심들 하랑께."

배 위에 남아 있던 사람들은 자신의 몸 하나 유지하기 어려운 상황임을 잘 알았다. 다른 사람을 찾아 구출할 만한 상황이 아니라는 것을 본능적으로 감지하고 있었다.

"염병할 파도."

살동 역시 마찬가지였다. 그는 고개를 배 밑창에 틀어박고 밑창에 고정되어 있는 고리를 꽉 잡고 버텼다. 돛끈을 매어 놓는 고리였다.

'죽어도 이걸 놓치면 안 된다. 놓치는 날로 끝이다.'

배가 출렁일 때마다 몸이 뒤틀렸다. 살동은 그럴 때마다 쇠고리를 더욱 꼭 움켜쥐고 버텼다.

폭풍우는 멈출 줄 몰랐다. 바다는 내려치는 폭풍우에 대항하듯이 더욱 으르렁거리며 포효했다. 거칠고 사나운 바다 위에 둥실 떠 있는 작은 배는 그야말로 일엽편주에 지나지 않았다. 파도가 치는 대로 배는 출렁거렸고, 위로 솟아올랐다가 다시 아래로 곤두박질을 쳐 댔다. 뒤집어지지 않는 것이 다행이라면 천만다행이었다.

'배에서 떨어져 나가는 순간 끝장이다.'

살동은 배가 흔들릴수록 젖 먹던 힘을 다해 고리를 꽉 붙잡았다. 얼마 지나지 않아 손에 쥐가 나기 시작했다. 그는 허리에 매어 놓았던 망태 끈을 풀어 고리에 끼어 손목에 감았다.

'휴, 이제 손이 조금은 편해졌고마.'

몸도 조금은 고정되어 배에서 떨어져 나갈 염려가 그만큼 줄어들었다. 배는 점점 바다 한가운데로 밀려 나갔다. 반나절가량쯤 지났을까, 내려치던 폭풍우가 조금씩 수그러졌다. 이미 주위는 컴컴해져 있었다.

살동이 고개를 들어 주위를 둘러보니 배 위에는 세 명만이 남아 있었다. 성난 바다가 동료 여덟 명을 삼켜버린 것을 그제야 알았다.

"워메, 우리 세 명뿐이라야."

"긍게, 모두 어찌 돼뿌렀냐?"

"워메, 염병할 놈의 폭풍 같으니라구."

살동과 노를 붙들고 있던 만석, 그리고 서봉만이 배 위에 살아남아 있었다. 만석은 노를 붙들고 버텼고 서봉은 돛이 부러져 나간 밑동을 잡고 버텨 떨어지지 않았던 것이었다.

파도는 여전히 출렁였지만, 기세가 한풀 꺾여 배를 뒤집을 만한 정도는 아니었다. 배는 조류를 따라 흐르고 있었다. 만석은 노를 저을 힘도 없었지만, 사방이 어둡고 방향을 알 수 없어 노 젓기를 포기한 상태였다. 그냥 무작정 해류에 몸을 맡기고 흘러갈 수밖에 없었다.

"어디로 흘러가 뿐다냐?"

"글게 말이여."

25

"재수가 좋아, 물길을 잘 타믄 탐라에 도착할지도 모르제."

파도를 따라 흔들거리는 배에 주저앉은 채로 일행은 무기력하게 중얼거렸다.

"다들 어떻게 되었다냐?"

"바다로 떨어져뿌렀는디, 어찌 됐는지 누가 알겠는감?"

살동과 서봉이 없어진 일행을 걱정하는 말을 들으면서도, 만석은 앞으로의 일이 걱정돼 슬퍼할 겨를조차 없었다.

"그나즈나 앞으로 어찌 될 성싶은가이?"

"긍께, 깝깝하구만."

비가 그친 하늘은 별빛이 총총했다. 금방이라도 별이 쏟아져 내릴 것 같이 밤하늘은 맑고 얕았다. 그들은 언제 그랬냐는 듯, 시치미를 뚝 떼고 있는 무심한 하늘이 얄미웠다.

"그나저나 배고파 뒤지겠네, 뭐 먹을 게 없을까이?"

"다 쓸려 내려가 아무것도 없당께!"

밤이 깊어가면서 이들은 허기를 느꼈다. 먹을 것을 찾았으나 배에는 허기를 달랠 만한 게 아무것도 없었다. 싣고 온 식량은 물론, 반나절 넘게 작업해 놓았던 해산물도 모두 파도에 쓸려가 버렸던 터였다.

'이 바다 위에서 어떻게 되려나?'

'살아서 무사히 돌아갈 수 있으면 좋으련만.'

세 사람은 모두 '재수 없다'라는 타박을 당할까 봐, 불안한 심정을 터놓고 말도 못했다. 사나운 폭풍우에서도 용케 살아남았다는 기쁨도 잠시였다. 이들은 서로의 감정을 건드리지 않으려고 눈치만을 살피고 있었다.

살동은 작은 파도에도 흔들흔들 요동치는 작은 배 안에 갇혀 있는 자신들이 처량하게 느껴졌다. 별다른 뾰족한 수가 있을 리가 없다는 것도 잘 알았다. 그러면서도 연신 눈을 희번덕거리며 사방을 둘러보았다. 그저 주변에 작은 섬이라도 발견되길 바라는 마음의 발로였다.

컴컴한 바다 위에서 불안한 마음을 안고 한 조각 희망의 끈을 찾기 위해 안광을 빛내는 그의 모습은 흡사 생존 본능만으로 살아가는 짐승과 다를 바가 없었다. 그러는 사이, 멀리서 어둠이 물러서기 시작하더니 바다 끝에서 희미하게 여명이 밝아 왔다. 밤을 꼬박 새운 것이었다. 날이 밝아 시계가 좋아지자, 이들은 더욱 눈을 크게 뜨고 사방을 살폈다. 그러나 아무것도 보이지 않았다. 오로지 망망대해만이 덧없이 펼쳐져 있을 뿐이었다.

"워메, 이놈의 바다 지긋지긋하구면."

"그랑께 말이여. 근디 아무것도 안 보이는 걸 봉께, 겁나게 떠내려 와 부렀구만."

세 사람 모두 눈에 실핏줄이 벌겋게 서 있었다.

"긍께, 항상 바위나 섬이 보였는데, 암꿋도 안 보이는 건 처음이랑께."

"웜메, 그럼, 어쩐다냐. 큰일 나 부렀네, 그려."

꼬르륵.

"요런 눈치코치도 없는 놈의 배는 지금 죽게 생겼는데, 밥 달라고 퉁소를 불어 쌓니, 내, 참 환장을 하겠구면."

"먹은 게 없으니까 그런 게지. 배가 뭔 죄가 있다냐."

살동과 일행에게 차츰 두려움이 엄습하기 시작했다. 먹을 것, 마실 것이 없는 바다 한가운데서 잘못하면 굶어 죽을지도 모른다는 생각이 뇌리를 스쳤던 것이다.

"여, 살동이, 어뜰게 길 못 찾겄냐?"

바다를 유심히 살피고 있는 살동에게 서봉이 물었다. 살동이 어렸을 때부터 오랫동안 배를 타고 먼바다도 자주 나가 뱃길에 익숙하다는 걸 잘 알기에 지푸라기라도 잡고 싶은 심정으로 물었던 것이었다.

"…."

살동은 못 들은 척 아무 대답도 하지 않았다. 그도 나름대로 배가 흘러가는 방향을 보며 물길을 찾아내려 애를 썼지만 도무지 알 수가 없었다. 방향을 알 수 없는 듣도 보도 못한 물길이었다.

"워메, 뭔 말 좀 해 봐라. 사람 말이 말같이 안 들리냐?"

물길의 방향을 짐작할 수가 없어, 대답을 주저하고 있자, 서봉이 역증을 내머 재촉했다.

"나도 처음 보는 물길이랑께. 솔찬이 먼바다로 밀려온 거 같구마."

모두 전전긍긍하고 있는데 몸이 옆쪽으로 쏠리었다. 갑자기 뱃전의 방향이 바뀌었기 때문이었다. 머리 위를 넘어간 해가 오른쪽에서 비추는 것을 보고, 살동은 배가 남쪽으로 향하고 있다고 생각했다. 그러던 배가 갑자기 방향을 틀었던 것이다. 갑자기 해가 정수리 뒤쪽에서 비추어 왔다. 남쪽 아래로 내려간다고 생각했는데, 갑자기 뱃전이 왼쪽으로 틀어졌다. 살동은 물길이 바뀐 것을 알아챘다.

"워메, 이거 어쩌면 대마도 물길일지 모르겠는디?"

"뭐시라고? 대마도 물길? 그게 뭐다냐?"

"아따, 나도 잘이야 모르는데, 왜나라로 가는 물길이 있다 하더라고. 긍께 옛날에 어깨너머로 들은 적이 있구마."

'우리같이 쪼깐한 배들은 대마도 물길을 만나면 조선으로 못 오고, 그냥 그길로 왜나라로 가뿌리는 거 외에 방법이 없어야! 긍께 너무 밑으로 내려가믄 안 돼 부린다, 잉.'

살동은 오래전의 기억을 더듬으며 몸을 숙여 바닷물에 손을 넣어 물의 흐름을 가늠했다. 아무것도 먹질 못해 하룻밤 사이 핼쑥해진 서봉과 만석은, 처음에 살동의 말이 무슨 의미인지 모르고 멀뚱멀뚱하고 있다가 왜나라라는 소리가 마음에 걸렸던지 갑자기 얼굴색이 바뀌었다.

"그럼, 어떻게 되는 겨? 왜나라로 가는 거란 말이여? 워메, 엇지까이!"

불안한 얼굴을 한 만석과 서봉이 큰일 난 게 아니냐는 듯, 살동의 얼굴을 살피며 혼잣말하듯 투덜댔다.

"왜나라가 여그서 얼만데? 워메 큰일 나부렀네. 마실 물도 없고 말일 씨."

대마도 물길을 탄 배는 한나절을 흘러갔다. 사방은 망망대해뿐이었고 셋은 점점 지쳐 갔다.

'왜나라든 어디든 제발 육지만 나타나 줘라.'

살동의 속마음이었다. 그는 어디라도 좋다는 마음뿐이었다. 물과 먹을 것만 얻을 수 있다면 지옥이라도 못 갈쏘냐 하는 심정이었다.

"워메, 저 바닷물이라도 떠먹어야제, 당췌 견딜 수가 없네, 그려."

"내 말이 그 말이여."

무엇보다 그들은 입이 말라 견딜 수가 없었다. 게다가 한낮의 햇볕이 가릴 것 없이 노출된 그들의 몸통 위로 사정없이 쏟아졌다. 극히 탈진이 된 이들은 모든 기력을 잃어, 삶에 대한 희망을 조금씩 놓고 있었다.

'이대로 죽는구나.'

바다가 미웠고 태양이 원망스러웠다. 그런데 그들의 마음을 알았는지, 모든 것을 다 태워버릴 기세로 이글거리던 태양이 점차 서쪽으로 기울어 가더니, 오른쪽 바다로 사라졌다. 그리고 다시 밤이 찾아왔다. 뜨겁게 내리쬐던 태양이 사라져 조금 나아졌다 싶었더니, 밤이 깊어지자 이번에는 밤바다의 추위가 엄습해 왔다.

밤하늘엔 구름이 잔뜩 꼈는지 달도 별도 보이지 않았다. 사위는 칠흑같이 어두워 한 치 앞도 보이지 않았다. 허기와 추위가 동시에 엄습했다. 창자의 수분까지 모두 고갈되어 버렸는지, 배 속은 이미 아무런 느낌도 감각도 없었다. 팔짱을 끼어 몸을 따뜻하게 하려했지만, 물기를 머금은 바닷바람은 차갑게 살갗에 감겼다. 살갗이 얼어붙는 느낌이었다. 셋 다 말수가 점점 줄어들었다. 말을 하면 혀가 뻣뻣이 굳고 갈증이 더 심해졌다. 정신은 조금씩 혼미해졌다. 누가 먼저라고 말할 것도 없이 이들은 뱃바닥에 몸을 붙였다. 캄캄했던 하늘에 구름이 사라지고 별들이 하나둘 나타났다.

"워메, 하늘엔 잔별이 많기도 하구먼."

"저게 다 먹을 게 돼, 확 쏟아져 내려뿌르믄 좋겠구먼."

"허기만 더지게, 실없는 소린 뭐 하러 해 쌓냐."

기운이 없어 뱃바닥에 누운 서봉과 만석이 객쩍은 소리를 해 대자, 살동이 나무랐다.

어두운 바다는 사방이 콱 막혀 아무런 탈출구도 없는 그런 폐쇄된 공간이 되어 버렸다. 하늘은 맑았지만 희망의 빛이라곤 사방 어디에도 없었다.

"워메, 이런 고생하다 죽을 거믄, 바다에 빠져 죽는 게 날 뻔 했구마. 제기랄."

"재수 옴 붙는 소리 그만혀. 마음 심란해징께."

기운이 다 빠져 신음하듯 하소연하는 만석과 서봉의 말을 곁에서 듣던 살동은 자신이 그들처럼, 삶에 대한 미련이나, 애착이 그리 강하지 않다는 것을 느꼈다.

살동은 부모 형제도 없고 아직 가정도 이루지 못한 혈혈단신이었다. 그냥 죽지 못해 사는 삶이었다. 그리 즐거운 일도 좋은 일도 없는 생이었다. 여기저기에서 보자기라고 천대를 받기 일쑤였고, 수확이 조금이라도 좋다 싶으면 공납이다 뭐다 현물세란 명목으로 죄다 관원들에게 뜯겼다.

힘없고 배경 없는 천예인지라, 뻔질나게 성곽 등의 축조와 보수, 선박 제조 등의 부역에 불려 다녔다. 그러고도 관원들에게 조금이라도 대드는 모습을 보이면 얻어터지고 뜯기고 고생은 배가 되었다. 힘든 삶이었다.

위험을 무릅쓰고 바다에 나가 가슴이 답답해지고 귀가 멍해지는 고통을 참으며 열심히 해산물을 채취해 봤지만 생활은 조금도 나아지지 않았다.

'무에 그리 좋았던 삶이라 애착이 있다더냐? 그래, 이리 죽는 게 상팔자다.'

체념의 심정이었다.

'그래, 바다에 살다 바다에서 죽으니 후회도 없다. 그동안 받기만 했던 바다에 이 미천한 몸이나마 바칠 수 있으니, 몸 보시를 할 수 있어 그나마 다행이다.'

삶에 대한 애착을 버리니 오히려 마음이 편했다. 살동은 배 밑창에 등을 대고 사지를 넓게 뻗었다. 사흘 동안 아무것도 입에 넣은 것이 없어 배는 홀쭉하게 푹 꺼져 있었다. 배가 고프다 못해 아파 왔다. 모로 눕는 것조차도 힘이 들었다. 배는 돛이 없는데도 출렁출렁 해류를 타고 빠르게 흘러갔다.

'에라, 모르겠다. 갈 데까지 가 보자.'

살동은 생의 마감을 받아들이며, 지금까지의 삶의 궤적을 되새기고 있었다. 그리고 끝이 가물거리다 의식이 몽롱해져 다시 어둠의 세계로 빠져 들었다.

"육지다. 육지여!"

빈사 상태로 잠이 들어 있던 살동의 귀가 누군가의 고함 소리에 '웅웅웅' 울렸다. 눈이 번쩍 뜨였다. 탈진해 그대로 죽었다고 생각했는데, 아직 살아 있었던 것이었다. 고함 소리가 계속 들려왔다. 뱃바닥에 추욱, 늘어져 있던 몸을 억지로 일으켰다. 주위가 컴컴한 것으로 보아 아직 날이 새지 않았음을 알 수 있었다.

살동은 귀한 발견이라도 했다는 듯 소리치며 가리키는 서봉의 손끝을 따라 맥없이 눈을 돌렸다. 시커먼 타원형 천장을 엎어 놓은 것 같았던 하늘에는 군데군데 별이 박혀서 희미하게 빛을 발하고 있었다. 그 빛을 받아 시커먼 덩어리가 바다를 뚫고 올라와 있는 것이 시야에 들어왔다.

"아마 육지는 아니고 큰 섬인 것 같구먼."

양쪽으로 불쑥 솟아올라 있는 모양을 보고 살동은 섬이라 판단했다. 얼른 몸을 일으켜 앉았다가, 다시 배의 가장자리를 잡고 몸의 중심을 잡았다. 기운이 없어 어지럼이 일었기 때문이었다.

"살동이, 저기 얼마면 도착하겠는가?"

그가 만석이 묻는 말에 대답을 하려는데 입 안이 바싹 말라, 말이 떨어지지 않았다.

"아따, 저기 쩌 섬 말이여."

만석이 답답하다는 듯이 재촉을 했다.

"어디 보드라고. 지금같이 흐르면 한 식경이면 도착하겠는디!"

"근디, 쩌가 어디더냐? 조선 땅 맞냐?"

"아따, 그걸 우째 알것냐. 도착해 보믄 알것지. 얼릉 물이라도 먹을 수 있으면 좋겄구먼."

32

'이제 살았다.'

살동은 다른 두 동무의 얼굴에서 조금씩 화색이 도는 것을 보고는 희망을 느꼈다. 갈증으로 입은 바싹 말랐고 혀에는 백태가 눈곱처럼 껴 있어, 말을 하기 힘든데도 말수가 많아졌다.

평평한 바다 위에 시커먼 덩어리로 떠 있는 섬이 점점 가까이 다가오자, 만석이 일어나 노를 잡았다.

"어이차, 어이차!"

만석은 조금 전까지만 해도 거의 탈진되어 이젠 죽었다고 생각했는데, 어디서 그런 힘이 남아 있었던지 스스로도 놀랐다. 아무튼 조금이라도 빨리 상륙하고 싶은 마음에 젖 먹던 힘까지 짜내어 노를 저었다.

배가 모래톱에 닿을 무렵 멀리서 해가 떠올라 주변이 훤하게 보이기 시작했다. 모래톱 안쪽으로 산비탈이 있었고, 경사가 고른 땅에 갈대로 덮은 집 몇 채가 서 있는 것이 보였다. 아주 자그만 해안 마을이었다.

"아따, 여그 왜나란가 보네잉."

"긍게 말이여. 쩌그 집들이 조선집하고 모양이 달라뿌네."

"워메, 그럼. 클나부렀네. 왜말도 모르고잉."

"해가 왼쪽에서 올라오고 우리가 위쪽에서 흘러왔응께, 여근 아래쪽이고⋯. 맞아야. 대마도 해류를 탄 게 맞구먼. 그럼, 여긴 왜나라가 틀림없어야."

살동은 해류에 밀려 일본 땅에 표착한 것이라고 확신했다.

"왜나라든 뭐든 아따, 한 번 죽지 두 번 죽겄냐. 일단 물이라도 좀 얻어먹자고."

33

사카이(堺)

사카이(堺)는 일본의 왕도인 교토 남쪽에 위치한 해안 도시였다. 16세기 당시 일본에 들어오는 모든 박래품(舶來品)은 사카이를 통해 전국에 보급되었다. 명실상부한 일본의 국제 교역 도시로서 중국의 명을 비롯하여 류큐왕국(현 오키나와), 그리고 멀리 남만(南蠻)과 서양의 상인들이 그곳으로 몰려들었다.

"비엔베니도스."(Bienvenidos – 어서오세요.)

"고고니와 난데모 아리마쓰."(여기엔 뭐든지 있어요.)

여기저기에서 스페인어와 일본어가 뒤섞여 난무했다. 사카이는 시가(市街) 전체가 이국의 상인들로 북적대었고, 상점마다 문전성시를 이루고 있었다.

"이찌방… 요이 모노오… 구다사이."(제일 좋은 걸 주시오.)

"와까리마시다."(알겠습니다.)

서투른 일본어를 구사하는 사람들은 대부분 외지에서 온 상인들이었다. 화주(貨主)로 보이는 그들은 각종 울긋불긋한 비단옷 위에 장식품을 단 화려한 옷을 걸치고 있었다.

도시 전체에는 언제나 활기가 넘쳤고, 바쁘게 움직이는 사람들의 얼굴에는 생기가 돌았다. 과히 16세기 중엽 일본 제일의 국제 교역 도시이며 무역 중심지였다. 사카이를 방문한 서양인들은 그곳을 동양의

베니스로 비유하기도 했다.

"으음."

시가지가 훤히 보이는 언덕 위에서 말을 탄 채 사카이를 내려다보던 청년은 깊은 신음을 내뱉었다. 말을 타고 있는 청년의 몸은 균형이 잘 잡혀 있었고 용모는 이지적이며, 준수(俊秀)했다.

'사카이를 지키기 위해서 어찌해야 된단 말이더냐.'

고민 어린 표정으로 상념에 빠져 있던 그는 고니시 유키나가(小西行長), 후에 일어나는 임진왜란 때, 조선 침략군 제1번대 총대장을 맡는 인물이었다. 고니시는 성이요, 유키나가는 이름이었다. 그의 친부는 사카이에서 약종상을 경영하는 거상이었다. 친부인 류사는 약재의 재료뿐만 아니라, 교역품도 취급하였기 때문에 서양인과도 활발하게 교역을 하였는데, 그들과의 거래를 통해 당시 일본에 진출해 있던 예수회의 선교사들과도 두터운 친분을 쌓고 있었다.

일본에 천주교로 번역된 가톨릭이 일본에 전달된 것은 1549년경으로, 유키나가가 태어나기 여섯 해 전의 일이었다. 예수회의 일원인 선교사 프란시스코 자비엘이 포교를 위해 인도지나해를 건너 일본을 찾아왔던 것이 그 시초였다.

16세기 일본은 각지의 영주들이 무력을 갖고 주도권을 다투는 전국(戰國)시대였는데, 당시 일본 영주들의 세력 판도를 바꾸어 놓게 되는 사건이 있었다. 이른바 서양제 화승총의 전달이었다. 중국으로 가던 포르투갈 무역선이 폭풍을 만나 일본 규슈 남단에 위치한 다네가시마(種子島)섬에 표착했는데, 그 배에 화승총이 가득했던 것이다. 선교사 자비엘의 일본 도착보다 여섯 해 빠른 1543년에 일어난 일이었다. 표류선에 가득 실린 화승총을 본 일본인들은 그 위력에 기절초풍하였다. 표류선에 실려 있던 화승총은 곧 일본 본토로 전달되었고, 전국시대 영주들에게는 화승총의 파괴력이 약육강식이 만연하던 당시의 세력 판도를 바꿔 놓을 수 있는 무기로 받아들여졌다. 각 지역의 영주들은 화승총을 손에 넣기 위해 혈안이 되었고, 이를 포착한 사카이 상인들이 움직이기 시작했다. 동서고금을 막론하고 이문을 위해서는 '발가벗고 백리를 간다'라는 것이 상인들의 속성이었다.

"화승총뿐만 아니라 서양과 남만에는 많은 문명 기기와 교역물이 있는 것 같소이다."

"그 물품을 우리 사카이 상인들이 직접 교역할 수 있다면 많은 이이을 남길 수 있을 것이오.."

"무슨 방법이 없겠소?"

"배를 타고 멀리 남만과 서양까지 가는 것은 위험할 뿐만 아니라, 무사히 도착한다 해도 그들이 사용하는 말을 못 알아들으니 우리가 직접 배를 띄우기는 어려울 것 같으오."

"서양과 남만 교역을 독점해야 많은 이익이 남을 터인데, 무슨 방법이 없겠소?"

"서양의 선교사들이 자주 왕래하고 그들이 우리말을 잘 아니, 그들과 통하면 교역을 독점할 수 있을 것이오."

때마침 자비엘이 일본에 진출해 포교를 시작했고, 이를 안 사카이 상인들은 서양과의 교역을 위해 선교사들을 이용할 필요를 느꼈다.

반면 선교를 위해 기반이 필요했던 선교사들은 사카이 상인들을 통해 선교 기반을 다져 나가기로 했다.

'하느님 앞에서는 모두가 평등하다. 하느님을 믿으면 모든 잘못을 용서받고, 구원을 받아 천당에 갈 수 있다.'

상인들은 지금까지 자신들이 알고 있던 불교와 일본 고유의 종교와는 달리 천주교의 단순 명료한 교리에 끌렸다. 선교사들의 적극적인

포교활동과 교리, 게다가 화승총을 둘러싼 서양과 남만 교역의 필요성
이 서로 맞물려 떨어졌다. 교역을 위해 선교사들과 친분을 쌓고 교류
하면서 사카이의 많은 상인들이 천주교 신자가 되었다. 이른바 상부상
조의 관계였다. 상인들은 서양과의 교역을 통해 많은 이익을 창출했고,
선교사들은 상인들을 통해 신도들을 확장해 나갈 수 있었다.

사카이의 약종상이었던 유키나가의 친부 류사 역시 이러한 배경
으로 선교사들과 교류를 맺고, 천주교도가 되었다. 동기는 교역이었지
만 그는 천주교 교리를 알고는 독실한 신자가 되었다. 부친의 영향을
받은 유키나가 역시 어렸을 때, 천주교 세례를 받았다. 세례명은 '아우
구스티누스'였다. 이후 천주교도 사이에서 그는 '유키나가'보다 세례명
인 '아우구스티누스'로 불리곤 하였다.

그는 어릴 적부터 총명했다. 게다가 몸집이 커, 또래 사이에서는
언제나 대장 노릇을 하였다. 그런데도 성격만은 종교적 영향을 받아
서인지 조용하고 침착한 편이었다.

당시 일본은 영지 쟁탈과 하극상이 만연하였던 전국시대였다. 출
세에 대한 야망을 지니고 있는 젊은이라면 누구나 사무라이(무사)의
길을 택했다. 시대적 상황이 그러했다. 입신양명을 위한 가장 빠른 길
은 사무라이가 되는 길뿐이었다. 사무라이가 되어 싸움터에 나가 공
을 세우기만 하면, 그 공을 인정받아 일국의 주인인 성주나 영주가 될
수도 있었다.

조용한 성품의 유키나가였지만, 성장하면서 시대적 상황을 깨닫
게 되었고, 젊은 그의 가슴속에 타오르는 야망을 억제할 수 없었다.
'가업을 이어 약종상을 경영하는 일보다는 사무라이가 되어 일국을 다
스릴 것이라' 이미 굳게 결심한 바였다.

타앗.

사카이항을 뚫어지게 바라보던 그가 무슨 생각에서인지 갑작스레 뒤꿈치로 말의 복부를 힘껏 찼다.

"이랴!"

동시에 말의 고삐를 당겼다.

"이힝."

말은 언덕 아래로 치달리기 시작했다. 유키나가가 고삐를 죄면서, 말의 옆구리를 다시 한 번 내지르자 하얀 빛의 털을 날리며 달리던 백마는 움찔하더니 더욱 무서운 속도로 내달렸다.

"이랏."

유키나가는 애마와 함께 사카이 지역 이곳저곳을 달렸다. 백마와 한 몸이 되어 달리는 그의 모습은 말 그대로 질풍노도였다.

일본은 15세기 중엽부터 군웅이 할거하는 이른바 전국시대(戰國時代)로 접어들었다. 그로 인해 일본 각지에서는 약 100여 년에 걸쳐 싸움이 그칠 날이 없었다. 전국 각지에서 혼란이 계속되었다. 그런데도 사카이 지역만은 예외로 혼란보다는 안정을 유지하며 번성하고 있었다. 즉 사카이는 정치와 분리되어 영주들로부터 독립적 지위를 인정받고 있었다. 덕분에 상인들이 스스로 결탁하여 자치적으로 도시를 운영하였으며, 절대 영주의 지배를 받지 않는 자유 상업 지역을 유지할 수 있었다. 가끔 강력한 무력을 지닌 영주들이 사카이까지 진출해 사카이를 지배하려는 시도가 없진 않았다. 하지만 사카이가 오랫동안 자치를 유지해 왔다는 점과 상인들의 군비와 결속이 강하다는 것을 알고는 그들은 실리를 택했다. 영주들은 사카이를 복속시키기보다는 자치를 인정하는 것이 자신들에게 유리하다고 판단했다. 대신 사카이로부터 필요한 물자를 공급받고, 적당히 세금을 거두어 재정을 충당했다. 사카이의 상인들은 세금을 내고 유력 영주들의 보호를 받았다.

일종의 악어와 악어새의 관계가 성립된 것이었다.

그런데, 사카이의 상인들은 내심 항상 불안했다. 자치를 인정받기는 했지만, 군웅이 할거하며 곳곳에서 새로운 영주가 나타나 위협을 했기 때문이었다. 만일 그들의 지위를 인정하지 않는 절대 영주가 나타나 사카이를 지배하게 된다면, 그들이 평생에 걸쳐 축적해 놓은 재산과 모든 것이 한순간에 사라질 수도 있었다. 위기에 민감한 상인들은 만일에 대비하기 위해 항상 노심초사했다. 그렇다고 공공연하게 군사를 보유할 수는 없었다. 자치를 보장받는 대신 성을 쌓거나 무력을 지니는 일은 금지되어 있었기 때문이었다. 그러나 할 수 있는 최소한의 방어 시설은 갖출 필요가 있었다. 궁여지책으로 사카이의 유력 상인들이 모여 공동으로 자금을 차출했고, 그 자금으로 사카이 중심지 주변으로 해자를 파고 물이 흐르도록 해 놓았다. 무력을 지닌 외부 세력의 침입을 조금이라도 저지하기 위해서였다.

"이랴."

유키나가는 언덕을 내려와 사카이시 주변을 둘러싸고 있는 해자와 방어 호를 따라 말고삐를 죄어가며 애마를 몰았다. 가슴을 짓누르는 뭔지 모를 답답함을 내치고 싶었다.

다다닥, 다다닥.

말이 앞발을 박찰 때마다 발굽 아래서는 흙이 튀어 올랐다. 말고삐를 바싹 조여 잡고 몸을 수그리긴 하였으나, 말의 달리는 기세만큼 부딪쳐 오는 바람은 그의 머리와 어깨를 강하게 때렸다.

"이럇, 이럇."

유키나가는 더욱 말 잔등에 채찍을 가했다. 정해진 운명을 거역하고, 다가오는 운명을 맞부딪쳐 내려는 의지의 표현 같았다.

푸욱, 푸욱.

맞바람을 뚫고 질풍같이 한참을 달리던 백마가 거친 숨을 내몰아 쉬었다.

"워어어."

미친 듯이 말을 달려 사카이를 돌고 난 유키나가는 집으로 돌아 와, 말을 마구간 하인에게 맡기고, 곧장 친부인 류사가 있는 차실로 뛰어들어 갔다.

약종상이었지만 거상답게 고니시 가문은 대저택을 소유하고 있었 다. 교역과 장사를 돕는 가솔만 해도 오십여 명이 넘었다. 문전은 언 제나 성시를 이루어 북적였다.

"아버님은 안에 계신가?"

"예, 계시옵니다."

청지기에게 부친의 재실(在室)을 확인한 유키나가는 안채로 통하 는 쪽마루를 빠른 걸음으로 지나쳐, 가운데 방으로 성큼 들어갔다. 류 사는 앉은뱅이책상 앞에 정좌를 하고 있었다. 유키나가의 태도가 평 소와 다르게 조금은 무례하게 느껴졌으나, 그렇다고 나무라지는 않았 다. 유키나가는 자신을 의아한 듯이 바라보는 친부의 눈빛으로 의중 을 알고는 얼른 머리를 숙였다.

"아버님, 아무래도 저는 사카이를 떠나야 할 것 같습니다."

차남이 절을 하는가 싶다고 여겼는데, 선후 사정 설명도 없이 단 도직입적으로 '사카이를 떠난다'라는 말을 하자, 류사는 속으로 깜짝 놀랐다.

"왜, 무슨 일로?"

자식을 흘긋 보고는 눈을 내려 다시 출납 장부를 천천히 들여 보 려던 류사는 곧바로 고개를 들어 올리며 되물었다. 밑도 끝도 없는 갑 작스런 말에 놀랐으나, 동요하는 모습을 감추고 여전히 미소를 띠고 있었다.

　"…."

　차남이 즉각 대답을 못하고, 주저하는 빛을 보이자, 류사는 재차 촉구하듯 그러나, 말투는 느리게 물었다.

　"이 아비에게 떠나야 할 이유를 말해 보거라!"

　조금 전까지만 해도 얼굴에 은은히 떠돌던 미소는 사라졌고, 어느새 류사는 정색을 하고 있었다. 그 역시 일찍부터 차남 유키나가가 재목감이라는 것을 익히 파악하고 있던 터였다. 그런데 갑자기 사카이를 떠나고 싶다고 하자, 그 의도가 궁금했던 것이다.

　사카이(堺)라는 말은 일본어로 경계, 즉 국경이라는 의미이다. 주변국과 경계를 접하고 있다 해서 붙여진 이름이었는데, 사카이는 셋츠국(津國－오사카의 서부), 카와치국(河內國－오사카의 남부), 이즈미국(和泉國－오사카의 남부 일부)의 삼국과 경계를 이루며, 바다에 면해 있었다. 당시 왕도이던 교토와 가까운 곳에 위치했다. 왕도와 가깝고 바다에 가깝다는 지리적인 장점 덕에 오래전부터 교역의 중심지가 되었다. 중국의 명과 조선 그리고 남만국인 필리핀, 캄보디아, 인도뿐만 아니라 포르투갈 등과도 교역이 활발했다. 교역을 통해 도시는 발전하였고, 경제적으로도 크게 번성해 많은 부를 창출해 냈다. 서양의 총포가 들어온 후, 교역을 통해 사카이의 상인들은 많은 부를 축적할 수 있었다. 이들은 축적된 부를 밑천으로 자신들의 영역을 해외로까지 넓혀 활동 범위를 확장해 나갔다.

　신흥 영주들 중에서도 오다 노부나가와 같은 영주는 사카이의 상인들과 밀접한 관계를 유지하며 철포를 확보했다. 그리고 그 무기력을 바탕으로 영지를 넓혀 유력 영주로 성장하고 있었다.

　일본 전토가 신흥 영주들의 등장과 영지 확보라는 명분하에 전쟁

41

과 혼란에 빠져있을 때, 사카이가 전쟁의 참화에 휩쓸리지 않고 자유 경제 도시로 독립을 유지할 수 있었던 것도 알고 보면 류사를 비롯한 36인의 거상이 중심이 되어 노력해 온 결과였다. 이들은 사카이의 독립적 이익을 위해, 유력 영주들에게 뇌물을 쓰는 등 친분을 유지하며, 사카이의 자치를 인정받아 온 것이었다.

그런데 오다 노부나가가 등장해 그 세력을 넓혔고, 일본 전국을 평정해 가면서 사카이는 점차 그 자치를 위협받기 시작했다. 이제까지는 각지의 유력 영주들이 힘의 균형을 이루어, 독자적이고 강력한 영주가 존재하질 않았다. 그런데 전혀 예상치 못한 일이 일어난 것이다. 그들을 통해 철포를 입수한 노부나가가 세력을 확대시켜 나가면서 '천하포무'의 기치를 내걸고는 일본 국내 통일을 주창한 것이다.

"만일 노부나가 같은 절대 군주가 나타나 일본 전토가 통일된다면 사카이의 자치는 더 이상 유지되기 힘들 것이오. 게다가 통일이 되면 무기에 대한 수요가 줄어들 것은 뻔한 일이니 그만큼 남만, 서양과의 교역은 줄어들 것이외다. 결과적으로 사카이의 교역도 사양길을 걸을 것이고, 사카이를 지금처럼 유지시키기는 점점 힘들게 될 것이오."

노부나가의 등장과 그의 기세에 사카이의 부호들은 전전긍긍할 수밖에 없었다. 그들을 통해 무기를 공급받은 노부나가가 그들의 자치를 위협하리라고는 미처 생각지도 못한 일이었다.

"노부나가와 대적할 만한 군비를 갖추면 되질 않겠소. 자금이 풍부하니⋯."

"그건 안 될 일이오. 사카이의 자치를 위협받는다고 우리가 직접 군비를 마련하여 노부나가와 맞서는 것은 상책이 아니오. 전쟁을 했다가는 오히려 사카이 전체가 초토화될 위험이 있소."

"그렇다고 그냥 이대로 있을 수도 없질 않겠소. 아무리 돈이 많다 한들 부가 곧 무력이 될 수는 없는 일이니 이 또한 답답한 일이 아니오."

"남만과 서양의 여러 나라와 긴밀한 관계를 맺어 놓고, 유사시에 도움을 청하는 것도 한 가지 방법이 될 수 있질 않겠소!"

"서양은 너무 멀어서, 신속을 요하는 유사시에 도움이 될지 모르겠소."

"아무튼 독립을 유지하기 위해서는 갖은 수단을 다 강구해야 될 것이오."

사키이의 거상들은 많은 부를 지니고 있었지만, 무력을 지니지 못한 자신들의 무기력을 깨달았다.

'스스로 무력을 갖지 못한다면 차선책으로 강력한 다이묘(大名 - 유력 영주)의 후원자가 되어, 절대 영주의 출현을 막아야 한다. 교묘하게 경쟁 체제를 유지시켜 사카이의 독점적 교역권과 자치권을 받아 내야 한다.'

이것이 류사를 비롯한 사카이 거상 대부분의 생각이었다. 이와 같은 정세 속에서 유키나가의 총명함과 재능을 간파하고 있던 류사는 내심 유키나가가 사무라이의 길을 걷기를 바라고 있었다. 어린 시절부터 무예를 익히게 한 이유도 거기에 있었다.

"아버님, 오늘도 말을 타고 사카이를 돌아보았습니다만, 저 해자와 방어 호만을 가지고 사카이를 지켜내기는 어렵습니다."

"호오, 그러면 무슨 좋은 방법이라도 있느냐?"

"노부나가는 전국을 무력으로 통일시키고, 천하 지배를 위해 군비를 늘리고 있다고 합니다. 지금까지는 노부나가와 사카이가 서로 필요해 협력 관계를 유지하고 있지만, 야심가인 노부나가의 칼끝이 사카이를 겨눌 것이라는 것은 삼척동자도 아는 사실입니다. 자칫하면 지금까지 쌓아 왔던 사카이의 모든 것이 노부나가에 의해 사라질 수도 있습니다."

"호오, 그래? 그럼 어떻게 하면 좋겠느냐?"

류사는 아직 어리다고만 느껴왔던 유키나가가 정세를 정확히 꿰뚫고 있는 것이 놀랍기도 하고 대견하기도 했지만, 그 의중을 떠보기 위해 모르는 척 질문 공세를 폈다.

"저는 사카이를 떠나 비젠(備前-오카야마 남동부)으로 가겠습니다. 비젠국으로 가서 우키다(宇喜多)가의 가신이 되든가, 모우리씨(毛利氏)의 가신이 되어 노부나가에게 대항하겠습니다. 그것이 사카이를 지키는 유일한 길이라고 생각합니다."

유키나가는 작심한 듯이 말을 마치고 얼굴을 들어서는 부친의 안색을 살피었다.

"…."

류사는 자신을 올려 보는 유키나가를 응시하며, 잠시 동안 아무 말도 하지 않았다. 우뚝 선 콧날과 깊게 패인 쌍꺼풀, 그리고 그 위에 먹으로 쓰윽 그려 넣은 것 같은 짙은 눈썹이 자신과 닮았음을 느꼈다. 말을 마치고 고집스럽게 굳게 다문 두툼한 입술을 보면서 류사가 말을 꺼냈다.

"결의가 아주 굳은 것 같구나?"

약종상으로 생을 마치게 하기에는 재능이 아까워 어릴 때부터 승마와 검술을 익히게 했다. 또한 병법 외에도 물품 관리와 부기 등을 가르쳐 왔다. 류사는 자신이 생부이긴 하지만, 자신의 바람을 내비치어 자식을 강요하거나, 그렇게 교육시키지 않았다. 비록 서양과의 교역이 계기가 되긴 했지만, 류사는 외지에서 들어온 천주교를 받아들일 정도로 유연하고, 합리적인 사고를 지닌 인물이었다. 자식에게 시대에 필요한 지식과 능력을 익히도록 권장하였지만 간섭은 되도록 적게 하고 자식의 뜻을 존중해 왔다. 류사는 말을 하며 무릎을 꿇고 앉아 있는 유키나가 앞으로, 잘 접어 놓은 서간을 꺼내어 내밀었다.

"….."

"내 이런 날이 올 줄 알고 미리 준비해 놓은 것이다. 네 뜻이 그렇다니 당장 이 편지를 가지고 비젠으로 가거라. 그리고 구로에몽 님을 찾아라."

"네?"

유키나가는 부친의 말을 듣고 속으로 깜짝 놀랐다. 전혀 내색을 않고 있던 부친이었다. 오늘 자신의 뜻을 전달할 것인가, 말 것인가? 또 부친이 어떤 반응을 보일 것인가? 가업을 이어받으라는 불호령이 떨어지진 않을까? 마음속으로 망설이며 많은 고심을 하였던 것이 사실이었다. 그런데 부친의 속이 얼마나 넓고 깊은지, 게다가 앞날을 내다보는 선견지명에 유키나가는 다시 한 번 감복했다.

"감사합니다. 아버님."

유키나가는 서찰을 건네주며 꼬옥 손을 잡아 주는 부친의 손이 유난히 따뜻함을 느꼈다. 겉봉이 잘 포장된 서찰을 두 손으로 받아 든 그는 머리를 바닥에 대고 절을 하였다. 부친이 자신을 신뢰해 주는 데 대한 고마움의 표시였다.

"너는 잘 모르겠지만, 구로에몽 님은 비젠국 영주이신 우키다(宇喜多直家) 님의 측근이다. 우키다 님의 신뢰를 받아, 성의 모든 물품 구입을 관장하는 분이다. 부모처럼 섬기고 모시거라. 그러다 보면 기회가 주어질 것이다. 겸손하게 모든 일에 최선을 다하거라. 마음의 준비가 됐다니, 지체하지 말고 떠나거라."

사무라이(무사)

사카이에서 비젠국까지는 서쪽 뱃길로 하루 여정의 거리였다. 유키나가는 부친으로부터 건네받은 서찰을 품속에 고이 간직하고, 행리 (行李-짐) 하나만을 등에 짊어진 채, 비젠국으로 향했다. 언뜻 보면 장사꾼의 차림으로 보였지만, 허리 왼쪽에 단단히 동여매어 있는 칼이 사무라이(무사) 신분임을 말해 주었다.

'이제야말로 오랫동안 꿈꾸어 오던 길을 걷게 됐다. 내 꼭 입신양명하여, 일국을 다스리는 영주가 될 것이다.'

유키나가는 아침 일찍 집을 나와 곧장 사카이항으로 향했다. 발걸음은 가벼웠다. 나루에는 작은 여객선이 많았는데, 비젠으로 가는 배를 찾아 올라탔다. 방향이 같은 사람이 함께 이용하는 삯배였다.

배는 동풍을 받아 서쪽으로 미끄러지듯 나아갔다. 배는 오른편에 있는 아와지(淡路)섬을 지나, 세토(瀬戸) 내해(内海)로 미끄러지듯 들어 갔다. 물자가 풍부하고 활기가 넘치는 사카이와는 달리 서쪽 지역은 수목이 무성했고 인적이 뜸했다. 배는 세토 내해 중간쯤에서 내륙에서 뻗어 나온 강줄기를 따라 북쪽으로 방향을 틀었다. 그곳에서부터 사공은 커다란 돛을 내리고 삿대로 배를 밀었다. 강줄기는 꾸불꾸불 사형(蛇形)을 이루고 있었다. 배는 강줄기를 따라 한참을 내륙 쪽으로 들어갔다. 그리 넓지 않은 강 양쪽에는 잡초가 무성했다. 배는 강을 거슬러 올라갔지만, 물살이 세지 않아서인지, 속도가 빨랐고, 삿대질을 하는 사공도 콧노래를 하고 있었다.

'생업을 즐기는 것이니라.'

유키나가는 콧노래를 부르며 위에서 아래로 손을 옮기며 삿대를 밀고 있는 사공을 보고는 그리 여겼다. 강을 따라 한참을 올라가던 사공은 조그만 나루터 왼쪽에 배를 붙였다.

"여기가 비젠국이오?"

배가 멈추고, 사공이 유키나가에게 내리라는 손짓을 하자, 유키나가가 물었다.

"그렇습니다. 여기부터 비젠국의 영토입니다."

사공은 젊은 유키나가에게 존대를 썼다. 이미 해가 서쪽으로 많이 기울어져 있었다. 배를 내리면서 초행길인지라 마음이 불안해진 유키나가는,

"혹시 성에다 물건을 조달하는 나야 구로에몽 님을 아시오?"

하고 다급하게 물었다.

"이곳에 사는 사람이 나야 님을 모르면 이상한 일이지요. 이 앞길을 따라 곧장 가면, 성 아랫마을이 있습니다. 그곳에서 나야 님의 저택을 물으면 금방 알 수 있을 겁니다."

"거리는 얼마나 되오?"

"그 길을 따라 주욱 가면 아마 한 식경도 채 안 돼, 도착할 겁니다."

"고맙소."

유키나가는 초행길에 어둠이 밀려와 두려웠지만, 한 식경도 안 걸린다는 사공의 말에 조금 안심했다. 사공의 말에 따라 서쪽으로 얼마쯤 걷다가 보니 어둠 속에서도 야트막한 산정 위에 서 있는 누마(沼)성의 모습이 보였다.

'저곳이 성주가 머무는 누마성이라면 그 아래 마을이 있을 게 틀림없다.'

누마성을 목표로 삼아 유키나가는 발걸음을 더욱 서둘렀다. 과연 짐작대로 성 아래쪽에 커다란 마을이 자리 잡고 있었다. 유키나가는 등잔을 밝혀 놓은 주막을 보고는 발걸음을 옮겼다. 그곳에서 다시 나야가를 물었다.

"저 한길 앞쪽에 있는 큰 저택이 바로 그 집이오."

날이 저물었으니 객처에서 하루를 머물고, 다음 날 날이 밝은 후에 방문을 하는 것이 예의인 것을 알았으나, 마음이 급했던 유키나가는 곧바로 나야 구로에몽(魚屋九郎右衛門)의 저택을 찾았다.

쿵쿵쿵.

"계십니까?"

흑빛으로 검게 칠해져 육중하게 보이는 대문 앞에서 유키나가는 급하게 문을 두드렸다. 대문 아래쪽에는 철판이 덮여 있었고, 대문과 철판을 붙여 놓은 철못이 볼록볼록 튀어나와 있었다. 외부를 경계하고 있음을 알 수 있었다. 상당한 재력가나 권력가의 저택임이 틀림없었다.

"뉘시오?"

문 안쪽에서 청지기로 보이는 자의 목소리가 들려왔다. 꽤나 저음이었다.

"여기가 나야 어른 댁입니까? 사카이에서 온 고니시 유키나가라고 합니다. 고니시 류사 님의 서찰을 지니고 왔습니다. 나야 구로에몽 님을 직접 뵙고 전해 드려야 합니다."

그때 구로에몽은 저녁 식사를 마치고 다다미가 깨끗하게 깔린 거실에서 쉬고 있던 중이었다. 그런데 집사가 허리를 숙이며 급히 다가오는 것을 곁눈으로 보고서는 정좌로 고쳐 앉았다.

"무슨 일이더냐?"

"사카이에서 온 고니시가의 청년이 서찰을 지니고 왔다며, 주인마님을 뵙기를 청하고 있습니다."

"누구? 고니시라고 했느냐?"

"그렇사옵니다."

"오호!"

구로에몽이 반색을 하며 일어섰다. 그리고는,

"어서 객실로 안내하도록 하라. 그리고 식전이라면 저녁을 대접하도록 하라. 내 직접 객실로 나가 볼 테니 채비를 하여라."

조금 후, 주로 외출 시에만 걸치는 겉옷까지 걸친 구로에몽이 귀빈을 맞이하는 듯한 모습으로 집사와 하인들을 대동하고 유키나가가 기다리는 객실로 건너갔다.

구로에몽의 행동을 본 집사는 의아해하며 고개를 갸웃했다. 아무리 중요한 서찰을 지녔다 하더라도, 집사를 시켜 거실에서 서찰을 받아, 그 내용을 확인한 후, 집사를 통해 답을 내릴 것인지, 직접 만날 것인지를 결정하는 것이 관례였다. 그런데 서찰을 확인하기는커녕 내용도 묻지 않았다. 중요한 손님일 경우에는 손님을 안내토록 하고 자신은 거실에 앉아서 기다렸다. 그런데 풋내기 같은 유키나가를 연로한 구로에몽이 직접 찾은 것이었다. 전무후무한 일이었다. 게다가 실내에서 겉옷까지 걸친다는 것은 귀중한 손님을 예를 다해 대접할 때의 모습이었기 때문이었다.

구로에몽은 슬하에 대를 이을 아들이 없었다. 딸만 하나 있던 그는 사카이를 들락거리며 오래전부터 고니시 가문의 유키나가를 눈여겨 보아왔다. 류사에게 아들이 둘 있다는 것을 알고, 차남인 유키나가를 사위 겸 양자로 맞아들이고자 오래전부터 유키나가의 생부인 류사

49

에게 말을 건네 놓고 있었다.

그러나 류사도, 자신도 유키나가에게 그러한 뜻을 비치거나 강요하지는 않았다. 유키나가가 성장하여 스스로 판단할 수 있도록 맡기었던 것이다. 그런데 유키나가가 스스로 찾아들었으니 구로에몽의 기쁜 마음은 이루 말할 수 없었다. 실은 그대로 뛰쳐나와 보고 싶었다. 그러한 마음을 억누르고 최소한의 절차를 거치도록 했던 것이다.

"늦은 시간인 줄 알면서도 급한 마음에 이렇게 무례를 범했습니다. 죄송한 마음 금할 길 없사옵니다."

"그게 무슨 소리인가? 사카이에서 비젠까지 거리가 얼마인데, 아버님의 서신을 들고 왔으면 바로 찾아오는 것이 자식된 도리지. 무슨 양해가 필요하단 말인가. 아무튼 잘 왔네."

구로에몽과 자신의 부친과의 밀약을 모르는 유키나가는 그날 이후로 손님의 신분으로 구로에몽의 저택에 머물게 되었다.

구로에몽은 유키나가의 됨됨이를 유심히 살폈다. 그의 눈에는 유키나가가 매사에 성실한 청년으로 비쳤다. 그뿐만 아니라 사카이의 친부 밑에서 오랫동안 배워서인지, 부기를 잘 이해하고 있었다. 부기를 이해한다는 것은 장부 정리가 가능하다는 말이었다. 게다가 선천적으로 총명했다. 구로에몽이 하나를 가르치면 열을 이해했다. 구로에몽은 자신의 눈이 틀리지 않았음을 알고는 크게 만족했다.

아들이 없던 구로에몽은 유키나가의 사람됨에 크게 매료되었고 친자식 이상의 신뢰를 주었다. 그는 일체의 물품 구입과 장부 기재, 물품의 식별 등, 자신이 알고 있는 모든 지식을 유키나가에게 전해 줬다. 유키나가는 한 치의 어긋남이 없이 일을 처리했다. 매사 모든 일에 빈틈이 없는 유키나가는 철저하게 구로에몽의 지시를 수행해 냈다.

'과연 고니시 류사 님의 자제로다.'

구로에몽은 유키나가가 자신의 기대에 어긋나는 것이 아니라, 오히려 넘치는 것을 알고는 마음을 굳혔다.

"유키나가, 앞으로 우리 가문의 모든 일은 네가 직접 맡아 관장하고 집행하도록 하여라."

구로에몽은 자신이 해 오던 모든 관리를 유키나가에게 맡겼고, 그를 정식으로 사위 겸 양자로 받아들였다. 그는 자신의 재산은 물론, 인맥을 비롯하여 권리와 직책 등, 모든 것을 유키나가에게 넘겼다.

"분에 넘치는 신뢰에 그만 황공할 뿐이옵니다. 실망하시지 않도록 최선을 다하겠습니다."

유키나가는 영민하고 부지런할 뿐만 아니라, 진리를 추구하는 학자적 소양도 갖춘 젊은이였다. 무인 같은 체격을 가졌으면서도 항상 조용한 품성이었다. 서적을 가까이했고, 천주교에 대한 신앙심도 독실했다.

장사를 하며 많은 경험을 쌓고, 산전수전을 다 체험한 구로에몽이었다. 그런 만큼 사람 보는 눈이 예리했다.

'충분한 경험을 쌓고 좋은 인맥만 갖는다면, 일국의 성주가 되어도 부족함이 없는 재목이다.'

그는 유키나가가 능력뿐 아니라, 덕을 겸비한 그릇이 큰 인물임을 간파해 냈던 것이다.

이어서, 그는 너무도 중요하고 신뢰를 필요로 하는 일이었기에 지금까지 아무에게도 맡기지 못했던 성주에 대한 납품마저도 모두 유키나가에게 넘겼다.

구로에몽을 대신하여 성주에 대한 물품 납입을 책임지게 된 유키나가는 성주의 취향을 몰라 부담이 적지 않았으나, 장인이 된 구로에몽의 조언을 받는 등, 성심성의껏 최선을 다했다. 그런 덕에, 그가 성을 출입한 지 얼마 지나지 않아 성주의 가신들 사이에서 유키나가의 사람됨과 그의 행실에 대한 칭송이 자자해졌다.

'무슨 일이 있으면 유키나가에게 부탁하라.'

유키나가는 자신이 맡은 직업상 여기저기 행상을 겸한 정보원을 많이 확보하고 있었다. 그가 수집한 징보는 곧 이익을 창출해 냈다. 게다가 그는 수집한 정보를 분석해 수시로 성을 출입하며 성주인 우키다의 측근들에게 그 정보를 전해 주었다. 경쟁 상대인 주변국의 움직임에 대한 고급 정보였다.

그에 대한 평판이 측근들 사이에서 높아지자, 자연스레 그 소문은 비젠성의 성주 우키다 나오이에(宇喜多直家)의 귀에 들어갔고, 영주도 자신의 성을 들락거리는 유키나가를 눈여겨보게 되었다.

'사무라이로서도 손색이 없다.'

영주는 유키나가의 물품 관리와 정보 수집 능력뿐 아니라, 무장으로서도 손색이 없는 근육질의 몸매, 그리고 빈틈없는 자세를 눈여겨보았다.

영주 우키다는 가끔 뒤뜰에서 무장을 한 채, 칼과 활로 무술을 연마하였는데, 그날도 뒤뜰에서 활을 쏘고 있었다.

"나야가의 유키나가가 들어왔습니다."

측근 가신으로부터 유키나가가 성으로 들어왔다는 전갈이 올라왔다.

"그렇더냐. 그럼, 이리로 데리고 오너라!"

이전 같으면 객실에서 기다리게 했으나, 그날은 우키다가 무슨 마음을 먹었는지 유키나가를 뒤뜰로 불러들였다.

"주군, 객실이 아니고 이곳으로 직접 말입니까?"

"그래, 내 여기서 몇 가지 확인할 일이 있느니라."

곧이어 당당한 체구의 유키나가가 뒤뜰로 안내되어 왔다. 황송하다는 듯 허리를 바싹 숙인 채 들어오는 유키나가를 흘끗 바라본 우키다는 눈을 가늘게 뜨었다가는 다시 고개를 돌려, 못 본 척 왼손으로 활을 쥐어 잡고는 화살을 날렸다. 뒤뜰로 들어선 유키나가는 잠시 고개를 들어 활을 쏘고 있는 영주 우키다의 모습을 보았는데, 상체는 반쯤 벗겨져 있었다. 차가운 날씨임에도 근육질의 상체에서는 열이 뿜어져 나와 김이 솟아오르고 있었다. 유키나가는 그 자리에서 맨땅에 무릎을 꿇었다.

"전하, 물품 납입을 담당하고 있는 유키나가 대령했사옵니다."

"오, 수고가 많다. 내 오늘 확인할 일이 있어 이리 오도록 했다. 일어나 이리 가까이 오도록 하라."

영주는 쏘던 활을 옆에 있던 가신에게 넘겨주면서, 유키나가를 반갑게 맞이했다. 활을 쏘기 위해 걷어붙였던 소매를 내리고는, 옆에 세워놓았던 목검을 들어 올리더니, 천천히 유키나가 쪽으로 몸을 틀었다.

"예, 무엇이든 분부만 내려 주십시오."

유키나가는 중요한 물품을 주문하려 그러는 줄 알고, 황공하다는 듯이 고개를 숙였다가 분부를 받기 위해 재차 고개를 들어 올렸다. 그때였다.

"받아라!"

목검을 들고 있던 우키다가 그대로 유키나가의 정수리를 노리고는 목검을 내려쳤다. 순식간의 일이었다. 우키다가 내려치는 목검이 유키나가의 정수리를 노리고 위에서 아래로 내려왔다. 영주에게 호출을 받아, 너무나 황송한 나머지 행동거지 하나하나에 신경 쓰며 조심했던 유키나가였다.

"앗!"

몸을 수그리고 있던 유키나가는 반사적으로 고개를 들어, 옆으로 몸을 굴렸다. 민첩한 몸놀림이었다.

"휘휭."

목검은 바람을 가르는 소리를 내며 허공을 갈랐다. 맞았다면 머리가 깨져, 성치 못했을 정도로 힘이 실려 있었다.

"전하! 어째서….."

유키나가는 영문을 몰라 어리둥절하면서도 몸은 본능적으로 방어자세를 취했다.

"호오! 과연 내 느낌이 틀림없었구나!"

"유키나가! 내 그대의 체격과 근육질을 보고 무예를 익힌 몸이란 걸 익히 알고 있었다. 어디에서 무예를 익혔느냐. 무예를 익혔다면 어디 내 앞에서 솜씨를 보여 봐라."

우키다는 자신이 들고 있던 목검을 가신에게 넘기고는 계단 위로 성큼성큼 올라서더니 대청에 준비된 의자에 걸터앉았다.

"유키나가, 거기 있는 몬자에몽이 상대가 되어 줄 것이다. 비록 목검이지만 진검(眞劍)으로 여기고 자웅을 겨뤄 보도록 하라. 내 이기는 자에게는 포상할 것이니라."

유키나가의 상대인 몬자에몽은 나이가 마흔 중반이었으나, 여러 싸움터에서 실전을 경험한 백전노장이었다. 유키나가는 젊고 힘은 있었지만, 아직 실전 경험은 없었다.

"몬자에몽! 유키나가에게 한 수 가르쳐 주어라."

"예, 분부 받아들이겠습니다."

성주의 명을 받은 몬자에몽은 영주에게 고개를 꾸벅 숙이고는 목검을 받아 오른손으로 잡아 쥐었다.

"유키나가에게도 목검을 주도록 하라."

성주의 명으로 곧 대련의 형식을 띤 대결이 벌어졌다.

"자, 그럼 한 수 부탁드리겠습니다."

목검을 받아 든 유키나가는 먼저 상대에게 예를 갖추었다.

"이얍."

예가 끝나자, 곧바로 상대가 목검을 찌르며 선제공격을 해 왔다. 유키나가는 급한 김에 뒤로 몸을 뺐다.

'이런 장사꾼쯤이야.'

유키나가가 뒤로 주춤 물러서자, 몬자에몽은 속으로 유키나가를 얕보았다. 가능한 한 십 합 이내에 승부를 결정짓고 싶었다. 영주 앞에서 상대를 가볍게 제압해 자신의 무예를 자랑하고 싶은 마음이 동했다.

"엇차."

이번에는 몬자에몽이 목검을 수직으로 내리며 치고 들어왔다. 유키나가는 상대의 공격을 피하기 위해 거푸 뒷걸음질을 해 댔다. 일단 뒤로 발을 빼, 거리를 두었지만, 상대의 자세에서 빈틈을 찾을 수는 없었다.

"이얍. 이얍."

유키나가가 당황하자, 몬자에몽이 다시 공격을 해 왔다. 실전에서 잔뼈가 굵은 백전노장 몬자에몽의 목검 다루는 솜씨는 과연 매서웠다. 좌를 치는 척하며 우측의 빈틈을 치고 들어왔다. 위가 비었다 싶으면, 곧바로 목검이 정수리를 향해 내려왔다.

탁, 탁.

유키나가는 몸을 회전시키며 그의 목검을 쳐 냈다. 처음엔 당황하여 일방적으로 공격을 받았지만, 유키나가 또한 만만치 않은 무술 솜씨를 지니고 있었다. 몬자에몽의 날카로운 공격을 받아내며 거리를 두니 점차 상대의 빈틈이 보이기 시작했다.

"이얍."

십 합이 지나고부터는 몬자에몽이 주춤하면 여지없이 유키나가의 목검이 상대의 급소를 노리며 파고들었다. 처음에는 유키나가를 무시하며 들어오던 몬자에몽도 유키나가의 공격을 받아 내고는 유키나가의 무예와 힘이 보통이 아님을 감지했다.

"이야압."

"탁. 탁."

상대가 공격을 해 오면 서로 목검으로 쳐 냈다. 그야말로 용호상박이었다. 손에 쥐어진 것은 목검이었지만, 그야말로 실전을 방불케 했다. 목검에 살기가 서려 있어, 지켜보던 영주와 가신들 모두 긴장하여 마른 침을 삼키고 있었다.

'맞으면 중상을 입거나, 자칫하면 죽을 수도 있다.'

둘은 한 치의 양보도 없었다. 이젠 진검 승부와 진배없었다. 두 사람은 공격과 방어를 해 가면서, 수십 합을 주고받았다. 아직 승부를 결정지을 만한 치명타는 없었는데, 차츰 힘의 균형이 무너지기 시작했다. 먼저 몬자에몽의 입에서 '헉헉!' 소리와 함께 더운 입김이 뿜어져 나왔다. 지쳤던지 몸의 중심축이 흔들리기 시작했다. 몬자에몽 스스로도 하체가 흔들리면서 집중력이 약화됨을 느꼈다. 나이의 차이였다. 검술은 극도의 집중력을 필요로 한다. 집중력이 끊어지는 순간, 그 한순간의 흐트러짐이 승패를 좌우한다. 유키나가도 상대인 몬자에몽의 칼끝이 떨리는 것을 감지했다.

그러나 침착한 성격의 그는 서두르지 않았다. 목검으로 상대의 미간을 겨눈 채로 공격을 하지 않고는 좌우로 움직이며 거리만을 유지했다. 상대 역시 목검을 세워 유키나가의 목울대를 노리고 있었는데, 유키나가가 자신을 겨누고 있는 몬자에몽의 목검을 가볍게 옆으로 '툭' 쳐 내자, 몬자에몽의 목검이 일순 옆쪽으로 비껴지며 흐느적거렸다.

"얍, 얍, 얍."

빈틈을 놓칠세라 유키나가의 목검이 상대의 목검을 쳐 내며 허리, 어깨, 머리를 연속으로 치며 들어갔다. 힘에서 밀린 몬자에몽이 유키나가의 목검을 쳐 내며 뒤로 물러나다 발이 엉컸다.

"어이쿠."

뒤뚱거리며 뒤로 물러서던 몬자에몽이 그대로 땅바닥에 주저앉았다. 그의 머리와 어깨가 그대로 노출되었다.

"이얍!"

기합 소리가 쩌렁하고 허공에 퍼졌다. 모든 기를 한데 모은 기합 소리였다. 동시에 유키나가의 목검이 상대의 어깨를 노리고 위에서 아래로 사선을 그으며 내려갔다.

"에구."

두 사람의 대결을 지켜보던 사람들이 몬자에몽의 어깨가 박살 났다고 여겨 고개를 돌렸는데, 유키나가의 목검은 어깨 위에서 딱 멈춰 섰다.

"승부, 결정."

유키나가의 승리였다. 예기치 않은 기회에 유키나가는 영주인 우키다 앞에서 유감없이 자신의 무예를 피력하게 된 것이었다.

"자, 일어서십시오."

유키나가는 뒤로 넘어져 혼이 빠진 몬자에몽에게 다가가, 머리를 숙여 절을 한 후, 어깨를 감싸고 함께 일어났다. 그리고는 함께 우키다가 앉아 있는 대청 앞으로 다가가 머리를 숙였다.

"오호, 대단하구나. 움직임보다는 지칠 줄 모르는 힘이 좋아, 힘이…. 와하하하! 몬자에몽 어떤가?"

"주군의 말씀대로 힘이 뛰어났습니다."

영주 우키다는 유키나가가 마음에 들었다. 물품 구매뿐만 아니라 뛰어난 정보 수집력, 거기다 관리 능력까지 지니고 있는 그가 사무라이로서도 손색이 없는 무예와 힘을 지니고 있으니 가신으로 삼기에는 더 바랄 것이 없었던 것이었다. 성 안의 재정을 건실하게 해 줄 뿐 아니라, 싸움이 일어나면 사무라이 대장의 역할도 맡길 수 있을 것으로 판단했던 것이다.

"유키나가, 그대를 가신으로 임명한다. 앞으로 우키다 가문을 위해 최선을 다하도록 하라."

우키다는 유키나가에게 가신으로 근무할 것을 명했다.

"하아, 전하, 하해와 같은 은혜 황공하옵니다. 신 유키나가 목숨 바쳐, 충성을 다할 것을 맹세하옵니다."

그리고 얼마 지나지 않아, 영주 우키다는 유키나가에게 물품 구입뿐 아니라, 타국의 정보 수집, 나아가 외교의 모든 것을 일임했다.

구로에몽이라는 배경이 없진 않았지만, 사무라이 가문 출신이 아닌 상인가 출신으로, 그것도 타 지역에서 흘러들어 온 자가 그리 빨리 성주의 측근이 돼, 신뢰를 받으리라고는 아무도 상상하지 못한 일이었다. 그의 능력을 높이 산 성주 우키다의 식견이 만들어 낸 결과였지만, 그야말로 파격적인 발탁이었다.

"유키나가 님. 인정받을 줄 알았습니다. 같이 일하게 돼 정말 기쁜 마음입니다. 덕분에 영지가 안정되고 번성하게 될 테니 아주 잘된 일입니다."

영리한 사람들은 흔히 자기도취에 빠지기 쉽다. 잘났다고 자기 착각에 빠지면, 점점 유아독존적 사고가 돼, 겸허함을 잃고 만다. 그러나 유키나가는 달랐다. 그는 항상 겸손했고, 자신보다 주변을 배려할 줄 알았다. 때로는 우직할 정도로 보이는 성실함과 의리, 거기에 따뜻한 인간성까지 지니고 있었다. 그의 인품에 우키다 가문의 가신 중, 그가 장사치 출신이라거나 날아온 돌이라고 무시하며 시기하는 자는 거의 없었다.

신동(神童) 남사고

'될성부른 잎은 떡잎부터 다르다.'

남사고(南師古)에 대한 평판이었다. 젖을 떼고 옹알옹알 말을 할 무렵부터 공자 왈 맹자 왈을 읊었다.

"신동이 태어났다. 신동이."

"그러게. 어미젖도 안 뗀 아이가 어찌 경전을 저리 읊을 수 있단 말인가?"

영양(英陽)이 본관이었으나, 울진에서 태어나고 자랐다. 처음에 울진 근처에서만 자자했던 그의 관한 소문이 마을 울타리를 넘어 눈깜짝할 새에 조선 팔도 방방곡곡에 퍼져 나갔다.

조선은 공자 맹자를 조상의 신주(神主)보다 귀하게 모시는 유교사회였다. 더구나 화제가 많지 않던 시절이었으니, 이른바 갓난아이가 '공자 왈 맹자 왈' 하였으니 화제가 되는 것은 당연지사였다. 그런데 소문은 눈덩이처럼 불어나, 갓 태어난 아기가, '공자 왈 맹자 왈'이 아닌 사서삼경을 꿰뚫는 것으로 둔갑했다. 친부는 이조좌랑(종6품)을 역임한 남희백(南希伯)이었는데,

'남씨 가문에 신동이 태어났다. 미래의 당상관 감이다.'

라고 소문이 퍼져 나갔던 것이었다.

"어디서 저렇게 총명한 아이가 우리 가문에 나왔단 말인가. 참으

로 집안뿐 아니라, 나라의 경사일쎄. 그려."

친부인 남희백은 사랑에서 경전을 펼치고, 옹알옹알대는 아들을 보면 마음이 흡족했다.

"선영의 묘를 잘 써 조상님들께서 은덕을 베풀어 주시는가 봅니다."

"그러게 말일쎄."

"지금도 저러니, 저 애가 커 사서삼경을 읽고 공맹의 진리를 깨닫는다면 그야말로 나라의 복이 아니겠습니까?"

"그야 두말할 나위가 있겠나? 어서 자라, 크게 대성하길 바랄 뿐이지."

'공자 왈 맹자 왈' 덕에 태어나 얼마 되지도 않았지만, 남사고는 졸지에 가문뿐 아니라, 나라의 동량(棟梁)으로 기대를 한 몸에 받았으니, 그야말로 귀한 몸이 되어 버렸다.

가문 사람들은 그가 어서 자라 과거에 급제하여 당상관이 되기만을 바랐다. 그들에게는 과거 급제만이 중요했지 사고가 참으로 공맹의 진리를 깨닫든 어떻든 그런 것에는 별로 관심이 없었다.

"공맹의 진리가 따로 있다더냐! 과거에 급제하고 출세하면, 그게 곧 진리이니라."

"두말하면 잔소리입죠."

이른바, 가문 사람들에게 공맹의 진리는 과거 급제하여 입신양명하는 일이요, 오로지 출세였을 뿐이었다.

"저 아이에게 학문을 방해하는 것은 일체 금하게 하라."

'염불보다 잿밥'에만 관심이 있던 가문 사람들은 어린 사고의 주위에 서책 외에는 아무것도 못 놓게 하였다. 그런 환경에서 어린 사고가 할 수 있었던 것은 재미가 있건 없건, 그저 서책을 펼쳐 놓고는 '소불근학 노후회(小不勤學 老後悔 - 어려서 학문을 게을리하면 나이 들어 후회

61

함)' 같은 한문 글귀를 암송하는 일뿐이었다.

환경 때문인지, 영민해서인지 그 연유를 다 알 수는 없지만, 아무튼 아장아장 발걸음을 떼기 시작했을 무렵에는 『천자문(千字文)』과 『동몽선습(童蒙先習)』을 다 떼고, 네 살 무렵에는 이미 사서삼경(四書三經)을 손에 들고 옹알거렸다.

"허허. 깊이는 그렇다 하더라도 저 어린 것이 경전을 저리 달달 외니 암송만으로도 과연 신동이 틀림없소이다."

"소문이 헛된 것은 아니었으니, 헛걸음은 아니었구려."

학문을 했다고 자부하던 사람들이 소문의 진위를 확인하러 왔다가, 사고를 만나 보고는 고개를 주억거렸다.

"이대로 잘 자라면 과거 급제는 식은 죽 먹기요, 장원에 당상관은 틀림없겠소이다."

"지당하신 말씀, 아무튼 덕담을 주시니 감사할 따름입니다."

진위야 어떻든 사고의 모습을 접한 과객들이 입에 침이 마르도록 칭찬을 해 대니, 남희백뿐만 아니라, 하인, 식솔들까지도 으쓱대는 마음이 컸다.

'저 애가 성장만 하면, 드디어 우리 가문도 세도가가 될 것이다.'

남희백 자신은 '일인지하 만인지상'이라는 벼슬의 최고봉인 영의정을 꿈꿨다. 과거에 급제를 하였으나, 영의정은커녕 참판도 아닌 좌랑(종6품의 벼슬)에서 끝났다. 그는 자신이 못다 이룬 염원을 자식인 사고가 이루어 줄 것으로 보고, 내심 큰 기대를 걸었다. 자식이 정1품 영의정에 오른다면 그야말로 세도를 지닌 명문 가문이 될 것은 두말할 여지가 없다고 여겼다.

당시에는 똑똑하다는 사람이 입신양명을 위해 택할 수 있는 길은 오로지 과거에 급제하는 길뿐이었다. 이른바 과거에 급제하면 양반이

62

요, 못하면 상놈이었다. 지배자인 양반과 착취 대상인 상놈으로 구별되는 사회였다. 원래 양반을 제외한 일반 백성을 보통 사람의 의미인 상민(常民)이라 하였는데, 이를 비하한 말이 상놈이었다. 그러니 정승을 배출한 명문 양반가라도 몇 대에 걸쳐 과거 급제자를 배출하지 못하면, 그대로 몰락한 양반이 되어, 결국은 상민, 즉 상놈 취급을 받는 것이었다. 그러니 기를 쓰고 과거에 급제하려 애를 썼던 것이다.

이와 같이 과거 급제가 출세의 첩경(捷徑 – 지름길)이라는 것을 알고는 있었지만, 그런데, 예나 지금이나 어디 학문하는 일이 그리 쉬운 일이던가?

"입신양명(立身揚名)을 위한 유일한 길은 공맹(공자와 맹자)을 깨달아 과거에 급제하는 일이니라."

양반들이 자제들에게 하는 훈계였다. 출세를 위해 학문이 중요하다는 것은 지각이 조금 있는 삼척동자도 다 아는 사실이었다. 그런데, '평안 감사도 저 싫으면 그만'이라고, 본인이 학문을 즐기질 못하면, 신동이든 귀신이든 용빼는 재주가 없었다. 본인이 흥미를 못 느끼는데 공맹의 진리가 머릿속에 들어올 리 없었고, 그러니 과거 급제는 그저 공허한 염불에 그쳤다.

양반가에서 태어나 어릴 적 신동 소리를 듣다가도, 과거에 실패하고, 그 끝에 한량이 되어 인생을 탕진한 양반가 자제들이 부지기수였다. 가문과 주변의 기대와 압력, 그리고 한문으로 쓰여진 고전을 그저 달달 외워야 하는 반복되는 암기에 질려 그 길을 포기한 사람이 많았다.

'떡 줄 사람은 따로 있는데, 김칫국부터 마신다'라는 말이 있듯이, 동서고금을 막론하고 모든 일은 본인이 좋아서 해야 그 결과가 나오는 법. 학문에 왕도(王道) 없고, 대신 해 줄 수 없는 것이 학문이다. 단지 주변에서 기대를 크게 한다고, 그 기대만으로 학문 통달을 한다는 것은 어불성설이었으니, 지나친 기대는 오히려 강요요, 압력이 될 뿐이었다.

그러니, 신동 소리를 듣는 남사고가 자신의 재능을 증명하는 길은 오로지 과거에 합격하는 것뿐이었다. 그것도 장원으로…. 그래야, 영의정도 바라볼 수 있었으니까….

아무튼 남사고에 대한 소문과 가문의 기대가 부풀려져, 자천타천으로 그에게는 집안을 일으켜 세워야 할 책무가 주어졌다.

"학문에만 정진(精進)할 수 있도록 하라. 잡인들과의 접촉을 금지시키고, 가산을 털어서라도 학업에 불편함이 없이 모든 뒷바라지를 다 해 주도록 하라. 남씨 가문의 운명이 달려 있는 일이다."

친부인 남희백뿐만 아니라 남씨 가문 모두 일심동체가 되었다. 그들은 사고의 과거 급제가 곧 가문의 영광과 세도를 줄 것으로 믿었다.

"촌음을 아껴 학문에 매진하거라. 꼭 과거에 급제를 하여, 조상님의 은덕에 보답하고, 가문을 빛내어야 한다. 그것이 곧 효이니라."

"네, 명심하겠습니다."

"너라면 과거에 급제하여, 만인지상 일인지하라는 영의정까지도 무난할 것이다. 우리 가문에서 영의정이 나온다면 그보다 더 큰 경사가 어디 있겠느냐! 그렇게만 되면 내 죽어서도 조상님을 떳떳하게 뵐 수 있을 것이다."

"잘 알고 있사옵니다."

남희백은 사고의 영리함에 커다란 기대를 했고, 사고 본인도 자신의 천재성을 어느 정도 과신해 '과거쯤이야!' 하고 대수롭지 않게 생각하였다.

제 아무리 똑똑한들 천성이 서책을 멀리하는 성격이면 죽도 밥도 안 될 터인데, 다행히 사고는 서책을 가까이 하며 학문하는 것을 좋아했다. 덕분에 여섯 살 때 이미 『소학』을 뗐다. 철이 들어 서당에 나갈 무렵부터는 『대학』과 『중용』, 『맹자』, 『논어』의 순서대로 사서(四書)를 읽기 시작했다.

'기대를 저버리지 않는 아이로다.'

유심히 자식을 지켜보던 남희백은 내심 자신의 기대가 어긋나지 않음을 확인했다.

게다가 사고는 이치를 따지는 것을 좋아했다.

"자구(字句)를 있는 그대로 익히면 되지, 무엇을 그리 따지느냐?"

"사서와 삼경의 자구는 모두 고사(古事)를 기록한 것인데, 그 유래를 모르니 자구만으로는 이해가 되질 않습니다."

관련 고사와 자구의 구성을 모르는 훈장들은 사고가 질문을 해 오면, 답을 찾느라 식은땀을 흘리곤 했다.

"신동 소릴 듣는 아인지라, 질문이 범상치가 않습니다."

사고가 하도 원리와 이치를 따지고 드니, 그저, '하늘, 천(天), 따, 지(地)'만 암송시키던 서당의 훈장들은 그에게 진저리를 냈다.

"저 아이는 서당이 아니라, 서원으로 가, 공부를 해야 할 수준입니다."

"그러나, 아무리 똑똑하다 한들, 유생들이 학문을 하는 서원에서 저 어린 것을 받아들일 리도 없고….."

서당은 학동들의 교육 기관이요, 서원은 유생들이 모여 학문과 제향을 하는 곳이었다. 그러니 나이가 어린 사고가 서원에 가서 공부를 한다는 것은 불가능했다. 그야말로 어불성설이었다.

사정이 그러하니, 사서와 삼경의 원리와 이치를 사고는 혼자서 깨우쳐야만 했다. 게다가 사서와 삼경은 과거를 위한 과목으로 빼놓을 수 없는 서책이었다. 어릴 때부터 영민함을 인정받아 신동으로 소문이 자자했던 만큼, 사고는 웬만한 서적은 한 번만 읽으면 그 내용과 원리를 대충 이해할 수 있었다. 그런데 삼경 중, 『주역(周易)』만은 달랐다.

"알 것 같으면서 알 수가 없으니, 참으로 오묘하고, 심오하구나."

주역에는 음양에 의한 삼라만상과 우주만물의 이치가 담겨 있었고, 또한 팔괘로 인생의 길흉화복을 점치는 원리가 실려 있었다. 학문의 궁극적인 원리를 탐구하는 것을 좋아하던 사고는 주역의 내용과 뜻이 오묘하고 심오한 것을 알고, 그만 주역의 매력에 폭 빠졌다. 그러나 그 내용을 다 이해할 수 없어, 훈장들에게 묻곤 하였으나, 어느 누구도 그에게 주역의 내용을 명쾌하게 설명해 주는 사람은 없었다.

그렇게 세월이 흘러, 성장을 한 사고가 이팔청춘의 나이에 이르렀을 때였다.

"이제 저도 과거에 응시토록 하겠습니다."

어려서부터 신동 소리를 들으며, 사서삼경을 입으로 흥얼거릴 정도로 달달 외워 왔던 그였다. 가문 사람들은 남사고가 아직 어리지만 충분히 과거 급제를 할 수 있다고 믿었다.

"오, 그래라. 나이가 조금 이르긴 하지만 너라면 충분할 것이다. 꼭 장원 급제하거라."

남희백은 속으로 매우 기뻐하며 자식의 과거 응시를 위해 모든 뒤치다꺼리를 해 주었다.

조선 시대 과거는 크게 문과(文科)와 무과(武科)로 구분되고, 문신이 되는 문과 시험은 소과와 대과로 나누어졌다. 문신 지망생은 소과에서 초시(初試)와 복시(複試)에 합격하여야, 대과에 응시할 수 있는 자격이 주어졌다. 말하자면 소과는 예비 시험이오, 대과가 본 시험이었다. 예비 시험인 소과의 초시, 복시에 합격만 하여도 생원 또는 진사의 대접을 받다. 게다가 성균관에 들어가 공부할 수 있는 자격이 주어졌다.

대과는 다시 1차 시험인 초시(初試)와 2차인 복시(複試), 그리고 임금 앞에서 치러지는 전시(殿試)로 나누어졌는데, 1차에서 합격한 사람만이 2차인 복시에 응시할 수 있었고, 최종 시험인 전시에는 복시에 합격한 사람 중에서 33명만이 선발되었다. 이들에게는 임금이 직접 친람(親覽)하는 어전 시험의 자격이 주어졌다.

응시자들은 시제가 주어지면 주제에 따라 칠언 율시로 답안인 과문(科文)을 작성했고, 그 결과로 순위가 결정됐다. 전시 합격자는 갑, 을, 병으로 나누어 갑과(甲科) 3명, 을과(乙科) 7명, 병과(丙科) 23명으로 등수가 나누어졌다. 급제자 중 갑과는 정7품, 을과는 정8품, 병과는 정9품의 벼슬이 주어졌다.

과거는 보통 3년마다 열리는 식년시가 있고, 그 외에 필요에 따라 증광시, 알성시, 별성시 등이 열렸는데, 정기 시험인 식년시를 제외하고는 모두 부정기 시험이었다. 이는 새 임금이 들어서는 등, 나라의 경사나, 특별한 일이 있을 때만 열렸기에, 과거라 하면 보통 3년에 한 번 열리는 식년시를 지칭했다.

그러므로 응시자들은 3년에 한 번 시행되는 식년시를 준비하고, 예비 시험과 본 시험을 합쳐 다섯 번의 시험을 치른 후, 모두 합격을 해야, 벼슬길에 나설 수 있는 것이었다. 그러니 벼슬을 하는 건, 말 그대로 '하늘에서 별 따기', '바늘구멍에 낙타가 들어가기'로 비유될 정도였다.

게다가 소과와 대과를 관장하는 관리가 모두 다르고, 시험도 정답이 없는 주관식이다 보니, 채점자가 누구냐에 따라 결과가 달라지는 일이 많았다.

대과의 마지막 시험인 전시인 경우에는 정승 급의 고관이 시험을 관장하고, 제출된 우수한 시제(試題)는 어전(御前)에서 읽어야 했기에 어느 정도 객관성이 보장되었으나, 그 외의 초시나 복시 등은 채점자의 주관이 당락에 많은 영향을 끼쳤다. 시험 감독관의 학문적 성향, 때로는 응시자와의 친소(親疏) 관계도 합격에 영향을 미칠 수 있는 소지는 충분했다.

　　사고는 초시인 향시(예비시험)에서 초시와 복시에 단번에 합격을 하였다.

　　"과연 신동이로다."

　　당시의 과거 급제 연령이 대개 삼십 세 전후였는데, 이십 대인 약관의 나이에 전시에 합격하면, 수재 소리를 들었다.

　　"역시 기대를 저버리지 않는구나."

　　"오, 장하다."

　　남희백과 주변 사람들은 이구동성(異口同聲)으로 사고의 천재성을 다시 확인하고 기뻐했다.

　　"꼭 대과에서 장원으로 급제를 하겠습니다."

　　"오, 그래, 네 뜻이 그렇다니, 더 바랄 바 없도다. 꼭 그렇게 이루어질 것이다."

　　사고는 소과를 치르며, 출제 경향도 파악했던 터라, 자신의 능력이면 대과도 충분히 합격할 수 있을 것으로 자신했다. 보통 소과에 합격하면 성균관에 들어가 공부할 자격이 주어졌으나, 그는 성균관에 들어가지 않고 곧장 대과에 응시했다.

　　"이게 누가 작성한 과문(답안)이오?"

　　"응시자는 울진 출신 남사고로 돼 있구먼."

　　"남사고라면, 이조 좌랑을 한 남희백의 자식(子息)이 아닌가?"

"아니, 그렇다면 그 애송이가 이런 답안을 작성했다는 말이오."

"신동이란 소문을 듣긴 했소이다만, 무엇이 문제란 말이오?"

"도저히 믿을 수가 없소이다. 귀밑에 피도 안 마른 그런 애송이가 스스로 이런 문장을 작성했다니…. 틀림없이 누군가 지어 놓은 율시를 모방했을 것이오."

"듣고 보니, 그도 그럴듯하군."

"게다가, 구상유취(口尙乳臭-입에서 젖 냄새가 남)의 애송이를 주상이 친림(親臨)하는 전시에 내보낼 순 없소."

사고가 작성한 답안을 들고 얼굴이 벌게져 핏대를 올리는 사람은 다름 아닌 예조 참의인 김성무였다. 그는 남희백이 이조 좌랑이었을 때, 벼슬을 청탁했다가, 거절당한 일이 있어 항상 마음속에 앙심을 품고 있었다.

'내, 결단코 언젠가 되갚아 주리라.'

'부(否).'

대과를 관장하는 예조의 김성무는 남사고(南師古)의 답안에 시커먼 먹으로 한자로 부(否)자를 적어 놓았다. 이른바 낙방이었다.

'이현령비현령(耳懸鈴鼻懸鈴), 귀에 걸면 귀걸이, 코에 걸면 코걸이'였다.

자신도 놀랄 정도로 매끄러운 문장의 과문(답안)이 작성돼, 합격임을 자신하고 결과만을 기다렸는데, 낙방이 되자 사고는 당황했다.

'최선의 과문을 작성했는데… 낙방이라니… 이해할 수 없도다. 말하고자 하는 바를 고문을 인용하여 입증하며, 논리정연하게 기술하였음에도 낙방을 한다면, 관리들이 바라는 답안은 올바른 정문(正文)이 아니라, 비문(非文)이다.'

사고는 자신만만했던 만큼 낙심도 컸다. 당당하게 상경했던 자식이 어깨를 추욱 늘어뜨리며 낙향에 돌아오자, 장원 급제만을 기대하던 남희백 역시 실망이 컸다. 그러나 조용히 사고를 격려했다.

"너무, 의기소침하지 말거라. 어디 첫 술에 배부르랴."

"죄송하옵니다. 아버님."

사고가 조용히 자신의 방으로 물러가자, 곧 이어 친지들이 남희백의 사랑(舍廊)으로 몰려들었다.

"저 애처럼 총명한 아이가 떨어진 이유가 무엇일까요? 소과에서 초시와 복시를 단번에 합격한 아이가 대과에서는 초시에 떨어지다니, 믿을 수가 없습니다."

"경험이 부족해서 그런 것이 아니겠는가?"

예조 참의인 김성무가 원혐(怨嫌)을 품고 있는 것도, 고의로 자신의 자식을 떨어뜨린 것을 남희백이 알 수는 없었다. 그도 그럴 것이 자신은 원칙대로 인사를 공명정대하게 처리했을 뿐이었던지라, 그게 상대의 원한이 될지는 꿈에도 생각을 못했고, 또 김성무가 자신을 비방한다는 소문을 들어 본 적도 없던 것이었다. 말하자면, '무심코 던진 돌멩이에 맞아 죽은 개구리'와 같은 일이었다.

그러니, 과거 낙방의 원인이 자식의 경험 부족에 있는 것으로 여길 뿐, 설마 그런 일이 있었으리라고는 상상도 못했다.

"맞는 말씀입니다. 아무리 신동이라도 과거는 경험이 중요하니까요."

옆으로 비스듬히 앉아 있던 아우가 조용히 머리를 끄덕이며 동조해 왔다.

그런 일이 있고, 삼 년이 지나 사고는 식년시에 또 도전을 했으나, 결과는 마찬가지였다. 그때에는 김성무가 예조 참판의 벼슬을 하고 있었다. 그러니 더욱 될 리가 없었다. 결국 소과에서는 초시, 복시를 단번에 합격하는 그가 대과에서는 매번 초시에서 미역국을 먹었던 것이다.

"조정에 줄이 없어서 그런 것은 아닐까요? 사고같이 총명한 아이가 실력이 모자랄 리는 없고, 경험도 있는데 매번 미역국을 먹는 건, 뒤를 봐주는 끈이 없어 그럴 것입니다."

"설마, 그럴 일이 있으려고…."

고지식한 남희백이었다. 아우의 말을 들은 남희백은 이를 귀담지 않았다.

"으음, 포기만 하지 않는다면 누군가가 알아볼 날이 있겠지."

신음 비슷한 소리를 내면서도 그는 태연스럽게 혼잣말을 했다. 그러나 자식이 과거에 장원으로 급제를 하고, 조정에 들어가 영의정으로 출세하기만을 고대해 왔던지라, 그는 속으로 크게 실망하고 있었다. 그렇다고, 벼슬을 할 때, 다른 사람들에게 공명정대함을 주장했던 그였던지라, 줄을 대어 청탁을 할 수도 없는 노릇이었다.

한편, 사고는 사고대로,

'도대체 답안을 어찌 작성해야 된단 말이더냐? 시험관들이 원하는 게 무엇이더냐. 도무지 알 수가 없는 일이로다.'

연거푸 낙방을 하자, 그 역시 자신이 아무리 열심히 공부하고 지식을 쌓아도, 시험관들의 성향을 파악하고, 그들의 입맛에 들지 못하면, 대과에서 합격이 어렵다는 것을 깨달았다. 과거 급제가 학문적 능력만으로 이루어지는 아니라는 것을 깨달은 그는 점점 과거에 흥미를 잃어 갔다.

이제 그의 학문은 과거 급제를 위한 것이라기보다는 점점 생의 본질과 삼라만상의 질서와 운행 법칙 등, 우주와 철학으로 기울었다.

'학문의 으뜸은 주역이다. 사서(四書)가 '인의예지신'의 사람의 도리를 강조하는 현실적 학문이라면, 주역은 그보다 더 나아가 인간존

재와 삼라만상의 모든 원리를 밝혀 주는 학문이다.'

그는 어린 시절 탐독을 하다가, 그 의미를 이해하지 못해 놓아 버린 주역을 가까이 했다. 주역을 정독(精讀)하면서, 그는 끼니와 때를 놓칠 정도로, 그만 주역의 매력에 푹 빠져 버렸다.

'참으로 오묘하도다.'

주역의 내용과 그 오묘한 원리를 파헤치기 위해 집중하다 보니, 결국 다른 서책은 소홀히 하게 됐다. 그는 다른 서책은 모두 팽개치다시피한 채, 오로지 주역만을 손에 들고 그 원리 해석에 매달렸다. 밥을 먹든, 잠을 자든 그의 머릿속에는 온통 주역의 내용과 그 원리에 대한 해석만이 뱅뱅 돌았다.

'독서 백편이면 의자현(讀書百遍義自見)'이라 했던가.

그는 결국 어렴풋이나마 천문과 역학 등, 풍수의 원리와 함께 세상 돌아가는 이치를 깨닫게 되었다.

"어허, 삼라만상과 우주에 대한 깊은 통찰이 없으면 결코 이해할 수 없는 책이 주역이다. 참으로 심오하도다."

주역을 통해 세상 돌아가는 이치를 깨달은 그에게 과거 응시를 위한 학문은 더 이상 학문이 될 수가 없었다. 이젠 주역 외의 다른 서책들은 그의 마음을 끌지 못했고 또한 아무런 의미도 갖질 못했다.

영민한 천재에게는 범인(凡人)에게 안 보이는 것이 보이는 법이었는가, 그는 주역의 자구(字句)를 하나도 소홀히 하질 않고, 더욱더 그 깊은 뜻을 파헤치며 그 원리를 푸는 삼매경에 빠져들었다.

그러나 제 아무리 영민하고 주역을 달달 외워 통달했다 하더라도, 주역의 내용만을 가지고 과거 급제를 한다는 것은 어림없는 일.

그도 부친과 가문의 기대를 잘 알고 있었다. 그러나 가문의 사람들이 그의 과거 급제와 출세에만 관심이 있는 것과는 달리, 사고에게는 학문의 목적이 단지 과거에만 있지 않았다. 그러니 과거 급제는 점점 멀어져 갔다.

'삼라만상의 원리와 이치를 깨닫는 것이 궁극적 목표다.'

어렸을 때, 사고를 장래의 당상관처럼 대해 오던 문중 사람들의 태도는 점차 차갑게 바뀌기 시작했다.

"장원은 고사하고, 대과의 초시에서 떨어지는데 신동은 무슨 신동."

조금씩 무시하는 듯한 눈길도 주고, 뒤에서 험담을 하기도 했다.

'이래서는 안 되겠다.'

사고는 자신을 바라보는 시선이 예사롭지 않다는 것을 알고는 재차 결심을 했다.

'우선 과거 급제를 한 후에 다시 주역을 깨닫도록 하자.'

가문의 기대와 눈치를 잘 알고 있는 그는 마음을 가다듬고 진지하게 과거에 필요한 서책만을 잡고 본격적으로 과거 준비를 하려 하였다. 그러나 한 번 떠난 사람을 쉽게 되돌아오게 할 수 없듯, 한 번 떠난 마음 역시 되돌리기가 쉽지 않았다.

'주역 외에 다른 서책은 도무지 손에 잡히질 않으니, 이를 어찌하면 좋단 말이냐?'

사고도 마음처럼 되질 않는 자신이 안타까웠다. 이미 주역에 맛이 너무 들어 버렸던 것이었다. 주역은 마치 아편 같았다. 이미 중독이 된 그에게 과거를 위한 다른 서책은 도무지 무미건조해, 머릿속에 들어오질 않았다.

"아버님. 집안에서는 마음의 번민이 떠나지 않습니다. 많은 것들이 과거 공부에 방해가 되니, 이곳을 벗어나 산속에서 학문에 매진하도록 하겠습니다."

"네가 그리 원한다면, 그리 하도록 하라."

사고는 과거 공부에 방해가 된다는 핑계를 대고서는 그길로 산속
으로 들어가 버렸다.

예언

'마음은 이미 과거를 떠났다. 아버님과 가문에게 안 된 일이지만, 과거 급제가 뭐 그리 대단한 것이랴! 과거 급제가 아니더라도 사람으로서 할 일은 많다.'

그러나 이를 겉으로 표현할 수는 없었다. 가문의 기대를 저버리는 일은 곧 가문과의 결별을 뜻하였다. 자신의 속마음이 알려지면 가문에서는 더 이상 곡식을 대어 주지 않고, 쫓아낼 것임을 잘 알고 있었다.

'그리되면 그나마 산속 생활조차 유지할 수 없으리라.'

'가문의 흥망이 달려 있거늘….'

남희백도 자식이 거푸 낙방하자, 실망이 없진 않았으나, 그렇다고 사고에 대한 기대를 완전히 저버릴 수는 없었다.

'지금까지 들어간 게 얼만데… 쉽사리 포기할 순 없다.'

남희백은 울며 겨자 먹기로 그에게 다달이 식량을 보내 줄 수밖에 없었다. 그렇다고 해서 무작정은 아니었다. 감시의 눈을 게을리하진 않았다.

"서방님이 산속에서 어떻게 지내는지 보탬 없이 이실직고하여라."

남희백은 사고의 행태를 파악하려 애를 썼다. 조금이라도 학문을 게을리하는 낌새가 보이면 더 이상의 기대를 접고 식량을 끊으려 했던 것이다. 그래서 사고에게 딸려 보낸 하인이 매달 곡식을 받으러 오는 날이면, 사고의 행동거지를 캐물었다.

"예, 서방님은 산속 움막에서 항상 서궤를 마주하고 앉아 계십니다."

"서책을 가까이 하고 있단 말이지?"

"예, 여부가 있겠습니까요."

"다른 짓은 안 한단 말이더냐? 하다못해 산책을 한다든가…."

"서방님은 오직 서책만을 가까이 하고 있습니다. 오히려 지나치게 서책만을 가까이해 몸을 상할까 걱정입니다요."

하인은 상전에게 침을 튀겨 가며, 마치 사고를 의심하지 말라는 투로 역성을 들었다. 낫 놓고 기억 자도 모르는 까막눈인 하인으로서야, 사고가 과거 공부를 위한 책을 보는지, 뭘 보는지 알 도리가 없었다. 그러니 서궤 앞에 앉아 주역을 열심히 파고 있는 사고의 모습을 그리 말하는 것은 어쩌면 당연지사였다.

"그나마 다행이로다."

남희백은 하인의 말을 듣고는 스스로 위안을 삼고 안심을 했다. 그런데, 그의 기대와는 달리 사고는 과거에 크게 도움이 되지 않는 『주역』만을 파며 홀로 만족하고 있었다.

'허허, 논어에서 말하는 '학이시습지 불역열호(배워서 익히니 기쁘지 아니한가)'란 바로 이를 두고 하는 말 아닌가?'

속세를 떠나 산속으로 들어간 사고는, 자신이 좋아하는 『주역』을 통해 자연의 모든 현상과 더불어 삼라만상의 이치를 깨달아 가는 것이 그렇게 즐거울 수가 없었다.

사고는 학문하는 즐거움에 폭 빠져 버렸다. 그는 산속에서 아무런 방해를 받지 않고, 도를 닦듯이 『주역』을 팠다. 그 결과 음양의 원리와 삼라만상의 자연법칙, 게다가 천문에까지 통달하게 됐다. 어려서부터 신동이란 소릴 들은 그가 학문에다, 천문을 통해 점성술까지 깨달았으니, 세상 돌아가는 일이 제 손바닥 보는 것보다 쉬웠다. 속된 말로, 그야말로 도가 트인 것이었다.

'과연 대학에서 말하는 '수신제가 치국평천하'가 무엇이더냐?'

산속 움막 속에서 삼라만상의 본질을 꿰뚫은 사고는 스스로 자문을 던지고 자답을 하였다.

'모든 일에 기본은 수신이 아니더냐. 수신조차 제대로 안된 자들이 학문의 본질을 왜곡하고, 공맹의 진리를 깨닫기는커녕, 그 기본도 모르면서 오로지 암기를 통해 과거에 응시해서는, 연줄로 벼슬길에 올라 국사를 논하니 천하가 어지럽게 되는 것이다.'

몇 해에 걸쳐 자신의 머리를 짓누르던 『주역』의 원리가 훤히 눈에 보이고, 그로 인해 삼라만상의 이치를 깨닫게 되니, 사고는 머리가 맑아지고, 몸이 가벼워짐을 느꼈다.

'이제야말로 진정한 의미의 수신(修身)이 끝난 셈이다. 성현의 말씀을 실천하기 위해서는, 속세로 돌아가 현실 속에서 제가(齊家)와 치국(治國)을 몸소 실현할 때가 되었다.'

세상 이치를 깨달은 그는 모든 것을 훌훌 털고 가벼운 마음으로 하산을 했다. 남희백과 가문 사람들은 그가 과거에 응시하기 위해 산을 내려온 것으로 기대했다.

"사고가 산을 내려왔다니, 이제사 학문을 마쳤나 보구나. 이제 곧 식년시가 시작될 테니, 과거 채비를 갖추도록 하거라."

그런데 속세로 돌아온 그는 집으로 들어오질 않고, 초옥(草屋)을 하나 얻어 기거하며 사람들의 운명을 점쳐 주었다. 그는 이미 과거 따위에는 관심이 없었다.

사고는 초옥에 기거하며, 심심풀이 삼아 찾아오는 사람들의 운과 길흉화복을 점쳐 주었는데, 용하다는 소문이 점점 널리 퍼졌다. 그러다 보니 양반, 상민 가리지 않고 그가 거주하는 초옥으로 몰려들어, 집 주변에는 사람들이 북적거려, 문전성시를 이루었다.

그도 사서삼경의 내용을 앵무새처럼 달달 외우며 지식인인척 하며 헛소리하는 것보다는, 사람들의 운세를 보거나 길흉화복에 대한 대비책을 제시해 주는 것이 오히려 더욱 즐거웠다.

"어허! 학문에 매진하여 과거 급제하랬더니, 기껏 한다는 일이 술사 노릇이나 한단 말인가!"

"그러게 말입니다. 믿는 도끼에 발등 찍힌다고, 에고 우리 가문에 망조가 꼈나 봅니다."

남희백과 그의 아우는 기대했던 사고가 술사 노릇을 하는 것을 알고는 탄식을 하였다.

"양식 대 주고 학문을 하랬더니, 기껏 한다는 일이 점쟁이 짓을 해, 가문의 욕을 보인단 말이던가."

사고에게 커다란 기대를 했던 가문 사람들은 모두 그를 손가락질하며 개탄을 했다.

"가문에서 파문(破門)을 시켜야 한다. 가문의 수치이니라. 족보에서 적을 지워야 한다."

격노한 일부 문중 사람들은 남사고란 이름을 족보에서 지우라고 성화를 부리기까지 했다.

"문중 어른들이 저리도 성화를 하니 어떻게 할까요?"

"아무리 그렇다고 죽을죄를 지은 것도 아닌데, 함부로 족보에서 지운다는 게 말이 되겠는가. 어려서 신동이란 소릴 듣던 아이인데, 나름 무슨 생각이 있어서 그런 것이 아니겠는가."

"그러면 어찌 하시렵니까?"

"그냥 모른 척하고 좀 더 두고 보세. 문중 사람들이 성화를 부리면 곧 그리할 것이라고만 전하게."

어려서부터 가까이에서 자식을 보아 왔던 그는 사고가 과거 급제를 못 해 벼슬은 못했지만, 무언가 범상치 않다는 것을 직감적으로 느끼고 있었다. 또한 자식에 대한 믿음을 쉽사리 버릴 수가 없었다.

"삼월에 남쪽에서 귀인이 올 것이오. 귀인을 잘 맞이할 수 있도록 남향으로 문을 터놓고 부정한 것이 끼이지 않도록 하오."

"아이고 감사합니다요."

"유월은 길흉하니 조심하오. 가까운 사람과 송사가 있으니, 재물의 들고 나감에 유의하오."

"말씀을 잘 따르겠습니다요."

"시월에 운수대통의 복괘가 나왔소. 복록이 있고 재수가 있으니 부정이 타지 않도록 언동과 행동거지에 조심하오. 대문을 활짝 열어놓고, 없는 사람들에게 적선(積善)하면 더욱 경사가 많으리라."

"아이고, 이 은혜를 다 어찌 갚을까요."

그는 찾아오는 사람들을 양반, 상민 가르지 않고, 운세를 보아 주었다. 양반들에게는 복채를 받았지만, 가난한 서민들에게는 무료로 보아 주었다. 게다가 문자(文字-즉, 한자)를 모르는 서민들에게는 알기 쉬운 언문(諺文-한글)으로 운수를 풀어 써 주기도 하였다.

그는 기본적으로 상반의 차별을 두지 않았다.

'사람이 소우주인데 어찌 양반과 상놈의 차별이 있겠느냐!'

삼라만상 모든 것에는 차별이 존재하지 않는다는 것을 그는 『주역』을 통해 깨닫고 있었다. 양반, 상민으로 구별하고 차별을 두는 것은 오로지 권력자들이 자신들의 권력을 유지키 위해, 다수를 지배하기 위한 수단에 불과하다는 것을 진즉 꿰뚫고 있었다. 그런 그였기에 자신이 필요해 찾아오는 사람이라면, 귀천 구별하지 않고 다가올 길흉을 예언해 주고 그 대비책을 일러 주었다.

시쳇말로 도가 트인 그였다. 그가 예언하는 것은 모두가 놀랄 정도로 반드시 적중하였다.

"어쩜 저리도 점이 말하는 대로 딱딱 들어맞을까?"

"점이 아니여, 점이. 유식한 말로 점성술이여, 점성술."

"잘 맞으면 용한 거지. 점이든 점성술이든 그딴 말이 뭔 상관이여."

"그려, 그려. 신령님처럼 저리도 용한 점을 치면서, 복채를 안 받으니 참으로 성인이 따로 없네 그려."

그중에도 특히 서민들은 사고의 신통함뿐만 아니라, 그의 사람됨을 입에 침이 마르도록 칭송했다. 그의 예언으로 흉한 일을 면하게 된 서민들은 너무도 고마워, 나중에 은혜에 대한 보답으로 무명필이나 가축 등을 들고 와, 복채를 대신하기도 했다.

어린 시절에는 신동이라는 소문으로 명성을 떨치더니, 이번에는 점술이 신통한 것으로 그에 대한 소문이 널리 퍼져 나갔다.

그의 신통함이 사람들 입에 널리 회자되자, 어느 날 그의 친구가 그에게 농을 걸며 비꼬았다.

"어이, 격암(格庵−남사고의 호) 자네는 남의 운명은 그렇게 잘 알면서 어째 자기 운명은 잘 모르는가."

"그게 무슨 말인가? 자기 운명을 모르다니."

"남의 운명을 그렇게 잘 안다면서, 어째 자네는 과거 급제도 못하고 술사 짓이나 하고 있냐, 그 말이네?"

"삼라만상의 이치가 오묘한데, 어찌 사심을 갖고 이를 대할 수가 있는가?"

"허허, 다른 사람의 일은 족집게처럼 안다는 사람이 자신의 앞을 못 가리니 답답해서 하는 말일세.”

“그런 소리 말게. 사심이 끼면 술법이 어두워지네.”

“무슨 술법이 그렇단 말인가. 남의 앞길은 그렇게 잘 보이는데, 자신의 앞길은 한 치 앞이 안 보인다니….”

“하늘의 이치가 그런 거라네.”

사고는 친구의 말을 대수롭지 않게 받아쳤다. 그러나 어쨌든 사람의 운명이든 풍우의 흐름이든, 그가 예언하는 것은 거의 한 치의 틀림도 없이 들어맞았다. 이렇듯 그의 입에서 나온 예언이 백발백중으로 들어맞자, 그의 관한 소문은 이윽고 조정과 임금의 귀에도 들어갔다.

“남사고란 용한 점성가가 있다고 들었다. 짐이 한번 가까이 하리라.”

천문과 점성술에 호기심이 많던 조선의 13대 임금인 명종은 소문을 확인하고자, 그를 궁으로 불러오도록 했다.

남사고를 직접 대면한 명종은 그가 점성술에만 뛰어난 것이 아니라, 사서삼경 등 고전에 관해서도 높은 학문적 소양을 지니고 있는 것을 알았다.

“어허, 그대와 같은 사람이 왜 관직에 들어오지 않고 여염에서 그 재능을 썩히는가? 아깝도다.”

명종은 사서삼경이든, 역학이든 자신의 물음에 막힘없이 뭐든 척척 답을 하는 사고를 만나 보고는 매우 마음에 들어 했다.

“남사고를 관상감의 천문학교수로 특별 임명하라!”

명종은 남사고를 가까이 두고 자주 접하기 위해 그에게 특별히 관직을 제수하도록 하였다.

“성은이 망극하옵니다.”

사고는 뜻하지 않게 임금의 특명으로 종6품 벼슬인 천문학교수 자리를 제수받게 되자 임금에게 고마워했다. 벼슬에 크게 뜻이 있는 건 아니었으나, 그렇다고 일부러 거절할 필요도 없었다. 이른바 수신 제가의 다음 단계인 치국의 길이라 여겼다.

아무튼 과거 급제는 아니지만, 관리로 등용되었으니 결과적으로 과거 급제와 다를 바 없었다. 산속으로 들어가 식음을 전폐할 정도로, 미치도록 『주역』을 파고 연구한 보람이 있었던 것이다.

"우리의 기대가 헛된 것이 아니었네. 그려! 과연 총명한 아이는 어디가 달라도 다르구먼!"

그가 산속으로 들어가 비술을 연마해 술사 노릇을 한다며, 실망을 했던 남희백과 문중 사람들도 이번에는 모두 기뻐하며 좋아했다. 족보에서 이름을 파내야 한다고 길길이 뛰던 사람들은 모두 입을 닫았다.

사고도 마음이 흡족했다.

"내가 주역을 통달해 술사 노릇을 한 것에 대해 개인적으로는 후회함이 없다네. 그러나 가문의 기대에 부응하지 못해, 불효를 저지른 것이 항상 마음에 걸리었는데, 이제 벼슬길에 나가게 되었으니, 벼슬보다는 효를 다하게 돼, 매우 기쁘네. 이제사 자식으로서 도리를 다하게 되었네."

사고는 관상감에 들어간 후, 훗날 자신의 솔직한 심경을 친구에게 토로했다.

관상감에 들어가 천문학교수가 된 사고는 여전히 학문적 연구를 게을리하지 않았다. 주역을 통달한 데다, 천문학적 지식을 더하자 그의 학문적 깊이는 감히 타의 추종을 불허했다.

"사고, 게 있느냐?"

임금인 명종은 정사가 꼬이거나, 골치가 아프면 수시로 관상감으로 그를 찾아 국사에 대해 논의를 했다.

"과연 사물의 이치가 그렇구나. 잘 알았다."

임금은 사고와 대화를 하고 나면, 일의 원인을 근본부터 알게 돼, 항상 머릿속이 맑아져, 스스로 남사고를 관상감에 임명한 자신의 결정에 흡족해 하였다.

관상감에는 천문학교수로 그보다 나이가 많은 이번신(李蕃臣)이라는 사람이 있었는데, 하루는 남사고가 이번신과 함께 저녁 늦게까지 서책을 보다가, 하늘을 흘끗 쳐다보았다. 그때 마침 하늘에 떠 있던 별 하나가 밝은 빛을 잃고 스러져 갔다.

이를 본 이번신이 혼자 소리로 중얼거렸다.

"아! 저건 내가 죽을 징조로구나!"

그런데 옆에 있던 사고가 무심코 이를 듣고 있다가는, 하늘을 한번 쳐다보고는 무심코 씩 웃었다.

"왜 웃는 건가? 뭐가 이상한가?"

이번신은 눈을 크게 뜨고 나무라는 듯한 투로 사고에게 쏘아붙였다.

'과거 급제도 못하고 임금의 특명으로 들어온 주제에….'

이번신은 그렇지 않아도, 사고를 깔보고 있었다. 그가 아부로 출세했다고 여기고 있었다. 그런 그가 자신의 말을 비웃는 것으로 본 것이다. 가뜩이나 별이 떨어져 마음이 뒤숭숭하고 속이 편치 않았는데, 자신보다 못하다고 여기던 남사고가 자신을 비웃자, 더욱 화가 났던 것이다. 그러자, 사고가 고개를 돌려 이번신을 바라보며 천천히 대답을 했다.

"죽을 사람은 따로 있소이다!"

"그럼 저게 다른 사람의 성좌란 말인가? 누구란 말인가?"

"누구랄 게 따로 있겠습니까?"

사고는 보고 있던 서책을 가지런히 정리하더니, 자리에서 조용히 일어나서는 서궤를 벗어나, 밖으로 나가면서 마치 예언하는 듯한 소리로 중얼거렸다.

"두어 달 뒤면 알 수 있을 테니 그때 확인하면 될 것이외다."

그가 바깥 허공에 대고 웅얼대듯 하니, 이번신에게는 동문서답에 마치 뜬구름 잡는 소리로 들렸다.

"쳇, 별 싱거운 친구를 다 보겠군."

그리고 두어 달이 지난 후였다.

"천문학교수인 격암(남사고의 호)께서 어젯밤 조용히 눈을 감고 세상을 떠났다고 합니다."

관상감에 있던 이번신은 남사고의 부고를 받고는 깜짝 놀랐다.

"허어, 격암의 비술이 하늘에 닿았구나."

이번신은 남사고의 예언 능력을 높이 평가하며, 그의 죽음을 진심으로 애도하였다.

그런 남사고가 죽기 전인 명종 말년에 다음과 같은 예언을 하였다.

'사직동에 왕기가 있으니, 세상을 태평케 할 임금이 거기에서 나올 것이다.'

'그리고, 머지않아 조정에는 당파가 생길 것이며, 또 오래지 않아 왜변이 일어날 것이다. 만약 진년(辰-임진년)에 일어나면 구할 길이 있지만, 사년(巳-계사년)에 일어나면 나라를 구하기 어려울 것이라.'

뭇 사람들은 훗날 왜란이 터지고 난 후에야 그의 예언이 들어맞은 것을 알고 후회하였으나, 만시지탄(晚時之歎), 이미 엎질러진 물이 되고 말았다.

난세

때는 1537년 봄, 조선에서는 명종의 집권기였고, 남사고가 과거에 낙방하고, 주역에 빠져 있을 즈음이었다.

수전(水田)이 끝나는 곳에 야트막한 언덕이 솟아 있었는데, 뒤쪽으로는 대나무가 빽빽하게 차, 그 뒤가 보이질 않았다. 그 언덕을 짊어지고 오두막 한 채가 비스듬한 사면에 쓰러질 듯, 서 있었다. 울타리는 반으로 쪼개진 대가 얼기설기 거칠게 얽혀, 오두막을 따라 옆으로 비스듬히 둘러쳐져 있었다. 안채 오두막에는 넓은 판자가 듬성듬성 외벽을 대신하고 있어, 멀리서 보면 마치 인적이 끊긴 창고처럼 보였다.

오두막 입구는 수전(水田)의 경계를 나누는 논길과 이어져 있었고, 울타리 오른쪽에는 비스듬한 땅을 파헤쳐 만들어 놓은 텃밭도 보였다.

"어, 연기가 더럽게 맵네. 나무가 안 말라 그런다더냐."

판자로 얽어진 움막 같은 오두막 앞마당에서 사내 하나가 찔끔찔끔 흘러내리는 눈물을 연신 훔쳐 내며 중얼거렸다. 나이 삼십 줄로 보이는 사내는 화덕 앞에 앉아, 대통을 입에 대고 '후후' 열심히 바람을 불어넣고 있었다. 불을 살리려고 그가 복어의 볼록한 배처럼 입을 부풀린 다음, '후욱' 힘을 쓸 때마다, 화덕 위에 걸려 있는 불통에서는 불길이 일어났다가는 스러지곤 하였다. 불길은 혀를 날름거리며, 힘을 쓰는 그를 마치 놀리는 듯하였다.

사내는 연신 얼굴 위로 흐르는 눈물과 땀을 훔쳐 내면서도, 걱정의 눈빛으로 판잣집 쪽을 흘끗흘끗 바라보고 있었다.

"여차."

한동안 같은 동작을 계속하던 사내가 무슨 생각이 들었는지 갑작스레 대통을 놓고는 벌떡 일어섰다. 키는 작은 편이었으나, 농사로 단련됐는지 몸은 딴딴해 보였다. 땅바닥에서 일어난 그는 주저 없이 무쇠솥 위에 얹어 놓은 나무 뚜껑을 손으로 휙 들어 올렸다. 솥에서 뜨거운 김이 아침 물안개처럼 모락모락 피어올랐다. 사내는 실눈을 뜨고 솥 안을 살피더니, 곧 집게손가락을 펴서는, 물속에 살짝 담갔다가는, "어, 뜨거, 뜨거" 하며 촐랑댔다.

"아따, 김 안 나는 숭늉이 더 뜨겁다더니…. 더럽게 뜨겁구먼."

손가락에 묻은 뜨거운 물을 탁탁 털어 내는 시늉을 한 후, 저고리로 손을 꼬옥 감싸면서도, 자신의 손가락보다 더욱 마음에 걸리는 게 있던지, 걱정스런 표정으로 판잣집 쪽을 바라보았다.

"이만하면 물은 끓었고… 근데 왜 아무 소식이 없나?"

무엇이 궁금했던지, 사내는 혼잣말을 하고는, 까치발을 해, 사뿐사뿐 판잣집 쪽으로 다가갔다. 판잣집의 쪽문은 열려져 있었지만, 안쪽은 밖에서 볼 수 없도록 넓은 천이 드리워져 있었다. 조금 주저하던 사내는 아랑곳없다는 듯, 천을 '확' 걷어 올리더니 큰소리로 안쪽에 대고 외쳤다.

"물은 다 끓었는데, 아직 소식이 없나요?"

"…."

잠시 침묵이 흐르더니,

"재촉 말고 진득하니 기다리게나. 산모가 잘 먹질 못해서 그런지 힘을 못 쓰네!"

나이든 노파의 목소리가 들려왔는데, 서두르지 말라고 책망하는 눈치였다.

사내의 이름은 야우에몽(彌右衛門), 오와리국 나카무라(현 나고야 지역)의 농민이었다. 후에 일본 전토를 통일하여 일본을 통치하게 되는 도요토미 히데요시(豊臣秀吉)의 생부였다.

야우에몽은 아내의 출산을 돕고 있었다. 그는 빈농이었지만, 이번만은 꼭 자신의 대를 이어 줄 사내아이가 태어나길 간절히 바라고 있었다. 첫 아이가 있었으나 딸이었다. 딸이 꼭 싫은 것은 아니었으나, 시대가 아들을 중시했다.

산파의 핀잔을 들은 그는 다시 바깥뜰로 다시 나오긴 했지만, 아무래도 마음이 진정되질 않았다. 그는 안절부절못하고 앞마당에 놓인 화덕과 천이 드리워진 집 문 앞을 다람쥐 쳇바퀴 돌듯, 뱅뱅 돌았다.

"어허, 고자가 아침이면 실망해 없어진 마누라 찾으러, 처가를 들락날락한다더니, 내가 꼭 그 꼴일세 그려."

입담이 좋은 그는 자신의 모습을 보고 혼잣소리를 해 댔는데, 그때였다.

"으앵, 으애앵."

집 안에서 아기 울음소리가 터져 나왔다.

"아이구, 드디어 나왔구나!"

야우에몽은 급한 마음에 산파에게 묻지도 않고 화덕 위에 더운 물을 나무통에 옮겨 담았다. 잽싸게 나무통에 더운 물을 담아서는 쪽문 앞에 드리워진 천을 머리로 걷어 올리고는 성큼성큼 안으로 들어갔다.

"여기 더운 물을 가져왔습니다."

산파에게 물을 건네며, 곁눈으로 슬쩍 훔쳐보니, 막 태어난 갓난

아기는 산모의 옆에 눕혀져 있었다.

야우에몽은 무엇보다 먼저 태어난 아기가 사내아인지 아닌지 확인하고 싶은 마음이 간절했다. 그래서 머리를 쑥 빼고 곁눈질로 슬쩍 아기를 쳐다보았는데, 아기를 보던 그는 흠칫 놀랐다.

'아니, 저게 뭐야?'

산모의 품으로 파고드는 아기의 모습이 언뜻 보기에도 흉측했기 때문이었다. 귀엽고 앙증스러운 모습은 조금도 없었다. 그는 기대와 너무 다른 아기의 모습에 놀라 산파에게 아들인지 딸인지 묻는 것조차 잊어버렸다.

'아기들이 다 저렇긴 하지만….'

그는 속으로 그러려니 달래면서도, 저도 모르게 얼굴이 찌푸려졌다. 내친김에 가까이 다가가 자세히 보니 아기는 이마가 좁았다. 게다가 갓 태어난 갓난아기인데도 애늙은이처럼 얼굴에 주름이 죽죽 그어져 쭈글쭈글했다. 코는 푹 꺼져 있었다. 코라기보다는 얼굴에 단지 구멍이 두 개 빠끔히 뚫려 있다고 말하는 것이 오히려 정확할 것 같았다. 얼굴 양 옆으로 붙은 귀는 당나귀처럼 축 늘어져 마치 잘못 빚어 놓은 개떡을 붙여 놓은 형상이었다. 아기는 조그마했다. 넉넉지 않은 살림살이에 산모가 못 먹어서 그렇다 치더라도, 갓 태어난 아기는 사람의 새끼보다는 짐승의 새끼 같았다.

'어쩜 원숭이 새끼를 닮았남. 그것도 못생긴 원숭일 닮았네, 그려.'

갓난아기의 모습을 본 야우에몽은 순간적이나마, 실망스런 마음이 앞섰다.

'내가 사람의 해산을 조산한 것이 아니라, 짐승의 해산을 도왔나?'

해산을 조산해 주던 산파도 갓 나온 아기의 모습을 보고는 착각을 할 정도였으니 그가 놀라는 것도 무리는 아니었다.

"아들일세, 아들. 축하하네!"

야우에몽이 사낸지 계집아이인지 묻지도 않고, 뚱한 표정으로 있자, 아기의 생식기를 확인한 산파가 제 일인 것처럼 기뻐했다.

"어, 그래요. 아무튼 수고 많았습니다."

"으아앙, 으앙."

갓난아기는 마치 자신을 짐승에 비견하는 아비를 원망하듯 큰소리로 울어 댔다. 생긴 것과 달리 아기의 울음소리는 아주 우렁찼다.

"아이의 울음소리가 우렁차니, 울음소리만으로도 사내아이로써의 역할은 넉넉히 할 것이네."

산파는 조금은 실망한 빛을 보이고 있는 야우에몽을 위로하듯 말을 건넸다.

히요시마루(日吉丸), 도요토미 히데요시의 어린 시절 아명이었다.

태어나면서 원숭이를 닮은 얼굴을 하고 있어, 별명은 잔나비였다. 그런데 생긴 것과는 달리 어린 시절부터 꾀가 많고 영리했다.

그의 친부인 야우에몽은 원래 농사꾼이었다. 그런데 일본 전 지역이 난세인 전국시대(戰國時代)로 접어들자, 자주 싸움에 동원되었다. 이른바 반농반병이었는데, 농번기에는 농사에 종사하고, 농한기에는 싸움터에 나갔다.

영주에 의해 강제적으로 출병을 하긴 하였지만, 병사로 출정하면 그해의 세금이 면제되기 때문에, 자의 반 타의 반으로 싸움터에 나갔다.

야우에몽이 사는 곳은 오와리(尾張)로 불리는 지역이었는데, 오와리는 일본 열도의 중부에 위치하였다. 왕도인 교토에서 동쪽으로 약 삼백여 리 떨어진 지역이었는데, 당시 그곳은 오다 노부히데(織田信秀)가 영주로 군림하고 있었다. 오다 가문은 이제 막 발흥한 신흥 세력이었으나, 노부히데는 후에 일본 통일의 기반을 세우는 오다 노부나가

(信長)의 선대였다.

아무튼 야우에몽은 항상 가난에 찌들었으나, 가정에는 충실한 인물이었다. 창을 들고 영주를 따라 몇 번 싸움에 출정했으나, 이렇다 할 공을 세우진 못해, 큰 녹을 받지는 못했다. 그래도 가족의 생계를 위해 농번기에는 열심히 품을 팔았고, 자신의 텃밭도 가꾸었다.

'살림에 보탬이 된다면 무엇인들 못하랴.'

그런데, 노획물이라도 얻어 올 생각으로 영주인 노부히데를 따라 원정 싸움에 나갔다가, 다리에 부상을 입었다. 결국 그때의 상처가 원인이 돼, 장남인 히요시마루가 일곱 살 되던 해에 세상을 떠났다.

히요시마루의 생모는 나카라 불리는 전형적인 농촌 여성이었다. 할 줄 아는 거라곤 집안 살림과 남편의 농사일을 돕는 일인데, 졸지에 홀몸이 돼 버린 것이었다.

빈번하게 싸움이 일어나는 전국시대에 여자가 홀로 돼, 자식을 키우며 생활을 꾸려 나간다는 것 자체가 보통 힘든 일이 아니었다. 히요시마루의 위로 딸이 하나 있었으나, 아직 어렸다. 남편이 있어도 어려운 살림이었는데, 여자가 홀몸이 되었으니 나카의 고생은 말로 형용할 수 없을 정도였다. 남정네가 있어 농번기에 쉬지 않고 부지런히 씨뿌리고, 물 대고 피 뽑고 해도, 할 일이 많은 것이 농사일인데, 여자 홀로 하는 농사일이 오죽했겠는가? 그래도 나카는 두 자식을 굶기지 않으려고 농사일 외에도 틈이 나는 대로 날품을 팔았지만 생활고는 점점 더해 갔다. 세 식구는 끼니를 챙기질 못해 굶는 일이 더 많았다.

'이러다간 애들을 죽이겠다.'

생활을 꾸려 나가기 힘들었던 나카는 고심 끝에 두 자식을 굶겨 죽여서는 안 된다는 생각에 같은 마을 출신의 홀아비 치쿠아미(竹阿彌)와 재혼을 선택했다. 죽지 않으려면 그리할 수밖에 없었다.

치쿠아미 역시 전처와의 사이에 아들과 딸을 하나씩 두고 있었는데, 둘 다 히요시마루보다는 어렸다. 히요시마루는 생김새만 빼놓으면 나무랄 데 없는 아이였다. 까불까불하는 성격이었지만 영리했고, 붙임성이 있어, 아주 밉지만은 않았다. 또 효심이 지극했고, 부모의 말도 잘 듣는 아이였다.

그런데, 생부가 죽고, 의부가 생기자 마음의 상처를 받았는지, 그때부터 비뚤어지기 시작하였다. 자존심이 강한 아이의 특징이었다. 아이는 자꾸 바깥으로만 겉돌았다. 의부(義父)인 치쿠아미는 그런 그를 아주 싫어했다. 마른 장작불에 기름 붓듯이, 의부인 치쿠아미는 가뜩이나 자존심에 상처를 입은 어린아이의 마음에 생채기를 냈다.

"히요시마루! 이 원숭이 같은 놈. 얼른 바닥을 닦고, 끝나면 밖에 쌓아 놓은 장작을 다 패라. 농땡이를 피우면 그땐 알아서 해라. 오늘 중으로 다 끝내지 않으면 저녁밥은 없는 줄 알아라."

생김새부터 행동거지 하나하나 트집을 잡고, 구박을 하며 미워했다.

"왜, 나한테만 시켜요. 쟤들한테는 왜 안 시켜요?"

"이 자식이 시키면 시키는 대로 하지. 어디서 말대꾸야! 후레자식 같으니라고."

히요시마루는 의부가 구박을 하면 지지 않고 대들었다. 그럴 때마다 흠씬 얻어터졌다.

"어엉. 왜 때려요. 왜."

어린 히요시마루는 의부에게 거의 일방적으로 학대를 당했다. 히요시마루의 꼴을 못 보는 의부는 식량이 축나는 것조차 아까웠다.

"저 자식은 싹수가 노란 놈이니, 집에 두는 것보다 내보내는 게 좋겠네."

생모인 나카도 히요시마루와 의부가 견원 관계인 것을 알기에 더는 보고 있을 수가 없었다.

"히요시마루야! 여기서 구박받으며 사는 것보다 절에 들어가는 게 어떻겠니? 거기서는 우선 밥을 굶을 일은 없을 것이다. 그리고 스님들 말씀 잘 듣고, 스님들의 행실과 학문을 보고 배우면, 앞으로 살아가는 데 많은 도움이 될 것이다. 이 어미도 너와 떨어지는 게 마음이 아프지만, 네 장래를 위해서라도 절에 들어가는 것이 더 좋을 것 같구나."

친모인 나카는 히요시마루가 상심하지 않도록, 잘 타일러 가며 부탁을 했다.

'그래, 차라리 절간의 중노미로 들어가는 게 더 낫다.'

어린 히요시마루는 생모와 떨어지는 것이 싫었지만, 의부와 같이 지내는 것 또한 죽기보다 싫었던지라, 절에 들어가기로 작심을 했다.

"엄마, 걱정하지 마세요. 절에 들어가겠어요."

들어갔다기보다는 절에 맡겨진 히요시마루는 처음에는 절간의 중노미 노릇에 만족을 했다. 의부와 사사건건 부딪히지 않아서 좋았다. 밥도 굶지 않았다. 의부는 그를 구박하느라 걸핏하면 밥을 굶겼지만, 절에서는 잡곡의 주먹밥이지만, 끼니때마다 먹을 수 있었다.

그런데 얼마간 시간이 흐르자, 어린 히요시마루는 절간에서의 생활이 무료해지기 시작했다.

"나무아미타불."

염불만 외우는 절 생활이 고리타분했다. 불교의 교리를 모를 뿐더러 한참 뛰놀 나이였다. 활달하고 영리한 히요시마루는 고적한 절간에서 잔심부름이나 하면서, 말도 못하고 죽은 듯이 지내야 하는 중노미 노릇에 금세 염증을 느꼈다.

게다가 절의 승려 중, 특히 젊은 스님들은 반쯤은 장난으로 히요시마루의 생김새를 가지고 놀리거나 조롱을 하였다.

"어이, 원숭이! 사료는 먹었냐? 어디 재롱이나 한번 부려 봐라."

"스님이 될 사람이 점잖지 못하게 웬 원숭이 타령이오?"

"요, 쪼그만 잔나비 같은 놈이 그래도 인간이라고 말대꾸하는 것 보게!"

"내가 진짜 원숭이라도, 불도를 닦는 스님이 그래서는 안 될 짓이오. 그래서는 땡초 밖에 안 되오."

"요 녀석, 말하는 거 보게. 너 이리 와라. 뭐라고? 땡초라고!"

수양이 부족한 절간의 젊은 중들은 어린 히요시마루에게 걸핏하면 손찌검을 해 댔다. 그는 절 생활에 더욱더 흥미를 잃어 갔다. 일을 시켜도 슬슬 잔꾀만 부리고 딴청을 부렸다.

"너는 불심이 약한 것 같구나. 자꾸 꾀를 부리면 경을 칠 것이다."

아직 불자가 된 것도 아닌 중노미가 일을 하지 않고, 뺀질뺀질하자, 점잖은 노승들도 히요시마루를 꾸짖기 시작했다. 그야말로 사면초가였다. 히요시마루는 더는 절에 붙어 있을 수가 없다는 것을 분위기로 느꼈다.

'여기도 내가 있을 곳은 아니다. 절을 떠나자.'

그러나 중노미가 절을 떠나려면 부모가 직접 찾아와 절의 허락을 받아야만 절을 떠날 수 있었다.

'의부가 절간을 떠나는 것을 허락해 줄 리 만무다. 그냥 아무도 모르게 도망치는 수밖에 없다.'

히요시마루는 작심을 하고는 아무에게도 알리지 않고 야음을 이용해, 절을 빠져나왔다.

일단 절을 도망쳐 나오긴 하였으나, 찾아가 의지할 곳이 없었다.

"아, 이젠 어디로 간다."

집으로 가자니, 야차 같은 의부 치쿠아미가 마음에 걸려 도저히 집으로 갈 용기가 나질 않았다. 아침이 될 때까지 이리저리 궁리를 해 보았으나, 나이 어린 히요시마루가 갈 곳은 집밖에 없었다.

'그래, 일단 집에 가서 엄마를 만나 자초지종을 이야기하자.'

의부를 보는 것은 죽기보다 싫었지만, 생모인 나카에게 사연을 설명하고 방법을 찾기로 했다. 일단 발걸음을 집 방향으로 옮겼다.

야밤에 절을 빠져나왔는데, 집에 도착했을 때는 해가 중천에 떠오른 한낮이 되었다.

"아, 왜 이리 세상이 노랗게 뵈냐."

혀는 바싹 마르고, 뱃가죽은 등허리에 붙은 것 같았다. 그동안 물 한 모금 마시지 못한 탓이었다. 남의 눈에 안 뜨이려고 인가를 피해 멀리 돌아온 탓에 허기와 갈증은 더욱 심했다.

'내가 몰래 절을 빠져나온 것을 알면 의부는 나를 죽이려 하겠지.'

수전(水田) 너머 멀리 판잣집이 보이는 곳에 이르자, 의부가 마음에 걸렸다.

'의부가 밖에 나가, 없는 틈을 노려야 한다.'

집으로 곧장 들어설 수는 없었다. 허기진 배와 갈증을 참아 가면서 집안의 동태를 살피던 히요시마루는 의부가 없는 것을 확신하고 나서야, 몰래 집 안으로 들어갔다. 마침 나카는 뒤뜰에서 빨래를 하고 있었다.

"엄마, 엄마!"

작은 목소리로 나카를 불렀다. 어린 마음에 생모를 만난 기쁨은 컸지만, 의부가 있을지 몰라, 혹시 하는 마음에 목소리를 낮추었던 것이다.

"아니, 너 히요시마루 아니냐?"

나카는 깜짝 놀랐다. 젖은 손을 앞치마에 문지르며 일어나서는, 히요시마루의 얼굴을 두 손으로 감쌌다.

"네가 여기 웬일이냐?"

나카는 직감적으로 무슨 일이 있다는 것을 느꼈다. 히요시마루를 품에 안으면서 밖을 흘끔 쳐다보았다. 혹시라도 치쿠아미가 나타날까, 걱정이 되었던 것이었다.

"엄마, 우선 물 좀 주세요."

물을 한숨에 들이켠 히요시마루는 입을 쓱 닫고는, 걱정 어린 눈빛으로 자신을 보고 있는 나카에게 솔직히 말을 했다.

"엄마, 으응, 저 절에서 도망쳐 왔어요. 엉엉."

히요시마루의 눈에서 저절로 눈물이 흘렀다. 생모와 떨어져 살아야 하는 자신의 신세가 너무나 비참했다. 어린 그는 나카의 품으로 자꾸 얼굴을 비집어 넣었다.

"왜? 뭔 일이 있었느냐?"

나카는 바깥쪽을 흘끔흘끔 경계하면서 아들의 손을 끌고 논에서 잘 보이지 않는 뒤쪽으로 돌아갔다.

"엉엉! 절간의 형들이 매일 놀리고, 구박하고…. 흑흑, 때리고, 하물며 밥도 주질 않아, 죽을 것 같아 도망쳤어요. 엉엉, 엄마!"

히요시마루는 자초지종을 설명하면서, 새삼 자신의 신세가 너무 서러웠다. 눈물이 줄줄 흘렀으나, 닦을 생각도 않고 그냥 소리 나는 대로 울어 댔다.

"에구, 이 가여운 것."

나카는 마음이 찡하면서도, 한편으론 가슴이 철렁했다. 사정이야, 어떻든 마음대로 절간을 뛰쳐나왔으니, 의부인 치쿠아미가 알면 가만 두지 않을 게 뻔한 일이었다. 몽둥이찜질이 시작될 것이고, 몽둥이찜

질이 끝나고, 받아 주기라도 하면 괜찮은데, 다시 절간으로 끌고 갈 것은 자명한 일이었다. 게다가 절에서는 또 도망친 죄로 매질을 할 것이고, 감시를 받으며 눈칫밥을 먹을 것이 눈에 선했다. 이러지도 저러지도 못할 신세였다. 그야말로 진퇴양난이었다.

"히요시마루야, 이유가 어떻든 네가 절을 뛰쳐나온 것을 알면 너의 의부가 그대로 두진 않을 거다. 내가 양식과 노자를 조금 준비해 줄 테니, 우선 친척 집에 가 있도록 하거라."

의부인 치쿠아미가 오기 전에 일을 처리해야 한다는 조급한 마음에 나카는 자식에게 따뜻한 밥도 한 끼 해 주질 못했다. 허둥지둥 양식과 노자를 준비해 보따리를 만들어서는 히요시마루에게 건네주었다.

'엄마, 우리끼리 따로 나가서 같이 살아요.'

히요시마루는 엄마인 나카와 친누나만 따로 나가 같이 살자고 조르고 싶은 마음이 간절했지만, 그 말을 입 밖에 내진 않았다. 어렸지만 친모인 나카의 입장을 충분히 헤아렸기 때문이었다.

"히요시마루야. 이것 얼마 되지는 않지만 너의 생부가 돌아가실 때 남겨 놓은 밭을 정리하고, 남은 것이란다. 네가 장성하면 전해 주려고 보관해 오던 것이란다. 헛된 데 쓰지 말고 잘 간직하고 있다가, 꼭 긴요할 때 쓰도록 해라!"

그녀는 마음이 찢어지는 것 같았으나, 집안에 분란이 일어나는 것도 싫었다. 나카는 자식의 얼굴을 품에 안았다가, 팔을 풀고는 자식의 얼굴을 뚫어지게 바라보며 당부했다.

"어디를 가든 건강해야 한다. 여기 걱정은 하지 말고 네 몸을 잘 돌봐야 한다. 항상 조심해라. 알겠느냐?"

나카는 몸조심할 것을 신신당부하며 히요시마루에 등을 밀었다.

"흑흑, 알았어요, 엄마, 엄마도 항상 몸 건강하세요. 제가 꼭 성공해서 잘 모실 테니까, 건강하셔야 해요!"

나이보다 생각이 깊었던 히요시마루였다. 나카의 입장을 잘 이해하고 있었다. 속으로 다시는 울지 않겠다는 다짐을 하면서, 흐르는 눈물을 손으로 쓰윽 닦았다. 그리고 입술을 꼬옥 깨물었다.

밖으로 나와 논길을 지나 마을을 떠나면서 뒤를 흘긋 돌아보자, 나카가 앞치마로 연신 눈가를 찍으며 자신을 바라보고 있었다. 히요시마루는 몸을 돌려 고개를 한 번 숙이고는 앞을 향해 뛰었다.

'내 꼭 성공하여 돌아오리라! 두고 보아라. 보란 듯이 어머니를 모시러 올 것이다!'

"흑흑흑. 어엉엉."

울지 않으려고 하는데 자꾸 눈물이 흘렀다. 보따리를 쥔 손을 바꿔 가며 주먹으로 눈물을 꾹꾹 찍어 냈다. 어린 히요시마루는 그렇게 도망치듯이 고향을 등졌다.

고향을 떠나온 히요시마루는 처음에는 모친의 부탁대로 친척 집에 머물렀다. 그러나 사정은 다 마찬가지였다. 먹을 것이 풍요롭지 않은 시대였다. 식량을 축내며 빈둥거리는 히요시마루를 달갑게 여길 친척은 없었다.

'손님과 생선은 사흘만 지나면 악취가 난다.'

손님도 아닌 히요시마루는 말할 것도 없었다.

"밥값을 해라. 밥값을…."

그는 어디를 가나 찬밥 신세였다. 그렇게 일 년여를 보냈다. 그러나 그는 결코 허송세월을 보낸 것은 아니었다. 어린 나이에 무엇을 알아서 그랬겠냐마는, 영특한 그는 본능적으로 한곳에 가만히 있질 않았다. 여기저기 돌아다니며 견문도 넓히고 소문을 모았다. 소위 말하는 정보였다. 그러다 보니 자연스레 정보를 취사선택하는 능력을 갖게 되었다.

'소문이 바로 정보다. 소문을 잘 취합하면 좋은 정보가 된다. 그리고 그건 바로 돈이고 능력이다. 정보를 모으는 데 장사보다 더 좋은 건 없다.'

친척 집에서 눈칫밥을 먹으며 냉대를 받던 그는 장사꾼으로 나서기로 했다.

'장사를 하기 위해선 우선 여기를 떠나야 한다.'

'그리고 기왕 가려면 정보가 많은 지역으로 가야 한다.'

히요시마루가 열다섯이 되는 해였다.

당시 일본 중부 지역에서 그 세력이 확장 일로에 있던 지역은 스루가국(駿河國 - 현 시즈오카현 일부)이었다.

'사내로 태어났으면 기왕 출세를 해야 한다. 두려워 말고 과감하게 행동해야 한다.'

그는 혈혈단신으로 스루가국으로 들어가 더 큰 세상을 배우고자 결심을 했다. 그리고 스루가국으로 들어가기 전, 자신의 포부를 실현한다는 의미로 개명을 했다.

'도키치로(藤吉郎)'

성은 기노시타(木下)였으니, 그대로 두고 이름만 개명했다. '도'는 한자 등(藤 - 등나무, 등)의 일본 발음이었다. 등나무는 수명이 길고, 꽃이 아름답고 우아하다 하여, 당시 일본에서는 귀족들의 이름에 많이 사용됐다. 그는 주워들은 지식을 이용하여, 자신의 이름에도 한자 도 자를 넣었다. 그리고 좋은 일이 많이 있으라는 뜻에서 '키치'(吉 - 길할 길, 일본 발음은 키치)를 붙였다. 맨 끝 자 '로'는(郎 - 사내 랑, 일본 발음은 로), '길동' 등과 같이 일본에서 사내아이 이름 뒤에 많이 붙이는 접사(接辭)였다.

이름을 개명한 그는 입신양명의 큰 뜻을 품고, 이제까지와는 다른 새로운 삶을 살기로 작심을 했다.

"내 반드시 보란 듯이 성공해 금의환향(錦衣還鄉)하리라."

그 무렵, 스루가국을 지배하던 영주인 다이묘는 이마가와 요시모토(今川義元)였다. 이마가와는 당시 일본 내에서 강력한 무력을 소유한 유력 영주 중의 하나였다. 당시 이마가와의 세력 범위는 관동지방에서 가장 넓은 지역에 퍼져 있었다. 주변 영주들 중, 감히 그를 넘볼 세력은 없었다.

한편, 이름을 개명한 도키치로는 곧장 스루가국으로 들어간 후, 처음에는 장작 파는 일을 시작했다. 산에 올라가 나무를 베어 도끼로 보기 좋게 패어 장작을 만든 후, 시장에 내다가 파는 일이었다. 어린 그에게는 쉽지 않은 일이었으나, 큰 자본 없이 손쉽게 할 수 있는 장사였기 때문이었다.

나무를 베다 파는 일은 힘이 많이 들었다. 그런데, 고생한 보람도 없이 수입은 그리 많질 않았다. 게다가 텃세가 심하였다. 나무를 베러 산에 올라갔다가, 덩치 큰 나무꾼들을 만나면, 얻어터지기 일쑤였다.

'저 떡대를 봐라. 피하는 게 상책이다.'

체구가 작은 그는 덩치 큰 장정들을 만나면 몰래 꽁무니를 빼야 했다. 그러다 보니 소득도 없이 하산하는 일이 잦았다.

'제길 산에서는 힘이 곧 법이니….'

체구가 작은 그는 나무조차 쉽게 벨 수가 없음을 알고 고심을 했다.

'무슨 장사를 해야 생계의 위협 없이 살아갈 수 있을까?'

"옳지."

새로운 일을 생각하며 장터에서 소문을 모으던 그는 손바닥을 탁 하고 쳤다.

'떠돌이가 할 수 있는 장사 중엔 바늘 장사가 으뜸이지.'

즉시 지니고 있는 밑천을 탈탈 털어 바늘 장사를 시작했다. 당시에는 귀족을 제외한 서민들은 모두 집에서 직접 옷을 지어 입었다. 그러기에 바늘은 집집마다 없어서는 안 될 생활필수품이었다. 또한 바늘은 부피가 크질 않았다. 덩치가 조그만 도키치로서는 휴대하기 좋았으니, 그에겐 안성맞춤의 장사였다.

장작 장사는 산에 올라가 나무를 패다가 가까운 시장에 내다 파는 일이었다. 시장과 가까워야, 운반하기 쉽고, 일손이 적게 든다. 그래서 어기저기 돌아다닐 수가 없어, 한곳에 머무르는 일이 많았다. 그런데 바늘 장사는 오히려 한곳에 머물러서는 망하기 십상이었다. 장작은 소모품이었으나, 바늘은 소모품도 아니었다. 부러지지 않는 한, 오랫동안 사용할 수 있는 물건이었다. 그만큼 단골손님을 많이 확보해야만 했다. 발이 빠른 그는 각처를 돌아다니며 고객을 확보했다. 활동 영역이 넓다 보니 그의 귀로는 많은 소문이 들어왔다.

'이거야말로 내가 원하던 꿩 먹고 알 먹기가 아닌가?'

부지런한 그는 손님이 될 만한 사람이 있다는 소문만 들으면 천리를 마다 않고 찾아갔다. 타고난 천성으로 붙임성이 좋았던 그였다. 수완도 뛰어나, 많은 고객을 확보했다.

"이 옥가락지 좀 보세요."

그는 처음에는 바늘만 취급했으나, 점차 품목을 늘려 나갔다. 부잣집 마님들이 장식품을 원하는 것을 알고는 잽싸게 방물도 함께 취급했다. 눈치가 빨랐으니, 손님들이 원하는 것을 찾아 조달해 주었다.

"아니, 이건 비쌀 것 같아 말은 못했지만, 속으로 갖고 싶었던 것인데…."

"제가 싸게 드리겠습니다."

"아니, 정말. 오호호."

그와 거래를 하는 손님들은 가려운 곳을 시원하게 긁어 주는 그의 수완에 만족해했다. 그리고 다른 방물장사보다 가격을 싸게 책정했다. 점차 소문이 소문을 불러, 그가 나타나면 허영기가 있는 여자들이 모여들었다.

그는 신용을 첫째 신조로 여겼다. 그러다 보니 고정 고객도 많이 생겼다. 장사를 시작한 지 얼마 지나지 않아 꽤 많은 이문이 남기 시작했다.

도키치로는 행상을 하는 한편으론, 소문도 주워듣고, 필요한 정보도 모으곤 하였다. 이문이 꽤 쏠쏠했으나, 웬일인지 품에 돈이 들어와도 마음은 그리 만족스럽지가 않았다.

'내 야심은 장사로 돈을 벌어 성공하는 것이 아니다. 먼저 출세하는 일이다. 언제가 공을 세워 일국의 성주가 되는 일이다. 그것이 진짜 성공이다.'

각지를 돌아다니며 자신이 수집한 소문을 근거로 시대의 흐름을 읽어 낸 그는 자신도 공을 쌓고 출세를 하면 성주가 될 수 있다는 걸 알았다. 공을 쌓고 출세를 하기 위해서는 먼저 사무라이가 돼야 했다.

'구슬이 서 말이라도 꿰어야 보배고, 실천되지 않는 생각은 망상에 불과하다.'

그는 결심이 서자, 바로 바늘 장사를 집어치웠다. 그리고는 장사를 하면서 만들어 놓은 인맥을 이용해 자신이 의탁할 만한 성주를 찾았다. 바탕 없고 가문 없는 농민 출신인 자신을 받아들여 줄 성주를 물색하고자 했다.

그가 쳐 놓은 그물망에, 성주 마츠시타 카헤이(松下嘉兵衛)의 소식이 들어왔다. 마츠시타는 도토미국(遠江國 – 현 하마마츠 지역)에 있던 히쿠마성(引馬城)의 지성 역할을 하던 즈다절(頭陀寺)의 영주였다.

"비록 작은 성의 성주이지만, 인품은 거대한 성의 성주를 맡겨도 부족하지 않은 성군이다."

마츠시타의 인품을 사람들은 높게 평가했고, 그 평판이 도키치로의 귀에도 들어온 것이다.

'그러한 성주라면 신분 차별을 하진 않을 것이다. 나 같은 농민 출신이라도 능력만 제대로 발휘하면 충분히 인정을 받을 수 있을 것이다.'

도키치로는 마츠시타의 수하로 들어가기로 작심을 하고는 행상을 하던 품목들은 모두 처분했다. 그가 장사를 그만둔다고 하자, 많은 부잣집 아낙들이 섭섭해 했다.

그는 마츠시타 성주가 거주하던 즈다절로 직접 찾아갔다.

'아무리 성군이라지만, 나 같은 근본도 모르는 놈을 받아 줄까?'

내심 걱정이 없진 않았다.

'조그만 가능성이라도 있다면 부딪쳐야 한다, 부딪치지 않고는 아무것도 시작되지 않는다.'

장사꾼의 속성이 그랬다.

'조금이라도 이문이 보이면 천 리 길도 마다하지 않는다'라는 게 그들의 신조였다. 그러한 체질과 습관이 뼛속 깊이까지 배어 있던 도키치로였다.

가신이 되고자 찾아왔다는 도키치로를 본 마츠시타는 그의 능력보다는 원숭이같이 기묘한 그의 생김새에 먼저 관심을 나타냈다.

'내 외모를 특이하게 생각하는구나.'

임기응변에 강한 도키치로는 순간적으로 자신의 외모를 이용할 꾀를 내었다. 원숭이 닮은 얼굴을 비관하고, 숨기는 것보다 자신에게 도움이 된다면 무얼 못하랴 하는 각오였다.

"키키킥. 키키킥."

어린 시절부터 '원숭이 닮았다'라는 소리를 그토록 싫어했지만, 그는 즉흥적으로 궁리를 해, 혀를 잇몸 위로 내밀고, 손을 흔들며 원숭이 흉내를 냈다.

그가 흉내 내는 원숭이 짓은 얼굴도 얼굴이려니와 동작 또한 진짜 원숭이로 착각할 정도로 똑같았다. 진짜 원숭이 뺨칠 정도였으니, 그의 흉내를 보고 배를 잡고 웃지 않는 사람은 없었다.

'죽으라면, 죽는 시늉이라고 못할쏘냐.'

환심을 살 수만 있다면 못할 게 없었다. 장사를 통해 터득한 가치관이었다.

'이문을 위해서는 뼈야 못 빼 주랴.'

"키키킥. 키킥."

'자존심이 밥 먹여 준다더냐? 그 따윈 관심도 없다.'

도키치로는 원숭이처럼 쭈그려 앉아 팔다리를 늘어뜨리고는 벌레를 집어먹는 시늉을 해 댔다.

"우하하아."

마츠시타와 주변 가신들이 그의 흉내를 보고 배를 잡고 웃어 댔다.

'머리 회전이 빠른 놈이로군.'

도키치로의 즉흥적인 행동을 보고 마츠시타는 그 나름대로 도키치로가 눈치가 빠른 인물이라는 것을 바로 간파해 냈다. 그는 도키치로의 임기응변 능력을 높이 평가했다.

"성에 머무르면서, 멸사봉공하도록 하라."

성주는 도키치로가 용모는 기괴했지만 밉지가 않았다. 게다가 풍자와 해학이 마음에 들었다. 그래서 즉석에서 도키치로에게 하인 노릇을 하도록 허(許)하였던 것이다.

아무리 혼탁한 전국시대라 할지라도, 독립된 성을 다스리는 성주의 하인으로 발탁되는 일은 그리 쉬운 일이 아니었다. 더구나 외부에서 날아들어 온 출신 성분을 알 수 없는 자가 성주를 가까이서 모시는 하인이 된다는 것은 당시로서는 보기 드문 일임에는 틀림없었다.

어떻게 보면 그만큼 마츠시타의 그릇이 컸다고 할 수 있을 것이다. 그리고 사람 보는 눈이 날카로웠다는 것을 알 수 있다. 성주는 도키치로가 지니고 있는 특유의 붙임성과 영리한 두뇌, 그리고 민첩성을 높이 평가해 가까이에 두었던 것이다. 도키치로 역시 성주의 그런 마음을 어렴풋이 읽어 내고 실망하지 않도록 최선을 다했다. 항상 남보다 더 생각하고 부지런히 움직였다.

그는 언제나 성주의 의중을 읽어 내려 노력하였다. 필요하다고 생각되는 것은 성주의 지시가 있기 전에 미리 알아서 준비해 놓았다.

"말을 준비하라."

"네, 이미 밖에 대령해 놓았습니다."

성주가 가신들과 나누는 이야기를 듣고 출타할 것을 예측해 앞서 말을 준비해 놓거나, 출타가 끝나 돌아올 즈음이면, 미리 목욕물을 끓여 놓았다.

'호오, 과연 눈치가 빠른 놈이구나. 내 눈이 틀리진 않았어.'

마츠시타는 가끔 자신의 정실과 시녀들이 머무는 내전으로 도키치로를 대동하고 갔는데, 그 앞에서,

"도키치로! 원숭이 흉내를 내 보아라."

"하아."

"우하하하하. 어쩜 저리도 똑같을 수가 있을까? 오호호호."

원숭이 흉내를 내며 우스운 몸동작을 통해, 풍자와 해학이 곁들인 남녀 관계를 묘사하면, 아녀자들은 박수를 치며 좋아했다.

자연스레 도키치로는 성주뿐만 아니라 성주 주변의 아녀자들에게도 인기가 많았다. 점점 도키치로에 대한 성주의 평가가 높아지니, 다른 하인들이 그를 부러워하며 질투를 했다. 하인들뿐만이 아니었다. 성주의 중신 사무라이들도 조금씩 그를 경계하며 견제했다.

'흥, 한심한 것들.'

질투하는 그들을 보고 도키치로는 우습다는 생각이 들었다.

'닭이 어찌 봉황의 뜻을 알리오.'

그는 사무라이가 될 야망을 품고 있는 자신을 한낱 원숭이 흉내나 내는 재롱둥이로 보고, 질투를 하는 자들에게 오히려 연민을 느꼈다. 그리고 자신을 한낱 광대처럼 부리는 성주에게도 조금씩 실망을 했다.

'이곳에서는 내가 원하는 기회를 얻을 수가 없다. 기회가 없다는 것은 출세도 없다는 의미다. 미천한 출신인 내가 지금의 신분에 만족한다면 이곳에 있는 것도 그리 나쁘진 않다. 그러나 여기까지다. 이곳에서 더 이상의 신분 상승은 없다. 사무라이로서 출세하기 위해서는 이곳을 떠나 새로운 기회를 찾아야 한다.'

성에 들어온 지 얼마 되지 않은 그였지만, 성주인 마츠시다의 인품과 그릇, 그리고 성내의 상황을 정확히 꿰뚫고 있었다.

전국시대에 미천한 출신에서 사무라이로 신분 상승을 하기 위해서는 공을 세워야 했다. 공을 세우는 첩경은 싸움터였다. 전투에서 전공을 세워, 그 수완을 인정받아야 출세가 가능했다. 그런데, 성주인 마츠시다는 싸움을 통해 영지를 확장하려는 의지가 없었다. 안정 지상주의로 현상 유지에 만족했다. 평안이 지속되는 상황에서는 기득권 세력이 득세하기 마련이다. 원래 사회나 조직이 혼란스러워야 변화가 일어나고, 신분의 이동이 있기 마련이다. '난세에 영웅이 난다'라는 말이 달리 있겠는가. 혼란 속에서 수완을 발휘하는 자가 신분 상승의 기회를 얻게 되는 것이다.

'여기서 나 같은 놈이 출세한다는 것은 어불성설이다.'

하층민 출신인 자신은 변혁과 혼란이 없으면 출세도 불가능한 일이라는 걸 직감으로 깨달은 것이다.

'이곳에서는 차라리 하늘의 별을 따는 것이 더 빠르리라.'

그는 마음을 정리하고, 성을 떠나기로 했다. 그런 그때 자신의 고향인 오와리의 소식이 귀에 들려왔다.

'오다 노부히데가 타계하고 그의 장자인 노부나가가 영주가 되었다.'

오와리는 도키치로의 고향이었다.

조선의 14대 왕

하성군 이균(李鈞), 그가 후에 조선의 14대 왕 선조가 되는 인물이다. 태어난 곳이 경복궁의 서쪽에 위치한 사직동이었다. 남사고가 임금이 날 곳으로 예언한 곳이었다.

고려 왕조를 무너뜨린 이성계는 1392년 조선 왕조를 열고, 두 해 뒤에 도읍을 개성에서 한양으로 옮기면서, 북악산 줄기인 인왕산 아래에 궁궐터를 정했다.

풍수와 도참설에 따라 인왕산 자락 한가운데에 경복궁을 놓았다. 그곳에서는 임금이 머물며 종사를 보고, 궁궐을 중심으로 왼쪽인 동쪽에는 선왕들의 신위를 모시는 종묘를, 서쪽에는 땅과 곡식의 신위를 모시는 사직단을 두도록 했다. 인왕산 줄기가 끝나는 자리에 사직단(社稷壇)이 설치되자, 그 일대를 사직동이라 하였다. 선조의 잠저(潛邸-왕이 되기 전 머물던 사저)가 그곳에 있었다.

하성군 이균은 조선의 11대 임금인 중종의 서손이었다. 중종 또한 반정으로 연산군을 몰아내고 임금인 된 인물이었다. 중종은 9대 임금인 성종과 계비인 정현왕후 사이에서 태어났는데, 서자는 아니었으나 성종에게는 두 번째 아들이었다. 그가 태어나기 전에 이미 성종과 폐비 윤 씨 사이에서 태어난 장남 융이 있었고, 왕세자로 책봉되어 있었다. 그가 바로 연산군이었다. 차남의 신분으로 태어나 왕세자가 될 수 없었던 중종은 진성대군이란 칭호를 받고 궁을 나가 여염에서 살았다. 그런데 10대 임금인 연산군의 폭정이 극에 달하자, 공적 사적으로 연산군에게 원혐을 품고 있던 성희안, 박원종 등이 합세하여 연산군을 몰아내었다. 반정 세력은 곧 진성대군 이역을 임금으로 추대했고, 진성대군도 이를 받아들였다. 이른바 중종반정이었다. 이렇듯 중종은 졸지에 하루 사이에 여염집에서 임금이 돼 궁궐로 들어왔던 인물이다.

중종은 슬하에 9남 11녀의 자식을 두었는데, 그중 하나가 선조의 생부인 덕흥군(德興君)이었다. 덕흥군은 중종의 아홉 번째 아들이었다. 중종과 후궁 사이에서 태어난, 이른바 서자의 몸이었고, 그것도 사내 아이로서는 서열이 맨 마지막인 막내였다.

경국대전에 명문화되어 있듯이, 왕위 계승은 정비의 몸에서 태어난 적자 중, 장자 세습이 원칙이었다. 그러니 서자로 태어난 덕흥군, 본인은 물론, 그의 후손들이 왕위를 차지한다는 것은, 상상조차 할 수 없는 일이었다.

만일 정비에게서 태어난 아들이 없을 경우에는, 후궁의 몸에서 얻은 아들 중, 누군가가 왕위를 계승할 수는 있었다. 그러나 중종은 이미 정비인 장경왕후(12대 인종의 생모)와 계비인 문정왕후(13대 명종의 생모)와의 사이에서 각각 아들을 얻고 있었다. 정비의 몸에서 태어난 왕세자가 둘이나 있었기에, 후궁의 몸에서, 그것도 아홉 번째로 태어난 덕흥군은 왕세자와는 거리가 멀어, 일찌감치 왕권 논쟁에서 제외된 인물이었다.

상황이 그런지라, 정비의 몸에서 태어난 그의 이복형들이 차례로 왕이 되었을 때, 그는 궁을 떠나 초야에 묻혀, 조용히 여생을 보내야만 했다. 다행히도 성격이 온순했고, 큰 야심도 없었던지라, 스스로도 그저 역모라는 무고에 엮이지 않고 평온하게 살 수 있기를 바랐다.

그는 정씨(정인지의 증손녀) 부인과 결혼하여 아들을 셋을 두었는데, 이균은 그의 세 번째 아들이었다.

명맥상 왕족이긴 하였지만, 이균은 후궁의 몸에서 태어난 서자를 부친으로 두고, 그것도 셋째로 태어난 신분인지라 그가 임금이 된다는 것은 상상도 할 수 없는 그야말로 어불성설이었다. 말하자면 여염집의 자식이 왕위를 꿈꾸는 것과 하등 다를 바가 없는 일이었다.

'천지개벽으로 세상이 뒤집혀지지 않는 한, 그런 일은 있을 수 없을 것이다.'

이균 스스로도 그리 여기고 있었는데, 상황이 급변했다. 12대 임금인 인종이 즉위한 지 여덟 달만에 후사도 남기지 못하고 서른의 나이로 병사를 했는데, 이어서 왕이 된 13대 명종도 왕위를 넘길 왕세자를 남기지 못하고, 졸지에 생을 마감하는 사건이 일어난 것이다.

명종이 후사를 얻지 못한 것은 아니었다. 정실인 인순왕후(仁順王后)와의 사이에서 아들을 하나 얻어, 왕세자로 삼았다. 그런데, 그 왕세자가 열세 살 어린 나이에 왕보다 먼저 세상을 떠나 버렸다. 명종이 스물여덟 때였다.

'언젠가 또 후사를 얻을 수 있으리라.'

이십 대인 왕은 스스로 아직 젊다고 생각했다. 그래서 후사가 필요한 줄 알면서도 서두르진 않았다. 그런데, 갑작스레 병을 얻어, 서른 네 살의 나이로 급사를 하고 만 것이다.

'이를 어찌하면 좋단 말인가?'

왕의 주요한 책무 중의 하나가 정통성을 지닌 후계자를 남겨, 종묘사직을 튼튼히 하는 일이었다. 그런데 후계자 지명도 없이, 졸지에 세상을 떠나 버렸으니, 왕실과 조정은 그야말로 충격 그 자체였다.

"이를 어찌하면 좋으랴."

조정은 당장 후계자 결정 문제가 발등에 떨어진 불이 되었다. 원래 선왕이 승하를 하면, 자식인 왕세자는 장례를 어떻게 치르고, 능을 어디에 세울 것인가, 주로 선왕의 공적에 따른 절차에 관한 내용을 조정 대신들과 세부적으로 논의하는 것이 과제였는데, 명종 사후에는 후계자를 정하는 일이 더 다급한 일이 되어 버렸다.

가벼운 감기 정도를 앓고 있는 것으로 알았던 임금이 갑자기 세상을 등지자, 왕비인 인순 왕후는 청천벽력, 그야말로 마른하늘에 날벼락을 맞은 느낌이었다. 아녀자의 몸으로 너무도 크고 갑작스런 충격에 어찌할 바를 모른 왕후는 그대로 머리를 싸매고 자리에 누워 버렸다.

'빨리 후사를 정해 공식화하지 않으면 골육상쟁의 권력 다툼이 일어날 것이다. 그리되면 종사가 위험하다.'

조정 대신들이 우왕좌왕하는 가운데, 사태를 직시한 영의정 이준경은 몸져누워 있는 왕비를 찾았다.

"종묘사직을 위해 군주의 자리를 하루라도 비울 수는 없습니다."

"임금의 유훈을 알 수 없는데, 아녀자인 이 몸이 후사를 어찌 마음대로 정할 수가 있겠습니까?"

"이제 왕실의 어른은 왕후 마마이옵니다. 왕후 마마의 말씀이 곧 법도입니다."

"그럼, 누구를 후계로 정하면 좋겠소? 영상 대감은 주상 마마의 유훈이 누구에게 있었다고 보십니까?"

"왕후 마마께서도 잘 아시듯이 주상 전하께서는 여러 친족들 중에서도 덕흥군의 삼남이신 하성군이 군왕의 덕목을 갖추고 있다고, 늘 말씀하셨습니다."

사실 여부는 아무도 몰랐다. 당시 하성군의 부친인 덕흥군은 먼

왕실로서, 초야에 묻혀 지내고 있었고, 성품 탓인지는 몰라도 그는 왕실의 권력과 특별한 연관도 배경도 갖고 있질 않았다.

'유교에서 말하는 민본과 도덕 정치를 위해서는 신권 정치가 필요하다. 그런데 태종 대왕 이후, 왕권이 지나치게 강화돼 오지 않았던가? 결국 그 폐해로 왕실이 정치에 관여해, 피비린내를 부르고, 신권을 약화시켜 간신들이 들끓게 된 것이다.'

영의정 이준경은 왕권 강화보다는 신권 강화를 중시하는 인물이었다. 강력한 왕권을 원하지 않는 그였기에, 일부러 왕실 권력과 아무런 관련이 없는 덕흥군의 삼남을 후계자로 지목했던 것이다. 왕권이 약화되면 자연스레 신권 강화를 꾀할 수 있다고 보았다.

"잘 알았소. 영상의 말씀대로 하리니, 어서 승지를 부르세요. 그리고 얼른 붕어하신 선왕의 장례를 논의해 주길 바랍니다."

권력에 큰 욕심이 없던 인순 왕후는, 그저 이준경의 주문대로 사저에 있던 하성군을 임금으로 지명했다.

'선왕의 유언이다.'

이준경은 만일에라도 있을지 모를 반대를 물리치기 위해 왕의 유언이라고 못을 박았다.

왕은 하늘이 내린다고 하지 않는가? 남사고의 예언대로 왕이 될 운명을 타고 났는지, 아니면 운이 좋았던지, 어쨌든 하성군은 선왕들의 잇따른 급서로 인해 왕자가 아닌, 그것도 두 대의 족보를 거슬러 올라가 이어지는 방계의 서손의 신분으로서, 졸지에 대통을 잇게 됐다. 조선 왕조가 들어서고, 방계의 서손이 임금이 되는 첫 번째 인물이었다. 당시 그의 나이 열여섯이었다.

이렇게 하성군 이균은 자신의 의지와는 아무런 상관없이 하룻밤 사이에 운명이 바뀌었다.

"어명이오."

새 임금을 모시기 위해 어가가 궁에서 사직동으로 나갔을 때, 이균 자신도 어리둥절해하면서, 시키는 대로 가마를 탔을 뿐이었다. 왕실의 핏줄이긴 하였지만, 서손으로 태어나 정통성도 없었다. 게다가 왕실이나, 조정 대신들과 연결된 특별한 연줄도 없었다. 그저 명색만이 왕실이었다.

그런데, 먼 왕족으로서 권력과는 아무런 관계가 없이 시름시름 잊혀져 가는 방계의 집안에서 태어난 소년이, 하루아침에 억조창생을 다스린다는 절대자인 임금으로 추대되었으니, 횡재도 그런 횡재가 없는 일이었다.

'뭐가 뭔지 모를 일이다.'

자신의 주변에서 일어나는 모든 일을 어린 그가 꿰뚫어 알 수는 없었다. 뭐가 뭔지 모를 지경에서 그렇게 임금이 됐다. 소위 흙수저를 쥐고 있던 아이가 하루아침에 금수저를 잡게 된 것이다.

세자가 아니었던 터라, 선조는 제왕학을 교육받지 못했다. 그래서 군주는 되었지만, 권한까지는 주어지지 아니했다. 우선 나이가 어리다는 이유를 내세워, 왕대비인 인순 왕후가 수렴청정을 하였다. 대신, 새 임금은 부지런히 제왕학을 익히고 왕실의 법도를 배우도록 했다.

하성군 이균은 원래 학문을 좋아했다. 졸지에 왕이 되었지만, 그는 누구 못지않게 아주 열심히 제왕학을 익혔다. 그뿐만이 아니었다. 그는 조정 대신들의 경연을 들으며 스스로 그 해석에 의문점을 제시했다. 강론을 맡은 대신의 설명에 납득이 가지 않으면 밤을 새워 가며 그 의미를 해석해 가며 토론하는 것을 좋아했다. 경연에서 강론을 맡은 대신들은 섣부른 학식을 믿고, 사리에 어긋나는 풀이를 했다가는 어린 그에게 망신을 샀다.

"저리도 학문을 즐기시고, 사리분별을 분명히 하시니, 틀림없이 어진 성군이 될 것이다."

"주왕에 버금가는 명군이 될 소지가 충분하다."

조정 대신들은 이구동성으로 새 임금인 선조의 학문에 대한 자세와 그 영민함을 높이 평가했다. 선조가 왕실의 법도를 열심히 익히고, 조정 대신들과 밤새 정사를 논하는 등, 평판이 높자, 이를 눈여겨 본 왕대비는 자신의 수렴청정을 거두어들이기로 했다. 원래 외척도 많지 않고 권력욕도 없던 왕대비였다.

"이제부터 수렴청정을 거둘 테니, 앞으로는 모든 정사를 주상이 직접 챙기오."

하성군 이균이 임금이 되고 나서 한 해만의 일이었다. 이로써 방계 출신으로 정치적 배경이 약했던 하성군 이균이 명실공히 왕으로서 권한을 물려받고, 직접 통치를 실시하게 된 것이다.

학문을 즐기던 새 임금은 젊은 사림들을 중요시했다. 왕권을 견제하는 훈구파를 멀리하고, 왕권 강화를 위해 개혁 성향의 신진 사림들을 요직에 등용했다. 자신과 사림들의 학풍과 가치관이 일치하는 것도 일익을 더했다.

원로대신 이준경의 노력도 빛을 발해, 초기에는 선조도 유교에 근거한 성리학적 왕도 정치를 실현하려 애를 썼다. 우선 공신이나 외척들이 대부분인 훈구파를 조정에서 걷어 냈다. 대신 소장 사림들을 대거 등용하여 사림에 의한 정치 체제를 확립시켜 나갔다. 이른바 본격적인 사림 정치가 시작된 것이었다. 구세력인 훈구파가 사라지고 사림들이 요직을 맡자, 정국은 안정되었다. 대립과 갈등이 사라지고 한동안 태평세월이 찾아왔다.

그런데, 훈구파와 왕실의 세력이 약해지자, 이번에는 사림들이 서로 붕당을 이루고 당쟁을 시작했다. 사림들은 동인, 서인으로 나누어져, 서로를 헐뜯었다.

일의 발단은 인사권이었다. 이조의 전랑(銓郞－정랑과 좌랑) 자리를 놓고 같은 사림인 김효원과 심의겸의 의견이 갈라진 것이었다. 이조의 전랑은 임금에게 벼슬을 천거하거나 관리하는 인사 담당직이었다. 이권이 개입된 관직이라 서로 자기와 가까운 사람을 심으려 했다. 두 개인의 욕심에서 생겨난 갈등이 점점 심해지고, 두 사람은 서로를 소인배라고 공격을 했다.

고래 싸움에 새우 등이 터진다고, 이들이 부딪치자, 이들을 따르던 사림들도 두 패로 나누어졌다. 궁궐 동쪽에 살았던 김효원을 중심으로 동인, 서쪽에 살았던 심의겸을 중심으로 서인으로 파벌이 형성돼 갈리었다. 사람들은 이를 동인, 서인이라 불렀으며, 훗날에 역사가들은 동서분당이라 했다.

조선 왕조에서는 9대 왕인 연산군 때부터 사화가 있었으나, 이렇다 할 붕당은 존재하지 않았다. 사화(士禍)는 한자로 선비 사(士)에, 재앙 화(禍)이니, 그 의미는 선비들이 화를 입는다는 뜻이다.

조선 시대에 일어난 사화는, 대개 훈구파가 왕권과 결탁하여 일으킨 사건이 많았다. 기득권 세력인 훈구파는 자신들의 부정이나 제도 개혁을 부르짖는 소장파 선비들을 정치적으로 제거하기 위해 사화를 일으켰다. 이른바 구세력인 훈구파가 반대파인 신진 개혁 세력인 사림들을 제거 숙청했던 일이라, 그 피해자는 주로 젊은 사림들이었다. 무오, 갑자, 기묘, 을사년에 대대적인 사화가 있었다. 그때마다 사림측 소장파 선비들이 훈구파의 무고로 죽어 나가, 사화(士禍)라는 말이 생겨났던 것이다.

그런 의미에서 본다면, 사화에는 피비린내가 난무했지만, 당쟁은

114

붕당을 이루어 서로 옳고 그름을 다투는 일인지라, 사화처럼 일방적으로 소장파 사림들이 도륙을 당하는 일은 없었다.

그런데 선조 때 시작된 붕당 정치는 세월이 지날수록, 그 도를 더해 갔다. 처음에는 동인과 서인으로 갈라선 당파가 이제는 강경이냐, 온건이냐에 따라, 동인은 남인, 북인으로 갈라졌다. 이러한 사색당파는 점점 그 분열을 더해, 나중에 북인은 다시 대북, 소북으로, 서인은 노론, 소론으로 분열돼 나갔다. 이렇듯 당파는 그 갈래를 치면서, 서로 찢어져 갔고, 갈라진 골은 점점 깊어져 갔는데, 결국 파벌과 붕당으로 인해 사림끼리의 알력이 점점 심화되었고, 그 폐해가 이곳저곳에서 생겨났다. 그 발단이 선조 때부터였다.

그러다 보니, 조정 공론은 정론이 존재하지 않았다. 옳고 그름보다 모든 판단의 근거가 '내 당이냐, 네 당이냐'에 따라 갈려 나갔다. 게다가 파당은 조정 내에서 끝나지 않았다. 파당으로 갈려진 사림들이 서로를 헐뜯으며 반대를 위한 반대로 공론을 벌이자, 과거를 준비하던 소장파 성균관 유생까지도 너나없이 줄서기를 했다. 편이 갈려진 그들은 사사건건 상대 당을 비방하는 상소를 해 댔다. 그들에게는 당파가 먼저였다. '나랏일?' 그런 것엔 관심도 없었다.

선조는 학문에 열심이고, 정사 처리에도 능해 임금으로서의 자질과 능력을 충분히 갖추고 있었다. 그러나 그에게는 열등의식이 있었다. 이른바 방계에, 서자 출신이라는 열등의식이었다. 그는 항상 왕권에 대한 불안을 느꼈다. 그런 배경으로 그는 자신보다 뛰어난 신하에 대해 시기심이 강했다. 게다가 고집이 셌다. 특히 감정의 기복이 심했다. 정사를 논할 때, 신하들이 원칙을 말하기보다는 선조의 얼굴색을 살피며 그날그날의 기분과 감정에 맞추어 논조를 바꿔야 했을 정도로 도량이 넓지 못하였다.

임금인 선조는 조정 대신들의 당파 싸움에 골머리를 앓았으나, 그렇다고 굳이 이를 시정하려 애를 쓰진 않았다. 서손 출신으로 자신의 출신 배경에 대해 일종의 열등의식을 지니고 있던 임금은 신권이 강해지는 것을 원치 않았다. 조정 대신들이 분열돼 왕권을 위협하지 못하도록, 즉 자신의 왕권 강화를 위해 당파 싸움을 적당히 이용했다. 동인과 서인을 바꿔 가며 등용해, 신권을 약화시키고 왕권을 강화했다. 게다가 당파 싸움으로 대신들이 사분오열돼 신권이 약화되고, 왕권이 강화되자, 정사보다는 주색을 탐닉하며, 즐기는 일에 몰두했다.

선조가 초기에 왕권을 확립하고 한때 태평스러웠던 정국은 이제 먼 옛날이야기가 되어 버렸다. 정국은 항시 시끌시끌 소란스러웠다. 조정이 온통 내 편 네 편으로 갈려 시비를 따져 대니, 올바른 시(是)는 없고 아닐 비(非)만 존재했다.

이렇듯 조정이 항상 국내 문제로 소란하니, 당연히 국외와 주변 정세에 눈을 돌릴 여유가 없었다. 나랏일을 맡은 조정 대신들이 나라와 백성들을 위하기보다는 당파의 이익에 따라 공론을 정하고 그에 따라 움직이고 있을 때, 당시 명나라와 만주, 일본을 둘러싼 지역 정세는 변혁기를 맞이해 요동을 치고 있었다.

오도열도

살동이 표착한 곳은 일본 땅 오도열도였다.

한반도의 남쪽 전라도 해안에서 곧장 가면, 오른쪽 비스듬히 제주도가 위치해 있고, 왼쪽 멀리로는 대마도가 보인다. 그곳을 비껴 지나 남서쪽으로 내려가면 다섯 개의 큰 섬이 군도를 이루고 있는데, 그곳이 일본령 오도열도였다.

오도열도는 규슈 지역 나가사키에서 배를 타고 서쪽으로 한나절 가면 닿을 수 있었다. 다섯 개의 큰 섬이 바다 위에 점점이 열도를 이루고 있다 하여 오도열도(五島列島 – 일본명 고토 렛토)라 하였다. 중국과 류큐(현 오키나와)의 교역상들이 빈번하게 드나드는 해상 무역의 거점이기도 했다. 그래서 오래전부터 중국 등에도 널리 알려졌는데, 중국인들은 다섯 개의 큰 섬이라 하여, 오봉 또는 오도라 칭했다.

1543년 포르투갈의 배가 동남해 지역을 항해하다 폭풍우를 만나 일본 타네가시마(種子島)에 표류한 일이 있었다. 그 표류선에 실려 있던 포르투갈의 철포가 일본 본토에 전달되는 사건이 있었는데, 이로 인해 일본 내 세력 판도가 바뀌게 되어, 이는 일본 역사에 커다란 의미를 부여한다.

당시 일본 열도는 각 지역의 강자를 중심으로 하극상과 영토 확장 싸움이 극에 달했던 전국시대(戰國時代)였다.

117

'철포를 손에 넣는 자가 천하를 손에 넣을 수 있다.'

표류선에 실린 철포가 일본에 전달되고 나서, 그 화력을 알게 된 영주들은 전력 강화를 위해 너 나 할 것 없이 철포를 구입하려고 혈안이 되었다. 영주들은 철포를 소유하느냐 못하느냐에 사활이 걸렸다고 믿고 있었다. 그뿐 아니라, 포르투갈 교역선의 표류로 일본에 전달된 철포는, 후에 히데요시가 일으킨 조선 침공에도 커다란 영향을 미쳤다. 그런 의미에서 본다면 포르투갈선의 표류는 일본뿐만 아니라 당시 중국의 왕조인 명과 조선 등 동아시아의 역사에도 크게 영향을 미친 중요한 사건이었다.

오도열도를 중심으로 활약했던 세력 중에는 중국 출신으로 일본명으로 오쵸쿠(王直)라는 자가 있었는데, 그는 표류선에 실려 있던 조총을 보고 필담으로 통역을 담당했던 인물이었다. 즉 조총이 일본에 전달되는 데 중요한 역할을 한 인물이다.

그는 원래 오도열도를 거점으로 해적질을 했었으나, 이후에는 해적질을 그만두고 주로 교역에만 전념하였다. 즉 교역을 통해 이익을 창출하는 무역상으로 변모한 것이다. 교역을 통해 많은 부를 축적한 그는 거상이 되어 오도열도를 중심으로 커다란 세력을 이루었다. 그런데 그가 초창기에 명나라에서 행했던 해적질이 문제가 되어 결국은 체포되었고, 명나라에 송환되어 처형당했다.

오쵸쿠가 처형당한 후, 오도열도가 무주공산이 되자, 지역 토호인 우쿠씨(宇久氏)가 대두했다. 오도열도 북단에 우쿠섬(宇久島)이 있었는데 그곳을 지반으로 한 우쿠씨가 세력을 확대해 오도열도를 지배했던 것이다.

오도열도 전 지역을 지배해 나가며 이 지역 맹주로 성장한 우쿠씨는 오도 전체를 자신의 지배하에 두기 위해, 지반인 우쿠섬을 떠나

아래쪽에 있던 후쿠에(福江)섬으로 본거지를 옮겼다. 후쿠에섬은 오도열도 중에서 가장 큰 섬이었는데, 거점을 옮긴 우쿠씨는 그곳에 성을 쌓고 스스로 지역 성주가 되어 오도열도 전체를 지배했다.

살동 일행이 표류한 곳이 바로 우쿠씨의 영인 오도열도 중 일부였던 것이었다.

"암튼, 인제 살아부렀구만."

"근디 여그가 어디라냐?"

"육지랑가? 섬이랑가?"

살동과 서봉, 만석은 누구에게랄 것도 없이 주절주절 한마디씩 하며 민가로 향했다. 살기 위해서 뭐든지 얻어먹어야 하기 때문이었다.

그들이 표착한 곳은 히노(日島)섬이라는 곳이었는데, 오도열도 가장 동쪽에 있는 섬이었다.

히노섬은 대마 해류(黑潮-구로시오)가 흐르는 길목이었다. 아주 오래전부터 중국이나 조선 쪽에서 어선들이 풍랑을 만나면 표류하여 해류를 따라 흘러들어 오곤 했다.

그래서 섬사람들은 하늘이 꾸물거리고 바다가 요동치면, 밤의 뱃길을 밝혀 주기 위해 섬 꼭대기에서 불을 피워 주곤 하였다. 그래서 원래는 '불섬(일본어로 히노섬)', 즉 화도(火島)로 불렸다. 그런데, 불 화(火), 즉 불의 섬이라는 말이 불길하다 하여, 섬사람들은 이를 꺼렸다. 그래서 나중에 일본어로 발음이 같은 한자 일(日)로 바꾸어 화도(火島)를 일도(日島)로 개칭해 사용했던 것이다.

그런 배경으로 바다가 한바탕 요동치고 난 후면 많은 배들이 대마 해류에 실려 그곳으로 표착했다. 대부분의 배는 파손된 상태로 밀려왔는데 승선해 있던 어부나 상인들은 사체로 발견되는 일이 많았다. 히노섬 주민들은 파손되어 표착한 배에서 물건을 습득하는 한편, 사체와 유골들은 거두어 묻어 주었다.

운 좋게 살아남아 표착되었던 사람들 중에는 나중에 본국으로 돌아간 사람들도 많았으나, 고향으로 돌아가는 것을 포기하고 그대로 눌러앉은 사람도 꽤 있었다.

'벼슬하고 재산이 많은 사람들이야 비빌 언덕이 있으니, 무슨 수를 써서라도 고향으로 돌아가고 싶겠지만, 우리 같은 빈털터리들이야 비싼 뱃삯을 마련할 수도 없거니와, 본국으로 돌아간다 하더라도 특별히 변할 것이 없다.'

그랬다. 서민들이야 그들이 어느 나라 백성인지는 그리 중요하지 않았다. 머무른 곳에서 입에 풀칠을 할 수 있느냐 없느냐가 중요했을 뿐이었다. 입에 풀칠하기도 어렵다고 생각하면 떠나는 것이고, 먹고 살기가 괜찮다고 생각하면 머무는 것이었다.

그들에게 국적 같은 건 없었다. 있다면 오직 태어나고 자란 고향이 있을 뿐이었다. 섬에 표착한 사람들은 처음에는 모두 고향을 그리워했다. 그러나 고향으로 가 보았자, 별 뾰족한 수가 없었던 많은 사람들은 그대로 정착하였다. 텃세가 없진 않았으나 대개는 그곳 사람들의 도움을 받아 새롭게 생활 기반을 만들고 정을 붙이며 살아갔다.

히노섬은 산악 지형이라 농토는 거의 없었다. 그런 터라, 주민들은 바다를 터전 삼아 주로 고기를 잡아 생활했다.

"우선 쩌 집으로 가 물이라도 얻어먹자고."

어느새 등 뒤로 올라온 해는 바다 위에 하얀 햇살을 비추었고, 반사된 빛은 섬 전체를 환하게 밝히고 있었다.

살동은 싸리나무로 엉기성기 울타리를 만들어 놓은 담장을 얼핏 넘겨보았다. 곤색으로 물들인 무명천을 몸에 걸치고, 허리띠를 묶은 복장을 한 아낙이 마당에서 쭈그려 앉아 어물을 뒤집고 있었다. 살동은 조심스레 말을 건넸다.

"쩌기 물 쪼깨 얻을 수 있는가요?"

"다레나노?"(누구요?)

"쩌 물을 쪼깨…."

"나니 유또로노까 와까랑…."(무슨 소리하는지 모르겠네….)

"……."

말이 통하질 않았다. 살동이 왜말을 알지 못했고, 아낙이 조선말을 알 리 없었다. 아낙과 살동은 잠시 서로 멀뚱멀뚱 쳐다만 보았다.

"우린 조선서 왔는디, 모르요?"

"……."

답답한 마음에 만석이 나섰으나, 마찬가지였다.

"아따, 말이 안 통해부네. 워쩌면 쓰겄냐."

자신들의 말이 통하지 않음을 알고 살동과 일행은 자신들이 말로만 듣던 왜나라로 흘러왔다는 것을 그제야 실감했다.

"물을 뭐라 한다냐?"

"무르. 무르."

갈증도 나고 허기가 져, 곧 죽을 지경이었는데, 말이 통하지 않자 우선 물이라도 얻어먹기 위해 손을 입에다 대며, 이들은 손짓 발짓으로 물 마시는 시늉을 해 댔다. 세 사람 모두 필사적이었다.

"나니? 미즈? 미즈나노네."(뭐요? 물? 물이구만.)

이들의 시늉을 겨우 알아챈 아낙이 물을 떠 주어, 세 사람은 겨우 목을 축일 수 있었다.

"꿀꺽 꿀꺽."

"어따, 이제 좀 살 것 같구마."

배는 여전히 고팠으나 물을 마시고 난 이들은 그래도 좀 살 것 같았는지 얼굴에 희색이 돌았다.

"조토 마떼네."(잠깐 기다리구려.)

아낙이 알지 못 하는 왜말을 하더니, 바깥쪽으로 나갔다. 곧이어 마을 사람들이 몰려들었다. 마을 사람들은 이들이 가리키는 배를 보고 살동 일행이 표류민이라는 것을 알았다. 곧 경계감이 걷어지고, 섬 사람들은 친절하게 이들에게 조로 쑨 죽을 갖다주었다.

"워메, 생명의 은인이 따로 없구만요. 암튼 엄청 고맙구만요."

살동 일행은 통하지도 않는 조선말로 인사하고는, 허겁지겁 그릇째로 죽을 훌훌 마셨다. 죽을 비우고 겨우 허기를 달랬다 싶었는데 갑자기 조선말이 들려왔다.

"당신들 어디서 왔소?"

"야? 워메, 조선말을 할 쭐 아는까보요?"

"나도 조선에서 표류해, 이리로 밀려온 사람이외다."

"워메, 그라요. 우린 쩌기 조선 옥주(진도의 옛 이름)에서 왔는디라우."

이들은 말이 안 통해 답답해하던 터에, 조선 사람을 만나자, 구세주를 만난 것 같이 좋아라 했다.

"풍랑을 만났구려?"

"야, 다 죽고 우리 서니만 살아남았당게라우."

마치 방죽이 터진 듯 말이 터져 나왔다. 허기를 면한 후, 그의 안내로 살동 일행은 곧 관리가 있는 옆쪽 와카마츠섬으로 넘어갔다. 와카마츠섬에는 히노섬보다 조선에서 표류되어 정착한 사람들이 많았다.

굳이 고향 땅을 찾을 필요를 못 느꼈던 사람들이었다. 어민으로 살아온 그들로서는 어디든 바다가 있으면 생활의 터전이 되었다. 고향에 돌아간들 별다르게 생활이 나아지는 것도 아니요, 특별나게 좋을 것도 없었다. 오히려 탐관오리들의 닦달이 덜한 이곳 생활에 만족하고 있었다.

"그리 큰일 날 일은 없을 테니까 너무 걱정 마오."

조선에서 흘러와 정착한 사람들은 동병상련의 심정으로 그들을 살갑게 대해 줬다.

"워메, 인제 제대로 되었구면."

그들은 말이 통하는 것만으로도 살 것 같았다. 서봉과 만석이 유난히 기뻐했다.

와카마츠섬에 있는 관리는 정식 관리가 아니고, 마을의 촌장 역할을 하는 촌로였다. 촌로가 관리 대신 마을 대표로서 권리를 위임받고 있었다. 일종의 공동체의 장이었다. 촌로는 조선 사람의 통역을 통해 살동 일행에게 간단한 확인 질문을 하였다.

"무얼 하는 사람들이냐?"

"바다에서 해산물을 따는 사람들입니다. 주로 전복을 채취하고 있습니다."

"일행 열한 명과 남쪽으로 내려왔다가 풍랑을 만나 다 죽고, 저희만 여기까지 떠내려왔습니다."

통역을 통해 살동 일행의 말을 들은 촌로는 고개를 끄덕이더니 조선인 통역에게 일본 말로 다음과 같이 전했다.

"조선말을 잘 아는 네가 저들을 거두어 잘 정착하도록 도와주거라. 배를 타고 왔다니, 고향으로 돌아가고 싶다면 언제든지 돌아갈 수 있도록 해 주어라."

"네, 잘 알겠습니다."

살동과 일행은 그렇게 히노섬에 정착했다. 처음에는 고향에 돌아갈 생각을 많이 하였으나 배의 파손이 심했고, 섬사람들은 그들에게 배를 내줄 만한 여유가 없었다. 살동과 일행은 곧바로 조선에 돌아갈 수 없다는 걸 알고 당분간 이곳에 머물기로 마음을 먹었다.

'혹시 우리 아버지도 표류해 살아 있는 것은 아닐까?'

한편, 살동은 자신이 어렸을 때, 바다로 나갔다가 돌아오지 않았던 친부가 어쩌면 자신과 마찬가지로 표류해, 살아 있을지 모른다는 생각이 불현듯 들었다. 그러나 오래전 일이고 말도 제대로 통하지 않아, 어찌 찾아볼 방법이 없었다.

셋은 섬사람들이 내준 작은 움막에서 함께 기거했다. 배가 없는 그들은 전복 잡는 일을 포기하고, 섬사람들을 따라 배를 타고 나가 고기를 잡았다. 히노섬의 어부들은 배를 잘 다루었다. 고기가 많이 모이는 곳을 잘 알았기에 살동 일행은 그들을 따라 다니며 고기를 잡고 수확을 나눠 받았다.

"워메, 조선에서는 배를 타고 어업을 하는 것도 관의 허가가 필요했는디, 여긴 그런 게 없는가 봐야."

"나도 그리 생각했당게."

살동과 일행은 자신들이 살던 땅에서는 관리의 감시가 심했고, 걸핏하면 부역으로 동원을 당했는데, 이곳에서는 그런 것이 없어 조금은 편안함을 느꼈다. 아무튼 이들이 잡은 수확물의 일부는 촌장에게 바쳐졌고, 그렇게 모인 고기들은 말려져 어디론가 실려 갔다. 그리고 다시 쌀과 조 등의 식량이 되어 돌아왔다.

그렇게 한 여섯 달쯤 지나자, 세 사람은 섬 생활에 많이 적응하였고, 왜말도 조금씩 배워, 알아듣게 되었다. 살동은 원래 머리가 영민했고, 언문도 쓸 줄 알았다.

사카나(생선), 우미(바다).

그는 왜말을 들으면 나뭇가지로 땅 위에 언문으로 표시하며 왜말을 익혔다. 그래서인지 다른 친구들보다 왜말을 빨리 익혔다. 아무튼

124

생활을 하는 데 의사소통에 큰 불편이 없을 정도였다.

배운 게 도둑질이라고 그들은 가끔 포작 기술을 살려, 섬 근처 바닷속으로 들어가 해산물을 따곤 하였다. 살동의 솜씨는 뛰어나, 섬사람들도 살동이 따 오는 실하고 통통한 해삼이나 전복을 보고는 탄복하곤 했다. 자신들의 말을 알아듣고, 재주가 뛰어난 살동을 섬사람들은 좋아했고, 항상 가까이하려 했다.

"어이, 사르동이. 오늘 날이 좋아 먼바다로 배가 나가는데 함께 가지."

섬사람들은 그들의 발음 식으로 '살동'을 항상 '사르동'이라 불렀다. 고기잡이배가 바다로 나간다는 소식을 들은 서봉과 만석도 함께 섬사람들을 따라 배에 탔다.

어민들은 바다로 나가 대나무를 쪼개 만든 원통 그물이나 삼베망을 이용해 고기를 잡았는데, 몸이 날래고 잠수에 익숙한 살동은 대통을 잡고 물에 들어가기도 했고, 물속에서 대통을 들어올리기도 했다. 섬사람들은 힘이 좋고 몸이 날랜 살동이 물속에서 대통이나 삼베망을 잡아 주면, 고기 잡기가 수월했다. 살동과 함께 작업을 하면 항상 편하고 수확이 좋아, 섬사람들은 살동과 함께 어로(漁撈) 일을 하는 걸 좋아했다.

그날도 살동이 부지런히 움직인 덕에 어획이 좋아 배 위로 고기들이 수북이 쌓여 갈 무렵이었다.

"저게 뭐여? 집채만 한 배가 다가오네, 그려."

살동이 수평선 멀리서 다가오는 배들의 무리를 보고, 그 크기에 놀라 왜말로 중얼거렸다. 조선에서의 경험으로는, 그 정도 큰 배라면 대개가 수군들이 움직이는 군선이나 한성으로 진상품을 바치는 상선이었던 것이다.

"어허, 큰일 났네. 조용히 하고 머리를 숙이게."

"왜 그럽니까?"

"저들은 교역을 한답시고, 바다를 떠돌며 주로 약탈을 하는 해적 집단이네. 가까이 오면 그냥 머리를 숙이고 모른 척하게."

살동과 어부가 말을 주고받고 있는데, 다가오는 배 위에 타고 있던 왜구가 칼을 들고 있는 것은 본 만석이 기겁을 해서는, 조선말로 살동과 서봉에게 침을 튀겨 가며 외쳤다.

"워메, 저거 왜, 왜구네. 왜구들이여. 아이고 이젠 다 죽었당께."

섬의 어부들도 안색이 변해 있었다. 모두 긴장하는 모습이었다.

'얼른 이곳을 빠져나가는 게 상책이다.'

섬사람들이 바닷속에 넣었던 그물을 빠르게 걷어 올리고, 배를 돌리려 할 때였다. 왜구들이 타고 있던 큰 배가 물살을 가르며 옆으로 달라붙었다. 곧 커다란 배에서 밧줄이 날아왔다. 순식간의 일이었다.

"밧줄을 잡아 배에 묶도록 하라. 시키는 대로 하지 않았다가는 목과 몸이 따로 놀 것이다."

상대의 손에는 어구 대신 날카로운 칼이 들려 있었다. 섬사람들은 반항하지 않고, 시키는 대로 배 모서리에 밧줄을 감았다.

"어디에서 나온 놈들이냐?"

배 위에서 왜말이 들려오자 살동은 얼굴을 들어 왜구들의 배를 쳐다보았다. 굵고 넓은 판자로 만들어진 배였다. 크고 단단해 보였다. 만일 배가 곧장 부딪쳐 온다면 그들의 작은 배는 그 자리에서 산산조각 날 것 같았다.

왜구들은 배위에서 아래쪽으로 고개를 내밀고 있었는데, 모두 웃통을 벗은 채였다. 그들은 재미난 짓을 하듯 누런 이를 드러내고, 씨익 웃으며 손에 들고 있던 칼로 허공을 쑤시듯 휘둘러 댔다. 살동 역시 날이 하얗게 선 칼을 보자 겁이 덜컹 났다. 날카롭게 잘 갈아진 칼 끝은 뾰족한 게, 살기를 내비추고 있었다. 보기만 해도 섬찟했다. 겁을 먹은 살동은 얼른 고개를 숙였다. 이어서 왜구들과 어부들이 주고받는 말이 들려왔다.

"저희들은 여기서 얼마 안 떨어진 히노섬에서 나온 어부들입니다."

"그래, 우리가 오랫동안 생선 맛을 못 보았으니, 잡은 물고기가 있으면 내놓아라."

왜구 셋이 배 위에서 밧줄을 타고 내려와 날쌔게 옮겨 탔다.

"배 밑창에 잡아 놓은 생선을 꺼내 올려 보아라."

그중의 하나가 칼이 들어 있는 칼집으로 만석을 툭 치며 명령 투로 말을 하였다.

"…."

만석이 일본 말을 못 알아들어 어리둥절하자,

"이 자식이 말이 안 들리나! 죽고 싶어 환장했나? 이놈이 사람을 무시해?"

왜구가 역증을 내며 만석을 칼집으로 내려쳤다.

"어이쿠."

그래도 화가 안 풀렸던지, 왜구는 칼을 뽑아 들었다. 곧이라도 벨 것 같은 기세였다.

"죄송합니다. 이 친구가 아직 이곳 말을 몰라서 그런 것뿐입니다."

살동이 얼른 앞으로 나서, 왜구를 막아서며 일본 말로 설명을 했다.

"뭐라? 말을 몰라? 그럼 네놈들은 히노섬에서 온 게 아니란 말이냐?"

"아닙니다. 히노섬에서 온 것은 맞습니다. 저희는 원래 조선 사람입니다. 풍랑을 만나 이곳에 표착했습니다. 지금은 히노섬에서 살고 있습니다. 용서해 주십시오."

서투른 왜말로 더듬거리며 살동이 설명하자, 다른 왜구들도 재미있다는 표정을 지으며, 살동의 곁으로 다가왔다. 만석은 칼을 뽑아든 왜구를 보고 겁을 먹어 얼굴이 하얗게 변하더니, 얼른 무릎을 꿇고는 양손을 머리 위로 올려 싹싹 빌었다.

"잘못했응께, 살려 주시라고요."

"이놈이 뭐라 하는 거야?"

왜구가 만석이 하는 말을 몰라, 살동에게 물었다.

"잘못했다고, 살려 달라 빌고 있습니다."

살동의 더듬거리는 일본 말을 들으며, 왜구 하나가 다시 물었다.

"조선에서 흘러왔다고…?"

"네, 그렇습니다."

살동과 왜구가 문답하고 있는데, 큰 배 위에서 호기심 어린 눈빛으로 아래를 내려다보던 왜구 중 하나가 갑자기 큰 소리로 외쳤다. 머리에 투구를 쓰고 있던 자였다.

"뭐라고 했느냐? 그놈들이 조선에서 왔다고 했느냐?"

"예, 그렇습니다. 이놈들이 조선 출신이라 우리말을 잘 모른다고 하는군요."

"그놈들을 이리로 끌어오너라!"

"이놈들 전부를 말입니까?"

"아니, 조선에서 온 놈들만 끌어올리란 말이다."

"알겠습니다."

칼을 뽑아 들고 있던 왜구가 칼끝을 살동의 목에 대며 외쳤다.

"너, 이놈. 여기 너와 같이 조선에서 흘러온 놈이 누구냐?"

"셋입니다."

"거짓말을 하면 죽을 줄 알아라! 말을 시켜 보면 금세 알 수 있다."

살동이 얼른 손짓으로 서봉과 만석을 불러 이들 셋은 배 이물 쪽에 모였고, 다른 히노섬 어부들은 뒤쪽인 고물 쪽에 자리를 잡았다. 왜구들은 한 사람 한 사람에게 말을 시켜, 왜인인지 조선인인지 말투를 확인했다.

"네놈들은 저 배로 옮겨 타라."

확인을 끝낸 후, 왜구들은 살동 일행만 자신들의 배로 옮겨 타도록 했다. 배 위에 있던 왜구들이 막대와 손을 아래로 뻗어 이들이 옮겨 타는 것을 도왔다.

살동 일행이 왜구들의 배로 옮겨 탄 후, 섬사람들은 왜구들이 살동 일행을 곧 돌려보낼 것으로 보고, 기다렸으나, 왜구들이 탄 배는 이들을 내려 주지 않고 그대로 돛을 올려, 먼바다로 나가 버렸다.

"저들이 왜구들에게 잡혀갔으니 이제 죽는 게 아니겠나?"

"글쎄, 그냥 죽이기야 하겠나?"

"아무튼 저들에게는 안됐지만 우린 운이 좋았네. 어서 섬으로 돌아가도록 하세."

한편, 왜구들은 살동 일행이 교역선으로 옮겨 타자, 그들의 손을 뒤로 해, 포박했다. 그러고는 양쪽에서 어깨를 꾹 눌러 무릎을 꿇게 했다. 갑판 위에 무릎을 꿇고 있던 살동과 만석, 서봉은 겁을 잔뜩 먹고 덜덜 떨고 있었다.

왜구들의 인상은 하나같이 험상궂었다. 모두가 눈이 위로 치켜 올라가 있었다. 탐욕에 가득 찬 눈빛이었다. 남의 물건을 아무렇지 않게 약탈하고, 죄 없는 사람들이라도 쉽게 살인을 하는 자들이었다.

'이젠 꼼짝없이 죽었구나!'

살동은 눈앞이 막막해 왔다. 죽음에 대한 공포가 온몸을 휩쌌다. 풍랑을 만나 동료들이 바다로 휩쓸려 내려갈 때도 구사일생으로 살아남아, 운이 좋았다고, 서로 자위도 했던 그들이었다.

'아, 이제 운이 다했구나.'

'히노섬에 표착해 그동안 평안하게 지내 왔다 싶었는데, 이런 일이 일어나다니….'

'이럴 줄 알았다면 무리를 해서라도 조선으로 돌아갈 걸….'

'드디어 올 것이 왔구나.'

세 사람 모두 곧 죽는다는 생각에, 머릿속은 후회와 번민이 가득했다. 무릎을 꿇고 고개를 숙이고 있는 그들의 등 뒤에는 감시병인 왜구가 칼끝을 올려놓고 있었다.

살동은 웃통을 벗은 맨살이었는데, 칼끝이 닿아 있어, 몸을 조금만 움직여도 칼끝이 따끔하게 살갗을 찔렀다. 섣불리 반항했다가는 시퍼런 칼끝이 그대로 등을 뚫고 들어올 것 같았다.

셋 중에서도 서봉이 가장 겁에 질렸던지, 턱이 덜덜 떨리며, 이가 서로 부딪히는 소리가 살동의 귀에도 들려왔다.

'이대로 죽는구나.'

모든 걸 체념하고 죽을 때만을 기다리고 있는데, 갑자기 왜말이 크게 터져 나왔다.

"조선 어디에서 흘러온 놈들이냐?"

왜말을 어느 정도 아는 살동이었지만 처음엔 무슨 소리인 줄 몰라, 그대로 고개를 숙이고 있었다.

"저놈의 고개를 들어 올려라."

왜구 하나가 숙이고 있던 살동의 머리를 사정없이 들어 올렸다. 그곳에는 머리에 투구를 쓴 왜구가 두 발을 넓게 벌리고, 거목처럼 갑판 위에 떡 버티고 서 있었다. 나이는 사십대 전후로 눈빛이 날카로웠다. 왜구의 두령이었다.

"너, 이놈. 우리말을 알면서 왜, 대답을 안 하느냐?"

"네? 무슨 말씀인지?"

살동이 말을 잘 못 알아듣고 왜말로 더듬거리자, 왜구는 다시 천천히 고쳐 말했다.

"어디에서 왔느냐?'

"아, 네! 옥주에서 왔습니다."

"그곳이 어디냐?"

"저기 조선 아래쪽에 있는 섬입니다."

살동은 왜말을 더듬거렸으나, 뜻을 분명히 전달하기 위해, 고개를 들어 하늘을 바라보며 방향을 잡은 뒤에 머리로 오른쪽을 가리켰다.

"그곳의 지리를 잘 아느냐?"

"네, 그럼요. 그곳에서 태어나고 자랐으니 잘 알다 뿐이겠습니까요. 게다가 전복을 잡으러 여기저기 다녔기 때문에 남쪽 지방을 많이 알고 있습니다."

왜구 두령의 말투를 듣고, 살동은 불현듯이 살 수도 있다는 생각이 들었다. 그는 모든 신경을 집중했다. 상대의 왜말을 한 마디도 놓치지 않기 위해서였다.

'말 한 번 잘못하면 목숨이 날아간다.'

왜구 두령의 말은 군데군데 모르는 말도 없진 않았으나, 잘 모르는 말은 문맥을 생각해 짐작하며, 살동은 할 수 있는 왜말을 총동원해 대답하려 애썼다.

"그럼, 쓸모가 있겠군. 다음에 우리를 그리로 안내해라!"

"네?"

살동은 말은 알아들었지만 무슨 뜻인지를 몰랐다. 그렇다고 되물을 수도 없었다. 섣불리 되물었다간 화를 돋우어 그대로 칼에 맞을지도 몰랐다. 무언가 말뜻을 이해할 수 있는 실마리를 찾기 위해 주변에 있던 왜구들의 얼굴을 두리번거리며 바라보았다.

"안내하라는데 말을 못 알아듣느냐?"

옆에 있던 왜구가 다시 한 번 말해 주었다.

"아, 네! 잘 알겠습니다. 안내를 하겠습니다."

'이젠, 살았구나.'

살동은 너무 기뻐 손이 뒤로 묶인 채, 그 자리에서 머리를 갑판에 조아리고 절을 하는 시늉을 했다.

"이놈들 손을 풀어 주고 먹을 것을 좀 주도록 해라."

곁에 있던 만석과 서봉은 왜말을 몰라 멀뚱멀뚱하고 있다가 포박이 풀어지자, 살았다는 것을 눈치로 알고 서로 손을 잡고 기뻐했다.

"워메, 인제 살아부렀네. 살아부렀어."

"난 그대로 황천으로 가는지 알았그만."

"살동아! 니가 왜말을 알아들어서 살아부렀다. 너 아니믄 우린 죽어뿌렀다. 하이고, 안 그라냐? 만석아. 야가 생명의 은인이여."

"만석아! 우리도 살아남을라믄, 왜말을 째깐 배워야 쓰겄다, 잉."

"그려잉, 그라구만. 듣고 봉께 그 말이 맞네 그려! 배워서 남 주냐는 말이 딱 맞어떨어져 부렀그만. 워메 증말로 쪼끔 전까지만 해도 뒈지는 줄 알았당께."

왜구들은 그대로 살동 일행을 자신들의 본거지로 데려갔다. 조선 약탈을 위한 길잡이용이었다.

살동 일행이 끌려간 곳은 오도열도에서 가장 큰 섬인 후쿠에섬이었다. 그곳에는 오도열도의 영주인 우쿠씨의 거성이 있었다. 몇 개의 산으로 이루어진 섬은 넓었다. 농토도 제법 많았고, 그만큼 호구 수도 많아 주민도 꽤 되었다. 남쪽을 면한 채, 높은 산이 솟아올라 있었고,

산등성은 바다를 향해 완만한 경사를 이루었다. 산비탈이 끝나는 곳부터 바다를 향해 평지가 펼쳐져 있었는데 그곳에 영주의 거성이 있었다. 섬의 중심지였다.

우쿠씨가 후쿠에섬을 거점으로 오도열도 전체를 지배, 관리하고 있었지만, 섬이었기에 영주의 관리가 미치지 못하는 곳도 많았다. 그런 곳에는 어민과 왜구들이 뒤엉켜 살고 있었다. 왜구들은 어민들과 함께 살며, 어업을 하는 척 하였지만, 주된 일은 해적질이었다. 그들은 약탈한 물건을 나가사키 등으로 가져가 교환을 하는 등, 교역을 통해 이문을 남겼는데, 어민들보다 생활이 넉넉했다.

성주인 우쿠씨는 이들을 통제하지 않았다. 어민들과 섞여 사는 이들은 통제하기도 어려웠지만, 성주로서 때로는 그들이 필요했기 때문이다. 성주는 그들의 존재를 인정하고, 그들에게서 세물을 거두거나 성내에 필요한 물품을 조달받았다. 때로는 그들을 통해 교역도 해, 얼마간의 이득을 내어 재정을 채우는 부분도 있었다. 일종의 필요악이었다.

살동 일행이 끌려간 왜구들의 소굴은 후쿠에섬 동쪽에 있었는데, 바다를 면하고 있는 야트막한 산을 중심으로 그들의 산채가 마련돼 있었다. 멀리서 언뜻 보면 어촌 마을이었으나, 안쪽에는 돌성이 둘러쳐져 있었다.

두령이 거주하는 곳으로 보이는 산 중턱 움막은 사방이 돌로 둘러쳐져 있어, 천혜의 요새였다. 바닷가에는 망루가 높이 쌓아 올려져 있었고, 그곳에서 왜구들은 먼바다의 움직임을 살펴볼 수가 있었다.

왜구들의 본거지는 영주가 있는 지역에서 동쪽으로 그리 멀리 떨어지지 않았으나, 동쪽이 산으로 가로막혀 있어, 육지를 통해 접근하기가 용의치 않았다. 같은 섬이지만, 왕래가 끊긴 말하자면 치외 법권 지역이었다.

"신사부로 저놈들에게 거처를 주고 함께 지내도록 하라!"

"하아, 알겠습니다."

두령의 명령을 받은 신사부로라는 왜구는 살동 일행을 끌고 산 중턱으로 올라갔다. 거기에는 경사를 긁어 바닥을 평평하게 만든 움막이 있었는데, 움막에는 그들 말고도 넷이 더 있었다.

살동 일행은 그곳에서 왜구들과 함께 생활하였다. 움막 가운데는 땅을 파, 불을 피울 수 있게 화덕을 만들어 놓았고, 그들은 그곳을 이로리(圍爐裏)라 불렀다. 실내 모닥불로 일종의 부엌의 역할을 하는 장소였다. 나중에 안 일이지만, 다른 움막에는 중국에서 잡혀 온 사람도 몇인가 있었다. 그들은 이곳 생활에 익숙한지 발음이 조금 서툴긴 했지만, 왜구들과 왜말로 이야기하고 떠들며 웃곤 하였다.

산비탈을 내려가면 바닷가 오른쪽으로 오두막이 많이 있었다. 그곳에는 어민들이 살고 있었는데, 그들은 배를 띄워 바다에서 고기를 잡으며 생활했다. 그들은 이들 왜구들을 무서워하지 않았고, 그들 앞에서 잡아 온 생선을 널고, 말리고 하였다. 가끔 왜구들에게 생선을 가져오기도 하고, 이들의 약탈품을 받아 가곤 하며 자연스럽게 교류하고 있었다.

왜구들은 커다란 교역선 외에도 작은 어선을 몇 척 가지고 있었으나, 그렇다고 바다로 나가 고기를 잡진 않았다. 이들은 평소에는 놀고먹는 일에만 치중하다가, 날씨가 좋은 날을 택해 배를 타고 먼바다로 나갔다. 그리고 교역과 어선을 가장해 해적질을 하였다.

한번 출항을 하면 먼바다로 나가 며칠에 걸쳐 항해를 했다. 가지고 간 물건을 주고 식량과 바꾸기도 하고, 기회다 싶으면 약탈도 일삼았다. 배에는 항상 병장기를 감추고 있었다. 두령 급들은 칼을 잘 다뤘다.

주로 남쪽으로 내려가 류큐(오키나와)국이나, 루손(필리핀)섬, 그리고 중국 해역을 침범하여 물자를 강탈해 왔다. 약탈품 중 식량 등은 자체 소비하였고, 도자기나 장신구 등, 귀중한 물건은 규슈의 나가사키나, 오사카 근처 사카이에 가져가 교역을 했다.

왜구들은 백여 명의 인원이 무리를 이루어 움직였다. 이들 중에는 중국인, 류큐인(오키나와), 루손인(필리핀)도 섞여 있었다. 포로로 잡혀 온 사람도 있었고, 풍랑을 만나 표착된 사람들도 있었다. 왜구들은 한 번 약탈을 다녀오면, 며칠씩 먹고 마시며 즐겼다. 여자들을 포로로 잡아오면 성 노리개로 삼거나 잡일을 시켰다.

섬으로 잡혀 온 사람들은 그들이 어디로 잡혀 왔는지도 몰랐다. 알 수도 없었다. 고향으로 돌아가는 것을 포기하고 목숨을 부지하기 위해 자포자기 상태로 그들 속에서 함께 생활하는 자들이 대부분이었다.

약탈

왜구들에게 끌려와 함께 지낸 지 어영부영 한 해가 지났다. 살동은 이곳 생활에 익숙해져 있었다. 처음엔 이들이 하는 짓이 못마땅하였지만, 점차 이들의 생활과 해적질에 빠져들어 죄의식을 못 느끼게되었다. 아니 오히려 태어나서 처음으로 권력을 맛보았다.

조실부모한 후 얼마나 많은 구박을 받으며 천덕꾸러기로 자라 왔던가. 먹고살기 위해 죽는 것을 빼고는 다했다. 항상 남의 눈치를 보고 굽신거려야 했다.

어느 집에서 식량이나 물건이 없어지면 자신이 한 짓이 아님에도 마을 사람들에게 도둑놈 취급을 받았다. 억울하였지만 대꾸 한 번 못하였다. 그뿐 아니었다. 또래 아이들과 싸움이 벌어지면 맞은 놈의 부모가 나타나 그들에게 몰매질을 당하곤 했다.

"씨부럴."

어린 그는 눈물을 흘리며 분개했지만, 보살필 사람 없는 천애 고아인 살동의 편을 들어주는 사람은 아무도 없었다.

그런데 왜구들과 함께 배를 타고나가 약탈을 하면, 사람들은 자신에게 살려 달라고 두 손을 모아 싹싹 빌었다. 잡혀 온 자들도 처소에서 자신을 보면 고개를 숙여 눈을 피했고, 그의 비위를 맞추기 위해 굽실거렸다.

'사람들이 나에게 굽실거리다니.'

왜구들과 함께 있음으로써 살동은 자신에게도 힘, 즉 권력이 생겼다는 것을 깨달았다. 자신의 말에 굽실대는 사람들을 보며. 살동은 지금까지 느껴보지 못한 쾌감을 느꼈다.

'흐음, 아주 재밌는 일이군. 여기야 말로 나에게는 낙원이지 않는가?'

그런데 살동과는 달리 만석과 서봉은 왜구들과 함께 지내는 것을 불만스러워 했다.

"이놈들은 완전히 못된 도적들이네, 그려."

"긍께, 우리가 악질 왜구의 소굴로 잘못 끌려와 부렀어."

"걱정할 것 없어. 말만 잘 들으믄 죽을 일은 없을팅께. 글고, 우리도 옛날에 포작일 할 때, 식량이 떨어지거나 먹을 것이 없으믄, 남의 물건을 훔치거나 강제로 안 빼앗었냐? 그것과 마찬가지 아니겠냐."

살동이 대나무에 실을 꿰어 옷을 꿰매다가, 두 사람이 주고받는 이야길 듣다가 말참견을 했다.

"니 뭔소리 하냐. 시방?"

"뭐, 일 삼아 한다는 것만 빼믄 새로운 일도 아니제?"

"그래도, 그거란 이건 다르제."

살동이 왜구들을 옹호하자, 만석이 대뜸 그렇지 않다는 듯이 대꾸했다. 만석은 정색을 했고, 살동을 바라보는 그의 얼굴 표정은 찡그러져 있었다.

"목숨만 살려 달라할 때는 언제고…."

만석이 정색하는 모습을 흘끗 쳐다보며, 살동은 작은 소리로 중얼거렸다.

"죽지 않을라믄, 못 할 일이 뭐가 있다냐?"

이를 들었는지, 만석이 대뜸 따지고 들었다.

"니, 뭔소리 한다냐!"

평소 숫기가 없던 서봉도 대들었다. 서로의 의견이 부딪쳤다. 살동은 왜구들의 생활을 이해하려 했고, 다른 둘은 그들의 행위를 받아들일 수 없다며 욕을 해 댔다. 동료끼리 생각이 갈린 것이다.

"살동아, 글지 말고, 우리 고향으로 가자. 여그선 못 살겠다!"

마침 움막에는 왜인들이 없어, 이들 셋은 조선말로 이야기를 주고받았는데, 고향에 두고 온 가족을 그리워하던 만석과 서봉 두 사람이 왜구 생활에 만족해하는 살동을 꼬여, 같이 탈출하고자 한 것이었다.

"뭔 고향?"

'아닌 밤중에 웬 홍두깨!'라는 표정을 지으며 살동이 반문했다.

"부모님도 걱정되뿔고. 글고 말이다. 우린 여기서 이 짓 하고 못 살겠구먼. 배만 타고 나가면 맨날 하는 짓이 남의 물건 빼앗고, 죄 없는 사람들을 죽이는 짓이니, 이젠 더 못 있겠어야."

"아따, 배불른 소리하고 자빠졌구만. 너그들이 어떻게 살아남았는지나 아냐. 그런 짓 안 하면 너그들이 뭘 먹고 살아왔겠냐? 갈라믄 느그들이나 가라. 글고, 너희들은 가족이 있응께 가고도 싶겠지만, 나야 거그 가 봤자 아무도 없당께. 그냥 천덕꾸러기일 뿐이여. 나는 이곳이 좋네. 옛날처럼 고아라고 따돌림 받을 일도 없고, 일만 생기면 사령들에게 끌려가 죽도록 일하고, 얻어터질 일도 없응께. 이곳이 극락이여, 갈라믄 느그들이나 가뿌러."

"살동아, 아무리 그래도 그렇제? 이것이 어디 사람 사는 데냐? 야들은 도둑이고, 살인자여! 이것이 짐승이나 할 일이제, 사람으로 할 일이여? 살동아, 그러지 말고 함께 고향으로 가불자! 밥을 굶더라도 사람답게 살아가야제. 이건 사람이 할 짓이 아니랑게!"

138

"어따, 목구멍이 포도청이여, 나흘만 굶어 보라고, 눈에 뵈는 게 있는가? 난 못 할 일 없다. 즈그들도 조선에 있을 때, 먹을 것이 떨어지믄 훔치고 빼았으면서, 거참, 뭔 귀신 씻나락 까먹는 소리하고 있는지, 난 몰겄다."

"워메, 그때는 허기를 면할라고 그런 것이고, 그거이 어디 사람 죽이는 거 하고 같가니?"

"살동아. 긍께, 바다에 배가 많이 있으니 훔쳐 타고 같이 고향으로 가부르자! 너는 바닷길도 잘 알고 그렁께, 우리 같이 가믄 틀림없이 고향에 갈 수 있을 거라고! 노는 야하고 내가 저을테끼, 넌 그냥 물길만 잡아 주믄 돼야."

만석과 서봉은 번갈아 말을 하며 살동의 마음을 돌리려 애썼다. 두 사람만으로 탈출하기에는 아무래도 불안했기 때문이었다.

"난 싫당께. 갈라믄 너그들이나 가랑께."

살동이 강하게 버티자, 만석이 한 발 앞으로 나섰다. 마치 끌어서라도 같이 가려는 듯, 그는 살동의 저고리 밑동을 잡으며 강하게 말했다.

"그러지 말고 같이 가잔께!"

만석이 자신의 저고리를 잡고 애걸하자, 살동은 만석의 손을 슬쩍 비틀며 뿌리쳤다. 그리고는 벌떡 일어서 움막을 나가며 조선말로 크게 외쳤다.

"난 죽어도 조선 땅으로는 안 돌아간당께. 여그서 뼈를 묻을랑께, 갈라믄 느그들끼리 가고, 내 앞에서 그 따위 소리 다시는 하지 말더라고!"

거적을 걷어 올리며 나가는 살동의 뒷모습을 보던 만석이 서봉을 보며 짤막하게 말했다.

"서봉아! 우리끼리 가불자. 저놈은 이제 더 이상 동무가 아니랑께. 애라 이 썩을 놈, 평생 해적질이나 해 쳐묵다, 뒤져쁘러라."

"냅둬부러. 저라다가 관원한테 잡히믄 그대로 황천길인께, 제 명대로 다 살지도 못하고, 죽을 것이 뻔항께!"

두 사람은 살동이 자신들의 의견에 따라주지 않자, 그에게 포악이 담긴 저주를 퍼붓고는 움막을 나왔다. 그리고 그날 밤 만석과 서동은 작은 배를 하나 훔쳐, 바다로 나갔다.

"무조건, 먼바다로 나가야 돼야."

컴컴해서 방향을 알 수 없었으나, 섬에서 멀리 떨어져 나가야겠다는 생각뿐이었다. 둘은 죽을힘을 다해 교대로 노를 저으며 먼바다로 방향을 잡아 나갔다.

다음 날 아침, 왜구들의 본거지에서 배 한 척이 없어진 것이 발각됐고, 바로 두령에게 보고됐다.

캉캉캉.

장대 위에 매어 놓은 쇠통이 울렸다.

왜구들은 곧 바닷가로 집합했다. 점호를 하자, 곧 만석과 서봉이 없어졌다는 것이 드러났다.

"저놈을 끌어내라."

두령은 대뜸 살동을 지목했다.

"네놈은 알고 있으렸다. 솔직히 말하면 살 것이고, 거짓을 말하면 목숨을 보전치 못할 것이다."

두령 옆에 서 있던 소두령들이 달려들어 살동에게 다가와 양팔을 잡았고, 다른 한 명은 뒤쪽에서 목을 잡고는 밀었다. 비틀비틀 앞쪽으로 끌려와 무릎을 꿇고 있는 살동을 보고 두령은 눈꼬리를 치켜올리며 큰소리로 물었다.

"이실직고하렸다. 두 놈이 배를 타고 어디로 갔느냐?"

두령은 말이 끝나기가 무섭게 칼을 뽑아 들었다.

칼은 '스르릉' 소리를 냈다. 잘 갈린 칼날이 번쩍였다.

'잘못하면 개죽음을 당한다.'

살동은 순간적으로 목이 서늘해짐을 느꼈다.

"예, 어제 같이 도망치자고 저에게 왔었습니다. 제가 거절하니 둘이서 밤사이에 도망을 친 것 같습니다."

살동은 동무들을 감쌀 생각은 엄두도 내지 못하고, 사실대로 고했다. 그것만이 자신이 살길이었다.

"어디로 간다더냐?"

"고향으로 가자고 했습니다."

"그런데 네놈은 왜 안 갔느냐?"

"저는 이곳이 좋습니다. 고향보다 이곳의 삶이 더 좋습니다."

두령의 질문에 살동은 지체 없이, 있는 그대로 대답했다. 목소리가 덜덜 떨렸다. 그만큼 분위기가 살벌했다. 조금이라도 주저하다가, 두령의 의심을 받았다간, 그 자리에서 목이 떨어질 것 같았다.

'이대로 죽을 순 없다. 동무들을 팔아서라도 살아남아야 한다.'

살동의 마음은 간절했다.

"신사부로! 네놈도 책임이 크다. 같이 움막에 살면서 낌새도 못 차리다니…. 곧 요시로와 함께 배 세 척과 스무 명을 끌고 나가 그놈들을 잡아 오너라. 아니다. 여기가 싫어서 떠난 놈들 잡아 올 필요도 없다. 목만 베어 오고, 시신은 고기밥이 되도록 물속에 처넣도록 해라."

살동은 움막으로 돌아가는 것이 허락됐으나, 감시가 붙었다. 그리고 하루가 지나, 신사부로와 배 네 척이 돌아왔다. 만석과 서봉이 타고 나갔던 배는 다른 배에 매달려 빈 배로 돌아왔다. 배 위의 돛을 매는 기둥에는 그들의 수급이 새끼줄에 엮여, 매달려 있었다.

'바보 같은 놈들! 간신히 살아남았는데, 뭐가 좋다고 다시 조선으로 간다고 난리를 쳐서, 결국 물고기 밥이 되었더냐.'

살동은 동무들의 수급을 보고, 눈치가 보여 눈물을 흘리지도 못하고, 속으로 그들을 원망했다.

"사르동, 너도 앞으로 조심해야 한다. 조금이라도 딴 마음을 먹었다가는 그대로 황천행이야."

살동의 감시역인 신사부로가 살동에게 충고했다.

"알고 있어. 난 절대 그런 일 없을 거야."

살동은 그렇게 혼자 남아 왜구들과 함께 생활하면서 철저하게 왜구로 변해 갔다. 약탈을 위해 출항을 하면 더욱 적극적으로 행동했다. 의심받고 싶지 않아 그러하기도 했으나, 그에겐 이젠 죄의식 따위는 없었다. 오히려 만족스러웠다. 그렇게 세월이 흐르자, 다른 왜구들도 이제 더는 살동을 의심의 눈초리로 보지 않았다.

"사르동, 내일 출항한다. 준비해라."

같은 움막에 기거하던 신사부로가 움막 입구에 걸려 있는 거적을 들어 올려, 안으로 들어오며, 살동에게 말을 건넸다.

"그래, 이번에는 또 어디로 가려나?"

살동은 신사부로가 들어서는 것을 보고는 벌떡 일어나며 왜말로 물었다. 자신과 나이도 비슷하고 지위에서도 큰 차이가 없었지만, 신사부로를 보면 왠지 모르게 주눅이 들었다. 아마도 신사부로가 자신보다 고참이라 그러리라 했지만, 꼭 그것만은 아니었다. 이방인으로서 갖는 열등감이었다.

그래서 살동은 모든 일에 적극적이었다. 왜말도 더욱 열심히 익혔고, 주눅 들지 않으려고 남들보다 더 솔선해서 움직였다. 약탈할 때도 왜구들 못지않게 사납게 굴었다. 그는 인정사정을 봐주지 않았다. 왜구들마저 혀를 내두르며 잔인하다 할 정도였다.

'살아남기 위해선 어쩔 수 없다.'

"조선으로 간단다. 이번에 네가 큰 활약을 해야겠다."

신사부로가 싱긋 웃으며 살동의 물음에 답했다.

"뭐! 조선에…."

"이번에 너 때문에 우리 배가 가장 앞에 설 것이다. 네가 지리를 잘 아니 좋은 건 우리가 먼저 차지할 수 있다고…. 하하하."

살동은 고향에 간다는 말을 듣는 순간, 만감이 교차했다. 당황스러움과 마음 한쪽 귀퉁이에선 설렘도 일었다.

'내 이번에 가면 잘난 체 하던 양반 놈들에게 쓴맛을 보여 주지.'

그러면서도 머릿속은 복잡하고 마음이 착잡했다.

'금의환향도 아니고, 왜구가 되어 약탈을 하러 가다니…. 같이 배를 탔던 동료 가족들을 만나면 뭐라 설명하나? 다 죽고 나만 살아남았다면 믿어줄 것인가?'

그다지 미련이 많은 고향 땅은 아니지만, 고향 땅을 침범한다는 것과, 같이 배를 타고 전복을 따러 나왔다가, 다 죽고 자신만 살아남았다는 것, 그리고 약탈이 시작되면 죄 없는 양민들까지 다칠 수 있다는 게 마음에 걸렸다.

'에이, 그딴 게 뭔 상관이더냐!'

그러나 살동은 곧 흔들리는 마음을 다잡으며, 출정을 위해 짐을 꾸렸다. 그리고는 짐 속에 있는 칼을 뽑아 들었다. 한쪽으로 날이 서 있는 일본도는 날이 날카롭게 서 있었다. 살동은 칼 잡은 손에 힘을 꾹 주었다.

'아무튼 양반 놈들과 그에 빌붙어 백성들을 등치는 놈들에게 본때를 보여 주자.'

휘잉.

살동은 칼을 허공에 휘둘렀다. 그리고는 혼자 중얼거렸다.

"이놈들. 양민의 고혈을 빨아 살이 디룩디룩 찐 너희 양반들의 배를, 내 이 칼로 도륙을 내 주리라."

다음 날 해가 뜨자, 살동이 탄 배가 앞장서 왜구의 선단을 끌었다. 살동은 당초에는 왜구들을 끌고 지리를 잘 아는 진도 쪽으로 가려 했다. 그런데 서풍이 거셌다. 배가 바람에 밀리자, 살동은 방향을 틀어 완도의 가리포(加里浦)로 향했다. 하지만 그곳 바다도 해풍이 워낙 강해 선착이 여의치 않았다. 살동은 하는 수 없이 왜구들을 이끌고 흥양(興陽-현 고흥반도)으로 상륙했다.

흥양에 도착하자마자, 이들 일행은 해안을 한차례 유린하고 나서 손죽도로 물러나 그곳을 거점으로 해, 주변 지역을 약탈했다. 손죽도는 고흥반도 남쪽에 위치한 섬이었다.

왜란 발발 다섯 해 전인 1587년에 일어난 일이었다.

미치광이 영주

오와리 지역의 맹주인 오다 가문은 신흥 세력임에도 불구하고 공격적으로 주변 지역을 공략해 그 세를 점점 확대하여 나갔다. 원래는 지방관으로 파견된 오다 가문이었는데, 전국시대라는 난세로 접어들자, 교토 동쪽 지역의 맹주가 되었다.

도키치로가 고향을 떠나올 때는 오다 노부나가의 선친인 노부히데가 영주였다. 그의 친부도 선대인 노부히데가 출정한 전투에 참가했다가, 부상을 입고 그 후유증으로 세상을 떠났던 터였다.

노부히데의 장자로서 새롭게 영주가 된 노부나가에 대해서는, '바보, 멍청한 말썽꾸러기'라는 좋지 않은 소문이 널리 퍼져 있었다.

당시 일본의 관례는 장자 상속으로, 장자가 가문을 이어받는 것이 일반적이었다. 그러므로 성주의 장자는 어린 시절부터 제왕학을 위해 학문에 힘쓰는 것은 기본이요, 게다가 난세라는 시대적 상황을 감안하면, 검술과 승마술 등 무예도 익혀야 했다. 영지의 통치를 위해서, 그리고 가문을 떠받치는 부하 사무라이들을 다스리기 위해서라도 영주에 걸맞은 행동을 요구받았다.

그런데 노부나가는 어린 시절부터 이러한 모든 것들을 무시했다. 검술과 말을 타는 것은 좋아했으나, 형식에 얽매이는 것과 통제받는 것을 아주 싫어했다. 그는 기존의 모든 관행을 무시하고 제멋대로 행동하는 것을 좋아했다. 걸핏하면 괴팍한 행동을 해, 노부나가를 곁에서 모시는 중신들을 곤경에 빠뜨리곤 하였다. 가장 곤란한 문제가 성주의 장자로서 차려입어야 될 의관을 무시하는 것이었다. 언제나 천쪼가리 비슷한 허름한 저고리를 몸에 걸치고는, 허리는 끈으로 동여맨 채, 칼과 호리병을 허리춤에 찔러 넣고 저잣거리를 활보했다. 배가 고프면 시장 좌판에 있는 오이나 참외 등을 집어 껍데기째 먹었다. 그마저도 없으면, 무나 야채도 마다하지 않았다.

"도련님, 저잣거리에서 이러시면 안 됩니다."

"왜, 안 되는가, 그 이유를 말하시오. 이유 없는 구속은 싫소."

가신들이 관습에 따라 통제하는 걸 거절하며, 그는 이유를 따졌다.

"저게 영주의 장자란다. 거지새끼가 따로 없구먼, 그려."

사람들은 노부나가의 모습을 보고 뒤에서 손가락질을 했다. 노부나가의 교육을 부탁받은 중신들은 영주와 주변 사람들을 볼 면목이 없었다.

'영주의 아들을 때려서 가르칠 수도 없고, 참으로 진퇴양난이로다.'

이런 중신들의 속을 아는지 모르는지, 노부나가는 틈만 나면 저잣거리로 나갔다. 그리고는 사람들을 모아 씨름판을 벌이곤 했다. 스스로 상금을 걸어 놓고 씨름판에서 우승한 자에게는 상을 주었다. 혹자는 그런 것이 모두 나중에 천하를 지배하기 위해 필요한 장정들을 모으기 위한 방편이었다고 한다. 호사가들이 하는 말이니, 그거야 누가 알 수 있으랴?

아무튼 노부나가의 그런 괴이한 행동 때문인지, 그의 주변에는 힘깨나 쓰는 왈패와 불량배들이 많이 몰려들었다. 그들의 입장에서는 일을 하지 않아도 노부나가를 따라다니며 시키는 대로 힘자랑을 하면

상품이나 상금을 받을 수가 있었으니, 노부나가가 부처님보다 더 고마운 존재였다.

"노부나가 님이야말로 우리들의 오야붕(두목)이다."

그러나 그들과는 달리 많은 저자 사람들은 노부나가의 기행에 대해 뒤에서 손가락질을 하였다. 권력을 이어받을 영주의 장자로서는 도저히 이해하기 어려운 기이한 행동이었기 때문이었다.

'영주의 장자가 멍청할 뿐 아니라, 망나니들과 어울려 저리도 법석을 떠니, 그 자리가 오래 못 갈 것이니라.'

아무튼 저잣거리에서는 노부나가에 대해 험담이 자자했다.

"저, 또 나타났네 그려."

"누가?"

"저것 좀 봐! 노부히데 님의 적자인 노부나가 도련님이 나타나, 저잣거리가 시끌시끌하잖아."

"에구, 저 망나니가 오늘은 또 무슨 짓을 벌이려고……."

"오늘도 장사는 글렀네. 빨리 물건 걷어치우고 피해야겠구면."

"그러게 말이네. 또 싸움이라도 벌어지면 우리만 손해지 뭐!"

"그래도 도련님은 우리 장사꾼 물건은 안 건드리잖아, 그러니 그냥 있어도 괜찮지 않겠어?"

"아무튼 씨름판이 벌어지면 장사는 날 새는 거여."

"그래 그 말이 맞아! 씨름판 주변에 사람이 몰려, 이리 밀리고 저리 밀리다가 싸움판이 벌어지고, 물건 상하면 우리만 손해지 뭐! 어차피 오늘 장사는 끝난 것 같네, 빨리 걷어치우고 스루가로 넘어가 봐야겠네."

도키치로도 과거 행상을 할 때, 여기저기 장터를 다니면서 오다 노부나가에 대한 소문을 들은 적이 있었다. 바늘 행상을 할 때는 멀리

서 그의 모습을 직접 보기도 했으나,

'나와는 별 상관없는 인물이다'라고 여겼다.

그러다 보니 그의 기억 속에는 노부나가는 '망나니'로만 각인되어 있었다. 망나니였던 노부나가가 오와리의 성주가 되었다는 소식을 들은 그는 새삼 기억을 더듬었다.

우스꽝스런 복장이 기억에 어렴풋이 담겨 있었다. 노부나가의 모습은 도키치로의 눈에도 우습게 보였다. 아무리 생각해도 성주직을 이을 적자의 모습은 아니었다. 언뜻 보기에 악동의 망나니 그대로였다.

그런데, 기억을 더듬는 그의 뇌리 한편으로, 노부나가의 날카로운 눈빛이 떠올랐다. 기억 속의 노부나가의 눈매는 날카로웠고, 살아 있었다. 사람들이 흔히 말하는 '바보 천치, 말썽꾸러기, 망나니'의 눈빛과는 달랐다. 그리고 보니 체형도 늘씬하고 잘 단련된 근육질의 몸매를 하고 있어, 자신과는 다르다고 느꼈던 적이 있었다. 불현듯 떠오른 기억을 더듬으며,

'사람들이 말하는 멍청한 망나니만은 아니다.'

도키치로의 되살려진 기억 속에 떠오른 노부나가는 자신보다 두세 살 위의 모습이었고, 복장은 그렇게 보일지 모르지만, 단순한 망나니만은 아닌 무언가를 내면에 감추고 있는 모습이었다. 도키치로는 즉시 주변 지역의 정보를 꿰차고 있는 마츠시타의 중신 야기누마를 찾아가, 은근슬쩍 오와리의 정세와 노부나가에 대해 물었다.

"야기누마 님…. 오와리의 새 성주 노부나가 님이 멍청이라는 소문이 자자한데, 중신들이 왜 성주 자리를 넘기도록 가만히 있었을까요?"

"글쎄, 누가 알겠느냐? 다만 부친상을 당한 노부나가가 장례식장에서 부친의 영정에 향을 바치는 대신, 재를 뿌렸다고 한다. 불효막심

한 행위지!"

"그래요? 미치지 않고서야 어찌 그런 행위를 할 수가 있습니까?"

"그로 인해 교육을 맡았던 중신 히라테(平手)가, 보다 못해 자신이 잘못 가르쳐 그런 것이라며 할복자살을 하였다고 한다. 새 성주의 모든 잘못은 자신에게 있다고 하면서…. 그러나 직접 보지 않고서야, 그 진위를 누가 알 수 있겠느냐?"

야기누마의 말을 듣고 난 후, 도키치로는 노부나가라는 인물이 더욱 궁금해졌다. 호기심이 많고 궁금한 것이 있으면 못 참는 성격의 그였다.

'일단 가자. 가서 확인을 해 보자. 망나니라면 곧 무슨 사달이 날 것이고, 그러면 오히려 기회는 더 빨리 올지도 모른다. 어차피 이곳에 있어 봤자 기회는 없다.'

도키치로는 그길로 보따리를 쌌다. 그리고 성주인 마츠시타에게 하직 인사를 했다.

"고향 집에 일이 생겨, 고향으로 돌아가야 할 것 같습니다. 상황이 좋아지면 다시 찾아뵙도록 하겠습니다. 그동안 보살펴 주신 영주님의 은혜는 영원히 잊지 않겠습니다."

마츠시다는 고향으로 돌아간다는 도키치로가 조금 아쉽기는 하였지만, 그렇다고 시종에 불과한 그를 만류할 이유가 없었다.

"모든 일이 수습되고, 안정되면 다시 돌아오도록 하라."

"예, 알겠습니다."

도키치로는 성주의 허락을 받고는 그길로 오와리로 향했다. 당시 그의 나이 만 열여섯이었다. 또래보다 키도 작고 체격도 왜소했다. 게다가 얼굴이 쭈글쭈글해, 언뜻 보면 나이 먹은 중년으로도 오해를 받을 정도였다.

도키치로는 오와리 국경을 넘어서면서 간자(間諜)로 의심받을 것을 염려해, 보따리를 어깨에 걸쳐 메고, 예전 장사꾼의 모습으로 변복을 했다.

오와리에 들어서서는 고향 집이 지척임에도 들르지 않고, 곧장 장이 서는 저잣거리로 향했다. 거기에서 노부나가에 대한 소문과 정보를 수집했다.

'망나니 성주, 노부나가.'

노부나가에 대한 대부분의 평가는 여전히 안 좋은 것뿐이었다. 그러나 가끔 다른 평가도 없진 않았다.

"비범한 주군이다. 천하를 통일할 인물이다. 노부나가 님이 천하를 통일하면 전쟁 없는 태평성대가 시작될 것이다."

아무 생각 없이, 떠도는 소문을 듣고 옮기는 사람들은 모두 전자인 망나니라는 평가였다. 그러나 직접 노부나가를 보았다거나, 그를 접했던 사람들의 평가는 사뭇 달랐다.

오와리로 넘어온 도키치로는 행상을 하면서 한동안 열심히 귀동냥으로 소문을 모았다. 그는 노부나가가 어떤 인물인지 세심히 살피려 애를 썼다.

그러던 어느 날 오후 시장이 갑자기 혼란스러워지더니, 말발굽 소리가 울려 퍼졌다.

"노부나가 님이다."

사람들이 양쪽으로 갈라섰다. 저잣거리 한가운데를 자신과 비슷한 나이로 보이는 청년이 말을 타고 달려 왔다. 한쪽 어깨는 맨살이 그대로 드러난 상태였다.

"다다닥, 다다닥."

중신의 복장을 한 가신들이 말을 탄 채, 그 뒤를 열심히 따르고 있었다.

"허, 참! 이 오와리가 어떻게 되려고 저러는가?"

저잣거리에 있던 사람들은 노부나가가 사라져 가는 뒷모습을 보며 혀를 끌끌 찼다. 성주가 되었음에도 그의 복장은 망나니 복장 그대로였다. 도키치로도 말을 타고 빠르게 지나가는 노부나가를 멀리서 보았다. 복장은 우스울지 모르지만, 말을 탄 자세에는 위엄이 서려 있음을 느꼈다.

'말을 저렇게 잘 타고, 위엄이 서려 있는 걸 보면 멍청이는 아닐 것이다. 만일 멍청이라면 이곳이 이렇게 번창할 리가 없다. 새롭게 저 잣거리를 넓히고 세금도 싸게 해, 각처의 장사꾼이 이곳에 몰려와, 나날이 번창하고 있지 않는가?'

실제 노부나가가 성주가 되고 나서 오와리 지역은 오히려 세수가 더 늘어난 상태였다.

'명군이 될 가능성이 크다.'

도키치로는 무릎을 탁 쳤다. 그리고는 자신의 판단에 운명을 맡기기로 작정했다. 그는 즉시 좌판을 거두었다.

"부딪쳐 보자. 죽이 되든 밥이 되든 내 눈으로 직접 확인하자."

도키치로는 결심이 서자, 즉시 노부나가가 머무는 거성으로 향했다. 나무로 성책을 쌓아 놓은 목책의 성이었다.

도키치로가 성 앞으로 다가서자, 양쪽에서 보초를 서던 초병이 창을 꼬나들고 수하를 했다.

"누구냐? 무슨 용무냐?"

"아, 예! 장사꾼이옵니다. 나카무라 출신으로 기노시타 도키치로라고 합니다. 실은 영주님께서 성에서 일할 인부를 뽑는다는 소릴 듣고 인부가 되고자 찾아왔습니다."

도키치로는 살살 웃어가며 말을 꾸며 댔다.

"자네 들어봤나?"

수하를 하던 초병은 도키치로가 하는 말을 듣고, 금시초문이란 듯 반대편에 있는 초병에게 물었다.

"난들 아나!"

반대편에 서 있는 초병이 퉁명스럽게 대답을 했다.

"그럼, 어떡하지? 잠깐 내 안에 들어가서 물어보고 오겠네!"

확인 안하고 잘못 처리했다간 경을 칠 수도 있었기에, 초병은 안으로 뛰어들어 갔다. 초병이 확인 차 안으로 들어가는 것을 본 도키치로는 뒤가 켕겼다. 그러나 다른 방법이 없었다. 똥줄이 탔으나, 시침을 뚝 떼고 기다리는 수밖에 없었다.

'될 대로 대라! 죽을 잘못을 하는 것도 아닌데, 거짓말 조금했다고 죽이기야 하겠냐?'

"보초 서기가 힘들지 않으세요?"

도키치로는 초병의 경계를 풀기 위해 특유의 붙임성을 살려, 말을 걸었다.

"힘들어도 교대로 하니까 할 만은 하네."

"저는 나카무라 출신인데, 저잣거리에서 바늘 장사를 하고 있습니다. 영주님을 뵙고 싶어서 이렇게 왔습니다."

어떻게 해서든지 상대의 경계를 풀려고 실실 웃어가며 말을 거는데,

"저리 물렀거라."

초병은 그의 말에 더는 대꾸를 하지 않았다.

자신을 경계하며 무뚝뚝하게 서 있는 초병의 경계를 풀게 하려고 그는 이리저리 궁리를 했지만, 달리 뾰족한 방법이 떠오르질 않았다.

그런 차에 성 안쪽에서 머리를 단정히 땋아 올리고 칼을 찬 사무라이가 아까 들어간 초병의 뒤를 따라 밖으로 나왔다.

"저 자입니다. 저 자가 인부를 모집해서 왔다고 했습니다."

초병은 창으로 도키치로를 가리키며 사무라이에게 고했고,

"너 이놈, 어디서 인부를 구한다는 소리를 들었느냐?"

칼을 옆구리에 찬 사무라이는 눈을 가늘게 뜨고 도키치로의 위아래를 빠르게 훑으며 물었다. 의심이 가득한 심문 투였다. 첩자인지 여부를 확인하는 것이 분명했다.

"네, 소인은 원래 오와리 나카무라 출신으로서 저잣거리에서 장사를 하고 있습니다만, 성에서 인부(人夫)를 구한다는 소문을 듣고 달려왔습니다."

도키치로는 능청스럽게 거짓말을 둘러 댔다.

"저잣거리에서 그런 소문을 들었다고?"

"예, 그렇사옵니다."

사무라이는 도키치로가 태연한 표정으로 거짓말을 하는 것을 보고는 초병들에게 명령했다.

"저놈을 잡아서 안으로 들여라!"

사무라이의 추상같은 명령을 받은 초병들은 즉시 창을 꼬나 쥐고, 도키치로를 노렸다.

"이놈, 꼼짝 말거라. 고분고분 말을 듣는 것이 몸에도 이로울 것이다."

초병들은 양쪽에서 창으로 경계를 하며 다가왔다. 도키치로는 순순히 따를 수밖에 없었다. 초병들은 창끝을 그의 몸에다 대고, 창날로 툭툭 치며 안으로 밀어 넣었다.

"제가 무슨 죄를 지었다고 이러십니까?"

도키치로는 고분고분하게 병사들의 지시대로 따르면서도 자신이 결백하다는 뜻으로 변명을 했다.

"네, 이놈! 주둥이를 닥쳐라. 죄가 있는지 없는지는 곧 알게 된다."

실눈을 뜨고 뒤따라오던 사무라이는 느물느물한 도키치로를 보고 언성을 높여 꾸짖었다.

초병들은 성문 안쪽에 있던 병사들에게 도키치로를 인계하고는 다시 성문 밖으로 나갔다. 성안은 성 밖보다 분위기가 삼엄했다.

"이놈을 포승줄로 묶도록 하라."

성안으로 들어서자 사무라이는 도키치로를 포승으로 묶도록 하였다.

"어이구, 제가 무슨 죽을죄를 졌다고 포승을 거십니까?"

"조용히 해라. 이놈!"

졸지에 포승으로 결박된 도키치로는 오른쪽 왼쪽으로 꼬불꼬불하게 굽은 길을 따라 점점 안쪽으로 끌려 들어갔다.

성은 밖에서 보는 것보다 넓었다. 여기저기 목조 건물이 많이 들어서 있었다. 그렇게 한참을 들어가자 앞쪽에 돌로 단이 쌓아져 있고 그 둔덕 위에는 영주가 머무는 천수각이 위로 솟아 있었다.

"이제 됐다. 여기 꿇려라!"

도키치로를 끌고 간 사무라이는 천수각 아래쪽 단층 목조 건물 앞에서 병사들에게 명령을 내리고는 자신은 쪽마루로 가서 앉았다. 병사들은 도키치로의 어깨를 창대로 눌렀다. 무릎이 꿇려졌다. 그러자 여기저기 사방에서 칼을 차고, 창을 든 병사들이 몰려들었다.

"소스케, 잘 왔다. 저놈의 목을 벨 준비를 해라!"

"첩자입니까? 잘 알겠습니다."

소스케라고 불린 사내는 정수리를 보기 좋게 싹 밀고 머리를 땋아 올린 젊은이였다. 그는 바닥에 꿇어앉아 있는 도키치로의 옆으로 다가와서는 칼을 스윽 뽑아 들고 칼등을 그의 목 뒤에다 천천히 갖다 대었다. 도키치로는 갑자기 목이 서늘해짐을 느꼈다. 그의 목 힘줄이 퍼렇게 일어섰다. 그는 저도 모르게 식은땀을 흘렸다.

"너 이놈 장터에서 인부를 구한다는 소릴 듣고 왔다 했으렸다?"

"네. 그렇습니다."

도키치로의 목소리가 힘이 없었다. 그러자, 사무라이는 비수로 찌르는 듯한 날카로운 목소리로 다시 물어 왔다.

"네, 이놈! 이실직고 하렸다. 어디서 온 누구인지 똑바로 밝혀라. 만일 조금이라도 거짓을 늘어놓는다면, 그 목은 떨어져 땅바닥에 구를 것이다."

"죄송합니다. 살려주십시오. 실은 인부를 구한다는 소문을 들은 것이 아니고, 성에서 일하고 싶어 찾아온 것입니다. 그렇게 안 하면 성안으로 들여보내 주지 않을 것 같아 그랬습니다요."

도키치로는 얼굴이 사색이 되어 사실을 고했다. 땅바닥에 머리를 조아리고, 싹싹 비는 시늉을 하면서 목숨을 구걸했다. 설마 죽기야 하겠는가 여겼는데 서슬이 퍼런 칼이 목에 닿자 겁이 덜컹 난 것이었다. 말 한마디 잘못하면 그래도 목이 떨어질 형세였다.

"제발 노여움을 푸시고 목숨만 살려주십시오."

두 팔이 뒤로 묶인 도키치로는 방아깨비가 방아 찧듯이 연신 머리를 땅에 박았다간 들어 올리며 목숨을 구걸했다. 얼굴은 완전 우거지상이 되어 영락없는 비루한 원숭이 모습 그대로였다.

'이 자식, 이거 완전 원숭이상이 아닌가?'

도키치로가 울상이 되어 얼굴이 찌그러지자, 사무라이는 그 얼굴을 보며 기괴하다고 느꼈다. 그때였다.

"무슨 일로 이리 소란스럽느냐?"

미성이었지만, 날카로운 목소리였다. 호기심 많은 청년 영주 노부나가였다. 영주의 숙소인 천수각에 있다가 웅성거리는 소릴 듣고 궁금해서 직접 내려온 것이었다.

"주군, 별일 아니옵니다."

사무라이는 앉은 자리에서 일어나 고개를 숙이며 정중하게 예를 표했다.

"이놈이 수상해서 심문 중입니다. 성에서 인부를 구한다는 소문을 듣고 왔다고 하는데, 아무래도 미심쩍은 데가 많습니다. 어쩌면 첩자일지도 모르겠습니다."

"이 자인가? 네 이놈, 고개를 들어 봐라."

노부나가가 앞으로 성큼 다가와 들고 있던 말채찍으로 도키치로의 턱을 들어 올렸다.

"전하! 저는 첩자가 아니옵니다. 다만 전하의 밑에서 일을 하고 싶어 찾아왔을 뿐입니다. 오와리 나카무라 출신입니다. 참말입니다."

채찍 손잡이에 얼굴이 얹어진 도키치로는 필사적으로 변명을 했다. 속으로는 이젠 죽었구나 싶었다. 눈물을 흘리지는 않았지만, 거의 울음이 터져 나오기 직전이었다. 울상이 되어 사정을 하는 그의 모습을 유심히 보던 노부나가가 갑자기 표정을 바꾸며 의아한 얼굴로 물었다.

"너, 사람이 맞느냐?"

"네?"

"너, 원숭이가 아니더냐?"

"네?"

"우하하하하하하. 너는 사람이라기 보단 원숭이 그대로다. 그것도 털이 다 빠진 늙은 잔나비. 우하하하하하하? 너 나이가 몇이냐?"

"네? 아, 예! 열여섯 아니, 열일곱이옵니다요."

"열일곱? 그런데 왜 이리 늙었느냐? 너야말로 겉늙은 잔나비로구나. 우하하하하."

노부나가가 도키치로의 얼굴을 보고 재미있다는 듯이 놀리며, 웃음을 터뜨리자 옆에 있던 가신들과 병사들도 함께 웃음을 터뜨렸다.

"전하, 저는 첩자가 아니옵니다. 저를 믿어 주시고, 우선 이 포승을 풀어 주시면 제가 재미나는 걸 보여드리겠습니다."

"뭐라고? 재미있는 걸 보여 준다고?"

"예, 제 얼굴이 원숭이를 닮아서 그런지, 원숭이 춤을 잘 춥니다."

"원숭이 춤?"

노부나가는 '원숭이 춤'이라는 소릴 듣고, 주위에 있는 부하들을 둘러보았다. 부하들도 의미를 모르겠다는 표정을 지었다.

"그게 무엇이더냐?"

"이걸 풀어주시면 직접 보여드리겠습니다."

노부나가의 명령으로 포박이 풀리자, 도키치로는 손을 땅에다 대고 머리를 숙여 고맙다는 의사 표시를 한 후, 손을 털고 일어났다. 이어서 손을 머리 위로 올리고 다리를 구부려 원숭이 흉내를 냈다. 원숭이처럼 '끼엑, 끼엑' 괴성을 지르며 마당 안을 이리 뛰고 저리 뛰었다. 마츠시다 성주 밑에 있을 때, 아녀자들 앞에서 자주하던 재롱이라, 익숙한 동작이었다.

그가 원숭이 흉내를 내면 보는 사람마다 배를 움켜쥐지 않는 사람이 없을 정도였다.

"와하하하하하하하, 와하하하하하하, 저놈 좀 보아라!"

"퀴키키, 퀴키키."

노부나가가 재미있어 하자, 도키치로는 한술 더 떠 괴성을 지르며 앉았다가 일어섰다가 흙을 주워 먹는 시늉을 하였다. 또 가만히 있는가 싶으면, 등에서 털을 뽑아다가 이를 잡는 시늉을 하였다. 주변 사람들을 개의치 않는 영락없는 원숭이 모습 그대로였다.

"와하하하, 그놈 재밌는 놈이구나. 죽이긴 아깝다. 아사노, 그대가 거두어 두어라. 성내에 두고 잡일이라도 시켜라."

호기심이 많은 노부나가였다. 그는 재밌는 놀잇감을 발견이라도 한 듯, 만면에 희색을 띠고 도키치로를 끌고 온 사무라이에게 명령하였다.

"전하, 그러나 저놈이 누구인지, 또 무슨 목적으로 여길 왔는지 아직 아무것도 확인이 안 되었습니다. 첩자일 수도 있으니 좀 더 심문을 한 후에 결정하시는 것이 좋을 것으로 사료되옵니다."

도키치로를 심문하던 아사노라는 사무라이가 정색을 하며 이의를 제기했다.

"아사노, 무엇이 그렇게 두렵더냐? 첩자가 그렇게 무섭더냐? 하물며 저 잔나비가 첩자라 하자. 그렇다면 여기 두고 우리가 이용할 생각은 왜 못하느냐? 두말 말고 따르도록 하라."

젊은 군주의 파격적인 결정이었다. 외부에서 흘러들어 온 아무런 검증이 안 된 자를 성내에 머물게 한다는 것은 위험한 일이었다. 가신들의 사고로서는 도저히 있을 수 없는 일이었다. 그러나 노부나가는 그만큼 대범했다. 아니 괴팍했다. 나이 든 가신들일수록 노부나가의 행동과 판단이 납득하기 어려운 것은 당연한 일이었다.

"하아, 잘 알겠습니다. 분부대로 시행하겠습니다."

노부나가가 단호하게 말을 끊으며 재차 명을 내리자, 아사노는 다시 한 번 허리를 숙이고는 물러섰다. 불같은 성격의 젊은 군주였다. 까딱 잘못하여, 명령을 거역하는 것으로 오인되면 용서 없었다. 그는 더 이상 토를 달았다가는 그 자리에서 목이 떨어질 수도 있었기 때문이었다.

시종, 히데요시

　우여곡절은 있었지만, 도키치로는 노부나가를 주군으로 모시는 데 성공했다. 노부나가는 도키치로가 사무라이로 출세해, 일국의 성주가 되겠다는 야심을 실현시키기 위한 수단이었다. 조금은 위험한 도박이었지만, 그의 계략이 먹혀 들어간 것이다.

　때는 1554년, 도키치로 나이 열일곱, 임진왜란이 일어나기 삼십팔 년 전이었다.

　도키치로는 일단 성내에 머무는 것은 허락되었지만, 주군인 노부나가에게는 범접도 할 수 없는 말단 시종으로, 온갖 잡일을 처리하는 신분이었다. 그러나 신분에 관계없이 그는 어떤 일이 맡겨져도, 싫은 내색 없이 열심히 최선을 다했다. 그러면서도 야심이 있던 그는 주군인 노부나가의 성격과 사고, 그리고 취향 등을 살폈다.

　'재미있는 주군이다. 내가 생각하던 그대로다. 여기서 잘만 하면 사무라이로 출세할 수 있을 것이다.'

　그는 노부나가라는 인물을 냉정하게 분석하고, 정확히 꿰뚫었다. 나이는 어리지만, 눈치 하나로 살아온 도키치로였다. 하나를 보면 열을 미루어 짐작할 줄 알았다. 어린 시절에 냉대를 받으며 겪었던 그의 경험은 그 삶의 방향과 행동 양식을 결정하는 바탕이 되었다.

　'일단 내 편을 늘려야 한다.'

성내에서 기반이 약한 그는 우선 다른 사람의 신뢰와 인덕을 쌓는 데 전념했다. 그래서 남의 일도 내 일처럼 했다. 궂은일, 마른일 가리지 않고, 부탁받지 않은 일이라도 솔선해서 남을 도왔다. 시키지 않는 일도 알아서 도와주니, 모두들 고마워했다. 게다가 특유의 붙임성이 있었다.

"여자라면 스루가 여인이 최고지!"

"그게 뭔 말이야? 스루가 여인네들은 도도하다고 소문이 자자하던데."

"도도하긴 뭐가 도도해. 내가 스루가에 있을 때, 처음에는 바늘장사를 했지. 그런데 아낙들이 얼마나 사치를 좋아하는지 방물만 보면 환장을 하더라고. 그래서 방물을 취급하기 시작했지. 내가 옥가락지 같은 방물을 가지고 가기만 하면 주변 아낙들이 거짓말 조금 보태 마치 개미 떼처럼 모이더라니까. 그리고 말이야, 돈이 없는 아낙들은 나를 보면, 눈을 게슴츠레 뜨고 코맹맹이 소리로 말을 걸면서 추파를 던지고 암튼 별짓을 다 하더구먼."

"우하하, 그게 정말인가, 자네."

"어이구 내가 나이가 어려 다행이었지, 나이만 조금 있었으면 스루가 여자들은 남아나질 않았을 거라고. 아무튼 스루가 여자들은 사치가 아주 심하고, 헤픈 것 같아. 옥가락지나 비녀 하나만 가지고 가면 '아마 날 잡아 잡수' 하는 여자들이 수두룩할 걸."

"정말이야? 햐, 언젠가 한번 가 봐야겠는 걸."

사람들이 모여 잡담을 나눌 때면, 그는 항상 화제의 중심이 되었다. 오랫동안 바늘 행상을 하면서 수집한 정보와 직접 체험한 경험을 잘 섞어 때로는 진실하게, 때로는 과장을 해 가면서 듣는 사람들의 흥미를 끌었다.

"생긴 것 하곤 다르게 말을 참 재미있게 하는군."

"도키치로는 나이는 어리지만 경험이 많고 게다가 행상으로 여기 저기 다니면서, 견문을 넓혀 모르는 것이 없어."

"그러게 말일세. 타 지역에 대해서도 아주 박식하고 말이야. 얼굴 은 비록 원숭이를 닮았지만, 열 사람 이상의 몫을 하는 친구야."

그는 자신만이 지니고 있는 경험과 장점을 최대한 살려 노력하면 서, 조금씩 주변 사람의 신망을 얻었다. 그의 행동은 철저한 계획하에 이루어졌다. 자연스레 시간이 흐르면서 동료들뿐만 아니라 노부나가 주변에 있는 하급 가신들의 입에서도 그에 대한 이야기가 오르내렸다.

'도키치로의 성 밖 출입을 허용한다.'

성으로 들어간 지 얼마 되질 않아, 자유로운 성 밖 출입이 허용되 었다. 첩자라는 의심이 풀린 것이었다. 그의 부단한 노력이 결실을 얻 은 것이었다. 신분은 여전히 말단 시종이었으나, 노부나가는 입심이 좋은 그에게 상관인 가신과 함께 장터에 나가, 성내에서 필요로 하는 자잘한 물자를 구입하는 일을 맡겼다. 오랫동안 행상을 경험해, 시장 의 구조와 상인들의 생리를 잘 알고 있는 그였다. 장사를 할 때, 좋은 물건을 싸게 구입하여, 비싸게 팔아야 이문이 많이 남는다는 것을 몸 으로 체득하고 있었고, 또 그 방법도 숙지하고 있었다. 그러니 시장에 서 흥정을 통해 좋은 물건을 저렴하게 구매하는 일은 '누워 떡 먹기' 아니, 물고기가 제 물을 만난 것과 진배없었다.

'도키치로와 함께 장터에 가면, 물건 구입이 쉽고 비용도 적게 든다.'

그의 수완 덕분에 성내에서는 이전보다 힘들이지 않고, 필요한 물 자를 쉽게 그리고 저렴하게 구할 수 있었다. 점차 성의 재정이 이전보 다 많이 절약되었다. 구매품의 질이 좋아지고 비용도 절감되자, 군주인 노부나가는 당연히 가신들을 칭찬했다. 그뿐 아니었다. 눈치 빠르고 영리한 도키치로는 구매자의 지위를 이용하여 상인들에게 뇌물을 받는 것도 잊지 않았다. 그리고 그 뇌물로 가신들의 주머니를 채워 주었다. 재정을 아낀 공로로 주군에게 칭찬받고, 게다가 도키치로 덕분에 호주머니도 불룩해지니, 가신들에게는 그야말로 '꿩 먹고 알 먹기'였다.

그의 수완이 점점 소문으로 퍼지자, 가신들은 모두 그와 함께 장터에 나가길 원했을 뿐 아니라, 무슨 일만 있으면 우선 그를 찾았다. 그러나 야심이 있던 도키치로는 가신들의 환심을 사는 것으로 끝나지 않았다. 그는 장터를 다니면서 쉴 새 없이 타 지역에서 온 떠돌이 장사꾼들로부터 다른 지역의 정보를 속속들이 입수했다.

"가신들이야, 약간의 뇌물로 충분하지만, 영주인 노부나가 님이 원하는 것은 뇌물이 아니라 정보다."

그는 노부나가의 속마음을 이미 간파하고 있었다. 그리고 '정보가 힘이 될 것'이라는 것을 굳게 믿고 있었다.

'남들보다 체구가 작은 내가 무술로 싸움터에서 공을 세운다는 것 자체가 무리다. 그거야말로 오히려 명을 재촉하는 일이다. 무술이 아닌 정보와 지략으로도 얼마든지 공을 세울 수 있다. 무술로 공을 세우든, 정보와 지략으로 공을 세우든 논공행상에는 차이가 있을 수 없다.'

정보와 지략을 무기로 삼은 그는 닥치는 대로 인맥을 만들고, 정보를 모았다. 성내의 필요한 물건 구매에서 시작하여, 타 지역의 움직임, 세세하게는 남의 가정사까지 하여간 모르는 것이 없는 정보통이 되었다.

그의 주군인 노부나가는 시대의 이단아였다. 그는 지금까지 이어져 내려오던 모든 관행이나, 체제를 철저히 무시했다. 과감하고, 획기

163

적인 사고로 새로운 시대를 열고자 했다.

오랜 옛날부터 일본의 모든 군사 체제는 반농반병 체제였다. 모든 영주들은 독자적으로 직업적인 병사를 소유하지 못했다. 그래서 영내의 장정들은 평상시에는 농사를 짓다가, 싸움이 일어났다 하면 싸움터로 동원돼 나가야 했다. 그러다 보니 농번기에 싸움이라도 일어나게 되면 그해 농사는 그대로 망칠 수밖에 없었다. 한 해 농사를 망치면 싸움에 동원된 농민들은 말할 것도 없고, 세수가 줄어든 영주도 재정적으로 어려움을 겪을 수밖에 없었다. 흉작으로 세금이 안 걷히면 그만큼 재정에 영향을 받았기 때문이다. 흉작임에도 세금을 가혹하게 걷다가 농민들의 반란으로 쫓겨난 영주들도 비일비재했다. 그런 탓에 영주들 사이에는 무언의 약속이 있었다.

'싸움은 농한기에.'

그런데 전국시대 들어, 유력 영주가 나타나고 패권을 다투기 시작하면서, 세력 확장을 위해 여기저기서 싸움이 일어났다. 결국, 암묵의 약속도 사라지고 시도 때도 없이 싸움이 일어나, 농번기, 농한기 구별이 없어져 버렸다.

'이러한 반농반병 체제로는 천하를 통일하기 어렵다.'

노부나가는 시대의 흐름을 정확히 꿰뚫었다.

'농민들이야 싸움에 지더라도 지배자만 바뀔 뿐, 그들의 존속에는 큰 변함이 없다. 그러나 무사 계급은 싸움에 한번 지거나, 패하면 끝장이다. 생과 사가 걸린 문제이다! 무엇보다 우선적으로 농민과 병사를 구별해야 한다. 그렇게 돼야, 병사는 언제든지 싸움에 대비할 수 있고, 농민들은 농업에 종사할 수 있다. 그리되면 농민은 자기 본업인 농업에 종사할 수 있어, 수확이 늘어날 것이고, 그럴수록 세수가 늘어 안정된 재정을 조달할 수 있다. 반면에 병사들은 훈련을 통해 전문성

을 갖추게 되어 싸움에 능하게 된다. 일석이조다.'

천하통일을 꿈꾸는 노부나가는 시대 상황을 정확히 인식하고 전국시대, 처음으로 전문 병사 체제를 도입해 나갔다. 또한 노부나가는 신분의 관계없이 능력 위주로 인사를 단행했다. 오랫동안 가문에 충성을 해 온 가신이라도 무능력하거나 공적이 없는 자는 가차 없이 내쳐 버렸다. 반면 출신 성분이 하급 무사 출신이거나, 외부에서 온 자라도 능력이 인정되면 가신으로 임명했다. 철저한 능력 위주의 인사였다.

'능력을 발휘하여 영주님의 눈에 들기만 하면 나 같은 놈이라도 출세가 가능하다. 나에게는 천재일우의 기회다.'

노부나가의 성격과 인사 방침을 잘 알고 있는 도키치로는 사무라이로 출세할 수 있다는 확신을 갖고 있었다.

그런 만큼 그는 매사에 최선을 다했고, 주군의 인정을 받기위해 움직였다. 그러나 자신의 노력이 주군의 눈에 들지 않고서야, 아무런 의미가 없다는 것도 잘 알았다. 도키치로는 철저하게 정보를 모으는 한편, 자신의 모든 꾀를 동원해, 영주인 노부나가의 환심을 사는 것도 잊지 않았다.

그에 관해 전해져 내려오는 유명한 일화가 있는데,

어느 겨울날 추운 아침이었다. 뿌연 하늘에서는 눈발이 날려, 날씨마저 을씨년스런 추운 날이었다. 평소와 다름없이 아침 일찍 일어난 노부나가가 자신의 거처에서 밖으로 나오는데, 도키치로가 마당 앞쪽에서 서성거리고 있는 것을 보았다.

"잔나비 아니냐! 아침 일찍부터 왜 서성거리느냐?"

"……."

"너 이놈, 할 일이 없느냐? 할 일이 없으면 찾아서라도 해야지. 왜

네가 있을 곳이 아닌 이곳에서 서성거리느냐. 이 잔나비 같은 놈아!"

노부나가는 원래 불같은 성격의 소유자였다. 아침부터 자신의 거처 앞에서 서성거리는 도키치로가 눈에 걸려 벽력같은 소리를 질렀던 것이다.

"전하, 죽을죄를 졌습니다. 실은….."

노부나가의 질책이 있자, 도키치로는 그 자리에서 무릎을 꿇고 품에서 신발을 꺼내었다.

"실은, 날씨가 추운 데다가, 눈마저 내려 전하의 신발이 얼까, 걱정이 되어서 왔습니다. 신발이 눈에 젖어 얼면 전하께서 출타하실 때, 발이 시릴까 싶어 신을 품속에 넣어 따뜻하게 해 놓기 위해 무례임을 알면서도 이곳에 있었습니다. 전하의 심기를 건드렸다면 용서하여 주십시오."

노부나가는 도키치로가 품안에서 꺼내 놓은 자신의 신발을 신었다. 그렇잖아도 겨울이 되면 신발이 차가워져 신경이 쓰였는데, 그가 품에서 꺼내 놓은 신을 신어 보니, 차가운 기운이 없어 발이 따뜻했고, 신기도 편했다.

"으음. 알았으니, 이제 그만 가보도록 하여라!"

노부나가는 짐짓 쓸데없는 일은 안 해도 된다는 표정을 지으면서, 더 이상의 질책은 않고 그를 보냈다.

아부든 충성이든, 자신을 생각하고 자신에게 모든 걸 바치는 데, 싫어할 사람 없는 법. 노부나가 역시 앞으로 그럴 필요 없다는 듯이 짐짓 화를 내는 척하였지만, 속으로는 흡족했던 것이다.

이러한 식으로 도키치로가 가신들과 영주의 환심을 사는 한편, 맡은 일은 똑 부러지게 처리하는 등, 여러모로 두각을 나타내자, 성내에 들어온 지 얼마 되지 않았음에도 노부나가는 파격적 인사를 단행했다.

'도키치로를 성의 모든 잡무와 구매 담당 책임자로 임명한다.'

출신도 확인이 안 된 채, 외부에서 들어온 최하위 계급인 시종이, 졸지에 사무라이가 맡아 온 직책인 구매 책임자로 임명된 것이었다. 상식을 뛰어넘는 파격적인 인사였다. 노부나가였기에 가능한 인사였다.

'사욕은 버려야 한다. 주군을 위해 죽을 각오로 임해야 한다.'

반면 노부나가에게 능력을 인정받은 도키치로는 더욱더 영주의 은혜에 보답하기 위해 멸사봉공해야 한다고 다짐하였다.

두뇌 회전이 빠른 도키치로였다. 본능적으로 노부나가가 무엇을 원하는지 정확히 읽어 냈다. 일을 처리하면서도 항상 노부나가의 일거수일투족을 파악해 영주의 의도에 부합되게 일을 처리해 나갔다. 많은 정보를 수집해 분석한 후, 노부나가가 필요로 하는 정보만을 제공했다. 그러다 보니 자연스레 정보 참모의 역할까지 담당하게 되었다.

노부나가는 성격이 불같고 급했다. 부하들이 꾸물거리는 것을 싫어했다. 노부나가가 출진을 위해 필요한 군사와 장비, 물자 등을 물으면 다른 참모들은 담당자를 부르거나 장부를 확인하고 나서야, 보고가 가능했다. 그러나 도키치로는 달랐다. 그의 머릿속에 모든 자료가 있었다. 주군이 물으면 그 자리에서 모든 답이 술술 나왔다.

"잔나비! 틀림없으렸다."

"제가 어느 안전이라고 거짓을 아뢰오리까!"

"시바타! 장부를 가져오도록 하라."

미심쩍어 장부와 대조해 확인하면 정확하게 맞아떨어졌다.

'저 잔나비 같은 자식이 기억력 하나는 좋네. 그러나 거기까지다.'

가신들은 관리 능력과 뛰어난 기억력을 지니고 있는 도키치로를 출신이 미천하다는 이유로 무시하려 했다. 그러나 노부나가는 그렇지 않았다. 겉으로는 도키치로를 차갑고 엄하게 대했지만, 속으로는 이러한 도키치로의 능력을 높이 평가하고 있었다.

"잔나비" 또는 "털 빠진 쥐"

노부나가는 도키치로의 외모를 빗대어 그를 별명으로 불렀다. 도키치로는 이를 주군이 자신에게 나타내는 신임과 친밀감의 표시라는 것을 잘 알았다. 그가 영주의 총애를 받기 시작하자, 이를 질시하여 가신들 중에서 도키치로를 시기하며 모함하려는 자가 하나둘 생겨났다. 그러나 그러한 움직임은 금세 도키치로의 정보망에 걸렸다.

'힘을 갖기 전에는 절대로 적을 만들어서는 안 된다.'

도키치로는 자신의 야심을 철저하게 숨겼다. 자신을 모함하는 이들을 적으로 돌리지 않고, 오히려 이들에게 비굴하다 싶을 정도로 굽실 대었다. 원수를 사랑하는 마음으로 선물까지 바쳐 가며, 자신에 대한 시기와 질투 그리고 적대감을 교묘하게 친밀감으로 바꿔 나갔다.

'참아야 한다. 언젠가 힘이 생기면, 그때는 열 배 이상으로 빚을 갚게 할 날이 올 것이다.'

그는 자신의 야욕을 감추고 철저히 이해타산에 따라 움직였다.

손죽도 전투

조선 조정에서는 남쪽 해안에 왜구가 자주 출몰하자 남쪽 해안에 몇 개의 진을 설치했다. 각 진에는 종4품인 만호를 파견해, 해안을 경계했는데, 당시 흥양에 있는 녹도진에는 만호 이대원(李大原)이 파견되어 있었다.

그는 십 대 후반에 무과에 급제했고, 스물을 갓 넘은 젊은 나이에 종4품이 된 인물이었다. 병장기를 잘 다루었고, 힘이 좋아 기개가 넘쳤다.

살동을 안내로 세운 왜구들이 남쪽 해안에 침범해 흥양(興陽)을 유린하자, 녹도진 만호 이대원은 상관인 좌수사에게 장계를 올리는 한편, 신속하게 수하 군사를 이끌고 왜구를 기습 공격했다.

약탈에 정신을 빼앗겨 방심하고 있던 왜구들은 조선군의 신속한 출몰에 놀람과 동시에 순식간에 접전이 벌어지자, 당황하였다.

"니게로."(도망쳐라.)

기습을 받아 당황한 두령은 일단 불리한 상황을 모면하기 위해 후퇴 명령을 내렸다. 왜구들은 희생자를 버려두고 바다로 내뺐다. 바다에서 움직임이 빠른 그들은 조선군을 따돌리고, 그대로 배를 몰고 육지와 멀리 떨어진 손죽도로 들어갔다. 왜구들은 육지와 멀리 떨어진 손죽도에 머물며, 조선군을 비웃듯이 남해안 지방을 유린했다.

한편 기습 공격에 성공한 이대원은 왜구가 남쪽 바다로 물러가자, 전공으로 거둔 왜구의 수급 다섯 개를 궤짝에 넣어 녹도진으로 귀환했다. 그리고 왜구를 격퇴했다는 내용을 장계에 적어 수급과 함께 수사에게 올렸다.

'왜구들이 해안을 유린하고 있다는 급한 보고가 있어, 수하 병사들과 이를 퇴치했습니다. 그 증거로 여기 왜구의 수급을 올립니다.'

장계를 올린 이대원은 또 있을지 모를 전투를 위해, 진에서 군사와 병장기를 점검하면서도, 내심 부사나 조정에서 내려올 논공행상을 기대하고 있었는데,

"만호 나리. 좌수영에서 군관과 병졸이 넘어왔습니다."

좌수사의 명을 받은 군관이 병졸 둘을 거느리고 진으로 넘어왔다는 보고가 올라왔다. 이대원은 논공에 따른 행상이 있을 거로 여기고,

"그럼 어서 이리로 데리고 와야지, 뭘 하고 있느냐."

휘하 군관을 재촉했다.

"만호 나리, 좌수사께서 군령을 내려 이렇게 왔습니다."

'군령?'

논공행상을 기대하던 이대원은 '군령'이란 군관의 말을 의아하게 여겼으나, 그래도 속으로는 군관이 잘못 알고 말한 것으로 치부하고는, 군관으로부터 둘둘 말아진 서찰을 건네받아서는 희색을 띠며 주욱 폈다.

'만호는 지금 즉시 군사를 모아 수사청으로 넘어와 대령하라!'

좌수가가 내린 군령은 간단했다. 논공행상은커녕 아무런 이유도 기술되어 있지 않았다. 단지 휘하 군사를 이끌고 무조건 좌수영으로 모이라는 명이었다.

'밑도 끝도 없는 문장일세, 그려. 아무리 상관이라도 최소한 이유

를 기술하는 게, 도리 아니던가.'

논공행상을 기대하였다가, 갑작스런 수사의 부름을 받은 이대원은 불만이 없진 않았으나, 상관의 명을 거역할 수 없어, 무장을 한 후, 휘하 군사를 끌고 좌수영을 찾았다.

당시 전라 좌수사는 심암(沈巖)이라는 인물이었다. '염불보다 잿밥'에 더 관심이 많은 출세 지향적인 인물이라, 좌수사 벼슬에 만족하지 않았다. 그는 한시라도 빨리 공을 세워 조정이 있는 한성에 올라가고픈 마음뿐이었다. 그래서 지방에 있으면서도 조정의 끈을 통해 시시때때로 뇌물을 진상했다.

'이제 조그마한 공만 세우면, 한성으로 올라가는 것은 따 놓은 당상이다.'

그는 자신이 밑밥으로 뿌려 놓은 뇌물이 이제 곧 벼슬이 되어 돌아올 것으로 철석같이 믿고 있었다.

그러던 차에 이대원으로부터 왜구를 물리쳤다는 장계를 받았던 것이다. 심암은 욕심이 동했다.

'이 젊은 놈의 공을 내 것으로 해야 한다.'

원래대로라면 좌수사인 그는 즉시 자신의 수하인 만호가 세운 공을 장계에 적어 조정에 올려야 했다.

그러나 이대원의 공이 탐이 난 그는 조정에 장계를 올리지 않았다. 이대원의 공을 빼앗고 싶은 마음이 앞섰던 것이었다. 조그마한 공이라도 있으면, 뇌물이 효력을 발휘해, 바로 이 지긋지긋한 촌구석을 벗어나 한성으로 올라갈 수 있다고 믿어 의심치 않았던 그였다.

'한성으로 올라만 간다면, 인맥과 뇌물을 통해 조정에서 정승판서 한자리 차지하는 것은 누워서 떡 먹기다.'

출세에 눈이 먼 그는 부하가 세운 공을 탐해, 장계를 올리는 일보

171

다 그것을 빼앗을 궁리를 먼저 했다.

'왜구가 손죽도에 머물며, 주변 지역을 약탈하고 있어, 백성들의 피해가 큽니다.'

그러던 차에 흥양에서 물러난 왜구들이 손죽도에 진을 치고 남해안의 백성을 괴롭히고 있다는 장계가 수군으로부터 올라왔다.

'옳지, 잘됐다.'

꾀를 낸 심암은 즉시 이대원을 호출했다. 그리고는,

"만호! 왜구를 소탕하였다더니 도대체 이 장계는 무엇이란 말인가?"

"무슨 말씀이신지요? 수사 영감."

"어허, 여기 수군이 올린 장계가 있소. 왜구가 손죽도에 주둔하고 있다 하지 않는가?"

심암은 먹물이 묻어 있는 종이를 펼쳐, 위아래로 흔들며 이대원을 다그치는 시늉을 했다.

"아마도, 흥양에 들어왔던 왜구들이 저희 녹도진 군사에게 혼쭐이 나, 도망치더니 그리고 들어간 것 같습니다."

"아무튼 이를 놔두었다간, 지난번 공은 다 허사가 되오. 어서 빨리 출정해 왜구를 소탕하오. 군령이오."

속셈이 따로 있는 심암은 군령이라는 말에 꾸욱 힘을 주었다. 논공행상을 기대했던 이대원은, 그에 대해서는 일언반구도 없이, 오히려 수사가 고함을 치자, 어리둥절했다. 상황 설명도 제대로 않고 역정을 내는 수사의 얼굴을 보던 이대원은 상관인 심암이 자신에게 밑도 끝도 없이 떼를 쓴다고 여겼다.

"잘 알겠습니다. 그러나 제 휘하의 군사만으론 부족하니, 좌수영의 군사를 내주십시오."

"어, 그러오. 알았소."

그러더니 심암은 수하 군사 오십여 명만을 내주었다. 이대원은 어이가 없었다. 자신이 거느린 녹도진 군사 오십여 명을 합쳐 봤자, 백명이 될까 말까였다. 백여 명의 군사만으로, 수가 많은 왜구를 소탕하기는 어렵다는 것은 삼척동자도 알 수 있는 일이었다.

"왜구의 수가 많습니다. 지난번 싸움은 기습을 했기에, 적은 수로도 승리를 거두었지만, 이번에는 바다로 나가서 싸워야 됩니다. 최소한 두 배는 있어야 왜구를 물리칠 수 있습니다."

이대원은 그 자리에서 충원을 요구했다. 장부상 군사 수는 제외하더라도 실제 좌수영의 군사 수만 해도 일천 명 가까운 것을 알고 있는 터였다. 그러자 심암은 자리에서 일어나 웃음을 띠며 답을 했다. 갑자기 그의 말투가 부드러워졌다.

"만호는 아무 걱정 마오. 선발대로 먼저 나가 왜구를 찾기만 하면 되오. 만일 왜구와 전투가 벌어지면, 그때는 좌수사인 내가 수영의 군사를 모두 이끌고 나아갈 것이오. 만호와 내가 힘을 합해 포위, 공격한다면 왜구를 완전히 일망타진할 수 있을 것이오. 그러니 나만 믿고 아무 걱정 마오."

군율이 엄격했다. 상관의 명령을 무시했다가는 그대로 항명죄로 처리되기 십상이었다. 항명죄로 장계가 올라가면, 그대로 참수형 감이었다. 이대원은 원군을 보낸다는 심암의 말이 미심쩍었으나,

"그럼, 수사 나리를 믿고 나가겠소이다. 왜구를 발견하는 즉시 전령을 보내겠습니다. 지체 없이 원병을 보내 주시길 부탁드립니다."

라며 머리를 숙였다. 상관인 수사의 명령을 따를 수밖에 없던 만호 이대원은 불리함을 알고도 백여 명의 군사만을 끌고 손죽도로 향했다.

173

"조선 군사들이 나타났습니다."

"수가 얼마나 되느냐?"

"약 백여 명입니다."

"지난번 일을 되갚아 주마. 모두 고기밥으로 만들어라."

손죽도에 진을 치고 있던 왜구들은 조선군이 다가오자 기다렸다는 듯이 배를 몰고 바다로 나왔다. 그들 중, 일부는 철포를 소유하고 있었다. 왜구들은 이대원의 기습 공격에 사상자를 내고 후퇴하긴 했지만, 원래 조선군을 그리 두려워하지 않았다.

바다에 익숙한 왜구들은 배를 잘 탔고, 민첩했다. 반면 이대원이 이끄는 녹도진 병사들은 바다에 익숙하지 못했다. 바다에서 접전이 벌어지자, 이대원이 이끄는 조선군은 왜구들에게 일방적으로 밀렸다. 배를 자유자재로 다루는 왜구들은 자신들의 배를 조선 군선 가까이로 붙이고는 마치 제집처럼 올라탔다. 왜구들은 바다 위에서도 뭍에서처럼 움직였다. 심하게 말한다면 바다 위에서 왜구들은 날았고, 조선군은 기었다.

타앙. 타앙.

게다가 왜구가 철포를 방포하면 소리에 놀란 조선군은 머리를 숙이기 바빴다. 그 틈을 타 왜구들은 날카로운 칼을 휘두르며 공격해 들어왔다. 조선군은 싸울 생각은 하지 않고 병장기를 손에서 놓고 도망치기 바빴다. 바다에서 도망칠 곳은 물에 빠지는 수밖에 없었다. 헤엄을 치는 병사는 바다로 뛰어들었지만, 물이 무서운 군사들은 뛰어내리지도 못해, 왜구에게 무릎을 꿇고 목숨을 빌었다.

"싸워라! 항복하지 마라."

만호 이대원만 고군분투했다. 전령을 띄웠으나, 곧 원군을 보내준다던 수사 심암은 나타나지 않았다. 병사들이 왜구들에게 밀리며,

하나둘 쓰러져 갔다. 이대원은 악으로 버티며 원군을 기다렸다. 그러나 좌수영 쪽에서 나오는 군선은 끝내 없었다.

심암의 계책이었던 것이다. 처음부터 이대원을 사지로 몰아넣고, 그의 공적을 빼앗으려고 그리 획책하였던 것이었다.

결국 이대원이 이끄는 조선군은 왜구에게 포위 공격을 받아, 많은 사상자를 냈다. 많은 수가 포로로 잡혔다. 이대원도 포로로 잡혔다. 왜구들은 조선군 포로들을 손죽도로 끌고 갔다.

"굴복하라. 그럼 목숨만은 살려 주마."

"가소로운 놈들. 내 비록 죽지 못하고 포로가 되긴 하였으나, 너희 같은 왜구들에게 목숨을 구걸할 정도로 비루하진 않다. 욕을 보이지 말고, 무인답게 목을 베라."

이대원은 항복을 권유하는 두령 소베에게 끝까지 저항했다. 살동이 통역을 했다.

"목을 베라."

이대원의 기개를 높이 사, 자신의 무리로 끌어들이려던 소베는 뜻을 접고 그의 목을 베도록 하였다.

손죽도에서 만호 이대원을 참살하고, 그 휘하 수군과 손죽도 양민을 포로로 잡은 왜구들은 자신들의 본거지인 후쿠에섬으로 돌아갔다.

실록에 기록되어 있는 기술이다.

'처음 적선 두어 척이 녹도를 침범하였다. 만호 이대원이 창졸간에 통보할 여가가 없어 혼자서 왜적을 잡았다. 좌수사 심암이 깊이 미워하였다가 이때 적선 이 또 죽도를 침범하니, 대원으로 척후를 삼아 싸우게 하고 자기는 수군을 거느리고, 관망만 하다가 물러오고 후원하지 않았다. 대원을 고립된 군사로 싸우다가 죽게

175

하고, 심암은 스스로 군율을 어긴 것을 알고 적세가 대단하다고
거짓으로 아뢰어, 내지의 군사까지 징발시켰다. 우참찬 김명원
(金命元)을 도순무사로 삼아 녹도를 침범한 적을 치게 하였더니,
적은 이미 물러간 뒤였다. 좌수사 심암(沈巖)은 군율을 어겼으므
로 잡다가 효시하였다.'

"아이고, 아이고."

양민들은 끌려가는 배 위에서 눈물을 흘리며 통곡했다. 군사들은
그래도 의연한 편이었다. 살동은 이들을 애써 외면하려 하였지만, 자
신도 모르게 연민의 정이 느껴지는 것을 어쩔 수 없었다. 동료 왜구들
이 포로들을 심하게 닦달하면, 왠지 모르게 마음이 아팠다.

"난데 손나니 오꼿데이루노까?"(무슨 일로 그리 화가 나 있나?)

"이우고토오 기카나이노⋯."(말하는 대로 움직이질 않으니까⋯)

"고토바가 와카라나이카라쟈 나이카."(말을 몰라서 그렇지.)

"이리로 와 앉으라요."

살동은 중간에 끼어서 통역을 하며 왜구들을 달랬다. 타지로 노략
질을 나갔을 땐, 다른 왜구들보다 더욱 악랄하게 굴었던 그였다. 그런
자신이, 포로가 된 조선 양민들에게는 연민의 정을 느꼈으니, 착잡한
마음이었다.

'인지상정인가?'

같은 말과 습속을 가지고 있는 사람이 흔히 느낄 수 있는 공감이
었다. 그는 측은지심으로 포로들에게 다가가 말을 붙였다.

"두려워할 것 없소. 나는 옥주 사람이오. 전복을 따러 배를 타고
나섰다가 풍랑을 만나 이곳에 표착하였소. 처음에는 고향으로 돌아가
려 하였으나, 이곳이 조선보다 편해, 이곳에 남아 있는 것이오. 조선

에 있을 땐 우리 같은 상놈들에게 하도 부역을 많이 시켜, 삶이 힘들고 고되었소. 또 때마다 탐관오리들이 조(租)다, 역(役)이다, 공납(貢納)이다 하여 많은 수탈을 당했소. 하지만 이곳은 그런 거 없소. 시키는 대로 말만 잘 듣는다면, 여기 사는 것이 조선에서 사는 삶보다 훨씬 나을 수도 있소. 또 그리 생각하는 게, 마음 편할 것이오."

현해탄을 서쪽으로 비스듬히 가로질러, 후쿠에섬에 도착한 왜구들은 즉시 포로를 분별했다.

"여자들은 남겨 두고, 사내들은 나가사키로 끌고 가라."

두령의 명령이 떨어지자, 왜구들은 젊은 여자들은 노리개로 삼고, 나이 든 아낙들은 잡일을 거들도록 하기 위해 남겨 두는 한편, 건장한 장정들과 군사들은 모두 교역선에 싣고 바다로 나갔다. 그리고는 나가사키의 노예 시장으로 끌고 가, 모두 노예로 팔아넘겼다.

이대원과 함께 포로로 잡혀온 군사는 열두 명이었다. 모두 전라좌수영 소속이었는데, 이들은 만호 이대원이 참살당하는 것을 보고는 그만 겁에 질려 저항도 못하고 포로로 끌려왔던 것이다. 이들 중에 김개동(金介同)과 이언세(李彦世)라는 군사가 끼어 있었다. 그들도 다른 포로들과 함께 당시 노예 시장이 상설되어 있던 나가사키로 끌려갔다.

군사 출신인 김개동과 이언세의 건장한 모습을 보고, 이들을 사들인 사람은 중국 사람이었다. 노예로 팔린 두 사람은 곧 배에 실려 중국 남쪽 광서(廣西) 지방으로 끌려갔다. 군사로 있다가, 졸지에 무역상의 노예가 된 두 사람은 주로 짐을 나르는 짐꾼이 되었다. 변변치 못한 식거리가 제공되었고, 밤에는 창고에 갇혀 집단생활을 강요당했다. 말이 통하지 않아 도무지 답답했다. 노예의 생활이라는 것이 대개는 창고에 갇혀 있다가, 짐을 나를 일이 있으면 소집되어 배가 출항하기 전에 창고에 있는 교역품을 바다에 있는 배로 실어 나르는 일이었다. 그러니 말이 통하지 않아도 되었다. 노예로 팔려 온 이들은 짐을 나르는 마소(馬牛)와 다를 바 없는 신세였다.

"이보게 여기는 명나라인 것 같네!"

하루는 배에 실으려고 짐을 지고 나갔던 이언세가 돌아와서는 개동에게 속삭이듯 말했다. 그는 천자문을 깨쳐 조금은 글을 아는 사람이었다.

"한문이 여기저기 쓰인 걸 보니 명나라가 틀림없네!"

"그럼, 이곳 주이에게 우리가 조선 출신이라는 걸 알리면 고향에 돌아갈 수 있겠구먼요."

"근데, 그게 쉽지만은 않을 것 같네. 이곳 주인이 돈을 주고 우리를 노예로 사들였으니, 절대 공짜로 우릴 놓아줄 리 없네."

"그럼, 어떡하면 좋은가요?"

"먼저 기회를 봐, 이 집을 빠져나가야 하네. 그리고 관청에 가서, 우리가 조선의 군사 출신이란 걸 알린다면 뭔가 방법이 있을 거네."

"그럼, 그렇게 해야죠!"

둘은 도망갈 궁리를 한 끝에, 우선 감시를 느슨하게 하기 위해 열심히 일하는 척하였다. 감독관도 그들이 꾀부리지 않고 고분고분 일을 잘하자, 다른 노예들과는 달리 부드럽게 대해 주었다. 그날도 창고에 있는 짐을 정리하고 있는데, 감독관의 고함 소리가 들려왔다.

"오늘은 짐이 많으니 모두들 나와 짐을 싣고 선창으로 간다. 꾀를 부리는 놈은 경을 칠 줄 알아라."

두 사람은 감독관이 중국 말로 뭐라 떠드는 것을 듣긴 하였지만, 무슨 뜻인지는 몰랐다. 그냥 눈치로 이해했고, 다른 사람들을 따라 움직일 뿐이었다.

두 사람은 솔선하여 남들보다 많은 짐을 등에 지고 창고 문을 나섰다. 창고 밖에는 중국인 감독이 채찍을 들고 서 있다가, 남보다 많은 짐을 지고 창고 문을 나오는 이언세와 김개동을 쳐다보고는 만족스러운 듯이 부드러운 웃음을 지으며 뭐라 했다. 그들은 아마 '조심하라'라는 뜻일 거라 여기고, 꾸벅 인사를 했다.

"자, 기회네. 옆으로 빠지게."

배에 짐을 다 부리고 돌아오는 길에 두 사람은 감독의 눈을 속여 열을 이탈했다. 자신들이 도망친 것을 알면 곧 추격이 시작될 것이기 때문에 잡히기 전에 관청을 찾아야 했다. 그런데 도대체 말도 안통하고 지리도 모르는 그곳에서 관청을 찾는 일은 그리 간단한 일이 아니었다.

"우선 사람이 많이 모여 있는 시장을 찾아가세."

이언세는 사람이 많이 모여 있는 저잣거리 근처에 가면 거기서 관청을 찾을 수 있을 것으로 판단했다. 짐이나 생필품을 막대 양쪽의 바구니에 걸쳐 매고 다니는 사람들이 상인이라는 것을 눈치채고는, 몰래 그들을 따라붙었다. 사람들의 왕래가 많은 시장에 들어서자, 두 사람은 만두를 가게 앞에 수북이 놓고 파는 상점 앞으로 무작정 다가갔다.

"니씨앙야오셈마."(你想要什麼─무엇을 원하시오.)

상인이 중국 말로 뭐라 했으나, 그들이 알아들을 리가 만무했다. 궁여지책으로 이언세는 얼른 땅바닥에 떨어져 있는 나뭇가지를 손으로 주워 들고는, 바닥에 한자를 썼다.

'관청(官廳)'

이언세의 행동을 보고, 가게 앞으로 나온 중국 상인은 땅에 쓰여진 글을 보더니, 잠시 그들을 위아래로 훑어보았다. 의아한 표정을 짓던 그를 보고 김개동이 두 손을 모아 싹싹 비는 시늉을 하자, 그제야 상인은 손으로 시장 반대쪽을 비스듬하게 가리켰다.

"쉐쉐."(감사.)

중국말로 고맙다고 답하고, 둘은 시장 입구를 돌아 나와 담이 높게 둘러쳐져 있는 곳을 찾아냈다.

"저기가 관청이 틀림없네. 입구가 어딘지 찾아보세."

담을 따라 뒤로 돌아가니, 관원인 듯한 자가 벙거지 비슷한 모자를 쓰고 쇠판을 덧댄 커다란 문 앞에서 보초를 서고 있었다.

둘은 허겁지겁 관청 문을 향해 뛰어갔다. 그러자 문지기는 허름한 모습을 하고 다가오는 그들을 보더니 창을 세워 막아섰다.

"쉐쉐, 워 스….."(감사, 나는….)

중국 말을 모르니 말이 통할 리가 없었다. 문지기는 웬 거지들이 관청 앞에서 어슬렁거리나 싶어 귀찮다는 듯, 그들을 멀리 쫓아내려고, 들고 있던 창으로 찌르는 시늉을 했다. 겁을 주기 위한 동작이었지만 위협적이었다. 급해진 이언세는 다시 막대를 하나 주워 들고 흙 위에다 한문을 썼다.

'吾等是朝鮮人.'(우리는 조선 사람이다.)

가까이 다가와 흙 위를 쳐다보던 문지기는 문자를 알지 못하는지 어리둥절해 있다가, 그들을 흘끔 쳐다보고는 안으로 들어갔다가, 곧이어 누군가와 함께 나왔는데, 웃옷에는 장식이 달린 비단옷을 걸치고 있어, 한눈에도 지위가 있는 관원이라는 것을 알 수 있었다.

"우리는 조선인이오. 왜놈들에게 포로로 잡혔다가 이곳까지 팔려 왔소."

이언세는 다급한 마음에 관원을 보고, 조선말로 자신들의 처지를 전하려 애를 썼다. 그러나 관원 역시 조선말을 알지는 못했다.

"이놈들은 오랑캐들 아니냐?"

관원이 중국 말로 문지기를 타박했다. 그러자 문지기는 당황해서 손으로 이언세가 흙바닥 위에 써 놓은 한문을 가리켰다. 흙 위에 쓰여진 한자는 조금 희미해지긴 하였으나, 의미를 이해하는 데는 문제가 없었다. 관원은 글을 본 후, 다시 두 사람의 위아래를 한 번 쓱 훑어보고는 가타부타 말도 없이 안쪽으로 들어갔다. 조금 후 다시 나온 그의 손에는 지필묵이 들려져 있었다.

이언세는 지필묵을 받아 들고서는, 땅바닥에 앉아, 자신의 한자 지식을 최대한 살려 문장을 만들어 가며 글을 지어냈다.

'저희는 조선 사람으로, 전라 좌수영에 속해 있는 수군입니다. 왜구에게 포로가 되었다가 이곳으로 팔려 왔습니다. 조선은 명국의 신하국입니다. 조선으로 돌려보내 주시면 그 은혜를 잊지 않고, 결초보은하겠습니다.'

이언세의 글은 이곳 지방관인 도사(都司)에게 올라갔다. 도사는 이언세가 올린 문장을 보고, 이들이 조선 사람이 틀림없다고 보았다. 왜냐하면, 조선 사람들이 중국 글을 잘 안다는 것을 익히 들어서 알고 있었고, 명나라와 조선국의 관계가 서술되어 있기 때문이었다. 또 오랑캐라면 한문을 알 리가 없다는 것이 도사의 판단이었다. 사람 좋은 도사는 곧 보고서와 함께 관원을 시켜 이들을 북경으로 호송하도록 조치했다.

"됐네. 이제 고향에 갈 수 있게 생겼네."

"운이 좋았습니다."

호송을 받으면서, 북경으로 향하는 두 사람은 두 손을 맞잡고 기뻐했다.

중국 남서부에 있는 광서에서 북경까지는 수천 리 길이었다. 두 사람은 관원들의 호송을 받으며, 한 달 이상을 걸려 북경에 도착했다. 북경의 관청으로 넘겨진 두 사람은 그곳에서 다시 심문을 받았다. 지방관인 도사가 올린 보고서를 근거로 사실 관계를 확인하기 위한 절차였으나, 심문은 엄격하게 이루어졌다.

"너희들의 출신이 조선이라 했는데, 조선 어디 출신이며 왜 여기까지 왔느냐?"

"???"

"큰일이네. 말이 통해야 선처를 구할 텐데, 도통 말이 안 통하니…."

"아이고, 죽을 고비를 넘기고 여기까지 왔는데, 무슨 수가 없을까요?"

"수군거리지 말고 묻는 말에만 대답하라."

왕도(王都)라 그런지 심문 조사를 하는 관원의 태도가 지방 도사와는 달랐다. 이언세는 손으로 한자를 썼다.

"請給我筆."(나에게 붓을 주시오.)

날카로운 눈빛으로 두 사람을 노려보던 중국 관원은 손가락의 움직임을 보고는 그 의미를 깨달았는지, 의아한 표정을 지으며 자신이 쓰던 붓을 건넸다. 필담이 이루어졌다.

이언세는 어린 시절 어깨너머로 천자문을 배웠지만, 본격적으로 과거를 준비한 것은 아니었다. 그의 한자 능력은 천자문 정도였다. 과거를 위해 사서삼경을 통달하였다면 문제가 없었겠지만, 천자문 정도의 능력으로 자신들의 입장을 전달하기에는 무리가 있었다. 말이 안통해, 붓을 받았으니 문장으로라도 자신들의 처지를 상세히 설명해야 하는데, 뜻대로 되질 않았다.

중국 관원들은 그가 쓴 문장을 보고 조금 이해가 가는지 고개를 끄덕이다가도, 여전히 고개를 갸웃거리며 의아해했다. 이언세 역시 그들이 한문으로 해 오는 질문을 다 이해할 수가 없었다.

"답답한 일이구나."

이언세는 자신의 한문 능력의 한계를 알고 답답해했다. 그러나 이 심문이 자신들의 목숨을 좌지우지한다는 것을 잘 알았다.

"명나라 관원들에게 우리들의 신분과 지금까지의 경위가 제대로 전달되지 않으면, 객지에서 횡사할지도 모를 텐데, 말이 안 통해 큰일이네."

"어떻게 좋은 방법이 없겠습니까?"

이언세가 난처한 표정을 지으며 고민을 하자, 한문을 전혀 모르는 김개동은 울상을 지었다. 김개동의 모습을 보던 이언세는 답답하다는 표정을 짓다가, 중국 관원에게 옥편을 요구했다. 섣불리 한자를 쓰는 것보다는 옥편을 보며 자신이 아는 한자를 최대한 이용해 문장을 만들어야겠다는 생각이 들었기 때문이었다.

'침착해야 한다. 문자 하나, 글 한 줄이 목숨을 좌우한다.'

이언세는 신중하게 중국 관원들의 심문에 정성을 다해, 옥편을 보며 필담으로 답을 했다. 자신들이 조선의 군사라는 것과, 왜구에게 끌려갔다가, 노예로 팔려, 명으로 오게 된 경위를 문장으로 되도록 알기 쉽게 담아냈다.

명의 관원들이 이언세가 쓴 한문을 받아들고 사정을 이해하는 데는 얼마간의 시간이 걸렸다. 문장이 어색하여 상세한 내용까지는 어려웠지만, 문맥을 통해 대강의 경위와 중요한 부분은 전달됐다. 처음에는 엄격한 심문 형식을 취했던 중국 관원들도 이언세가 적어 내는 글의 내용을 보고는, 뜻이 전달됐는지 조금씩 시선과 말투가 부드럽게 바뀌었다.

그리고 이언세의 필사적 노력 끝에 두 사람은 명의 조정으로부터 조선 관원의 신분이라는 것을 인정받았다. 말이 통했음을 알고 이언세와 김개동은 가슴을 쓸어내렸다.

"개동이, 이젠 진짜 고향에 갈 수 있을 것 같네!"

왜구와의 전투에서 대장은 전사하고 자신들은 포로가 되어 왜국에 끌려가 노예로 팔린 일, 게다가 중국에까지 끌려와 중노동을 하다가 부두에서 목숨을 걸고 도망쳐 나와 여기까지 이르게 된 일이 주마등처럼 스쳐 갔다.

"아이고 이젠 살았습니다. 너무 수고했습니다. 고맙습니다."

개동은 살아남아 고향으로 돌아갈 수 있다는 기쁨에 저도 모르게 이언세의 두 손을 부여잡고 눈물을 흘렸다. 명 조정은 그들을 한동안 북경에 머무르게 했고, 이들은 이듬해 조선에서 오는 사행인 사은사를 따라 조선으로 돌아왔다.

사행들과 함께 조선으로 돌아온 이언세와 김개동은 다시 의금부에서 심문을 받았다. 심문 결과, 한 해 전 손죽도에서 포로가 되어, 왜나라 영인 오도열도로 끌려간 좌수영 군사라는 것이 밝혀졌다.

"쇤네들이 왜나라 섬에 끌려갔을 때 안 사실이지만, 그곳에는 살동이라는 이름을 쓰는 조선민이 있었습니다. 손죽도에 왜구를 끌고 온 것도 그 살동이라는 자의 소행인 걸로 들었습니다. 왜구와 한패가 된 조선 백성이었습니다."

"뭣이라고? 조선 백성이 왜구들을 끌고 들어와 그 분란을 일으켰단 말이더냐? 그렇다면 반민이 아니더냐. 틀림없는 사실이렸다?"

"소인들이 왜구의 소굴로 끌려갔을 때, 그 살동인가 뭔가 하는 놈이 우리에게 조선말로 자신은 옥주 태생이라고 하는 것을 이 귀로 똑똑히 들었습니다."

김개동은 자신이 들은 바를 조정 관원들에게 소상히 고했다. 이들을 통해 후쿠에섬에서 왜구들과 함께 있던 살동에 관한 일이 처음 조정에 알려졌다.

이들의 심문을 통해 살동에 관한 일은 실록에 다음과 같이 기록되었다.

'지난 정해년 봄에 왜구들이 죽도에 들어와서 이대원을 죽였으며
또 해변 백성 사화동(沙火同-살동을 한자로 사화동으로 표기함)
이란 자가 왜나라 오도에 표류되었다가, 섬의 왜인들을 유인하여
와서 해마다 우리나라 해변을 괴롭혔다.'

대마도 사신

　대마도는 한반도 남쪽과 일본 규슈 사이에 있는 섬이다. 지리적으로는 한반도 쪽에 가까웠으나, 오래전부터 일본 열도에 속해 있어, 생활 풍습이나 말은 일본과 가까웠다.

　조선에서는 대마도, 일본에서는 츠시마(對馬)로 불리는 이 섬에는, 육지에서 밀려난 사람들이 모여 삶을 이루었다. 조선에서 밀려나, 또는 표류로 이곳에 정착한 사람들도 적지 않았다.

　대마도는 물살이 거센 현해탄 한가운데 불쑥 솟아올라 생긴 섬이었다. 남서에서 북동으로 길게 뻗어 있는 섬은 산이 많아 농지가 적었다. 농사지을 만한 땅이 적은 데다, 작물 재배가 가능한 토지조차 척박했다. 그러니, 사방이 바다에 둘러싸여 있는 그곳에서, 섬사람들이 할 수 있는 것이라곤 바다에 의지해 해산물을 채취하는 일 밖에 없었다. 그렇다고 사람이 생선만을 먹고살 수는 없었다. 섬을 대표하는 도주는 누가 되든, 식량이나 물자 부족을 해결해야 했다. 그렇지 않으면 당장 도민들의 반란이 일어났다. 도주는 이러한 문제를 해결하기 위해, 한반도와 일본 열도에 양다리를 걸치고 물자를 조달해야만 했다. 그러므로 도주는 항상 한반도와 일본 열도의 동태를 살피며, 양쪽의 권력자들과 적당히 관계를 유지해야만 했다. 정치적으로 중립을 유지하며, 양쪽의 특산물을 교역하거나, 조공을 통해 식량이나 필수품 등을 조달하는 것이 도주의 주요한 과업 중 하나였다.

16세기 당시 대마도를 지배하는 도주는 소씨(宋氏)였다.

'조선의 왕을 입조(入朝)시켜라.'

도주인 소씨는 조선과도 교린 관계를 유지하며 일본과 조선 사이에서 줄타기를 해 왔는데, 일본을 통일한 히데요시로부터 난데없이 조선의 왕을 입조시키라는 명령을 받은 것이었다.

"이게 무슨 '아닌 밤중에 홍두깨' 같은 소리더냐."

히데요시가 보내온 서찰을 본 도주 소 요시시게(宋義調)는 그야말로 청천벽력의 기분이었다. 그는 일찍이 도주직을 ·차남에게 양보하고 은거를 하고 있었다. 그런데 히데요시가 일본을 통일하고 정세가 불안해지자, 그는 정치적 안정을 위해 재차 도주로 복귀를 하였다. 그것이 엊그제였는데, 히데요시로부터 서찰을 받은 것이었다.

일본과 조선에 양다리를 걸치고 있던 그는 입장이 난처했다.

"조선의 왕이 현해탄을 도해(渡海)해, 일본에 입조하는 일이 있을 수 있는 일입니까?"

가통을 이은 차남 요시토시가 물어 오자,

"한마디로 어불성설. 정세를 몰라도 한참 모르고 하는 소리에 불과하다."

요시시게는 얼굴을 찌푸리며 답을 했다.

"그나저나 이거야말로 난제가 아니더냐? 조선이 이를 들어줄 리도 만무하지만, 지난번 분란 이후, 이제 겨우 조선의 신뢰를 회복한다 싶었는데, 다 된 밥에 재 뿌리는 꼴이 아니더냐…."

대마도주가 탄식을 하며 거론한 일은 다름 아닌, 대마도 출신 왜구들이 중심이 되어 일으킨 삼포왜란(1510년)과 을묘왜변(1555년)에 관한 일이었다. 조선은 부산포, 내이포, 염포에 왜관을 두고 대마도의 교역을 허락하고 있었는데, 두 번에 걸친 왜변 이후, 조선 조정은 왜관을 폐쇄하고 대마도와 단교를 선언했다.

"조선과의 교역이 끊기면 섬의 살림을 어찌 꾸려갈 수 있단 말이더냐."

도주인 소씨는 조선과 통교를 재개하기 위해 왜변을 일으킨 주모자들을 사로잡아 조선 조정에 바쳤다.

'도주의 성의를 높이 산다.'

겨우겨우 조선 조정의 분노를 가라앉혔고, 부산포 한 곳에 불과하지만, 조선의 교역·재개를 허락받았다.

'이제 조금이나마 숨통이 트였다.'

도주는 조선과 밀접한 관계를 맺으며, 교린을 유지해야, 섬의 재정이 안정될 수 있음을 잘 알고 있었다. 그래서 어떡하든 조선 조정에 잘 보여, 폐쇄된 왜관 두 곳에서도 교역이 재개될 수 있도록 다방면에 걸쳐 노력을 하였다. 그런데 히데요시가 얼토당토아니한 요구를 해온 것이었다. 그로서는 참으로 진퇴양난에 빠진 입장이었다.

"조선 조정에 간바쿠(關白-히데요시의 벼슬) 나리의 서찰 내용을 그대로 전달했다가는, 커다란 반발을 살 뿐만이 아니라, 그 불똥이 우리에게 튈 것입니다."

"맞는 말이다. 그렇다고 간바쿠의 명령을 거부할 수도 없는 일이 아니더냐. 만일 그랬다가는 영지를 몰수당할 뿐 아니라, 가족까지 살아남지 못할 것이다."

도주인 요시시게와 차남인 요시토시는 히데요시의 서찰을 앞에 두고 그야말로 전전긍긍할 뿐이었다.

"할 수 없다. 이렇게 된 이상 우리가 모험을 해야겠다. 간바쿠의 뜻을 조선에 전달하되, 조선 조정의 감정을 상하지 않도록 서찰의 내용을 고칠 수밖에 없다."

도주인 요시시게는 궁여지책 끝에 우선 히데요시의 서찰이 무례의 도를 넘었다는 것을 알고, 스스로 서찰 내용을 개서(改書)했다. 용어와 내용을 부드럽게 고쳐 쓰는 한편, '현해탄을 건너와 일본 조정에 입조하라'라는 말은 생략했다. 일본을 야만국으로 깔보는 조선에 그런 요구를 한다는 것이 말도 안 된다 여겼기 때문이었다.

"이 일을 절대 입 밖에 내어서는 안 된다. 만일 히데요시 님이 자신의 외교 서찰이 개서됐다는 것을 알면, 불문곡직(不問曲直)하고, 우리뿐만 아니라, 가문을 말살시키려 할 것이다."

"잘 알고 있습니다."

"사신으로는 누가 좋겠느냐?"

"조선에 다녀온 경험이 있고, 조선의 대신들과 안면이 있는 인물이 좋을 것 같습니다."

"그렇다면, 다나바타 야스히로(橘康廣)가 좋겠군."

도주 요시시게는 조선 조정에 인맥이 있는 가신, 야스히로를 사신으로 선발해 조선에 파견했다.

사신이 된 야스히로는 도주 요시시게의 심복으로, 오랫동안 싸움터에서 잔뼈가 굵은 쉰 줄의 무장이었다. 체격은 크고, 얼굴은 항상 술에 취한 듯 붉어, 언뜻 보면 불화인 탱화에 등장하는 마왕 같았다. 원래 무인 출신이라 행동과 언행이 거칠었는데, 조선 조정에 지인이 있다는 것과 조선말을 조금 안다는 이유로 사신으로 파견된 것이었다.

그가 도주의 서찰을 품고 대마도를 떠나 부산포에 도착한 후, 한성으로 오르기 위해 상주를 지날 때였다. 상주 목사 송응형(宋應洞)은 야스히로가 한성으로 올라간다는 전갈을 받고는, 야스히로가 오래전부터 한성에 있는 조정 대신들과 친하다는 정보를 입수한 터라, 그의 환심을 사려고, 그를 접대하기로 했다.

"자, 술잔을 올리옵니다."

목사의 특별 배려로 주안상이 마련되고, 관내에서 내로라하는 관기들이 특별히 뽑혀 야스히로의 양옆에서 시중을 들었다. 주안이 시작되고, 관복을 잘 차려입은 상주 목사는 야스히로를 매우 극진하게 대접했다.

"풍악을 올려라."

"예엡."

"호호호."

미리 언질을 받은 관기들은 갖은 아양을 다 떨었다. 주악이 울리자, 기생들이 간드러지게 교태를 부리며 술잔을 따랐고, 야스히로는 흡족한 표정으로 술잔을 받았다. 그렇게 술이 몇 순배 돌자, 주안상의 분위기가 고무되었다.

"자, 제 술을 한잔 받으시지요."

흥이 난 목사가 자신의 잔을 들이켠 후, 치렁치렁 늘어지는 관복 소매를 왼손으로 바치며, 야스히로에게 자신의 술잔을 건넸다. 야스히로는 기생들이 따라 주는 약주를 거푸 마신 터라, 이미 술이 거나하게 취한 상태였다. 대체로 왜인들은 조선 관원들에 비해 술이 약한 편이었다.

송 목사가 내미는 잔을 한 손으로 받아 들던 야스히로는 무슨 생각이 들었던지 주안 석상에 관모를 쓰고 있는 목사를 유심히 바라보았다. 그리고는 따라 준 술을 주욱 들이켜더니, 술잔을 돌려주는 대신 관모 아래쪽으로 삐죽 나온 목사의 흰머리를 다시 한 번 빤히 쳐다보고는, 주위에 다 들리도록 조선말로 외쳤다.

"관모 밑으로 삐져나온 머리가 분칠해 놓은 것처럼 하얗게 보이

190

는구려. 나는 수년 동안 전장을 돌아다니느라 머리가 하얗게 세었지만, 대체 목사는 무슨 일로 머리가 그렇게 하얗게 세었소? 내가 보니 주악과 기생의 치마폭에 파묻혀 아무 걱정이 없어 보이는데, 오히려 머리털이 나보다 더 셌으니, 이게 도대체 웬일이오?"

술이 거나해진 야스히로는 거리낌 없이 말을 막 했다. 그야말로 안하무인(眼下無人)이었다.

"어허허, 거 별말씀을 다 하시오. 약주가 과했나 보오이다."

목사 송응형은 모처럼 준비한 향연에 고맙다는 말을 들을 줄 알았는데, 오히려 야스히로가 자신을 조롱하는 것을 알고는 무례함에 화가 치밀었다.

'무례한 놈 같으니!'

그러나 속으로 참을 수밖에 없었다. 야스히로의 무례함에 기분이 잡친 송응형은 홀로 술잔을 연거푸 기울었다. 대화는 끊기고 분위기는 어색해졌다.

"상을 물려라."

야스히로의 추태로 모처럼 준비한 연회는 소득도 없이, 파흥이 되어 끝나 버렸다.

'내가 상주 목사 따위를 상대할 처지가 아니다.'

야스히로는 히데요시의 서찰을 지니고 있다는 자부감으로, 스스로 일본을 대표한, 전권을 위임받은 특사로 여겼다. 그래서 그런지 그의 거만함과 콧대가 하늘을 찔렀다.

상주 목사에게 면박을 준 그는 다음 날 상주를 떠나, 곧바로 한성으로 올라갔다. 그리고는 왜국 사신의 숙소인 동평관에 머무르며 조정에 면담을 신청했다. 당시 동평관은 남산에서 수구문 쪽으로 내려가는 기슭에 있었는데, 조정 대신들이 동평관을 찾는 일은 흔치 않았다. 그런데 그가 '잘못하면 싸움이 일어날 수 있다'라며 하도 괴이한 소리를 한다는 소문이 퍼져, 그를 아는 조정 대신들이 그를 찾았다.

"대체 싸움이 일어난다니 무슨 소리요."

"일본을 통일한 히데요시 님이 요구를 안 들어주면 침략한다는 소식이오. 내 그래서 이렇게 사절로 왔소이다."

그의 말은 즉시 조정에 전달됐다.

"대마도 출신의 야스히로가 일본국의 사절로서 면담 요청을 해왔소. 이를 어찌 받아들이는 것이 좋을지 공론을 정하시오."

선조는 왜가 침략해 올지도 모른다는 소식을 듣고, 급히 어전 회의를 열었다.

"일본 국왕의 친서를 지니고 왔소이다."

야스히로가 하도 큰소리를 치며 임금과의 대면을 요구하자, 임금과 대신들이 모여 야스히로의 처우에 대해 공론을 벌였던 것이다.

"대마도주의 벼슬이 일품이고, 태수이옵니다. 태수라 함은 수령에 해당합니다. 그런 연유로 수령의 전권을 받은 사절이라면, 수령과 동격으로 처우하는 것이 당연하오니, 야스히로를 외교 사절로 인정하는 것이 마땅한 줄로 아뢰옵니다."

반대 의견이 없진 아니 했으나, 그가 일본 국왕의 친서를 지녔다는 것과 대마도주를 대신해, 바다를 건너왔다는 것을 감안해, 조정에서는 그를 국가 사절로 대우해 주기로 했다.

조정 공론이 나자, 예조에서는 외국의 사절을 접대하는 규범에 따라, 악공을 부르고, 관기를 준비시켜 주안을 마련하는 등, 외교 예의에 어긋나지 않게 연회를 준비하였다.

'그럼, 사절 대접이 이래야 맞는 거지.'

국빈급에 해당하는 예식과 주안이 마련되자, 야스히로는 매우 흡족했다. 그는 조선 측 대우에 만족해 연신 싱글벙글했다. 그렇게 화기애애하고 우호적인 분위기에서 기분 좋게 술이 몇 순배 돌았다.

"자, 한잔 더 따르시오. 약주가 왜 이리 도수가 약하오."

분위기에 취해 과음을 한 야스히로는 술기운이 올랐는지, 가뜩이나 벌건 얼굴이 더욱 벌겋게 변해 있었는데, 처음에는 역관을 통해 점잖게 말을 주고받던 그가 '제 버릇 개 줄까', 술에 취하더니, 언행이 조금씩 거칠어졌다.

'이 자가 약주가 과했나? 왜 이러는가.'

예조 대신들도 야스히로의 언행에 무례함을 느끼기 시작할 무렵이었다.

쟁그랑, 장창.

그가 갑자기 주안상에 차려 놓은 산해진미를 왼쪽 팔뚝으로 쑥 밀어 한쪽으로 밀어냈다. 주안상 위의 음식 그릇이 넘어지고 쏟아졌다. 그의 돌발적 행동에 건너편에 앉아 있던 역관이 깜짝 놀라 왜말로 물었다.

"왜 이러십니까?"

그러자 야스히로는 역관의 묻는 말에는 대답도 하지 않고, 오른손을 품안에 넣더니, 작은 주머니를 꺼내 상 위에 놓았다.

역관은 물론 접대를 하던 예조 대신과 관기들, 그리고 뒤쪽에 있던 악공들까지도 그의 갑작스러운 행동에 어리둥절해했다.

"이게 무언 줄 아느냐?"

그는 조선말로 지껄이더니, 재빠른 손놀림으로 주머니를 열었다. 그러더니, 그 안에서 알후추(胡椒)를 꺼냈다.

후두둑.

그는 손에 쥐고 있던 알후추를 깍쟁이 윷을 던지듯이 술상 위에 뿌렸다.

"어머, 이게 무어야?"

"어머 호초네, 호초!"

주안상 양옆에 나란히 앉아, 아양을 떨며 술을 치던 기생들이 술상에 뿌려진 후추를 보더니, 자리도 구별 못 하고 예의도 모른 채, 서로 앞다투어 후추알을 줍느라고 난리가 났다. 소동이 일어나자, 주안상 위에 그득히 쌓아 놓았던 산해진미 요리가 엎어지고, 쏟아졌다. 기생들의 치마저고리에 걸린 그릇이 상 아래로 떨어져 깨졌고, 사기 그릇 깨지는 소리가 난무했다. 접대 자리가 한순간에 난장판으로 화해 버렸다.

"우하하하."

야스히로는 이를 보면서 박장대소했다. 그리고는 재밌다는 표정으로 술잔을 들어 술을 주욱 들이키더니, 시커먼 수염을 쓱 문질러 닦았다. 그리고는 다시 한 번 의기양양한 표정을 짓고는, '크하하' 하고 웃었다. 그의 얼굴에서 광기가 번득였다.

"대감, 기강이 이렇게 무너져 버렸으니, 나라가 곧 망하겠구려…"

야스히로가 조롱하듯 왜말로 씨부렁거리자, 역관이 그의 말을 곧이곧대로 통역하기가 곤란해, 온화한 투로 내용을 바꿔 전했다.

"역관은 말을 바꾸지 말고, 내 말을 그대로 전해라."

조선말을 알고 있던 야스히로가 역관을 꾸짖었다. 역관은 어쩔 수 없이 야스히로의 말을 그대로 다시 통역했다.

'무례한 자로다.'

예조에서 애써 마련한 주안 자리는 그것으로 파흥이 돼 버렸다.

야스히로는 오래전부터 대마도주를 따라 몇 차례 조선을 드나들어, 조선을 잘 알고 있었다. 무장 출신이었던 그는 조선의 군비가 형편없음을 간파하고 있었다. 일본 같으면 벌써 누군가의 침략을 받아 무너졌을 것으로 보았다. 전국시대를 통해 어려서부터 싸움을 통해 잔뼈가 굵은 그였다. 그는 모든 것을 무인의 관점에서 보고 이해했다. 그런 그에게 문과 예를 중시하고, 무를 경시하는 조선의 풍습은 우스꽝스럽게 비추었다.

그런 상황에서 히데요시가 군사를 이끌고 바다를 건너온다니, 조선은 그대로 망할 것으로 보았다. 그런데도 문과 예만을 따지며 거들먹거리는 조정 대신들이 우습게 보였던 것이었다. 술에 취하자, 외교 사절이라는 본분을 망각한 채, 그만 그의 본심이, 거리낌 없이 튀어나온 것이었다.

야스히로가 그토록 거드름을 피우며, 건넨 히데요시의 서찰은 곧 승정원을 통해 임금에게 전달됐다.

'사절과 통신사를 파견해 주시오.'

히데요시는 조선의 왕이 직접 바다를 건너와 자신을 배알할 것을 요구하였으나, 서찰은 대마도주에 의해 통신사를 요구하는 내용으로 개서된 내용이었는데, 이를 두고도 임금과 조정 대신들은 갑론을박을 벌였다.

"큰 비용을 들여 왜국에 통신사 파견을 할 이유가 없습니다."

"그렇다고 예의상 답신을 안 보낼 수도 없지 않소."

"우선 통신사를 파견할 상황이 아니라는 답신을 보내고, 추이를 보는 것이 좋을 것 같습니다."

답신조차도 보낼 필요가 없다는 강경론도 있었으나, 야스히로가 잘못하면 전쟁이 일어날 수도 있다는 말이 있던 끝이라, 논의 끝에 형식적이나마 답서를 보내는 쪽으로 결론을 내렸다. 히데요시의 통신사 파견 요구에는 바닷길이 멀다는 핑계로, 에둘러 사신을 보내기가 어럽다고 전했다.

조선에 들어온 후, 고자세로 일관하던 야스히로였는데, 조정에 있는 연줄을 통해, 조정 대신들의 공론과 답서의 내용을 듣고서는 얼굴색이 하얗게 변했다. 만일 히데요시의 요구대로 답을 얻지 못할 경우에는 사절의 의무를 다 하지 못했다는 죄로 자신이 먼저 추궁을 받을 것이 두려웠기 때문이었다.

"사신을 파견한다는 답을 주지 않으면 나는 돌아갈 수가 없소. 내가 돌아가지 않으면, 살해당한 것으로 알고, 곧바로 히데요시 님이 바다를 건너, 쳐들어올 테니, 그 후에 일어나는 일에 대해서는 나는 모르오."

그는 빈손으로는 돌아갈 수 없다고 고집을 부리며, 조정을 협박했다. 그가 떼를 쓰며 동평관에서 꼼짝하지 않자, 조정 또한 큰 골칫거리였다.

"우선 먼저 돌아가 계시오. 바닷길이 좋아지고, 상황이 나아지면 사신을 파견하도록 조정 공론을 정할 테니 그때까지 기다려 달라고 하시오."

"아니 되오. 확답을 얻지 못하면, 나는 돌아갈 수가 없으니 마음대로 하시오."

야스히로는 사신을 파견한다는 확답을 주기 전까진 꼼짝하지 않겠다고 우겼다.

"골치 아픈 혹덩일세, 그려."

조정에서는 야스히로를 달래어, 대마도로 돌려보내기 위해 조선의 관직과 뇌물을 주는 등, 갖은 회유책을 다 썼다.

야스히로도 처음에는 강하게 버텼으나, 시일이 차일피일 지나자, 더는 고집만을 피우며 버틸 수 없다는 것을 깨달았다.

'아주 안 돌아간다면 몰라도, 결국 돌아갈 것이라면 빨리 돌아가는 게 유리하다. 잘못하면 답을 기다리는 히데요시 님이나 도주에게 꾸물거린 이유를 추궁받거나 오해를 받을 수도 있다.'

아무리 협박하고 떼를 써도, 조정 공론이 결정되지 않자, 그는 구두 약속만을 얻은 채, 어쩔 수 없이 본국으로 돌아가야 했다.

"바다가 잠잠해지면 조선 조정에서 사신을 보내오겠다고 약조를 했습니다."

큰소리치며 떠났던 야스히로가 아무런 소득도 없이 돌아오자, 도주는 히데요시에게 어떻게 보고해야 할지 입장이 난처했다.

"같이 오사카로 가세."

도주는 고민 끝에 야스히로를 대동하고 히데요시를 찾기로 했다. 히데요시에게 추궁당할 것을 예견한 도주는, 사절로 다녀온 야스히로에게 직접 설명을 하도록 했다.

"그래, 조선 왕이 언제 바다를 건너온다더냐?"

히데요시는 아래쪽에 무릎을 꿇고 머리를 조아리고 있는 요시시게와 야스히로를 내려다보면서 넌지시 물었다. 눈매가 날카롭게 치켜올려져 있었다. 사람을 추궁할 때의 버릇이었다.

"그게, 그러니까 문제가 있어 바로 건너오지는 못하고, 추후에 상황을 보아 건너오겠다고 했습니다."

"네, 이놈. 어디 그런 소리가 있더냐? 여기에는 바닷길이 험해 오지 못 한다고 쓰여 있지 않더냐. 너 이놈! 사절이란 놈이 글도 모르느냐?"

"아닙니다. 서찰에는 없지만, 구두로 저에게 직접 약속을 해 주었습니다. 바다가 잠잠해지면 사신을 파견하겠다고… 분명히 말했습니다."

"뭣이라고, 사신을 파견한다 했다? 저놈이 도대체 무슨 말을 하는지 모르겠군. 내가 조선의 왕을 건너오라 했지, 언제 사신을 파견하라

197

고 했느냐?"

"네, 그건···. 그게 사신을 먼저 파견하고··· 다음에 왕이 건너온다는 소리였습니다."

야스히로는 누가 봐도 어정쩡하게 말을 더듬었다. 그리고는 고개를 돌려 요시시게를 바라보았다. 조선의 왕을 건너오라는 히데요시의 서찰이 대마도에서 개서(改書)되었다는 것을 차마 밝힐 수가 없어, 도주를 쳐다본 것이었다. 서찰이 개서되었다는 것을 히데요시가 아는 날에는 자신뿐만 아니라, 도주까지도 살아남지 못할 것을 잘 알고 있었다. 히데요시가 추궁을 해 오자, 사실을 밝힐 수 없던 그는 말을 더듬으며, 더욱 횡설수설하였다.

"조선 왕은 저에게 꼭 그렇게 하겠다고 했습니다. 조선 왕은 신뢰할 수 있는 자입니다."

관직과 뇌물을 받은 일도 있고 해서, 조선 조정에 대해 우호적으로 말하다 보니, 어느새 옹호하는 듯한 발언이 되고 말았다.

산전수전을 다 겪은 히데요시가 이를 놓칠 리 만무였다.

"저놈이 왜 저리 횡설수설하는 것이냐?"

히데요시는 고개를 돌려 옆에서 머리를 조아리고 있는 대마도주 요시시게를 내려다보며 물었다.

"조선 조정에서 야스히로에게 관직을 주면서, 약속했다고 합니다."

요시시게는 얼른 야스히로가 이번 사절 길에 조선의 관직을 받았음을 알렸다. 자칫 잘못하면 불똥이 자기에게 튈 것이 두려웠기 때문이었다.

'입을 잘못 놀려, 서찰이 개서되었다는 것이 발각되면, 가문의 멸망은 피할 수 없다.'

그는 야스히로 개인의 죄로 몰아붙였다. 그에게 죄를 뒤집어 씌워야 자신과 가문이 살아날 수 있다고 본 것이다.

"그랬었구나! 사절이란 놈이 뇌물로 관직을 받아 자신의 호의호식을 꾀하려 하였으니, 저런 놈을 어찌 사절이라 할 수 있느냐! 저 놈을 살려 두면 앞으로 첩자질을 할 테니 살려 둘 수 없다. 저놈을 끌어내, 당장 목을 베라!"

"전하, 그렇지 않습니다. 관직은 제가 원한 것이 아니라 저쪽에서 맘대로 결정해, 준 것입니다."

그는 변명을 하면서도 도주를 흘끔흘끔 바라보았다. 그러나 용서란 없었다. 히데요시는 처음 야스히로를 접견했을 때부터 수염을 덥수룩하게 기르고, 공손하지 못한 태도가 눈에 거슬렸었다. 그런데 사절로 아무것도 얻어 오지 못 한 주제에, 조선에서 관직까지 제수했다는 소리를 듣자, 화가 치솟은 것이었다.

야스히로는 그길로 끌려가 참수형에 처해졌다.

반민 사화동(沙火同)

'짐이 대명국을 정벌하고자 하니, 조선은 길 안내를 하라. 그리하면 조선은 태평성대하리라. 그보다 먼저 조선 왕은 조선의 안녕을 위해 바다를 건너와 짐을 알현하도록 하라.'

외교의 실패를 물어, 본보기로 야스히로를 처형한 히데요시는, 대마도주 요시시게를 다시 불러, 즉시 조선 왕의 입조를 강요하는 서찰을 작성해 건넸다.

"이번에는 실패 없도록 하라. 이번에 또 실패하면 도주 역시 그 책임을 면치 못하리라."

"명심하고, 반드시 성공시키겠습니다."

히데요시의 서찰을 받은 요시시게는 등에서 식은땀이 줄줄 흘렀다. 그는 뒷목이 서늘해짐을 느끼면서, 어서 빨리 이 자리를 모면해야 한다고 느꼈다. 히데요시가 있는 오사카성을 나온 그는 곧장 대마도로 돌아왔다.

"야스히로가 처형됐다. 조선을 설득하지 못하면, 영지가 몰수되고, 우리도 살아남을 수가 없다. 어서 준비해 바다를 건너라."

조선과 일본 사이에서 대충 시일을 끌며 양쪽을 조정하려던 그였는데, 히데요시를 만나고 나서는 상황이 그럴 상황이 아니란 걸 느꼈다. 즉시 자신의 차남인 요시토시(義智)와 측근 중의 측근인 승려 겐소

(玄蘇)를 사신으로 하여 조선에 파견하였다.

"무슨 수를 써서라도 먼저 사신이라도 건너오도록 해야 한다."

세자며 차기 영주 후보를 파견했다는 것은 조선 조정에 그만큼 상황이 중대함을 전달하기 위한 수단이었다. 게다가 승려 겐소는 한문 문장이 뛰어났다. 문을 숭상하는 조선의 대신들을 설득하려면, 박학다식하고 문과 예를 잘 아는 자가 필요했던 것이다. 야스히로와는 격이 다른 사절이었다.

두 사절이 바다를 건너 조선으로 건너오자, 조선 조정도 대마도 측의 움직임을 보고 사태가 심상치 않다는 것을 깨닫기 시작하였다. 언제까지 통신사 파견을 미룰 수 없다는 것을 안 조정 대신들과 임금은 다음과 같이 제안했다.

"조선 사람으로 사화동(沙火同—살동의 한자 표기)이라는 반민이 오도열도에서 왜구의 앞잡이가 되어 살고 있다고 한다. 몇 해 전에 남쪽 해안에 들어와 우리 땅인 흥양을 침범해 분탕질하고, 많은 양민을 붙잡아 갔다. 반민 사화동과 그와 같이 다니는 왜구들을 붙잡아 조선에 넘기고, 또한 그때 붙잡혀 간 조선의 양민들을 송환해 온다면, 통신사를 파견할 것이다."

조건이 붙었지만, 조선 조정으로부터 긍정적인 답변을 받은 요시토시와 겐소는 즉시 대마도로 돌아왔다가, 다시 오사카로 달려가, 히데요시에게 보고했다.

"내 오도열도의 영주에게 명을 내릴 테니, 대마도 군사는 즉시 오도열도로 향하라. 오도열도의 영주에게는 나의 친서를 전하도록 하라. 조선의 반민과 포로들을 찾아내어 즉시 조선으로 보내도록 하라. 포로 송환 등에 관련한 모든 일과 뒤처리는 대마도주에게 일임한다. 전권을 갖고 일을 처리하라."

당시 오도열도의 영주는 고토 스미하루(純玄)였다. 그는 원래는 해적으로 잘 알려진 마츠라 일당의 비호를 받았으나, 히데요시의 세력이 급팽창하는 것을 보고 자신의 안존을 위해 히데요시에게 충성을 맹세하고, 그의 신하가 된 인물이었다.

오도열도는 본토와 멀리 떨어져 있어, 히데요시가 일으킨 전란에는 휘말리진 않았으나, 만일을 위해 천하 통일을 이룬 히데요시에게 충성을 맹세했다. 히데요시는 멀리 떨어진 오도열도까지 살필 여력이 없어, 그에게 영지 지배를 허락했다.

결과적으로 스미하루는 시대의 강자 히데요시라는 후견인을 등에 업게 된 형국이 되었다. 히데요시에게 영지를 빼앗기지 않을까 전전긍긍했는데, 오히려 기반이 더욱 탄탄해진 것이었다.

그는 자신의 성씨를 얼른 우쿠(宇久)에서 고토(五島)로 개칭했다. 히데요시에게 충성하고, 과거와 단절을 꾀한다는 것을 피력하기 위해서였다.

히데요시가 일본 전토를 통일하기 전까지만 해도, 그는 영지 지배에 항상 불안함을 느꼈다. 하극상이 만연하던 시대였기 때문이다. 언제, 누가 힘을 키워 공격해 올지, 아니면 측근의 배신을 당할지 몰라, 속으로 전전긍긍했다. 그런데 히데요시의 천하 통일 후, 그의 신하가 되면서 이러한 불안은 사라졌다. 영지 통치는 과거보다 안정되었다. 자신의 결정에 스스로 만족하고 있었다.

"대마도에서 사절이 파견돼 왔습니다."

그런 그에게 대마도에서 파견된 사절 마츠하루(松晴)가 히데요시의 서찰을 들고 나타난 것이었다. 명령서에는 붓으로 흘려 쓴 글귀가 다음과 같이 쓰여 있었다.

'첫째, 조선인 사화동(沙火同)과 함께 조선에서 분탕질하는 그 일

202

당을 붙잡아, 즉시 대마도로 넘길 것.'

'둘째, 섬에 포로로 잡혀 있는 조선인들은 하나도 남김없이 모두 대마도로 넘겨 조선으로 송환할 것.'

'셋째, 만일 이를 조금이라도 어기고 기망할 시에는, 모든 관직을 박탈할 것이며, 가문의 존속도 보장할 수 없다는 것을 명심할 것.'

스미하루는 히데요시에게 충성을 맹세한 후, 영지 통치가 안정돼 안심하고 있었는데, 히데요시의 서찰 속에 '가문의 존속도 보장할 수 없다'라는 문구에 가슴이 덜컹했다.

"도대체, 무슨 일이오? 간바쿠 전하께서 조선인들을 위해…?"

스미하루는 도무지 영문을 알 수 없어, 대마도에서 건너온 마츠하루를 멍하니 바라보았다.

"실은 조선 측에서 요구를 해 왔습니다."

"간바쿠가 조선 측의 요구를 그냥 들어줄 리는 없고, 원하는 게 무엇이오?"

"통교를 위해 조선의 통신사를 파견하라는 것이지요."

"조선 통신사와 포로들의 교환이라는 말이군! 하하, 내 잘 알았소."

스미하루가 무릎을 치며 얼굴의 화색을 띠었다. '모든 관직을 박탈하고, 가문의 존속도 보장할 수 없다'라는 문구에 놀랐는데, 불안이 해소됐기 때문이었다.

"지체하지 말고 신속하게 처리하라는 명령입니다. 도적들이 반항할 경우를 대비해 군사를 끌고 왔습니다. 저 밖에서 대기하고 있는 병사들이 그들이옵니다."

"잘 알았소. 그러나 우선 나에게 맡겨 주시오. 만일 여의치 않으면, 그때 원군을 요청하겠소."

스미하루는 즉시 가신들을 모아 히데요시의 명령을 수행하는 방안을 논의했다. 히데요시에게 자신의 충성심을 보여 주어야 했기 때문이었다.

"주군! 영지 안에 있는 섬에는 어민들과 해적들이 여기저기 흩어져 함께 살고 있습니다. 우선 조선인과 결탁해 있는 해적들을 찾아내는 것이 급선무로 여겨집니다. 저에게 맡겨 주십시오. 몇 군데 의심가는 곳을 조사해 보도록 하겠습니다. 영내의 안정을 위해서라도 되도록 빨리 그들을 찾아내어, 송환할 수 있도록 조처하겠습니다."

측근 부장인 타다에가 자신에게 일임해 줄 것을 요청했다.

"오호, 반가운 소리다. 모든 것을 타다에에게 맡긴다. 타다에, 간바쿠 전하께 잘 보고할 수 있도록 빈틈없이 수행하도록 하라."

"하아."

스미하루는 측근 가신인 타다에에게 전권을 주면서,

"이번 일을 잘 수행하면 간바쿠인 히데요시 님에게 공로를 인정받을 수 있을 것이다. 그렇게 되면 영지 통치는 한층 더 안정될 것이고…."

"추호도 틀림이 없도록 일을 수행하겠사옵니다."

타다에 또한 그 나름대로 주군의 환심을 살 좋은 기회로 여겼다.

"섬에서 조선을 분탕질하고 조선인을 포로로 잡아 놓은 자들이 어디에 진을 치고 있는지 상세히 조사해 보고하라. 특히 사화동(沙火同)이란 조선인이 어디에 있는지 찾아보아라."

'사화동(沙火同)'

전권을 위임받은 타다에는 곧 바로 부하들을 각지에 보내, 수소문하고 정보를 모았다.

하루가 채 지나지 않아 보고가 올라왔다.

"주군, 아뢰옵니다. 말씀하신 조선민들과 해적들이 후쿠에섬 동쪽에 집단을 이루어 살고 있다고 합니다.”

“틀림없으렷다.”

“그들이 자주 조선으로 배를 타고 나가 분탕질을 하는 것으로 확인됐습니다.”

“바로 잡아들여라.”

절대 권력자인 히데요시의 명령에 조금이라도 꾸물거렸다가는 언제 어떻게 될지 알 수 없는 일이었다. 스미하루는 타다에의 보고를 받자마자, 즉각 이들을 잡아들이도록 했다. 무장 군사 오백을 내주었다. 그가 이번 일을 얼마나 중시하는지를 알 수 있는 반증이었다.

“반항하면 조선인들은 생포하고, 해적들은 죽여도 좋다.”

영주의 군사 지원과 단호한 명을 받은 타다에는 무장된 병사 오백을 이끌고, 즉시 출발했다. 해적의 산채에 접근할 수 있는 방법은 두 가지였다. 높은 산을 넘어 기습 공격을 하거나, 배를 타고 해안을 따라 들어가 정면으로 부딪치는 방법이었다. 양쪽 모두 쉽지 않았다. 산길은 사람의 접근이 어려웠고, 해안은 해적들에게 바로 간파돼, 바다로 나가면 놓치기 쉬웠다.

‘배를 타고 해적들을 일망타진한다는 것은 쉽지 않은 일. 그렇다면 산을 넘어 눈치채지 못하게 접근해야, 기습 공격이 가능하다.’

타다에는 해적이 눈치채지 못하도록, 기습 공격을 해야 목적을 이룰 수 있을 것으로 보았다. 살동을 찾아내야 했고, 해적들에게 사로잡혀 있는 조선인 포로들을 조금이라도 더 구해 내야, 영주에게 칭찬을 받을 수 있었다. 칭찬은 곧 출세와 연결되기 때문이었다.

“산을 넘는다.”

그는 눈에 잘 띄는 해안보다 산세가 험하고, 높이 솟아 있는 산을 넘어 해적들의 배후를 치기로 했다.

타다에는 군사 오백을 이끌고 힘들게 산 정상을 넘어, 내리막 경사로 들어섰다. 산은 가팔랐고, 해안 쪽으로 기울어진 산비탈은 경사가 심했다. 가파르게 뻗어 내린 산등성이 끝에 바다가 이어져 있었다. 올라가는 길보다 내려가는 길이 더욱 위험했다. 몇인가가 산비탈로 굴렀다.

"적이 눈치채지 않도록 조심하라."

오백여 병사를 이끌고 경사가 심한 산비탈을 내려가는 일은 쉽지 않은 일이었다. 서로 잡아 주고, 받쳐 주며 겨우겨우 산 중턱까지 내려올 수 있었다.

산비탈 아래에 바다가 이어졌는데, 바닷가와 산비탈 사이에는 좁다란 평지가 형성되어 있었고, 그곳에 여기저기 인가가 들어서 있었다. 인가는 산을 등지고 여기저기 퍼져 있었다.

"생각보다 인가가 제법 많구나. 조심들 하거라."

산기슭 아래쪽에 자리 잡고 있는 해안 마을이 시야에 들어오자, 타다에는 부하들에게 경계감을 부추겼다. 왼쪽 산등성이에도 듬성듬성 움막이 처져 있었는데, 그 호수가 많아 마음에 걸렸던 것이다.

산을 내려가 보니, 마을 어귀에는 돌담이 쌓여 있었다. 멀리서 보면 영락없는 어촌 마을과 다름없는데, 자세히 보니 마을은 요새화되어 있었다. 바다 쪽으로는 다가오는 배를 경계하는 어른 키보다 높은 망대도 서 있었다.

성안에 이들의 정보가 전혀 없던 것은 아니었다. 오래전부터 이들의 움직임을 파악하고는 있었으나, 섬 안에서 소란을 피우거나, 약탈을 행하진 않았다. 그런 탓에 굳이 이들을 단속할 이유가 없어 묵인해 두었던 터였다. 게다가 성에서도 가끔 필요한 물품이 있으면 이들에게 조달을 받아 쓰기도 했다. 말하자면 굳이 해가 되지 않아 필요에 의해 적당하게 이용해 왔던 것이다. 상납과 교역을 통해 성의 재정에도 도움이 되었던 것도 사실이다. 그런데 방치해 둔 사이 규모가 이토록 커져 있으리라고는 미처 생각도 못했던 것이다.

"여기서 멈춰라. 무기를 점검하고 전투에 대비한다."

타다에는 산을 내려가지 않고, 능선에 머무르며 휘하 병사들에게 무기를 점검토록 한 후, 따로 움직임이 민첩한 병사를 뽑아 정탐을 내보냈다.

"무장을 한 군사들이 산에서 내려오고 있습니다."

한편, 타다에가 정탐을 내보냈을 무렵에는, 이미 그들의 동향은 왜구의 경계망에 걸려 있었다. 곧 두령인 소베에게 보고가 됐다.

"곧 전원 무장을 하고, 집결토록 하라."

두령의 소집 명령이 떨어지자, 나무 기둥에 매어져 있던 종이 울렸다.

"탱탱탱."

움막에 있던 왜구들은 위급한 상황을 알리는 종소리를 듣고는 곧바로 무기를 들고 해안가로 모여들었다. 바다로 이어진 해안가 바닥에는 백사장 대신 검은 돌만 무수히 깔려 있었다. 왜구들은 그곳에서 바다 가까운 곳에 배를 묶어 놓고 있었다. 긴급한 상황이 발생되면 언제든지 도망갈 수 있도록 하기 위해서였다.

"성에서 군사들이 몰려왔다는데."

산비탈과 해안가 사이 좁은 공터에 모인 왜구들은 약 백여 명 남짓이었는데, 이들은 토벌대가 온 것을 알고 불안해했다.

"우리가 섬에서 잘못을 저지른 일도 없는데 왜? 군사들을 보냈나?"

군사들이 몰려왔다는 소리에 왜구들은 무슨 영문인지를 몰라 수군댔다. 왜구들 가운데는 살동의 모습도 보였다. 그는 다른 왜구들과

207

마찬가지로 칼을 들고 있었는데, 머리를 변발해 왜구들과 구별이 안 될 정도로 모습이 변해 있었다. 다른 왜구들보다 덩치가 큰 편이라 눈에 금방 띄었다.

"일부는 군사를 맞아 싸울 준비를 하고, 나머지는 배를 바다로 띄울 준비를 하라."

두령인 소베가 산 위에서 아래로 내려오며 외쳤다. 그는 머리에 투구를 쓰고, 이미 몸에도 갑옷을 걸치고 있었다. 싸움이 벌어질 때 걸치는 장구(裝具)였다. 명령이 떨어지자, 왜구들은 두 패로 나누어졌다. 한 패는 산 쪽으로 달려갔고, 남은 패들은 귀한 물건들을 부지런히 배에 실었다. 왜구들은 사태가 여의치 않으면 바다로 튈 작정이었다. 성내의 군사들은 육지에서는 강했지만, 바다에 나서면 그리 두려워할 상대가 아니라고 여겼기 때문이었다.

"꾸물대지 말고 빨리빨리 움직이라 해라."

두령 소베는 해안 가까운 등성이로 올라가, 소두령들을 시켜 지휘를 하였는데, 그때 왜구 한 패를 이끌고 산기슭 쪽으로 향했던 소두령 하나가, 무장을 한 병사와 함께 소베에게로 다가갔다.

"상대가 전령을 보내왔습니다."

"전령?"

"우리 장군께서 말을 전하라 해서 왔소."

다름 아닌 타다에가 보낸 전령이었다.

"무슨 일로 군사들이 몰려왔느냐? 우리가 섬에서 난동을 부리거나 주민들에게 손해를 끼친 일이 없거늘, 왜 군사를 끌고 와, 위협하느냐?"

두령인 소베가 다짜고짜 전령에게 따지듯 물었다. 그러자,

"사히도(沙火同 - 사화동의 일본식 한자 발음)란 조선인 반민을 넘겨라. 그리고 이들과 함께 조선을 침범한 일당 셋과 납치해 온 조선인을

모두 넘겨라. 명령을 따르면 마을은 지금까지와 마찬가지로 아무런 피해 없이 살아갈 수 있다. 이 명령은 간바쿠 전하이신 히데요시 님의 분부이다. 간바쿠 전하의 명령으로 대마도 군사가 섬에 상륙해 있다. 만일 명령을 거역하고 바다로 도망간다 하더라도 도피할 곳은 없다. 어디로 가더라도 간바쿠 전하의 감시를 피해 살아남기가 쉽지는 않을 것이다. 잘 판단하길 바란다."

전령은 소베의 질의에는 답하지 않고, 역으로 자신이 전달할 내용만을 포고문을 읽듯이 전했다.

타다에는 해적 두령이 글을 모를 것으로 알고, 서찰보다는 전령에게 구두로 말을 전하도록 시킨 것이었다. 주위에 있던 소두령들도 함께 전령이 큰소리로 외치는 내용을 들었다.

"사히도가 누군가?"

"사히도? 조선인? 아! 사르동을 말하는군!"

전령은 살동의 한자 사화동(沙火同)을 일본 한자 발음으로 사히도라 말했고, 왜구들은 살동을 사르동으로 발음하며, 서로의 말을 맞춰 나갔다. 글말(한자)과 입말(고유어)이 서로 달라, 생겨난 일이었다.

"소두령들은 모두 움막으로 모여라."

소두령들을 이끌고 소베는 자신이 머물던 움막으로 발걸음을 옮겼다. 전령은 그대로 바깥에 세워 두었고, 왜구 넷이 그를 둘러싸고 감시했다.

"전령의 말을 어떻게 생각하느냐? 모두의 의견을 들어 보자."

안쪽 상좌에 앉은 소베가 소두령들을 둘러보며 말을 꺼냈다.

"안 돼, 사르동은 우리 동료야! 우리의 목숨을 구걸하려고 동료를 팔 수는 없지!"

"간바쿠의 권세를 몰라서 하는 소리. 명령을 따르지 않았다간 이

209

곳부터 풍비박산이 날 건 뻔하고, 그다음 바다로 나간다 하더라도 우리가 상륙할 땅은 없을걸. 운 좋게 상륙할 땅을 찾아 겨우 오른다 하더라도 간바쿠가 우리를 가만 내버려 두지 않을 거야.”

두령인 소베는 의견을 구했는데, 소두령들은 차근차근 조리 있게 발언하지 못하고, 마치 시정잡배들이 자기 물건 사라 떠들듯이, 중구난방으로 지껄였다. 의리를 내세우는 자, 이익을 따지는 자, 말은 안 하지만 옆에서 그냥 고개를 주억거리는 자, 모두 의견이 분분했다. 소두령들이 조리도 없이 그냥 느낌으로 제멋대로 지껄이며, 왈가왈부 떠들자, 잠자코 있던 두령 소베가 칼로 긋듯이 말을 끊었다.

“다들 시끄럽다. 결론은 대를 위해 소를 희생하느냐? 소를 위해 대를 희생하느냐.”

“예?”

소두령들이 말뜻을 못 알아듣고, 반문을 하자, 두령이 말을 이었다.

“마음은 아프지만, 성 측의 요구대로 사르동과 조선인 포로들을 넘겨주어라. 그것만이 우리가 살길이다. 아니면 다 죽는다. 조선에 들어가 분탕질을 한 것이 사르동과 우리 애들 세 명만이 아닌 것은 알고 있을 것이다. 그럼에도 사르동과 세 명만을 요구한 것은 응하기 쉽게 하기 위한 조건일 것이다. 요구를 따른다. 더는 왈가왈부하지 말라.”

“아니, 어떻게….”

의리를 주장하던 소두령들이 잠시 동요하는 듯하자, 두령 소베는 단호하게 외쳤다.

“사르동을 잡아들이고, 조선인 포로들을 한 명도 빠짐없이 모두 모아라. 잔꾀를 부리다간 모두 죽는다. 그리고 사르동과 함께 생활하던 신사부로, 긴지로, 마고지로도 함께 넘긴다. 전체를 위해선 어쩔 수 없다. 즉시 시행하라.”

소베는 냉정하게 명령을 내렸고, 두령의 표정을 본 소두령들은 아무도 더 이상 군말을 붙이지 못했다. 소두령들은 곧장 살동과 왜구 셋을 찾아 나섰다.

그들은 먼저 노린 것은 살동이었다. 공터에 모여 다른 왜구들과 함께 명령을 기다리고 있던 살동에게 소두령 두 명이 달려들었다. 그들은 먼저 살동의 양팔을 붙잡았고,

"아니, 왜 이럽니까?"

'아닌 밤에 홍두깨'라고 깜짝 놀란 살동이 반항하자, 그들은 살동의 손에 있던 칼을 빼앗았다.

"그냥, 가만 있거라."

빼앗은 칼을 멀리 던진 소두령 하나가 살동을 달래면서, 어안이 벙벙해 있던 부하들에게 명령했다.

"이 아이를 움직이지 못하도록 꽉 잡아라."

"우물쭈물하다간 네놈들도 살아남지 못할 것이다."

명령을 받은 왜구, 둘이 달려들어 소두령 대신 살동의 어깨와 팔을 잡았다.

소두령들은 살동의 손을 뒤로하고 어깨와 팔을 묶었다. 살동은 영문도 모르고 당했던 터라, 처음에는 장난질인 줄 알았는데 상황이 심상치 않자, 거세게 저항했다. 그러자, 소두령 하나 살동의 뒤로 돌아와 어깨를 눌러 무릎을 꿇게 했다.

"아니 왜 이러는지 이유나 말해 주시오."

"신사부로, 긴지로, 마고지로도 앞으로 나와 포박을 받아라."

살동을 포박하고 나서, 소두령들은 같은 움막에 있던 왜구를 지적했다. 그들 역시 영문도 모른 채, 살동이 포박당하는 것을 뻔히 바라보고만 있었는데, 자신들마저 포박을 받으라니, 영문을 몰라 서로의

얼굴만 바라보다가,

"아니, 우리가 무슨 죄를 지었다고…. 도대체 무슨 일입니까?"

하고 되물었다. 소두령들은 물음에 답을 하지 않고, 차례로 달려들어 이들의 칼을 빼앗아, 먼저 무장을 해제했다. 그리고 부하들을 시켜 포박했다. 그렇게 살동을 비롯해 그와 함께 기거하던 왜구 셋이 함께 무기를 빼앗기고 포박을 당한 채 땅바닥에 꿇려졌다.

"무슨 죄인지, 그 이유나 말해 주시오!"

포박당한 이들은 소두령들에게 따지듯 덤벼들었다.

"우리도 괴롭다. 따지지 말고 그냥 시키는 대로 따라라. 명령이다."

나머지 왜구들은 갑작스러운 사태에 술렁대었으나, 소두령들의 서슬이 시퍼런지라 그저 관망할 뿐이었다. 포박된 네 사람은 산비탈 움막으로 끌려가 갇혔다.

"포로 중에 조선인들을 찾아내 끌어모아라. 한 명도 남기지 말아야 한다. 만일 숨기는 자가 있어 발각된다면, 우리 모두 살아남지 못한다. 철저히 시행토록 하라."

이 모든 것이 '간바쿠의 명령'이라는 소문이 조금씩 퍼져 나갔다. 이유도 모르고 포박되어 갇혀 있던 살동과 일행에게 두령 소베가 나타난 것은 해안가에 있던 왜구들이 해산하고 나서였다.

"너희를 보호하지 못하는 나를 용서하라. 간바쿠라는 워낙 큰 바위에 부딪쳤음을 이해하라. 조선과 간바쿠의 거래에 우리가 말려든 것이다. 너희가 따라 주어야 우리가 살 수 있다. 너희의 희생을 잊지 않을 것이다. 너희들만 순순히 따라 준다면 여기 남은 우리는 다시 옛날처럼 살아갈 수 있다. 남은 가족들은 우리에게 맡기거라, 우리가 보살피마."

살동과 왜구 셋은 그렇게 하루를 갇혀 있다가, 조선인 포로들과 함께 타다에에게 넘겨졌다.

타다에는 이들과 조선인 포로들을 대마도에서 파견되어 온 사절에게 넘겼고 이들은 다음 날 배에 태워져 대마도로 옮겨졌다. 모든 일이 속전속결로 처리됐다. 그만큼 히데요시의 재촉이 심했던 것이었다. 대마도를 거쳐 부산포로 끌려간 살동과 왜구 셋은, 그곳에서 나무로 짜인 함거에 갇혀 다시 도성인 한성으로 압송되었다. 살동이 타고 있는 함거에는 '반민 사화동(叛民沙火同)'이라고 쓰인 종이가 크게 붙여져 있었다.

'살동'을 당시의 언문으로 썼다면, 굳이 못 쓸 리도 없건마는, 당시 조선에서는 모든 공식 문자는 한자로 써야만 했다. 그래서 살동은 '사화동(沙火同)'으로 표기된 것이다.

아무튼, 수레가 지나는 길에서 사람들은 함거에 쓰인 한자를 보고는 수군대다가, 누군가 글을 아는 사람이 '반민 사화동(叛民沙火同)'이라는 글의 의미를 설명하면, 그 의미를 알고 나서는 침을 뱉었다. 아이들은 어른들이 수군대는 말을 듣곤, 가까이 다가와 돌멩이를 던지기도 하였다.

살동은 압송되는 동안 내내 사람들의 눈길을 피해 고개를 숙이고 있었다. 조선으로 송환된다는 것을 알고부터는 진작 죽음을 받아들이고 있었다. 마음을 정하고 난 후인 터라, 웬만한 일에는 동요하지 않았다.

그러던 것이 조선 땅에 도착하고, 수레가 흔들거리며 나아가자, 자신도 모르게 마음이 흔들렸다.

'이게 무슨 꼴이냐. 차라리 자진하였더라면 이런 수모를 겪진 않을 것을….'

다신 조선 땅에 돌아오고 싶지 않았는데, 반민이란 낙인이 찍힌 채 끌려가는 자신의 모습이 너무 한심하게 느껴졌다. 동무들이 고향으로 돌아가자는 것도 뿌리쳤다. 이 땅이 너무 싫었다. 자신을 왜구로 살아가게 내몰았던 땅이었다. 소수 양반과 다수의 상놈으로 나뉘어 소수에 들지 못하면 철저히 착취당했다. 부모가 세상을 떠나고 난 후, 삶은 언제나 고단했고 힘들었다. 배는 항상 허기에 시달렸다. 옴짝달싹 못하게 꽉 쪼여지고 구분지어진 세상이었다. 양반들이 말하는 상놈이라고 뭐 별다를 것 없지만 , 그중에서도 천민으로 태어나면 아무런 희망을 가질 수도 없는 땅이었다.

"제기랄."

추자도 앞바다에서 폭풍을 만나고, 대마도 해류에 실려 오도열도에 표착했을 때, 조선과의 인연은 모두 끊어진 것으로 생각했었다. 자신은 이제 더는 조선인이 아니라고 생각했는데, '반민 사화동'으로 조선에 되돌아오게 되니, 생이 원망스러웠다.

'아무런 미련도 없는 땅이다.'

그런데, 자신이 버렸던 땅이 끝까지 자신을 옭아매고 있다는 것을 깨달았다.

'허허, 왜나라 땅에서 왜구로 살아가는 게 더 낫다고 여겼는데, 같은 동지라고 믿었던 왜구들에게조차 버려진 몸이 되다니!'

살동은 삶이 무상했다. 세상 모든 일이 자신의 의지대로 이루어지지 않고, 자신을 옥죄고 있는 것 같아, 답답한 마음이었다.

'이렇게 될 운명으로 태어났던가?'

살동 자신으로서는 도저히 상상도, 예측도 할 수 없던 일이 너무 많아, 그저 운명으로 치부할 수밖에 없었다. 조선 땅을 벗어나면서, 자신의 운명은 스스로 만들어 갈 것이라 다짐했는데, 보이지 않는 커다란 힘이 자신을 옭아매고 있었다. 자신의 운명을 농락하는 무언가가….

214

'그래, 팔자일지도 모른다. 내가 타고난 사주팔자. 생각해 보면 풍
랑을 만나 표류한 것도, 왜구들에게 잡혀 그들의 일원이 된 것도, 조
선을 약탈한 것도, 그리고 이렇게 다시 잡혀 온 것도 원인을 생각하면
내가 원해서 된 것은 하나도 없다. 도대체 운명이 아니라면 어떻게 이
런 일이 있을 수 있단 말인가?'

살동은 생각하면 생각할수록 자신의 인생 역정이 이해할 수 없는
불가사의(不可思議) 투성이로 여겨졌다.

'나의 인생이지만, 나의 의지대로 이루어진 것은 하나도 없으
니…. 그리고 보면, 태어난 것부터가 나의 의지가 아니었다. 그럼 도
대체 누구의 의지란 말인가. 나의 이 작은 육신을 갖고, 짓궂게 장난
질을 치는 건 누구란 말인가. 내가 나의 주인이 아니라면, 도대체 누
가 내 운명을 농락할 그런 권한과 힘을 지니고 있단 말인가. 양반들이
흔히 사람을 만물의 영장이라 하건만, 같은 사람으로 태어나 운명을
거부할 힘조차 없는 미약한 존재라면, 짐승인 개, 돼지와 다를 바가
무어란 말인가. 무엇이 만물의 영장이란 말인가?'

살동은 세상이 온통 모순 덩어리처럼 보였다. 삶의 도리가 통하지
않는, 인간으로서 삶의 의의를 느낄 수 없는 부조리(不條理) 투성이었다.

"허허. 이것이 나의 운명이란 말이더냐?"

살동은 모든 게 다 허망하게 느껴져, 스스로의 운명을 받아들이려
애를 썼지만, 그래도 그 운명이란 것이 너무도 불가해(不可解)했다.

"오, 하늘이시여!"

하늘을 원망하는 탄식이 저도 모르게 입에서 새어나왔다. 살동이
자신의 운명을 탓하며, 하늘을 원망하는 동안에도, 함거의 바퀴는 덜
컹덜컹 소리를 내며 도성을 향했다. 며칠 낮과 밤을 지나, 살동을 실
은 함거는 한성 땅에 도착했고, 숭례문을 통과해 도성 안으로 들어갔

215

다. 살동은 한성 땅에 도착했음을 알고, 눈이 휘둥그레져 사방을 둘러보았다. 그로서는 생전 처음 밟아 보는 한성 땅이었다. 그것도 순간이었다. 주변에 있던 도성의 백성들이 궁금하다는 표정을 지으며 함거 쪽으로 다가왔다.

'叛民沙火同(반민 사화동)'이라 쓰인 종이를 본 그들은, 곧 손가락질을 해 댔다. 그들은 호송 군사들에게 접근해 무슨 죄인가를 묻곤, 곧 '능지처참할 놈'이라는 소리를 내지르며 악담을 퍼부었다. 그들은 당장이라도 살동과 왜구 일행을 때려잡아 죽일 듯이 눈을 부라렸다. 금세 험악한 분위기가 됐다.

"물러들 가라."

호송군사들이 사람들을 몰아냈고, 그 덕에 큰일은 일어나지 않았다.

'저들은 나와 개인적으로 무슨 원혐이 있다고 저리 포악을 퍼붓나.'

살동은 시골과 달리 도성 사람들이 약한 자에게 강하고, 강한 자에게 약한 속성을 지니고 있음을 보고는 그들이 매우 영악하다고 보았다.

한성으로 호송된 살동과 왜구 셋은 곧바로 의금부에 수감되었다.

"반민 사화동이 잡혀 왔습니다. 그리고 대마도주의 노고로 포로로 끌려간 백성들이 다 돌아왔다고 하옵니다."

살동이 압송된 일은 승정원을 통해 곧 선조에게 보고되었다.

"알았다. 가엾고 어리석은 백성이로다. 도대체 왜 그런 짓을 하였는지, 짐이 직접 문초하도록 하겠다."

"전하. 황공하옵니다만, 그리 천한 것을 전하가 몸소 다스린다니 전례에 없는 일이옵니다. 반민의 문초는 형조판서에게 맡기시고 나중에 처결만 내리시면 될 것으로 사료되옵니다. 통촉하여 주시옵소서."

선조가 살동을 직접 문초한다는 말에 승정원에서는 아니된다고

216

반대하였다.

"아니다. 내 왜 반민이 되었는지 확인하기 위해 이번엔 내 직접 문초하련다. 죄인을 인정전(仁政殿) 마당으로 끌고 오도록 하라."

선조는 대신들의 건의를 일언지하에 내쳤다. 목소리에 힘이 들어가 있었다. 의지가 강함을 알고, 아무도 더 이상 반론을 거론치 못했다.

보통 역모에 연루된 사건이 아니면 임금이 직접 나서 죄인을 문초하는 일은 거의 없었다. 살동은 왜구들과 함께 남해안을 분탕질하였지만, 나라를 뒤엎을 만한 역적질을 한 것은 아니었다. 따지자면 강도와 약탈 죄에 해당하는 죄인이었다. 그런 그가 졸지에 '반민 사화동'이란 이름으로 불려, 역적보다 더한 죄인의 취급을 받게 된 것이었다.

"앞으로 나와라."

후쿠에섬에서 강제 송환된 후, 옥사에 구금돼 있던 살동과 왜구들을 끌어낸 것은 벙거지를 쓴 옥리들이었다. 살동은 말을 알아듣고 나왔으나, 그와 함께 끌려온 왜인들은 말을 몰라 멀뚱멀뚱하다가, 옥리들에게 양팔을 붙잡혀 끌려 나왔다. 옥리들은 그들의 손을 꽁꽁 묶고, 대로 만든 깊은 망태를 뒤집어씌웠다. 의정부 대문을 나서면서부터는 창을 든 군사들이 그들을 호송했다. 그들이 끌려간 곳은 인정전 앞뜰이었다. 하지만 살동은 거기가 어딘지 알 수는 없었다. 궐문을 지나자, 앞쪽에 반듯하게 다듬어진 단이 있는 넓은 마당이 있었는데, 군관의 명을 받은 군사들이 살동과 동료들을 차가운 돌바닥에 꿇어앉게 어깨를 눌렀다. 인정전은 경복궁의 별궁으로 알려진 창덕궁에 있는 임금의 처소였다. 당시 선조는 인정전에 머물면서, 그곳에서 신하들과 정사를 보았다.

인정전의 단 아래에는 문반과 무반들이 양쪽으로 나뉘어 앉을 수 있도록, 비석이 좌우에 놓여 있었는데, 그날은 그곳에 그들 대신 오위

217

도총부 소속 근왕병들이 무장을 하고 좌우에 도열해 있었다. 그야말로 중죄인을 심문하는 살벌한 분위기였다.

살동은 천민이라 의자도 주어지지 않았다. 함께 끌려온 긴지로와 신사부로, 마고지로도 같은 신세로 살동의 뒤쪽에 무릎을 꿇고 있었다. 말하자면 살동이 주범이요, 왜인들은 공범으로 문초를 받는 꼴이었다. 군사들은 인정전에 들어서고 나서 그들의 몸을 다시 포승으로 꽁꽁 묶었다. 포승은 뒤로 젖혀진 살동의 손목을 꽁꽁 휘감고, 팔을 두 번씩 감아 돌은 후, 마치 뱀이 똬리를 트는 모양으로 어깨로 올라가, 서로 교차하며 허리 쪽으로 내려와서는, 다시 몸통을 한 번 감고는, 꼭 조인 채로 그들의 몸을 휘감고 있었다. 어찌나 꽁꽁 묶었던지 매듭은 허리 쪽에서 딱딱한 공이 모양을 하고 있었다. 손과 팔뿐만 아니라, 몸도 꼼짝할 수가 없었다. 움직일 수 있는 것은 오직 고개와 입뿐이었다.

금세 손발이 저려 왔다. 살동은 손발이 저린 것을 참기 위해 움직일 수 있는 한, 손가락을 꼼지락거려 보기도 하고 고개를 틀기도 하며 애를 썼다.

"상감마마 납시옵니다."

소란스럽던 주위가 조용해지더니, 남자 목소리치고는 가늘고 높은 음성이 귓전에 울려 퍼졌다. 살동은 '상감'이라는 소리에 깜짝 놀라, 엉겁결에 고개를 들었다. 단상 위를 올려다보니, 머리에는 관을 쓰고 몸에는 곤룡포를 걸친 상감이 화려하고 의젓하게 단의 한가운데로 천천히 다가오고 있었다. 앞쪽에는 상감이 앉는 용상이 놓여 있었다. 상감이 걸친 곤룡포는 형형색색의 화려한 수로 장식돼 있었다. 좌우에서 수종하는 사람들은 모두 그의 허리 아래까지 몸을 구부려, 굽신거리고 있었다.

"네, 이놈! 머리를 숙이지 못 할까?"

곁에 있던 군사가 얼른 살동의 머리를 손으로 잡아 눌렀다. 군사의 제지에 억눌려 살동은 고개를 떨어뜨린 자세로 있었는데, 목이 아파 올 무렵에, 단 위에서 소리가 들려왔다.

"반민 사화동은 들어라. 너는 조선의 백성이다. 어찌하여 왜구의 앞잡이가 되어, 같은 백성들을 해하였느냐?"

멀리서 조용히 울려 퍼지는 듯한 음성이 들려왔다. 이어서 그 말을 받아 조정 벼슬아치가 꾸짖는 듯한 큰소리로 다시 한 번 말을 전하였다. 살동으로서는 누가 누군지 알 길이 없었으나, 승정원 승지가 임금의 말을 받아 전했던 것이었다.

살동은 자신의 이름을 사화동이라 부르는 것이 이상했으나, 틀림없이 자신에게 묻는 말투라는 것을 알고는 대답하였다.

"쉰네의 이름은 살동이옵니다요."

"진자(眞字 — 한자의 다른 말)로는 사화동으로 읽는다. 쓸데없는 소리 말고 묻는 말에만 답하여라."

'살동'이라 정정하자, 말대답이라 여겼는지 승지가 호통을 쳤다.

"풍랑을 만나 왜나라 섬에 표류하였습니다요. 근데 그곳이 왜구의 소굴이었고, 조선에 안내를 하지 않으면 죽인다고 하였기에 어쩔 수 없이 안내를 했습니다요."

살동은 있는 그대로 대답을 하였다. 임금의 앞이라곤 하지만, 있었던 사실을 말하는 것이라 어렵지 않았다. 그런데, 자신의 대답이 끝나자, 멀리서 웅성거리는 소리가 귀에 울리면서, 승지가 자신이 말한 내용을 임금에게 재차 고하였다.

'임금이란 도대체 어떤 사람이란 말이더냐?'

심문을 받으면서도 살동은 임금의 모습이 궁금했다. 호기심이 많

219

던 살동은 묻는 말에 대답하는 척하면서, 고개를 간간히 들어 단상 위를 슬쩍슬쩍 훔쳐보았다.

상좌에 앉아 있는 임금의 모습은 머리부터 발끝까지 장식으로 꾸며져 있었다. 관은 황금색이었고, 용의 수가 놓인 비단은 온몸을 다 덮고도 남아 용상까지 치렁치렁 덮고 있었다.

'신비롭구나.'

살동이 지금까지 보아 왔던 인간의 부류와는 다른 느낌이었다.

"표류했다면 왜 다시 조선으로 돌아오지 않았더냐?"

"배가 파손돼 돌아올 배가 없었습니다. 또 쇤네는 부모 형제가 모두 죽고 없어, 슬퍼할 사람도 없었기에 그냥 그곳에 머무르게 되었습니다요."

"천하의 어리석은 자로다. 군사부일체(君師父一體)라 하였으니, 부모와 스승과 임금이 모두 하나이고, 부모가 없으면 스승이 있는 것이고, 스승이 없으면 임금이 있거늘, 자애로운 조선의 은혜를 입고 사는 백성이 슬퍼할 친족이 없어 돌아오지 않았다는 것이 말이더냐?"

살동은 임금의 말이 도대체 무슨 말인지 알아들을 수가 없었다. 임금이 말하는 '군사부일체'가 뭔 말인지도 모르겠고, 자애롭다는 말에는 귀가 간지러울 정도였다.

'무엇이 자애롭단 말이더냐. 힘없는 백성을 등치고, 백성을 알기를 발톱에 낀 때만도 못하게 여기면서도, 걸핏하면 데려다가, 노역이란 노역은 죄다 시키고, 게다가 품삯은 떼어먹고, 품삯을 요구하면 대신 몽둥이를 휘두르는 주제에 자애롭단 말을 잘도 쓰는구나. 양반들만 호의호식하도록 내버려 두는 것이 자애로운 일이더냐. 세상 물정 모르는 임금이 말만 번지르르하군!'

처음부터 죽기로 작정한 살동이었다. 그러니 어차피 두려울 것이 하나도 없었다. 문초를 받으면서도 두렵다는 생각이 들지 않았다. 오히려 세상 물정 모르고 점점 자기중심적으로 이야기하는 임금에 반항하고 싶은 충동이 마음속에서 꾸역꾸역 일어났다.

살동이 고개를 숙인 채, 자기 생각에 골몰하느라 대답이 없자, 임금이 언성을 높였다. 승지는 더욱 목소리를 높여 말을 받아 전했다.

"네가 살기 위해 어진 백성들과 이웃을 살육하고, 왜나라로 잡아 갔단 말이냐. 어리석은 백성이여, 네 죄를 네가 알렸다."

화가 나, 언성이 높아진 임금의 목소리를 들은 살동은 그나마 지니고 있었던 임금에 대한 신비감과 외경심이 싹 사라졌다.

'황금과 비단으로 몸을 감싸고, 이 세상 사람이 아니라는 듯 신비를 가장했지만, 흥분하는 것을 보니 역시 사람인 게로군!'

"잡아간 게 아니고 저는 시키는 대로 했을 뿐입니다요."

"너는 임금의 은혜를 모르고 나라를 배신한 죄, 일신을 위해 왜나라로 가, 왜구를 끌어들인 죄, 게다가 이웃이었던 어진 백성을 살육한 죄, 아무런 죄도 없는 양민을 왜구의 소굴로 끌고 간 죄, 그 죄를 이루 다 나열할 수가 없으니 이를 어쩌면 좋단 말이냐. 어리석은 백성아, 죽어서도 그 죗값을 다 치르지 못 하리라."

임금에 대한 신비감을 상실하자, 살동은 모든 것이 꼭두각시놀이처럼 느껴졌다. 임금의 말이 다 들리는데도, 그 말을 받아 다시 전하는 벼슬아치도 우스웠고, 곁에 모여 굽실굽실하며 마치 하늘님을 대하듯 하는 모든 사람들이 우스워 보이다 못해, 측은해 보였다.

"일부러 그랬던 것이 아니라 하지 않습니까요. 그리고 하나 덧붙이면 여기 끌려온 저 왜인들은 저와는 아무런 관계가 없는 사람들입니다요. 방면해 주는 것이 옳습니다요."

심정이 뒤틀린 살동은 용서를 구하기는커녕, 약을 올리듯이 꼬박

꼬박 말대꾸를 했다.

'어차피 죽을 목숨이다'라고 생각한 살동이었다.

선조는 살동이 꼬박꼬박 말대꾸를 하자, 부아가 치밀었는지 흥분을 했다.

"저런 흉악한 자가 있는가? 아직 네 죄를 뉘우치지 못하는 것 같구나. 여봐라, 저 반민이 자신의 죄를 깨우치도록 곤장을 매우 쳐라."

형졸들은 어명이 떨어지자, 사정 안 두고 살동을 내리쳤다. 오라로 꽁꽁 묶여 무릎이 꿇린 채로 문초를 받던 살동이었다. 곤장이 어깨를 강타하자, 그대로 앞쪽으로 고꾸라졌다. 엎어진 살동의 등짝으로 형졸들은 곤장을 연거푸 내려쳤다. 살이 튀고 뼈가 으깨져 나가는 느낌이었다. 살동은 신음을 내었지만, 죽을죄를 지었다는 소리는 입 밖에 내지 않았다.

"독한 자로구나. 죄를 깨우치고 뉘우치게 하는 방법이 없겠느냐?"

"능지처참을 시키면, 고통스럽게 죽어 가면서 죄를 깨우치는 경우가 있사옵니다."

선조가 마음이 분해, 곁에 있던 대신에게 하문하자, 형조참판이 얼른 대답했다.

"능지처참이라?"

선조가 능지처참이란 소리에 얼굴을 찌푸리며 되물었다.

"네! 그리하옵니다."

"전하! 능지처참은 역모를 일으킨 대역 죄인에게 내리는 형벌이옵니다. 또한 백주에 저잣거리에서 능지처참의 형벌을 시행하면, 그 소문이 사방에 퍼져 역모가 일어난 것으로 알고, 민심이 흉흉해지는 경우도 있습니다. 통촉하여 주십시오."

능지처참은 너무나 잔인한 형벌이라, 형의 집행을 관장하는 사람들조차도 참관을 꺼릴 정도였다. 차마 두 눈을 뜨고는 볼 수 없는 형벌이었다. 얼마나 잔인했으면, 형 집행에 참관을 한 후, 정신이 빠져 달아나, 올바른 삶을 살아가지 못하는 사람도 있었다. 이를 잘 아는 사간원의 대간이 재고를 건의했던 것이다.

"…"

"죽어가면서도 죄를 깨우친다면, 그것도 좋긴 하나, 저 아이가 대역 죄인이라고까지 할 수는 없지 않겠느냐? 그러니 저 반민을 성 밖에 내다가 참수하라. 반민의 일당이 분명한 왜구들도 성 밖에 내어, 함께 처형하라."

선조는 죄를 뉘우치지 않고 능글능글 말대답을 하는 살동이 속으로 괘씸했다. 자신의 권위에 굴복하지 않는 것 같아, 마음 같아서야 능지처참도 모자랐지만, 죄의 경중을 살펴 참수형에 그치도록 한 것이었다.

'나에게 무슨 죄가 있더냐! 죄라면 이 땅에서 천민으로 태어난 게 죄일 뿐이다. 내 다시는 이 땅에서 천민으로 태어나지 않을 것이다. 만일 천민으로 태어난다면 또 이 땅을 떠나리라. 이 땅에서 천민으로 살기보다는 차라리 왜구가 되어 마음대로 살아가는 길을 택할 것이다.'

곤장으로 온몸이 터져 피투성이가 된 살동과 신사부로 등, 왜구세 사람은 다음 날 오후 숭례문 밖 공터에서 참수되었다.

다음은 실록의 기록이다.

'임금이 인정전에 나와 군사를 벌려놓고 사화동 등을 문초한 뒤에 성 밖에 내여 목을 베게 하고, 의지(요시토시(義智)의 한자음)에게 내구마(內廐馬—사복시에서 기른 말) 한 필을 하사해 주고, 궁전 안에서 연회를 차려 주었다. 유성룡, 변협 등은 회답사를 보내어, 왜인이 트집을 잡지 못하게 하고, 또 왜인의 동정도 살피는 것이 좋을 것으로 주청했다. 조정의 논의가 비로소 일치되었다. 첨지 황윤길(黃允吉), 사성 김성일(金誠一)과 전적 허성(許筬)으로 통신사를 삼아 의지 등과 함께 4월(주: 1590년)에 바다를 건너고 7월에 왜국 도성에 이르렀다.'

대마도주의 재빠른 움직임 덕분에 살동과 포로들이 송환되었고, 선조는 직접 심문 후에, 살동과 그 일행인 왜인들을 처형했다. 그리고 그 답례로 정사에 황윤길, 부사에 김성일을 삼아 통신사를 꾸려, 왜에 파견한 것이 경인년(1590년)의 일이었다.

크리스천 영주

일본 본토를 좌와 우로 나눈다면, 일본의 왕도인 교토(京都)는 한반도에 가까운 좌편에 자리 잡고 있다. 8세기 후반 이후 헤이안쿄(平安京)가 들어서면서 왕도가 되었다.

왕도란 왕이 머무는 곳이니, 왕도가 된 교토 지역은 당연히 정치의 중심지가 되었다. 그러다 보니 교토와 그 부근 지역은 정치적 혼란기가 되면, 언제나 혼란과 병화에 휘말렸다.

교토는 북쪽이 산에 둘러싸여 있고, 남쪽으로는 넓게 분지가 펼쳐져 있는 지형이다. 왕이 머무는 궁은 평평한 분지 쪽에 자리 잡고 있었는데, 바로 옆 북서쪽의 산을 넘으면, 그곳에 또 하나의 분지가 있었다.

먼 옛날 그곳에는 커다란 호수가 자리를 잡고 있었다. 호수는 넓었고, 항상 물이 가득해 출렁거렸다. 그런데 신기하게도 호수 밑바닥에는 시뻘건 진흙이 잔뜩 깔려 있었다. 연유는 알 수 없었지만, 호수 바닥을 뒤덮은 붉은빛의 진흙은 호수 수면까지 우러나, 호수는 항상 진홍색의 빛깔을 만들어 내었다. 잔잔한 호수는 겨울이 되면 북쪽에서 내려온 차가운 삭풍에 용솟음을 쳤다. '휴잉, 휴잉' 소리를 내는 맵고 차가운 북풍은 구릉을 거슬러 올라와 호수의 수면을 거칠게 할퀴었고, 살을 에는 듯한 찬바람이 호수를 할퀼 때마다, 호수 밑바닥의 시뻘건 진흙은 요동을 치며 물보라와 함께 튀어 올랐다.

채찍을 휘두르는 것 같은 북풍의 모진 매질에 호수 바닥의 붉은 진흙은 마치 살점같이 뭉텅뭉텅 떨어져 나갔다. 바닥에서 떨어져 나간 붉은 진흙은 선혈이 되어 벌겋게 솟아올랐다. 바닥에서 떨어진 붉은 살점은 물보라와 섞여 핏빛을 뿜었다. 시뻘건 흙과 함께 물보라가 튀어 오르며, 피를 머금은 듯, 붉은빛을 띤다고 해서, 사람들은 붉을 단(丹), 물결 파(波)의 이름을 붙여 그곳을 단바(丹波 - 일본 한자음)라고 불렀다. 왕도인 교토와 가까워, 단바는 서쪽에서 왕도로 들어오는 중요한 지형이었다.

중세 혼란기였던 1550년경, 이곳 단바 지역을 다스리던 성주는 마츠나가 나가요리(松永長賴)였다. 그는 야기성을 거성으로 하며 단바 일대를 통치했다.

원래 단바 지역은 나이토(內藤)씨가 수호직(지방관리)으로 관리하던 지역이었다. 그런데, 당시 교토 주변에서 세력을 확장해 나가며 위세를 떨치던 미요시씨(三好氏)가 단바 지역을 공격했다. 싸움에서 패한 나이토씨는 영지와 성을 빼앗겼다.

마츠나가는 미요시씨의 수하 가신이었는데, 전투에서 무공을 세운 그에게 미요시씨는 그 공을 인정해 야기성을 주고, 그를 성주로 발탁하였다. 그런데, 지역 토호들이 그를 '날아온 돌'이라며 비방했다.

'내가 날아온 돌이라면, 이곳의 토호들은 박혀 있는 돌이다. 통치를 굳건히 하기 위해서는 박힌 돌을 빼내는 것이 급선무다. 확고한 지배를 위해서는 박힌 돌인 토호들을 제거하고, 지역민들의 인심을 장악해야 한다.'

야기성의 성주가 되어, 단바 지역을 다스리게 된 마츠나가는 지역의 특성과 민심을 단박에 간파해 냈다. 그는 야심이 많고, 권모술수가 뛰어난 인물이었다.

　'나에게 반발하는 세력은 비밀리에 무력으로 억누른다. 그리고 민심을 장악하여야 한다. 그러려면 대의명분을 만들어야 한다.'

　책략을 꾸민 그는 즉시 반발하는 토호들을 무력으로 제거했다. 그후, 민심을 수습하기 위해, 자신의 원래 정실을 몰아내고, 지역 민중들에게 신망이 높았던 전 영주 나이토 구니마사(内藤国貞)의 딸을 자신의 정실로 맞아들였다. 그리고 자신의 성씨인 마츠나가를 버리고, 대신 나이토씨의 성씨를 승계해, 자신의 이름도 나이토 무네카츠(内藤宗勝)로 개명을 했다. 습명(襲名)을 통해, 자신이 나이토 가문의 적통이라는 대의명분을 내세웠다. 스스로 정통성을 확보한 후, 구 가신들을 억누르고, 민심을 얻어 냈다.

　나이토의 성씨로 개명을 한 무네카츠는 자신의 후계자인 적자에게도 나이토의 성씨를 이어받도록 했다. 나이토의 성씨를 이어받은 무네카츠의 적자가 바로 임진왜란 때, 조선 침략 제1번대 대장 고니시 유키나가의 참모역을 맡는 나이토 죠안(内藤如安)이었다.

　죠안의 어릴 적 아명은 고로마루(五郎丸)였다. 어릴 때부터 성격이 조용한 편이었다. 그래서 무예보다는 학문을 좋아했다. 천주교에 심취한 유모의 영향을 받아 열다섯 때, 예수회 소속 선교사인 루이스 프로이스에게 세례를 받았다. 세례명은 돈 죠안(如安)이었다.

　루이스 프로이스는 선교사로 일본에 파견돼, 포교 활동을 하면서 외국인의 시각으로 일본 역사를 기록해, 『일본사』라는 역사서를 발간한 인물이다. 프로이스에게 세례를 받은 그는 나이토의 성씨와 세례명 죠안이 합쳐진 이름인 나이토 죠안으로 불리게 되었다. 전국시대(戰國時代)는 하극상(下剋上)이 난무하던 시대였다. 권모술수에 능하지 못하면 성주로서 살아간다는 것이 여간 힘든 일이 아니었다.

'권모술수도 성주의 역할도 싫다. 오로지 책을 가까이 하며 학문만을 할 수 있다면 얼마나 좋으랴!'

그는 무예보다는 책 보기를 더 좋아했으나, 성주의 적자로 태어난 이상, 그의 그런 바람은 한낱 부질없는 소원에 불과했다.

"성주가 될 자가 부하들에게 연약한 모습을 보여서는 안 된다."

부친인 무네카츠의 가르침이며 주의였다. 죠안에게는 가문을 짊어져야 할 책무가 주어졌던 것이다. 그런고로 그는 자신의 성격과는 다른 치열한 사무라이(무사)의 삶을 살아야만 했다. 태어남을 거부할 수도 없고, 무를 수 없듯이, 이 역시 거부할 수 없는 숙명이었다.

"도련님, 죠안 도련님! 영주님께서 찾으십니다."

죠안은 그날도 야기성의 별실에서 천주교 서적을 보고 있었다. 그런데 하인인 고스케가 평소와는 달리 급한 목소리로 죠안을 찾았다. 순간적으로 불길한 생각이 머리를 스쳤다. 그러나 동요하는 모습을 내비치진 않았다.

"무슨 일인가?"

"영주님께서 위독하십니다. 어서 모셔 오라는 분부가…."

말이 채 끝나기도 전에, 죠안은 용수철처럼 튕겨 일어났다. 그는 부친인 무네카츠가 누워 있던 천수각으로 잰걸음을 옮겼다. 마음이 급한 탓인지 오늘 따라 천수각으로 오르는 층계가 몹시 가파르고 멀게 느껴졌다.

일본에서는 오우닝(應仁-1467년)의 반란 이후, 그때까지 전국을 지배해 오던 쇼군(將軍-장군의 일본 한자음. 무신의 최고 권력자)의 통치력이 약화되면서, 그 아래에서 수호(守護)직으로 토지를 관리하던 무장들이 지역 토호가 돼, 스스로 무력을 갖추고 영주가 되었다. 이로 인해 교토에 있던 조정을 중심으로 이루어졌던 중앙 집권 구조가 흔들렸다.

중앙 집권의 중심축이던 쇼군의 세력이 약화되자, 각 지역의 수호들은 전국에서 영토 확장을 위해 싸움을 일으켰다. 이른바 전국시대(戰國時代)의 개막이었다. 바꿔 말하면 무신의 시대였다. 무력이 곧 권력이었고, 무력을 지닌 자만이 출세를 했고 대우를 받았다.

문(文)은 경시되고 무(武)가 우대받는 사회가 돼 버리자, 무력을 지닌 자들은 모든 것을 무력으로 해결하려 하였다. 일본 각지에서 하극상이 만연했다. 무력만 있으면 부하가 반란을 일으켜 주군을 몰아냈다. 그뿐 아니었다. 그들은 자신들의 세력과 영토 확대를 위해, 주변 지역과 싸움을 일으켰고, 민중들은 그들의 전쟁놀이에 휘말려 피를 흘려야 했다.

이렇듯 무인 정권의 최고 권력자인 쇼군이 실권을 상실하며, 중앙 집권적 통치가 불가능한 혼란의 시대로 접어들자, 그 피해는 고스란히 민중에게 돌아갔던 것이다.

지방 토호에 지나지 않았던 무신들은 처음에는 약간의 무력만을 지녔으나, 전국시대가 계속되면서 그들은 점차 무력을 강화해, 세력을 확대해 나갔다. 지배 영역을 넓힌 일부 영주들은 처음에는 지역의 맹주 노릇을 하였으나, 점차 힘을 더해, 마침내 전국을 통일할 만한 규모의 유력 영주로 성장을 해, 천하 지배를 노리게 되었다.

다케다씨, 이마가와 가문, 오다 가문 등의 신흥 세력이 그들이었다. 이들은 철포의 도입을 통해 강력한 화력을 손에 쥐자, 점차 세력을 확대해 나갔는데, 야심가인 이들은 미카토(帝—왕의 일본 말)가 있는 교토에 입성해, 미카토를 허수아비로 세워 놓고, 자신들이 천하를 호령하고 다스리려 하였다.

그 대표적인 사건이 이마가와 요시모토가 교토로 진출하려다 오다 노부나가에게 쓰러진 오케하자마 싸움(1560년)이었다. 전국 각지에서 이러한 신흥 군소 세력들이 급부상하게 되자, 교토 주변에서 맹주 역할을 하였던 미요시씨 등의 구세력이 급속하게 쇠퇴했다. 미요시씨의 몰락과 더불어, 이들을 주군으로 섬기던 나이토 가문도 점차 그 위력을 상실해 갔다.

나이토 가문의 세력이 약해지자, 단바 지역에도 아카이씨와 하다노씨라는 새로운 무력 세력이 등장했다. 이들은 무네카츠가 통치하던 단바 지역과 야기성의 허점을 노리며, 호시탐탐 기회를 엿보고 있었다.

그러다가 1565년, 야기성을 위협하던 아카이씨가 자신의 군사를 이끌고 단바 지역으로 침입해 들어왔다.

나이토 죠안의 친부이며 야기성의 성주였던 무네카츠는 이를 응징하기 위해 친히 군사를 거느리고, 성을 나와 아카이씨군과 싸움을 벌였다. 그러나 양쪽의 전력은 막상막하였다. 승부가 좀처럼 결말이 나질 않았다.

'지겨운 싸움이다.'

싸움이 쉽사리 결말이 나지 않자, 일진일퇴를 거듭하는 장기전이 되었고, 양쪽 병사들은 모두 지쳐갔다. 무네카츠는 교착 상태가 지속되는 싸움에 종지부를 찍고자 했다.

'안되겠다. 공세를 가해 저들을 몰아내야지. 더 이상 이 같은 상태가 지속되면 위험할 수도 있다.'

무네카츠는 질질 끌리는 싸움을 끝내려, 총공세를 취했다. 그는 싸움에서 승리하는 것보다는 총공세를 통해 아카이씨의 후퇴를 끌어내려 하였다.

"총공격이다. 적을 몰아내라."

사기를 북돋우기 위해 그는 자신이 직접 선봉에 섰다. 그러자, 맹렬한 공격을 받은 아카이씨는 산속으로 피해 도망갔다.

"살려 두지 마라."

상대가 도망치자, 그는 처음 계획과는 달리 욕심을 부렸다. 도망치는 아카이 병사들을 소탕하려, 산속으로 쫓아 들어간 것이다. 상대도 호락호락하진 않았다. 후퇴를 하면서도 곳곳에 복병을 숨겨 놓았는데, 그만 습격을 받은 것이었다.

"야압. 받아라."

숲속에서 튀어나온 적장이 그를 노리고 칼을 휘둘렀는데, 그의 왼쪽 어깨를 깊이 파고 들어갔다.

"주군. 주군."

주위에 있던 가신들이 상대를 몰아내, 다행히 목숨은 건졌으나, 칼은 갑옷을 뚫고 들어가, 팔이 덜렁거릴 정도의 부상을 입었다. 상대를 물리치긴 하였으나, 자신은 심한 부상을 입게 된 것이었다.

'아, 욕심이 화를 불렀구나.'

무네카츠는 겨우겨우 자신의 거성인 야기성으로 돌아왔으나, 상처가 깊었다. 갖은 수단과 방법을 다해, 상처를 치료했으나 백약이 무효험이었다. 칼로 맞은 상처라 파상풍이 퍼져 온몸은 시커멓게 변해 갔다. 약도 변변칠 못했다.

'전장에서 잔뼈가 굵은 내가 이까짓 상처를 못 이겨 내다니….'

무네카츠 역시 하급 무사로 출발해, 출세만을 위해 삶을 살아왔다. 전장을 누비며 닥치는 대로 적을 베고 찔렀다. 출세의 화신인 그는 피도 눈물도 없었다. 필요한 것은 오직 권모술수를 통해 상대와 경쟁자들을 제압하거나 제거하는 일뿐이었다. 인정사정없이 독하게 굴었기 때문에 능력을 인정받아 성주가 되었다고 굳게 믿었으며, 스스로도 자신의 행위를 잘한 일로 자부하고 있었다.

231

'병가지상사', 병가에서 죽고 사는 것이야 늘상 있는 일이라지만, 허무한 삶이로다. 무엇을 위해 남을 밟고 희생시키며 애를 쓰며 살아왔던가!'

그런데, 죽음을 앞두고서, 이제껏 애를 쓰며 살아왔던 삶이 허망하게 느껴졌다. 죽음을 받아들일 수밖에 없는 자신의 무력함과 한계가 너무 안타까웠다.

"누구 없느냐? 죠, 죠안을 불, 불러들이도록 하라."

그는 말을 하기도 힘든 통증을 참아가며, 시종을 부르면서도 저승사자들이 찾아왔는지 이미 헛것을 보고 헛소리를 냈다. 그는 자신의 삶이 얼마 남지 않았다는 것을 직감하고는, 무사답게 죽음을 받아들이기로 했다.

'이제 미련을 버리고 죠안에게 후사를 넘기도록 하자.'

설마 자신이 이까짓 상처로 죽을 거라고는 믿지 않았던 그였다. 그러나 이제는 더 이상 미룰 수가 없었다. 가통을 적자인 죠안에게 넘겨주기 위해서는 공식적으로 유언을 남겨야 했다. 일생을 권모술수와 책략으로 살아온 그에게는 믿을 만한 사람이 없었다.

"아버님 부르셨습니까?"

죠안은 파상풍으로 고통스러워하는 부친을 보며, 곁으로 다가가 무릎을 꿇고는 손을 잡았다. 그렇게 용맹스럽고 호탕했던 부친의 얼굴이 거무죽죽한 흑빛으로 변해 있음을 보고는 안타까운 마음에 눈물을 흘렸다.

"죠안. 이제 얼마 안 남은 것 같다. 눈물을 거두고, 내가 하는 말을 잘 들어라."

무네카츠가 몸을 일으키려 애를 쓰자, 시종이 등 뒤로 손을 넣어 반쯤 일으켜 세웠다. 반쯤 앉은 채로 죠안을 바라보는 그의 얼굴은 심하게 일그러져 있었다. 곁에서도 그 고통을 느낄 수 있을 정도였다. 이미 얼굴에는 죽음의 그림자가 시커멓게 퍼져 있었다.

"오늘부터 가통을 이어받아, 야기성의 영주로서 단바를 통치하거라."

"아버님, 일어나셔야 합니다. 아직 제가 성주가 되기엔 이릅니다. 약하신 말씀을 하셔선 안됩니다."

"단…단바의… 토족 출신… 구 가신들을 조심…하여야 한다."

무네카츠는 칼로 맞은 어깨의 통증이 심한지, 말을 끊었다가는 다시 잇길 반복하며 유언을 남겼다.

"명심하라. 당…분간은 싸움을… 삼가고… 모, 모든 문제는… 히사히데… 백, 백부와 상의…하…거…라."

무네카츠는 말을 채 끝내지 못하고 가슴을 부여잡으며 얼굴이 시커멓게 변해서는, 피를 토하며 숨을 거두었다. 향년 49세였다. 권력은 나눌 수 없는 것이라며, 주변 사람을 믿지 못해, 일생을 의심으로 살다가, 허망하게 세상을 떠나게 된 것이었다.

친부의 사망에 따라 나이토 죠안은 열여섯의 어린 나이에 가통을 이어받았다. 그런데 무네카츠가 죽고 나자, 곧바로 단바 지역의 토족 출신들이 들고 일어났다. 이들은 주로 나이토 가문의 구 가신들이었다. 무네카츠 지배하에서 신하 노릇을 하였던 자들이었다. 어쩔 수 없이 굴복해 오던 이들은 무네카츠가 죽고 나자, 이를 절호의 기회로 여겼다. 그들은 죠안이 어리다는 것과 정통성이 결여됐다는 이유를 들어, 권력을 탈취하려 했다. 어린 죠안은 전전긍긍하다가, 방법이 없자 친부의 유언대로 백부인 마츠나가 히사히데(松永久秀)를 찾았다.

"당분간 야기성으로 돌아가지 말고 내 밑에 있거라. 내가 모든 걸 처리하마."

죠안이 찾아와, 구 가신들의 반란과 그에 대한 응징을 상의하자,

233

히사히데는 아무 걱정하지 말라는 듯, 미소를 띠우며 조언을 했다.

"그럼, 전 모든 것을 백부님께 맡기고 기다리겠습니다."

죠안의 백부 히사히데는 동생인 무네카츠보다 더 무서운 지략과 권모술수의 화신이었다. 후에 전국시대 삼대 간웅(奸雄) 중 하나로 일컬어질 정도의 인물이었다.

'새로운 성주가 나이가 어려, 아무것도 모르니 당분간 가신들이 모든 정무를 돌보아야 할 것이오. 그러니 구 가신들에게 그 역할을 부탁하고 싶소.'

죠안의 부탁을 받은 히사히데는 야기성의 구 가신들에게 화해를 청하는 척, 서신을 보내 초청을 했다.

"이제야 우리들의 오랜 목적이 성취됐오."

야기성의 구 가신들은 기뻐하며, 그 초청을 받아들였다. 그러나 그들은 히사히데가 길목에 매복시켜 놓은 자객들의 습격을 받아 모두 목이 떨어졌다.

"괘씸한 놈들, 본보기를 보여라."

이들의 목은 오랫동안 야기성 성벽 아래에 효수되었다. 죠안의 반대파인 구 나이토의 가신 세력을 일소한 히사히데는 조카인 죠안을 야기성의 성주로 앉히고는, 자신이 그 후견인이 되었다. 명목은 후견인이었지만, 그가 실질적인 통치자였다.

백부인 히사히데의 술수로 형식적으로나마, 야기성의 성주 자리를 지키게 된 죠안이었지만, 그는 천성적으로 무력이나 싸움보다는 서책과 학문을 즐겼다. 성주직을 맡긴 하였지만, 모든 군사적 자문과 통치를 백부에게 의지했다. 그리고 자신은 영지 확장을 위한 싸움보다는 학문과 신앙에 심취하였다.

그는 정치보다 천주교의 교리에 더 관심이 많았고, 선교에 앞장서, 영지 내의 많은 사람들이 그의 권유로 가톨릭교도가 되도록 하였다. 게다가 한문 서적을 많이 읽어 한학에도 조예가 깊었다.

자신의 친부와 달리, 하극상과 권모술수가 만연하는 혼란의 시대 상황에도 나이토 죠안만은 무력에 의한 통치보다는 문치를 통해 영지민들을 다스리고, 안녕을 추구한 당시로서는 보기 드문 영주였다.

동인과 서인

음력 사월에 접어 들어서자 햇볕은 한결 밝고 따뜻했다. 지난겨울은 무척이나 추웠다. 그래도 어김없이 봄은 찾아왔고, 세상을 에어낼 것 같이 매섭게 추웠던 그 겨울도 성큼 다가온 봄에게 자리를 양보한 채, 어느덧 멀리 밀려나 있었다. 그 어떤 것도 자연의 섭리를 벗어날 수 없다는 진리였다. 음과 양, 오행으로 이루어진, 이른바 삼라만상의 자연 순환의 법칙이 그러했다. 생명을 얻어 태어남이 있고, 성장하여, 크게 기승한 후, 서서히 쇠퇴해 사멸해 가는, 자연스런 세상의 순리였다.

임진왜란 세 해 전인 1589년, '정여립이 대동계를 만들어 선조를 몰아내고, 왕이 되려한다는 고변'이 있었다. 놀란 선조는 어명을 내려 정여립을 잡아들이라 했다. 하지만 이를 안 정여립은 토굴 안에서 목숨을 끊었고, 그가 죽자 고변은 유야무야 끝나는가 했는데, 웬걸 이게 당파 싸움으로 번져 나갔다.

"역적 정여립과 한패인 동인들을 벌해야 하옵니다."

"아니옵니다. 이는 서인의 모함이옵니다."

선조에게는 정여립과 연루된 자를 처벌해야 한다는 상소가 끊이질 않았고, 결국 정여립과 관련된 옥사가 약 두 해 동안 이어졌다.

정여립은 원래 서인인 율곡을 숭모해, 그의 문하생으로서 서인에 속해 있었다. 그런데, 당시 집권 세력이었던 동인 세력과 가까이 지내더니, 서인을 비판하기 시작했다. 선조는 율곡의 학문을 높이 사, 그를 가까이 했는데, 정여립이 그를 비판하자, 배신으로 보고 이를 마땅치 않게 여겼다. 그러자, 정여립은 수찬의 벼슬을 버리고 낙향했는데, 김제와 진안을 거점으로 장정들을 모아 대동계를 조직한 후, 계원과 함께 무술 연마 등을 하였던 것이다.

이는 곧, '정여립이 대동계를 끌고 임금을 몰아낸 후, 왕위를 차지하려 한다'라는 소문으로 퍼졌고, 역모로 고변을 당했던 것이다.

그러자, 서인이었던 정철이 주도해, 정여립을 동인과 연결시켰고, 위관으로 임명된 후에는 많은 동인들을 역적으로 몰아붙여 처형했다. 약 두 해에 걸쳐 계속된 옥사에서 팔백여 명이 처형됐고, 수백 명이 유배를 당했다 하니 얼마나 큰 정변이었는지 미루어 짐작할 수 있다.

아무튼 정여립의 모반 사건 이후 임금이 있는 궁궐은 한시도 조용한 적이 없었다. 정승 판서들은 파벌과 당파로 나뉘어져 싸웠다. 옳고 그름이 가치 판단의 기준이 아니라, 내 편이냐 네 편이냐가 기준이 되었다. 파벌로 갈라진 그들은 대의명분 운운하며 서로 자신만이 옳다 하고, 상대의 말은 무조건 그르다 하였다.

정국이 이리 갈리니, 하찮고 사소한 일에도 조정의 중신들은 서로 시비를 논하며, 하루가 멀다 하고 상대 당을 비난하는 상소를 올려 댔다. 임금인 선조는 하루도 마음 편할 날이 없었다.

그런 즈음에 일본의 동향과 히데요시가 어떤 인물인지를 살피기 위해 파견했던 통신사가 돌아왔다는 장계가 올라왔다.

"오, 어서 궁으로 들라 하고, 대신들을 소집하라. 내 대신들과 직접 통신사의 의견을 들어보고 싶구나."

선조는 거친 현해 바다를 건너 한 해 이상에 걸쳐 일본에 다녀온 정사 황윤길과 부사 김성일의 노고를 진심으로 치하하며 그들에게 정확한 보고를 듣고자 했다.

그런데, 함께 일본에 다녀온 황윤길과 김성일은 어전에서 서로 다른 소리를 해 댔다.

"전하, 왜왕 풍신수길(豊臣秀吉-히데요시의 한자음)은 얼굴 생김새가 족제비의 형상을 하고 있었습니다. 게다가 눈이 날카로워 호전적인 인물이 틀림없습니다. 그 부하들도 수길의 명령에 따라 모두 전쟁 준비에 임하고 있는 모습이었습니다. 미리 대비하지 않으면 큰 병화를 입을 것으로 사료되옵니다."

정사 황윤길의 보고였다. 그는 서인이었다.

"전하, 그렇지 않사옵니다. 신이 본 바로는 그런 움직임은 전혀 느낄 수 없었습니다. 수길은 싸움으로 왜왕이 되었다고는 하지만, 본바탕이 천민 출신이라 행동도 경박하고 천박했습니다. 조선과 명을 침략할 그런 대범한 인물로는 보이지 않았습니다. 확실한 증거도 없이 병화에 대비한다며, 국고를 낭비한다면, 오히려 백성들에게 커다란 민폐를 끼치게 될 것입니다. 통촉하시옵소서."

부사로 다녀온 김성일의 의견은 정사 황윤길과 달랐다. 그는 동인이었다. 두 사람의 해석이 서로 갈라지자, 선조는 혼란스러웠다. 사절단이 본래의 임무를 망각하고, 동서 파당으로 갈라져, 정사와 부사가 서로 다른 보고를 해 대니, 임금은 누구의 말이 사실인지 판단할 수가 없었다.

'누구의 말을 믿어야 할지 참으로 난감한 일이로다.'

누구 말을 믿느냐에 따라, 결과가 달라지기 때문인지라 선조는 갈피를 잡지 못하고 대신들의 의견을 물을 수밖에 없었다.

그런데, 설상가상으로 이번에는 조정 대신들의 의견도 당파에 따라 둘로 갈라졌다.

서인들은 황윤길의 의견을 따라, 병화에 대비해야 한다는 주장을 내세웠고, 동인들은 김성일의 주장에 일리가 있다며, 근거도 없이 병화에 대한 준비를 하다가는 그 민폐가 클 것이라 역설을 펼치며, 반대를 해 댔다.

조정 대신들은 정사와 부사 중, 누구의 말이 근거 있는 말인지 알려고 하지 않았다. 자기들이 직접 보질 못했으니, 알 길이 없었다. 그렇다면 누가 더 객관적인지를 따져야 하는데, 그렇게 하지 않았다. 그들은 오로지 파벌에 따라 갈라졌다. 아직 일어나지 않은 일이니, 누구도 당장 이를 증명할 방법은 없었다. 그럴듯한 논리와 이유를 붙이면 되었다. 서로 자신들이 옳다며 갑론을박했으나, 실제로는 아무런 논리도 근거도 없었다.

'목소리 큰 놈이 이긴다'라는 말 그대로였다. 시비를 판단할 합리적 논리도 지식도 없는 자가 엉뚱한 소리를 해 대도, 그 허점이나 문제점이 지적되지 않았다. 목소리만 크면 됐다. 경박하고 잘못된 수작임을 알면서도 대신들은 자기 당이면 무조건 옳다고 외쳤다. 역으로 아무리 옳은 소리라도 상대당의 의견이라면 기를 쓰고, 반대를 외쳤다.

'해가 서쪽에서 뜬다 해도, 내편이라면 옳다'라는 논리였다.

서인인 황윤길은 정사로서 보고 들은 바와 느낀 바를 사심 없이 그대로 보고하였다. 그런데 김성일은 원래부터 서인인 황윤길과 성격이 맞질 않았다.

"정사랍시고 거들먹거리는 꼴이라니⋯."

부사인 그는 황윤길이 정사라고 상석에 앉는 것도, 또 그의 태도도 도무지 마음에 들지 않았다. 자신의 의견에 확실한 근거가 있는 건 아니었지만, 황윤길의 의견 또한 명백한 근거가 없다고 판단했다. 그야말로 '코에 걸면 코걸이, 귀에 걸면 귀걸이'라는 사고였다.

김성일로서는 여러 가지 입장에서 정사인 황윤길의 판단을 부정하고 싶었다. 또한 자신이 속한 집권 세력인 동인으로서는, 전쟁 분위기가 되면 이도 부담이 되었다. 우선 전쟁을 준비하기 위해 많은 국고가 탕진될 것이고, 부역이 동원될 것이다. 그렇게 되면 민폐가 발생할 것이고, 여론은 좋지 않은 쪽으로 기울어질 것이다. 그리되면 서인들이 득세하게 되고, 자신들 동인의 집권도 평탄하다고 보장할 수 없었다.

동인의 입장에서는 서인인 황윤길이 정사로 임명된 것부터 못마땅하였다. 그런데 같은 동인인 김성일과 의견이 갈리자, 동인들은 황윤길의 의견을 무조건 잘못된 것으로 몰아붙였다. 그런 이유로, 그들은 김성일의 의견대로 '왜인의 침략은 없을 것'으로 결론지었다.

이렇듯 정사와 부사의 보고가 정반대로 갈라지자, 비싼 비용을 들여 일 년여에 걸쳐 파견한 사절단의 보고는, 아무런 판단 근거도 못 되는 무용지물이 되어 버렸다. 조정 회의는 아무런 결과도 못 얻고, 흐지부지 끝나 버렸다.

"학봉(김성일의 호), 오랫동안 객지에서 고생이 많으셨습니다. 그런데 왜국의 움직임이 어떠했소? 학봉께서는 진정으로 병화가 없으리라 장담하십니까?"

유성룡은 조정에서 나오자마자, 곧장 김성일의 집을 찾았다. 그는 김성일과 같은 동인에 속해 있었다. 김성일이 네 살 연상으로, 서로 존대를 하는 사이이긴 하였지만, 같은 당파에 속한 이들은 막역지우 같은 친구 사이로 지내고 있었다.

유성룡은 김성일의 속마음이 궁금했다. 그래서 왜국에 직접 다녀온 그에게 왜의 움직임을 정확하게 묻고 싶어, 일부러 그를 따로 찾은 것이었다.

"서애(유성룡의 호), 그것을 누가 알 수가 있겠소. 확실한 근거도 없는데, 황윤길 대감이 마치 자신만이 사실을 안다는 듯이 상감께 여쭈니, 부아가 치밀어서 그랬소."

김성일은 유성룡의 말에 답을 하면서, 답답한 자신의 심정을 알아달라는 듯이, 말하고는, 주안상에 놓인 술잔을 들어 올려, 입에 붓듯이 들이켰다.

"그럼, 침략 움직임이 있다는 말이오?"

"어허, 서애. 이렇게 보면 이런 것이오, 저렇게 보면 저런 것이 아니겠소. 침략이 있을 것으로 보면, 그렇게 보일 것이고, 없을 것으로 보면 또 그렇게 보이는 것 아니겠소. 우리가 풍신수길의 배를 가른다고 그 속을 알 수 있겠소?"

"으음."

유성룡은 조용히 술잔을 들어 목을 축였다. 있는 그대로의 사실을 말해 주면 정세를 판단하는 데 도움이 되겠건만, 김성일은 보고 들은 사실을 말하기보다는 감정만을 앞세웠기 때문이었다.

"학봉, 만일 황윤길 대감의 말이 맞는다면 나중에 어찌 감당하려 하시려오?"

"풍신수길이 우리 앞에서 입 밖에 내고 호언장담을 한 것도 아닌데 어찌 왜국의 침략을 장담할 수 있겠소. 황 대감의 의견이 맞나, 내 의견이 맞느냐는 앞으로 두고 볼 일일 뿐. 지금 이 시점에서야, 누구 말이 맞는지를 누가 알 수 있겠소. 어차피 탁상공론일 뿐이오."

"그야 그렇지요. 앞으로의 일이니, 신령이 아닌 다음에야 그걸 어찌 알 수 있겠소. 그런데 황 대감의 의견이야, 침략이 없으면 단지 틀린 의견으로 치부되어, 후일에 책임질 일이 없을 것이오만, 만일 왜국의 침략이라도 있게 되면, 대감은 주상 앞에서 거짓을 고한 게 되어, 그 죄를 고스란히 받아야 할 것이니, 내 심히 안타까와 그럽니다."

241

"이제 와서 쓸어 담을 수도 없는 일. 일이 이렇게 됐으니 두고 볼 수밖에 없지 않겠소. 그러나 만일 왜국의 침략이 없다면 황 대감도 거짓으로 상감을 기망하고 민심을 동요시킨 게 되니, 그 죄 또한 가볍지는 않을 것이오. 또한 그것을 빌미로 서인을 몰아붙일 수 있으니, 아주 잘못된 것만은 아니라 생각하오."

"…."

결국 동인들의 강력한 주장으로 병화는 없을 것이라는 김성일의 의견이 조정 국론으로 채택되었다.

'병화는 없을 것이다'라는 김성일의 보고가 국론으로 채택된 가장 큰 배경은 김성일이 동인에 속했다는 것과, 그들이 정국을 주도하고 있기 때문이었다.

만일 왜국의 침입을 기정사실화해, 병화를 대비하는 쪽으로 국론이 정해지면 그 소문은 삽시간에 퍼져 민심이 동요할 것은 뻔한 일이었다. 그렇게 된다면 정국을 장악하고 있는 동인 자신들의 입지가 흔들릴 것은 필지의 사실이었다.

자신들이 주도권을 잡고 있지만, 임금의 마음에 따라 얼마든지 서인들이 요직을 차지하여 정국을 주도할 수도 있는 상황이었다. 그들은 서인들이 자신들의 대체 세력으로 존재하고 있는 한, 결코 안심할 수 없었다. 게다가, 요 몇 년 동안 흉년이 계속되어 백성들의 생활이 어려웠던 터였다. 궁궐의 재정도 핍박했던 터라, 전쟁을 대비한 물자를 갹출하기가 어렵다는 판단도 한몫했다.

'왜국의 침략은 없다. 이는 모두 유언비어다.'

동인들의 당론이었다. 이후 동인들은 철저하게 왜국의 침략론을 부정했으며, 이를 모두 유언비어로 치부했다.

병화는 곧 국방에 관한 일이라, 이는 곧 나라의 흥망이 좌우되는 중대 사안이었다. 그러므로 '돌다리도 두드려서 건넌다'라는 심정으로, 사실을 확인하는 일은, 그들이 금과옥조처럼 여기는 종묘사직의 보전을 위해서도 중요했다. 그런데 임금인 선조와 조정 중신들은 아무런 조치도 취하지 않았다. 귀찮아서 그랬는지, 무사안일에 빠졌는지, 아무튼 그냥 방치했다.

또 하나 그들은 사실을 확인하려는 노력보다는 같은 당파인가 아닌가를 우선시했다. 사실 여부는 그리 중요치 않았다. 같은 편이냐, 아니냐에 따라, 사실이든 진실이든 얼마든지 달라질 수 있다는 논리였다. 당파에 따라 사실도 거짓이라 우기면 거짓이 되고, 거짓 또한 사실이 되는 판국이었다.

'까짓 사실인들 거짓인들, 그게 무에 그리 대수랴. 진실은 무엇이며, 진리는 또 무엇이냐? 이 세상에 불변의 진리가 어디 존재하랴!'

그들에게 진리의 절대적 기준은 당파 또는 자신들에게 오로지 이익이 되느냐, 안 되느냐였다. 자신들의 이해관계와 당파로 엮어진 조정 대신들의 논리가 그러했다.

국가 흥망, 백성들의 안위, 그런 건 명분일 뿐이었다. 그들에게는 아무런 의미 없는 공허한 메아리요, 장식품일 뿐이었다.

243

출정

저벅 저벅 저벅.

"츠시마(대마도의 일본명)대는 승선하라. 대열을 유지하라."

어둠이 채 가시지 않은 새벽녘이었다. 동편의 해는 아직 떠오를 기미도 보이지 않아, 사위는 어두컴컴했고, 바다는 시커먼 빛을 뿜어 냈다.

대마도의 오우라(尾浦)항이 한눈에 내려다보이는 서쪽 구릉 위에서 갑옷으로 무장을 한 왜장 하나가 착잡한 표정으로 군사들의 승선을 지켜보고 있었다.

조선 침략군 제1대 총대장 고니시 유키나가(小西行長). 앉아 있는 의자 뒤쪽으로는 장막이 빙 둘러쳐져 있었고, 양옆에는 허리에 칼을 찬 근위장들이 굳은 얼굴을 한 채, 부동자세로 서 있었다. 앞쪽에는 초병으로 보이는 자들이 창을 곧추 세우고, 횡렬로 도열해 사방을 경계하고 있었다. 군막 안팎의 공기는 사뭇 삼엄하면서도 무거웠다.

"저기 승선하는 대열이 츠시마대인가?"

무언으로 선착장을 내려다보던 유키나가가 무거운 분위기를 깨려는 듯, 낮은 목소리로 말을 꺼냈다.

"예, 횃불에 비추는 깃발을 보니 그렇습니다. 주군."

유키나가의 갑작스런 질문에 옆에 있던 근위장 하나가 황공하다는 표정을 지으며 얼른 답했다.

"흐으음."

유키나가의 입에서 신음소리가 새어 나오는가 싶더니, 다시 침묵이 이어졌다.

휘이익. 파락파락.

쌀쌀한 새벽바람이 듬성듬성 이어 놓은 군막의 빈틈을 파고 들어오는지, 바람 소리에 이어 천막이 떨리는 소리가 군막 안으로 울려 퍼졌다. 얼굴에 와 닿는 바람은 차가웠다. 새벽 냉기를 애써 외면하며 유키나가는 미동도 않고 언덕 아래 선착장을 뚫어져라 응시하고 있었다.

그의 나이 당시 서른넷. 윤곽이 뚜렷하고 얼굴빛이 희어 겉으로 보기에는 무장보다는 학자에 가까운 이지적인 모습을 하고 있었다. 국제 교역 도시 사카이를 나와 비젠성의 성주 우키타의 눈에 들어 사무라이가 되었던 그였다. 젊은 시절의 미남형의 윤곽이 그대로 남아 있었다. 오랫동안 전장을 누비며 전투와 권모술수로 잔뼈가 굵어, 영주직을 차지한 그였다. 웬만한 일에는 꿈쩍도 않았던 그였는데, 오늘따라 그의 표정에는 비장함이 감돌았다.

언덕 아래 선착장에는 조선 출정의 명령을 받고 대마도에 모여든 병사 일만 팔천이 군선에 올라타느라 분주했다. 병사들은 모두 창과 칼, 철포 등으로 무장하고 있었다.

"으음."

싸움을 앞둔 살풍경의 어수선함을 느끼며, 유키나가는 다시 한 번 크게 한숨을 내쉬었다.

"승선이 끝나는 대로 바로 출항한다. 우리 츠시마대가 선두에 선다."

요시토시(宋義智–소요시토시)는 부장들에게 선두에 서라는 명령을 내리며 유키나가 쪽을 향해 공손히 허리를 숙였다. 그는 약관의 나이

245

에 도주의 자리를 물려받아 대마도를 통치하고 있었는데, 제1번대 총대장 유키나가의 사위이기도 했다.

"명일 새벽 조선으로 출정할 것이네."

조선 출정은 전날 전격적으로 결정되었다. 약 한 달간을 대마도에 머물며 조선 출병을 가늠하던 총대장 유키나가가 결단을 내린 것이다. 출정을 결정한 유키나가는 사위인 요시토시를 따로 불러들였다.

"히데요시(豊臣秀吉-도요토미 히데요시) 전하로부터 즉시 출정하라는 명령이 내려왔네. 이젠 더는 머뭇거릴 수 없음을 이해하게. 더 꾸물거리다간 우리 모두의 목숨이 성치 못할 것이야."

유키나가는 다다미방 상좌에 앉아 사위 요시토시를 굳은 얼굴로 바라보았다. 조선과의 화평 교섭을 이제 그만 체념하라는 듯한 명령 반 조언 반의 말투였다. 구절마다 힘이 들어가 말의 매듭이 딱딱 끊어졌다. 말투에 토를 달지 말고 따르라는 무언의 강요가 배어 있음을 알 수 있었다.

"잘 알겠습니다. 장인어른, 그럼 명령을 받아 내일 미명에 출정하도록 준비하겠습니다."

도주 요시토시도 더 이상 출정을 저지시키는 것이 무리임을 알았다. 이젠 조선과의 화평을 유지해야 한다는 자신의 주장을 접을 수밖에 없었다. 장인의 곤혹스러워하는 얼굴에서 그 심정을 충분히 이해할 수 있었다. 출정을 위해 각오를 새롭게 해야 했다. 그는 장인의 심기를 어지럽게 할 것 같아, 고개를 숙여 예를 표한 후, 그대로 물러나왔다.

요시토시 역시 히데요시의 독촉이 없었다 하더라도 출정을 하지 않으면 안 될 지경이었다. 통신사가 다녀간 후, 화평 교섭을 위해 조선에 파견한 사절로부터는 여전히 아무런 답신이 없었다. 게다가 약

이만에 가까운 군사가 한 달여를 대마도에 머물다 보니 양식에서뿐만 아니라, 여러 문제가 발생했다.

병사끼리의 폭행, 도민들에 대한 약탈, 아녀자 강간 등이 끊이질 않았다. 도민들에 대한 폐해가 이만저만이 아니었다.

'각 부대는 출정 준비를 하고, 명일 미명까지 오우라항으로 집결하라.'

유키나가는 사위인 요시토시에게 가장 먼저 출정을 알린 후, 곧 전령을 띄웠다. 각 부대를 끌고 있는 영주들에게 군령을 전달하기 위해서였다. 군령에 이의를 다는 영주는 없었다.

그만큼 군령은 엄격했다.

"주군. 각대의 영주님들이 군막 쪽으로 올라오고 있습니다."

군막 안에 앉아 있던 유키나가에게 근위장이 다가와 보고하였다.

"따뜻한 차를 준비해 놓아라."

유키나가는 간이 의자에서 일어나 장막 앞쪽으로 발걸음을 옮겼다. 각 부대를 끌고 있는 영주들이 말을 타고 언덕을 올라오는 것이 보였다. 승선에 앞서 총대장인 자신에게 예를 표하고자 군막 쪽으로 다가오는 것임을 짐작할 수 있었다.

찻물을 끓이느라 피워 놓은 화로의 불이, 냉랭하고 삼엄했던 군막 안의 공기를 따뜻하게 데워 놓았다. 유키나가는 군막 안으로 들어온 영주들에게 차례차례 따뜻한 차와 함께 격려의 말을 건넸다.

"츠시마 도주가 앞에 설 것이오. 그 뒤를 따르시오. 쉽지 않은 항해 길이 될 터인즉, 모두들 조심하길 바라오. 무운을 빌겠소."

"그럼 먼저 승선을 하도록 하겠습니다."

차를 나눠 마시고, 서로 예를 표한 후, 오우라항을 향해 내려가는 각 대의 영주들을 유키나가는 다시 한 번 착잡한 표정으로 바라다보았다.

'후우, 결국은 이렇게 되고 말 것을…. 무엇을 위해 그렇게 애를 썼단 말인가?'

유키나가는 일본 규수 지방, 히고(肥後-현 구마모토 지역)의 영주였다. 그는 일본 전국을 통일해 천하인이 된 히데요시의 측근 심복이었다. 조선 침략 제1번대 대장직을 임명받은 것은 약 한 달 전의 일이었다.

히데요시의 명령으로 어쩔 수 없이 1번대 총대장을 맡았으나, 그는 내심, 이번 조선 출정에 대해 부정적이었다. 히데요시를 주군으로 모시며 모든 일에 충성을 다했으나, 이번 조선 출정만큼은 반대편에 서 있었다. 그래서 명령을 받고 대마도로 들어오긴 했지만, 날씨를 핑계로 차일피일하며 출정을 미루어 왔던 것이다.

그는 이번 조선 출정을, 히데요시의 지나친 자만이 만들어 낸 과욕으로 보고 있었다. 국제 사회에 대한 정보력 부재 속에서 이루어진 이번 출정이 자칫하면 히데요시의 권력뿐만 아니라, 어쩌면 자신과 사위의 기반마저도 위협할 수 있다고 보았다.

대마도는 오래전부터 조선과 밀접한 관계를 맺고 교역을 독점해 왔다. 조선 조정은 일본 지역에서 오직 대마도만을 교역 상대로 인정했다. 대마도는 독점적 지위를 통해 많은 이익을 얻었다. 그러다가, 중종 5년(1510)에 삼포 왜란이 일어나, 화가 난 조선이 삼포의 왜관을 폐쇄하고, 일본과의 모든 교역을 중지시켰다. 그러자, 조선과의 교역을 통해 재정을 충당해 오던 대마도는 재정적으로 커다란 타격을 입었다. 관계 개선을 위해 대마도주는 삼포 왜란의 주모자인 왜구를 잡아 바치는 등, 조선의 비위를 맞추기 위해 갖은 노력을 다했다. 끈질긴 노력 끝에 제한적이지만 교역이 재개되어, 이제 겨우 조선 측의 신뢰를 회복해 가는 상황이었다. 그러나 아직도 삼포 중, 부산포만 개항

된 상태인 데다가, 왜인들의 부산포 출입도 엄격히 통제되고 있었다.

"만일 히데요시 전하가 조선을 침략한다면 조선과의 관계는 더욱 악화될 것입니다. 그렇게 되면 앞으로 조선과의 교역을 확대시킨다는 꿈은 더욱 요원해집니다. 게다가 조선의 뒤에는 명이 있습니다. 히데요시 전하가 조선과 명을 정벌하여 통치한다는 것은 망상에 불과합니다."

선대가 사망하고 새롭게 도주가 된 젊은 요시토시는 장인인 유키나가에게 조선과 명을 정벌하여, 자신이 직접 통치하겠다는 히데요시의 계획이 얼마나 무모한 것인지를 누누이 설명했다.

독실한 천주교도인 유키나가는 천주교 신부들과의 교류를 통해 동아시아뿐만 아니라, 유럽 정세에도 비교적 많은 정보를 가지고 있었다. 특히 조선과 명과는 사위인 요시토시를 통해 히데요시 모르게 비밀리에 교역을 해 왔다. 교역을 통해 얻은 이익은 영지 재정에 충당되었다. 그 덕에 통치가 안정되어 있었다. 즉, 조선과의 교역이 영지의 통치를 안정시켜 주고 있었던 것이다.

'주군인 히데요시 님이 뛰어난 인물임에는 틀림없다. 그러나 남만(南蠻)은 차치하더라도 조선과 명에 대한 정보도 견식도 없지 않은가. 만일 이번 조선 출정에서 실패하면 주군뿐만 아니라, 내 모든 것이 무너질 수 있다.'

사위가 조선통인지라 비교적 다른 영주들보다 조선과 명에 대한 정보에 밝아, 주변국의 정세를 정확히 파악하고 있던 그는 무슨 수를 쓰더라도, 이번 출정하는 것을 막고자 했다.

그는 사위와 머리를 맞대고 조선과의 화평 관계를 유지하기 위해 갖은 궁리를 다 해 봤지만, 모든 것이 여의치 않았다.

국제 정세에 어두운 히데요시는 막무가내로 조선의 왕이 일본으로 건너와, 자신을 알현하라고 독촉했다. 그러나 조선 조정은 통신사 파견 이후, 아무런 응답이 없었다.

"어떡해서든지 중간에서 전쟁을 막고 화평을 끌어내야 합니다. 그렇게 하지 않으면 저희도 같이 무너질 것입니다. 전쟁만은 막아야 합니다."

유키나가는 사위의 의견을 높이 샀다. 그래서 할 수 있는 모든 방법을 다 동원해 전쟁을 막으려 애를 써 왔다. 조선 조정의 요구로 오도열도에 있던 조선인 반민과 포로들을 모두 송환했다. 그의 끈질긴 노력과 중개 덕분에 그동안 묵묵부답이었던 조선 조정도 통신사를 파견해 왔고, 얼마간의 화평 교섭이 진행되었다.

그런데 통신사가 돌아간 후, 조선 조정은 통신사를 파견한 것으로 모든 외교적 예를 다했으니, 더 이상 교섭은 없다는 눈치였다. 통신사 파견으로 조선인 반민과 포로 송환에 대한 빚은 갚았으니, 더는 성가시게 굴지 말라는 태도였다.

한쪽에서는 무력을 동원하여 정벌을 한다는데, 다른 한쪽인 조선은 그야말로 태평세월이었다.

'어허, 이거야 말로 마이동풍(馬耳東風) 아닌가? 땅속 깊이 박힌 돌멩이도 발로 차면 꿈쩍한다더만….'

마음이 다급해진 그는 사위를 직접 파견해 조선과 외교적인 해결을 요구하는 한편, 전쟁이 일어나면, 다 죽을 것이라는 위협도 마다하지 않았다. 그러나 조선 측은 그야말로 우이독경이었다. 말 그대로 조선 조정은 말을 못 알아듣는 황소, 아니 말은 알지만, 앞발을 버티고 떼를 쓰는 고집 센 황소였다.

"조선에서는 아무런 답이 없는가?"

"예, 그렇습니다."

"어허, 이럴 수가. 위정자들이 벽창호와 조금도 다를 바 없으니,

이를 어찌하겠나. 일이 이쯤 되면 어쩔 수 없네. 명령대로 바다를 건너는 수밖에 없네. 병화가 일어나면 피해를 보는 것은 백성들인데, 참으로 가련한 일이로고!"

"장인어른, 조금만 더 시간을 주십시오."

유키나가는 조선 측이 야속했다. 마음 같아서는 히데요시의 명령에 따라 당장이라도 바다를 건너가 조선을 징벌하고 싶었다. 조선 측 위정자들에게 전쟁의 참담함을 직접 보여 주고 싶었다. 그러나 사위의 간절한 부탁을 일언지하에 거절할 수도 없었다.

"……"

유키나가는 사정을 하는 사위와 명령을 내리는 히데요시와의 사이에서 갈등했다.

"시간이 그리 많질 않으니, 어서 결과를 끌어내도록 하게나."

사위를 응시하던 유키나가가 꺼낸 말이었다.

임진왜란 발발 여섯 달 전인 1591년 가을이었다.

"다음은 조선의 왕이 직접 건너오도록 하라."

"꼭 이행할 수 있도록 하겠습니다."

한 해 전에 조선 통신사가 다녀간 후로, 조금은 유연해졌던 히데요시였다. 히데요시의 명을 받은 대마도주는 그렇게 하리라고 대답했다. 그러나 유키나가와 요시토시는 조선의 왕이 일본으로 건너온다는 것은 있을 수 없는 일임을 잘 알고 있었다. 히데요시의 조선 공략을 조금이라도 늦추기 위한 고육지책으로 그렇게 대답한 것뿐이었다.

"더 이상은 기다릴 수 없다."

그런데, 조선의 왕을 일본으로 건너오게 할 것이라는 그들의 말을 믿고 기다리던 히데요시는 아무런 움직임이 없자, 조선 공략을 명했다. 그리고는 곧 일본 전국의 영주들에게 조선 출정 명령을 내렸다.

"조선 공략을 위해 현해탄이 내려다보이는 나고야(名護屋-현 사가현) 지역을 전진 기지로 삼는다. 그곳에 거성을 축성하라."

축성은 속전속결로 이루어져 이듬해에 성이 완성됐다. 히데요시는 그곳을 본진으로 삼고 전국에서 이십만의 병력을 모아 집결시켰다.

"유키나가. 그대가 1번대를 맡아라!"

히데요시가 유키나가에게 내린 명령이었다.

히데요시는 전국에 있는 영주들에게 녹봉에 따라 군사 수를 배정했다.

군사 칠천을 끌고 참전하라는 명령을 받은 유키나가는 영지 내의 열다섯 살 이상, 오십 세 이하의 장정들에게 소집 명령을 내렸다. 처음에는 열여덟 살 이상, 사십 세 이하로 제한을 두었으나, 정상적인 신체를 가진 장정으로 칠천을 모을 수가 없어, 나이 제한의 폭을 넓혔다. 영지 내의 열다섯 살에서 오십 세 이하의 큰 병이 없는 남자는 모두 차출되었다. 영지에 남은 남자들은 영주가 성을 비운 사이 있을지 모르는 적의 침입에 대비하기 위한 최소한의 군사 병력과 신체적 결함을 안고 있는 자들뿐이었다.

히데요시의 추상같은 명에 따라 임진왜란 두 달 전인 이월(1592 년) 하순에는 이미 전국의 유력 영주들이 각자의 군대를 끌고, 사가(佐賀)의 나고야성 주변에 모여 히데요시의 출정 명령만을 기다리고 있었다.

유키나가도 반강제로 끌어모은 병사들을 끌고, 규슈 북쪽에 있는 나고야로 올라와 산성 남쪽 아래에 주둔했다.

"츠시마에 전령을 띄워라."

'출정을 위해 나고야성에 와 있네. 간바쿠 전하(關白-히데요시의 관직)가 이곳으로 오기 전에 조선 측으로부터 교역을 확대하고, 왕자를 파견한다는 허가를 받아 내야 하네. 이제는 더 이상 기다릴 겨를이 없네.'

히데요시는 원래대로라면 정월에 사가의 나고야성으로 올 예정이었다. 그런데 여러 사정으로 인해 움직이질 못하고 아직 교토에 남아 있었다. 유키나가로서는 여간 다행이 아닐 수 없었다. 만일 히데요시가 온다면 전쟁을 지연시키거나 막을 방법은 없기 때문이었다.

'주군이 오기 전에 화평을 끌어내지 못하면 모든 것은 물거품이 되고 만다.'

유키나가는 여러 정황으로 보아 시간이 얼마 남지 않았음을 체감하고 있었다. 그는 나고야에 있으면서도 화평 교섭을 위한 노력을 게을리하지 않았다. 대마도에 있는 사위와 수시로 긴밀하게 연락하며 조선과의 교역 확대를 통한 화평 교섭을 위해 애썼다.

'조금 더 노력해, 조선과의 화평이 성립된다면 군사들이 모두 고향으로 돌아가 생업에 종사할 수 있게 된다. 만일 이대로 조선에 건너가게 된다면, 많은 사람이 희생될 것은 뻔한 일. 한 사람의 오판으로 죄 없고, 수많은 사람들이 희생된다면 그처럼 무의미한 일이 또 어디에 있겠는가? 어떡해서든지 이번 전쟁을 막아야 한다.'

그는 조선 침략으로 인해 일어날 참사를 충분히 예견했고, 영주로서뿐만 아니라, 천주교도로서도 그런 불행하고 무고한 일은 막아야 한다고 여겼다.

"주군! 간바쿠 전하가 보낸 전령이 와 있습니다."

"뭣이?"

히데요시가 보낸 전령이 자신의 진영에 나타났다는 보고를 받은 그는 가슴이 철렁했다.

"우선, 이리로 안내하도록 하라."

유키나가는 군막에서 전령을 맞이하기로 하고는, 얼른 갑옷과 군의를 걸쳤다. 간접적으로나마 출정을 위해 만반의 준비를 마치고 대기하고 있다는 인상을 풍기기 위해서였다.

'이제 어쩌면 좋단 말이냐?'

그러나 역시 불안한 마음은 사라지지 않았다. 히데요시가 참다못해 전령을 보냈다고 생각했기 때문이었다.

'혹시 할복 명령이…?'

불길한 생각이 머리를 스쳤고,

"후우읍."

그는 숨을 크게 들이키며 마음을 가다듬었다. 전령은 혼자였다. 전령은 아무런 말도 없이 불쑥 히데요시의 명령서를 품에서 꺼내 내밀었다. 유키나가는 예를 다하기 위해 고개를 숙이고, 두 손을 위로 올려 서신을 건네받았다. 둘둘 말린 서신은 묵직했다. 서신을 둘둘 말은 끈을 푸는 유키나가의 가슴이 쿵쾅거렸다.

'즉시 교토로 올라올 것.'

묵직했던 촉감과는 달리 서신의 내용은 간단했다. 히데요시가 있는 교토(京都)로 출두하라는 내용뿐이었다.

"무슨 일이오. 간바쿠 전하께서 아무런 내용도 적지 않고, 단지 교토로 올라오라니, 도대체 무슨 일이오?"

"글쎄요? 제가 알기로는 교토에서 역정을 내실 만한 특별한 일이 있지는 않습니다. 영주님께서 가 보시면 아시게 되겠지요."

전령을 통해 히데요시의 심중을 파악하려 했으나, 전령도 입장이 곤란했던지, 더는 묻지 말라는 투로 답을 끊었다.

"다만 신속히 움직이는 것이 좋을 것이옵니다."

전령이 간략하게 덧붙였다. 히데요시의 심기가 편치 않다는 의미였다.

"잘 알겠소."

254

유키나가는 시종 겸 호위, 둘만을 데리고 즉시 교토로 향했다. 사가(佐賀)에서 교토까지는 이천 리 길이었다. 쉬지 않고 빠른 걸음으로 걸어도 보름 이상이 걸리는 길이었다.

조금이라도 히데요시의 심기를 건드려서는 안 된다는 생각에 유키나가의 마음은 급했다. 히데요시의 말 한마디에 그 자리에서 목이 떨어질 수도 있기 때문이었다. 발걸음이 더디게 느껴졌다.

히데요시의 측근 중에 센노리큐(千利休)라는 차도의 명인이 있었다. 은은하고 소박한 일본의 차도 문화를 완성시켜, 차도의 성인이라 추앙을 받은 인물이었다. 정치는 '히데요시', 문화는 '센노리큐(千利休)'로 평가받을 정도였다. 히데요시도 그를 인정해, 측근으로 삼았다. 많은 영주들에게 영향을 미치는 당대의 실력자로 평가되었다. 그런 리큐가 히데요시의 심기를 건드렸다는 이유로, 할복 후 교토에 효수된 사건이 있었다.

그런데 그 이유가, 리큐가 히데요시의 조선 출병을 반대했기 때문이라는 소문이었다. 유키나가는 조금도 마음을 놓을 수가 없었다.

"주군, 숙소로 향할까요?"

"아니다. 꾸물거릴 시간이 없다. 곧장 간바쿠 전하의 거성으로 향하도록 하라."

"그럼, 분부대로….'

유키나가는 교토에 도착한 후, 히데요시의 근황과 속마음을 탐문할 여유도 없이, 곧바로 히데요시의 거성으로 들어갔다. 평소 같으면 히데요시 측근들에게 연통을 놓아 분위기를 파악하고, 그에 대한 대책을 준비하는 것이 순서였으나, 그럴 만한 여유가 없었다.

히데요시가 자신을 총애하는 것을 알고는 있었지만, 최근 들어 변덕이 심했던 터라, 긴장을 늦출 수 없었다. 히데요시는 천하를 호령하는 절대 권력자였다. 그의 말 한마디에 누구라도 언제든지 생사가 갈릴 수 있었다.

"누구냐?"

히데요시의 거성 입구에 다다르자, 경비병들이 기다란 장창을 내밀며 수하를 했다.

"히고 성주 고시니 유키나가다. 간바쿠 전하를 뵈러 왔다."

유키나가의 호위를 맡고 있는 도리베가 앞으로 나섰다.

"잠깐 기다리시오."

천하를 호령하는 히데요시의 거처인지라 경비가 삼엄했다. 조금 지나, 히데요시의 측근이 성루에서 직접 내려와 유키나가를 맞이했다.

"유키나가 님. 용서하십시오. 불온한 움직임은 없지만, 요즘 전하의 심기가 편치 않은지라….'

유키나가는 히데요시의 심기가 편치 않다는 말에 다시 한 번 긴장했다.

"히고 영주님이 대령했사옵니다."

화려한 금박으로 장식된 문 앞에서, 근시는 정중하고 조용한 목소리로 부드럽게 안쪽을 향해 고했다. 히데요시의 근시가 자신의 도착을 알리는 소리를 들으며, 유키나가는 밖에서 무릎을 꿇고 안쪽의 대답을 기다렸다. 잠깐의 정적이 흘렀으나, 유키나가에게는 식은땀이 흐를 정도로 길게 느껴졌다.

"들여보내라!"

이윽고 근시의 목소리와는 대조적으로 나이 들어 갈라진, 높고 급한 히데요시의 목소리가 튀어나왔다. 격앙된 목소리였다. 언성이 심상치 않았다. 유키나가는 태연한 척하려 하였으나, 저도 모르게 몸이 후들후들 떨림을 느꼈다. 히데요시가 상당히 격노하고 있음을, 목소리를 통해 알 수 있었기 때문이었다.

근시가 문을 옆으로 당겨 열자, 넓은 다다미 방 안쪽에서 그가 벌떡 일어서는 모습이 시야에 들어왔다. 유키나가는 얼른 고개를 숙이고, 방 입구에서부터 허리를 숙인 채 납작 엎드렸다. 무릎을 꿇고 기어들어 가 몸을 최대한 낮추어 예를 표했다.

"전하! 신 유키나가 분부를 받아 대령했사옵니다."

히데요시가 날카로운 눈매로 유키나가를 바라보며 다가왔다.

"생각보다 빨리 도착했구나."

"예, 명을 받고, 쉬지 않고 달려왔습니다."

"그런데, 조선에서는 왕이 건너온다는 답신이 없더냐?"

히데요시는 먼 길에 수고했다는 치하의 말도 없었다. '그런데' 하며 다짜고짜로 유키나가를 향해 언성을 높였다.

"죄송하옵니다. 전하! 하지만 사절의 보고에 의하면 조선 측에서 조만간 사신을 보낼 것이라 하옵니다."

"사신? 유키나가! 짐이 지금 사신 따위를 기다리고 있다 생각하는가? 조선의 왕을 입조시키랬더니 사신은 다 무어더냐? 인내심에도 한계가 있다. 더 이상 기다릴 수 없으니, 본때를 보여 줘라. 지금 즉시 나고야로 돌아가 군사를 끌고 출정하라."

"하아! 전하, 명심하여 분부대로 거행하겠나이다!"

서슬이 퍼런 히데요시의 모습을 접하고는 유키나가는 더 이상 대꾸를 했다가는 자신의 목숨도 온전치 못할 것이라 생각했다.

"반드시 조선을 초토화시키고, 조선의 왕을 사로잡아, 전하 앞에 대령하겠습니다."

"그게 내 말이다. 바다를 건너오지 않으면 내 앞으로 끌고와, 무릎을 꿇려라. 1번대가 선봉으로 앞장을 서도록 하라. 만일 더 이상 꾸물거렸다가는 먼저 그대의 신상에 화가 미칠 것이다. 그리고 2번대는 가토 기요마사가 맡았으니, 그리 알아라. 돌아가는 즉시 출정하라. 머뭇거리지 말아라.”

조선의 왕을 사로잡아 바친다는 소리에, 히데요시의 목소리가 조금 누그러졌음을 느낀 유키나가는 가슴을 쓸어내렸다.

“황공무지로소이다.”

성격이 불같은 히데요시였다. 명령을 거역하거나 토를 달았다간 그 자리에서 목이 떨어져 나갈 수도 있었다. 되도록 빨리 그 자리를 피하는 것이 상책이었다.

“전하. 그럼 즉시 출정하기 위해 이만 물러가겠습니다.”

“그래, 어서 물러가 조선으로 출정하라. 꾸물대지 마라.”

유키나가는 즉시 출정한다는 핑계를 대고, 곧바로 히데요시의 거성을 빠져나왔다.

‘휴우, 이쯤으로 끝난 게 다행이다.’

“병사들에게 출정 준비를 시켜라.”

히데요시로부터 질책을 받고, 사가로 돌아온 유키나가는 즉시 군사를 수습했다.

“지금 즉시 본진을 정리해 츠시마(대마도의 일본명)로 건너간다.”

그로서는 사가 역시 안심할 수 있는 장소가 아니었다. 전국 각 지역의 영주들이 각자의 군사를 이끌고 여기저기 주둔하고 있었고, 그 수가 이십만에 달했다.

영주들 중에는 이번 출진을 통해 자신의 군공을 쌓고자 하는 자들도 많았다. 군공을 쌓아 히데요시의 총애를 받게 되면, 자신의 영지가 확대되고 안정될 수 있기 때문이었다.

그런 영주들은 한시라도 빨리 조선에 건너가고 싶어 안절부절 못하고 있었다. 또한 히데요시에게 총애를 받고 있는 자신을 질투하는 자도 있었다. 그들이 히데요시에게 자신을 모함한다면, 언제 할복 명령을 갖고 전령이 달려올지 모를 상황이었다. 무고라 할지라도, 히데요시의 마음이 바뀌면 그 자리에서 참수를 당하는 일도 배제하진 못했다. 유키나가는 생각만 해도 목덜미가 서늘할 정도였다.

유키나가는 사가를 벗어나기 전에는 누구도 믿을 수가 없을 뿐더러, 마음을 놓을 수가 없었기에, 부랴부랴 군사를 이끌고 대마도로 향했다. 도보로 북쪽으로 올라와서, 배를 타고 대마도에 도착한 것이 임진년 음력 삼월 초하루였다. 자신의 영지인 규슈의 히고(肥後)를 떠나온 것이, 그해 정월이었으니, 벌써 석 달이 지났던 터였다.

허겁지겁 도망치듯 사가를 빠져나와, 대마도에 들어서자, 조금은 마음의 여유가 생겼다. 유키나가는 여전히 화평에 대한 미련을 버릴 수가 없었다. 그는 대마도의 머물며 날씨와 현해탄의 파도를 핑계 삼아 계속 출정을 미루었다. 그런데, 조선 쪽은 여전히 요지부동이었다.

"히데요시 님의 전령이 바다를 건너왔습니다."

음력 사월에 들어서, 다시 히데요시가 보내온 전령이 대마도로 들어왔다는 보고가 올라왔다.

'드디어 올 것이 왔구나.'

"명일 일기와 관계없이 출정한다."

유키나가도 이젠 더 이상 어쩔 수가 없음을 잘 알았다. 그는 전령을 맞이하는 자리에서 바로 출정 명령을 내렸다.

"그대는 여기 있다가, 출정하는 모습을 보고, 간바쿠 전하에게 그대로 전해 주시게."

대마도 오우라항

먼저 장창을 든 병사들이 일사불란하게 배에 올랐고, 그 뒤를 이어 말과 식량 등, 병참들이 배에 실렸다.

"주군, 병사들이 승선을 마쳤습니다."

측근인 승려 겐소(玄蘇)와 함께 지휘선에 올라탄 도주 요시토시는 병참까지 모두 배에 실렸다는 보고를 받고는 출선 명령을 내렸다.

"격군들은 노를 저어 항구를 빠져 나가도록 하라! 조선으로 향하라."

그의 영에 따라 노들이 일제히 들려졌다가 바다에 떨어졌다.

츠억! 츠억!

어둠 속에서도 바닷물은 하얗게 튀어 올랐다.

"웃샤, 웃샤."

격군들의 기합 소리에 이어 병선들은 바다 위를 미끄러져 나갔다. 바다는 양쪽으로 좌악 갈라졌다. 병선은 부채꼴의 물결로 파랑을 만들어 내며, 앞으로 나갔다.

대마도 병사 오천을 나누어 태운 배들이 차례차례 오우라항을 빠져 먼바다로 나가고 있었다. 요시토시가 탄 지휘선이 가장 앞에 섰고, 병사들과 병참을 실은 배들이 그 뒤를 따랐다.

조선의 연호로는 임진년. 일본의 연호로는 분로쿠(文祿) 1년. 음력

4월 13일(양력 5월 23일) 새벽이었다. 동쪽 멀리서 여명이 희뿌옇게 밝아 오고 있었다.

"서둘러라. 선두에 선 츠시마대에 따라 붙어야 한다."

무장을 한 대규모의 왜병들이 좁은 부두에서 각각의 병선에 승선을 하느라 부산했고, 승선을 마친 병선은 부리나케 대마도대를 따라 앞바다로 향했다.

규슈 북쪽과 서쪽 섬에서 징집돼 온 제1번대 소속 병사들로 그 수가 일만 팔천에 달했다. 이들이 고향을 떠나 대마도로 들어온 것은, 한 달 전이었다. 곧바로 조선으로 건너갈 줄 알고 들어왔는데, 대마도 좁은 섬에서 발이 묶여 한 달 이상을 머물렀으니, 혈기왕성한 그들로서는 답답한 마음을 달리 통제할 수가 없었다.

"조선엔 도대체 언제 가는 거야?"

"섬이 좁아터져 옴짝달싹할 수 없으니, 지루하고 심심해서 견딜 수가 있나."

그들에게 대마도는 창살 없는 감옥이었다. 한 달여를 섬에 갇혀 답답하게 지내 오던 병사들은 출정 명령이 떨어지자 환호성을 질렀다. 병사들 모두 마음 한구석에 싸움에 대한 공포와 죽음에 대한 두려움이 없진 않았으나, 일단, 이 좁고 척박한 땅을 벗어난다는 것, 자체만으로도 기뻐했다.

"이젠 조선으로 가는 게 맞겠지!"

"누가 장담할 수 있나. 가 봐야 알겠지?"

"의심도 많네, 그럼 이 배가 어디로 갈 것 같나?"

"낸들 아나."

병사들은 각자 병선에 승선하면서 무작정 기다리는 지루함에서 벗어난다는 마음에 다들 신이 났는지, 왁자지껄 저마다 한마디씩 내뱉었다.

"그런데 자넨 왜 그렇게 조선에 못 가 안달인가?"

"그게 아니고, 지겨워서 그렇지."

삐걱삐걱.

병사들이 내딛는 걸음에 항만과 배 사이를 연결해 놓은 통나무를 평평하게 깎아 놓은 발판은 신음을 내듯 삐걱댔다.

"그래도 싸움보다는 지겨운 게 나아! 싸움이 시작되면 언제 어떻게 될지 몰라."

"그래, 맞아. 싸움이 벌어지면 이 목이 내 꺼랄 수가 없지!"

"재수 없는 소리하고 있네. 한 번 죽지, 두 번 죽나. 난 죽을 때 죽더라도, 이런 좁은 섬에 갇혀 세월을 보내는 것보단 싸움이 나아! 죽지 않고 살아나 잘만 하면 한몫 챙길 수도 있고."

"살아 있구 나서, 한몫이 필요하지 죽으면 뭔 소용 있나!"

"죽은 정승보다 산 거지가 낫다는 말도 모르나. 몸들 조심하라구!"

"제길, 누군 싸움이 좋아 이러는 줄 아나."

"그러니까 한몫 챙긴다고 괜한 욕심 부리지마."

"나도 이 배가 이대로 고향으로 돌아간다면, 더 바랄 게 없네."

"글쎄, 그렇게만 된다면 얼마나 좋겠는가? 근데 츠시마대가 무장을 하고 앞장선 걸 보면, 이건 싸움을 위해 조선으로 건너가는 것이 틀림없네."

"이제 곧 농번기도 시작될 텐데, 그럼 농사는 누가 짓나…."

"그러니까 대신 한몫을 챙겨야 된다는 말이야."

배에 올라탄 병사들은 불안한 마음을 감추려는 듯, 어둠을 밝히는 횃불에 의지해 웅성댔다.

고니시 유키나가를 대장으로는 하는 조선 침략군 제1번대 소속 일만 팔천의 대군이었다.

오우라항은 원래 천연항으로, 대마도 동쪽에 위치한 조그만 어항이었다. 큰 바다 한가운데 섬이 양쪽으로 불쑥 솟아올라 바다를 막았고, 섬의 능선을 따라, 물이 굽어져 생긴 천연항이었다. 그곳은 평시에는 도주의 허락을 받은 어선만이 출입할 수 있는 곳이었다. 천연항이라 좁았고, 항만 시설도 변변치 못했다. 그런데, 좁은 선착장 안으로 크고 작은 칠백여 척의 병선이 서로 들고나니, 항 전체가 난리가 난 듯했다.

"승선이 끝났으면, 빨리빨리 배를 빼야지, 뭘 꾸물거리고 있어!"

"앞에 배가 그대로 있는데 어디로 빼란 말이야?"

"아, 배를 조금만 돌려 빼면 되겠구먼. 그 배를 빼야 다음 배가 들어가지!"

"아니, 여기 아니면 자리가 없나? 정, 급하면 다른 쪽에 돌려 대면 되지, 왜 이쪽에 대고 성화야?"

"니미랄, 병사를 다 실었으니까 빼라는 소리지. 누가 억지를 부린다고 그래?"

"앞에 있는 배가 영주님 배라, 우린 그 뒤를 따라야 해, 그렇지 않으면 경을 치게. 암튼 앞쪽 배가 움직이지 않으면 어쩔 수 없으니 그리 알라고!"

오우라항에 이렇게 많은 배가 들어찬 것은 유사 이래 처음 있는 일이었다. 병사들을 실은 배가 부리나케 선착장을 빠져나가면, 곧 그 빈자리로 다음 배가 들어왔다. 배마다 무장한 병사들이 가득가득 타고 있었다.

병사들이 움직일 때마다 선체는 흔들렸고, 그 무게에 바다도 함께 출렁거렸다. 칠백여 척의 병선은 항구만으로 부족해, 연안 앞까지 뻗어 바다를 가득 메웠다. 고요하던 오우라항의 새벽 바다는 칠백여 척의 병선이 뒤엉켜, 그야말로 시장 바닥을 방불케 했다.

"후속 부대를 실은 배들이 합류할 때까지 기다려라!"

선발로 오우라항을 빠져나온 요시토시는 부산진 쪽으로 뱃머리를 돌려놓고는 해도를 펼쳐 들었다. 대마도군을 실은 병선은 시커먼 현해탄의 물살을 좌우로 가르며 천천히 미끄러지고 있었다.

아침 해는 동쪽에서 조심스럽게 그 붉은 정수리를 내미는가 싶더니, 어느새 수평선 위로 몸통을 둥그렇게 밀어내며 치솟아 올랐다. 바다 위로 모습을 드러낸 태양은 하늘로 뿜어 대던 붉은 빛을 떨쳐 버리고, 그 대신 하얀 햇살로 시커멓던 바다 전체를 훤하게 밝혀주었다. 얇은 하늘에 희뿌옇게 걸려 있던 바다 안개는 어느덧 사라지고 없었다.

"주군, 병선들이 큰 바다로 나오고 있습니다."

"오, 수고했다! 그런데 대장님의 배는 어디쯤 오고 있느냐?"

요시토시는 현해탄의 해도와 조선의 지도가 그려져 있는 화지를 얼른 접고는 선실을 나와 배의 후미 쪽으로 성큼성큼 나아갔다. 좌우에 부장들이 따라붙었다. 그는 이마에 손을 대고는 두 눈을 크게 떠, 오우라항 쪽을 멀리 살폈다.

"총대장님의 배가 빠져나왔는지 살펴보아라."

먼 시야로 병선들이 속속 항을 빠져나오는 모습이 들어왔다. 각 대의 병사들을 태운 병선은 커다란 아타케선(安宅船 – 대형 병선)이 중심에 섰고, 그 좌우에 속도가 빠른 세키선(關船 – 중형 병선)과 고하야선(小早 – 소형 병선)이 바싹 붙어 일단의 선단을 이루어, 움직이고 있었다. 대형 아타케선에는 수장이 타고 있었고, 좌우로 전투원들이 탄 세키선과 고하야선이 붙어 호위를 하는 형국이었다.

요시토시는 배 위에서 펄럭이는 깃발들을 유심히 보았다. 바다를 살피는 그의 왼쪽 뺨으로 햇빛이 하얗게 반사되었다. 당시 그의 나이 스물넷, 준수한 이십 대 청년의 모습이었다. 그의 오른쪽으로는 허리에 칼을 차고 갑옷과 투구로 무장한 커다랗고 시커먼 그림자가 햇빛을 받아 길게 늘어졌다.

"돛을 들어 올려라. 격군들은 기운을 아껴 쉬도록 하고, 깃발을 높이 세워라."

곧 배 난간 곳곳에 깃발이 꽂혔다. 깃발에는 검은색 사각형에 흰색 원이 박힌 문양이 그려져 있었다. 대마도주의 문양이었다. 난간에 꽂힌 깃발은 바닷바람을 받아 힘차게 펄럭였다. 깃발을 꽂고 얼마 지나지 않아 삼층 누각을 실은 커다란 배가 요시토시의 병선 쪽으로 다가왔다. 배의 무게를 못 이긴 파도가 좌우로 좌악 갈라졌다.

"유키나가 님의 아타케선입니다."

다가오는 병선에는 이미 깃발이 꽂혀 펄럭이고 있었다. 깃발에는 하얀 십자가 문양이 선명하게 박혀 있었다. 대장선이 틀림없었다. 유키나가는 자신이 천주교도임을 나타내기 위해 문양에 십자가를 그려 넣었다. 소위 말하는 크리스천 영주였다.

배는 대장선답게 화려하게 장식되어 있었다. 갑판 한가운데 삼층 누각이 자리 잡고 있었고, 누각 꼭대기에서 갑판 아래쪽으로 길게 줄이 드리워져 깃발이 달려 있었는데, 깃발마다 십자가 문양이 선명하게 박혀 있었다. 십자가가 그려진 형형색색의 비단 조각이 해풍을 받아 너풀거렸다.

뿌우웅!

멀리서 조개 나팔 소리가 들려왔다. 전군이 승선을 마치고 항을 빠져나왔다는 신호였다. 이윽고 옆으로 다가왔던 대장선에서 신호수가 깃발을 좌우로 세 번씩 흔들었다.

'선두에 서라'라는 신호였다.

"자, 앞으로 치고 나가라."

요시토시가 탄 배가 앞으로 빠져나가자 유키나가의 대장선이 그 뒤를 바짝 따라붙었다. 이를 필두로 칠백여 척의 병선이 부채꼴 대형을 이루며 뒤를 이었다. 현해탄의 바닷물은 좌악하고 좌우로 갈라져 나갔다.

선단의 목적지는 조선의 부산포였다. 사납기로 유명한 현해탄의 물결도 오늘은 잔잔했다. 시계도 나쁘지 않았다. 온갖 깃발로 장식한 병선들은 웅장한 기세로 물살을 헤치며 앞으로 나아갔다. 마치 사나운 맹수가 털을 세우고 이빨을 드러내며 먹이를 노리고 나아가는 모습이었다. 그 위용이 너무나 장엄해서 보는 이로 하여금 가슴이 섬뜩할 정도의 공포를 느끼게 했다.

대규모의 병사를 실은 선단이 바다를 짓누르자 바다는 그 무게가 버거운 듯 파도를 일으켰다. 바다가 신음을 했다.

일만 팔천의 왜병을 실은 칠백여 척의 크고 작은 병선은 아랑곳하지 않고, 현해탄의 시커먼 물살을 가르며 도도하게 앞으로 나아갔다. 병선에 짓눌려 깨어져 가는 포말에 아침 햇살이 비쳤다가, 포말과 함께 스러져 갔다. 검은빛의 바다 현해탄은 끊이지 않고 파도를 만들어 냈다. 마치 앞으로 벌어질 비극을 막기 위한 몸부림처럼 신음을 토해 내면서….

현해탄의 눈물

대마도를 사이에 두고 한반도와 일본 열도를 갈라놓은 바다, 현해탄(玄海灘). 물살이 세고 항시 검은빛을 띠고 있다 하여 붙여진 이름이다.

현해탄은 동아시아 대륙에서 뻗어 나온 한반도와, 대륙에서 떨어져 나간 열도를 이어 주는 바다였다. 태곳적엔 하나로 붙어 있던 육지가 지각 변동으로 찢어지고 튕겨져 나갔다. 살점이 뭉텅 떨어져 나간 그곳에 상처가 생겨 틈새가 벌어졌고, 찢겨져 나간 그 아픔의 자리에는 고통의 눈물이 흘러들었다. 이른바 현해탄은 눈물로 이루어진 바다였다.

대륙에 붙어 남은 반도와, 튕겨져 나가 갈래갈래 흩어진 열도는, 그 뜯겨져 생긴 상처를 안고, 오매불망 서로를 그리워했다. 마치 피멍이 변해 버린 자국처럼, 현해탄은 유난히 시커먼 빛을 띠면서도, 대륙에 붙은 반도와 튕겨 끊어져 나간 열도를 이어 주는 바닷길이 되었다. 그러나 찢겨지고 뜯겨져 나가 생긴 반도의 생채기와 열도의 균열은 그 흉터가 컸을 뿐 아니라, 커다란 별리의 상처와 슬픔을 안고 있어, 고인 눈물도 그만큼 깊었다.

반도와 열도는 서로를 그리워했으나, 어리석고 변덕 심한 인간들이 역사의 수레바퀴를 돌리는 주인이 될 때마다, 창과 방패가 되어 부

267

덮쳤고 불꽃을 튀겼다. 찢겨지고 파헤쳐진 상처의 골은 점점 깊어졌고, 상처는 곪고 썩어 더욱 시커멓게 변하여 갔다.

역사의 비극이 반복될 때마다, 반도와 열도의 민중은 신음했고 피를 흘리며 죽어 갔다. 반도와 열도 사이에 끼인 현해탄은 이러한 민중의 한을 끌어안고 눈물을 받아들이며, 그곳에서 삶을 영위하는 민중과 함께 고통스러워했다.

지각 변동으로 찢겨진 아픔과 역사의 비극을 고스란히 간직하며, 그 깊은 심연에 민중의 고통과 한을 첩첩으로 품고 있는 현해탄은, 시커먼 빛을 발하며 무언의 호소를 대신했으나, 아무도 그 아픔의 깊이를 헤아리진 못했다.

츠아악, 처억, 츠아악, 처억.

제1번대를 실은 병선은 거침없이 바다를 가르며 앞으로 나아가고 있었다. 앞쪽의 이물은 날카로운 비수가 되어 현해탄을 두 쪽으로 가르고 있었다. 먼바다에서 일어난 파도는 이를 저지라도 하듯, 멀리서부터 출렁출렁 다가와 선체에 달려들었다. 날카로운 이물에 부딪친 파도는 곧 허연 배를 드러내며, 튀어 올랐다. 그리고는 사라져 갔다. 파도는 끊임없이 너울너울 춤을 추며 다가왔다. 예리한 칼끝 같은 뱃머리로 달려들던 파도는 연신 츄악하고 신음을 내며 하얗게 튀어 올랐다가는 사라져 갔다. 바다는 파도를 자꾸 만들어 냈고, 그 파도는 조용히 그리고 끊임없이 다가왔다가 형체도 남기지 못하고 산산이 흩어져 버렸다. 마치 겁 없이 불을 향해 뛰어드는 부나비처럼… 불의에 저항하는 인간들처럼….

도리에몽(鳥衛門)은 철포의 방아쇠를 만지작거리며, 처억, 처억, 소리의 음영만을 남긴 채, 사라져 가는 파도의 잔해를 아무런 표정 없이 응시하고 있었다.

그는 철포를 어깨에 걸친 채, 갑판 위에 쌓인 나무 궤짝에 걸터앉아 있었다. 병참을 넣어 놓은 상자였다. 턱에는 수염이 시커멓게 덮여 있어, 턱 선이 뚜렷하지 않았지만 눈매가 날카로웠다. 미간 아래 솟아오른 콧날도 그리 높지 않았으나, 콧등이 아래로 시원하게 쭉 뻗어있었다. 얼굴의 선이 뚜렷했다. 이지적으로 보였다.

'모두 어디에서 왔다가 어디로 간단 말인가? 우리는 또 어디로 가는가?'

뱃전에 부딪친 파도들은 '츠억, 츠억' 소리를 내며 포말을 남기고는 형체도 없이 스러져 갔다. '츠억'거리는 음영은 마치 하얀 피를 흘리는 파도가 쏟아 내는 비명처럼 느껴졌다. 허망하게 사라져가는 파도를 물끄러미 바라보던 그에게 포말 위에 인간의 삶이 겹쳐져 보였다.

'후우. 이번 싸움은 왜 해야만 하며, 또 어떻게 전개된단 말인가? 과연 죽지 않고 살아남아 무사히 고향에 돌아갈 수 있을 것인가? 아니면 저 포말들처럼 허무하게 사라져 버릴 것인가…?'

부서져 흩어져 버리는 파도를 보며 그는 불확실한 삶에 대한 두려움과 싸움에 대한 공포, 자신의 삶과 운명을 지배하는 모든 것에서 벗어나려 애를 써도 벗어날 수 없는 존재의 미약함, 그리고 절망감에 따른 자포자기 등, 머릿속에 만감이 교차했다.

'살아남아야 한다.'

심저에서 꿈틀거리는 삶에 대한 본능, 희망의 한줄기 가느다란 빛이라도 찾고 싶었지만, 그조차 쉽게 보이지 않았다. 흡사 끝이 보이지 않는 가파른 낭떠러지에 서 있는 느낌이었다.

'운이 좋으면 살아남고, 운이 없으면 사라져야 하는 운명.'

'누구를 위한 싸움이더냐! 내가 죽어, 싸움에 이긴다고 내게 무슨 의미가 있다더냐. 나 없는 이 세상이 도대체 나에게 무슨 의미가 있다

더냐?'

암울한 기분에 휩싸인 도리에몽은 입술을 질끈 깨물었다.

'으음.'

자신도 모르게 탄식이 새어나왔다. 그때였다.

"육지다, 육지가 보인다!"

시야가 좋아 척후로 발탁된 병사가 흥분하여 외치고 있었다. 갑판 위에서 만감과 상념에 빠져 있던 그는 정신이 번쩍 들었다.

타다다다닥.

뒤이어 부산하게 움직이는 발걸음 소리가 들려왔다. 도리에몽은 걸터앉아 있던 궤짝에서 얼른 일어섰다.

타다닥.

발뒤꿈치를 들어 올린 채, 선실을 향해 잰걸음으로 달려가는 병사의 모습이 눈에 들어왔다. 영주 직속으로 연락을 담당하고 있던 전령이었다. 스무 남짓의 젊은 병사였는데, 군율이 몸에 배었는지 빠르게 움직이면서도 절도가 있었다.

도리에몽은 대장선에 타고 있었다. 병사와 격군을 합쳐 약 이백 명의 인원이 함께 승선한 대형 아타케(安宅–왜군의 배)병선이었다. 대장선에는 화려한 누각이 쌓아 올려져 있었는데, 특별한 허락 없이 병사들이 함부로 범접할 수 없는 곳이었다. 영주가 그곳에 있었기 때문이었다. 전령은 누각의 층계를 잽싸게 뛰어올라 꼭대기에 있는 지휘실 앞에 이르자 한쪽 무릎을 꿇더니 곧바로, 큰소리로 상황을 보고했다.

"앞쪽에 육지가 나타났습니다. 부산포입니다."

절도 있는 목소리였다. 소리가 하도 커, 배 안 전체에 울려 퍼졌다. 누각 안에서 작전을 세우며 전략을 짜고 있던 유키나가와 부장들이 보고를 듣고는 밖으로 모습을 나타냈다. 그의 부장들은 모두 갑옷

270

을 걸치고 있었다. 투구는 한쪽 손으로 들어 옆구리에 받치고 있었는데, 갑옷과 투구 모두 화려했다. 갑옷은 적의 창검을 막기 위해 딱딱한 가죽과 청동을 겉에 입힌 것이었고, 투구에는 맹수 모양의 화려한 장식을 붙여 놓았는데, 위용을 나타내, 싸움터에서 적의 기선을 제압하기 위한 것이었다.

장식된 투구와 갑옷을 몸에 걸치고 있는 왜장들의 모습은 마치 승천하는 용의 비늘을 몸에 두른 것 같았다. 그것만으로도 보는 사람은 절로 주눅이 들 만했다.

"어디냐?"

지휘실 앞에 나타난 주장 유키나가는 초점을 맞추려는지, 눈을 작게 뜨고 난간 너머를 멀리 살피자,

"저쪽입니다."

전령이 비스듬히 손짓을 하였다.

병사들은 영주가 나타나자, 갑판 위에서 일제히 무릎을 꿇고, 고개를 숙였다. 군기가 엄격했기 때문이다.

창과 총포를 어깨에 걸친 채, 쭈그리고 앉아 휴식을 취하고 있던 병사들은 갑작스레 긴박하게 돌아가는 배 안의 움직임을 보고는, 모두 긴장하기 시작했다.

도리에몽도 몸을 일으켜 세우려고 반사적으로 조총을 거머쥔 손에 꾸욱 힘을 주었다. 배 안에 있던 모든 병사들이 유키나가 쪽을 바라보며 그의 움직임을 주시했다.

"저 건너 보이는 것이 부산포인가?"

"예, 틀림없습니다. 대마도 대에서도 신호가 있었습니다."

유키나가는 전령의 대답을 듣고는 고개를 뒤쪽으로 비스듬히 돌렸다. 대마도주가 타고 있는 배가 나란히 항해하고 있었다. 선수에 있

던 기수가 쉬지 않고 깃발을 흔들었다. 조선의 부산포에 닿았다는 신호였다.

'이렇게 조선 땅에 오고 말았구나!'

유키나가는 잠시 생각하다가,

"그런데 생각보다 조용하지 않는가?"

"저들은 우리가 온 것을 모를 겁니다."

옆에 있던 부장이 대꾸를 했는데, 다름 아닌 나이토 죠안이었다.

"그럴지도 모르지. 아무튼 매복이 있을지 모르니 도착하는 즉시 척후를 내보내도록!"

"하아! 분부대로 시행하겠습니다."

"자아, 돛을 내려라. 노를 저어 서서히 다가가도록 하라!"

좌악, 좌악.

유키나가의 명령이 떨어지자, 노가 일제히 들어 올려졌다가 바다로 떨어졌다. 노는 조용한 바다를 사정없이 내려쳤고, 화들짝 놀란 바다는 '좌악'하고 하얀 비명을 튕겨 냈다. 돛이 내려지고, 격군들이 노를 젓기 시작했다. 군선은 바다를 뒤로 밀어내며 시커멓게 보이는 육지를 향해 곧장 나아갔다.

기울어지는 태양이 바다를 서쪽에서부터 서서히 붉게 물들일 무렵이었다. 부산포 절영도 앞바다는 왜선으로 뒤덮여 버렸다. 유키나가가 승선한 대장선을 필두로 각 지역의 영주들이 타고 있는 병선이 속도를 맞추며 나란히 부산포를 향했다. 유키나가가 탄 대장선을 중심으로, 좌익에는 대마도군이, 우익에는 마츠라와 오도열도의 영주가 탄 배가 부채꼴 대형을 이루며 물살을 갈랐다. 선단의 목적지는 부산포였다.

"모두 무장을 하고 만일에 있을지 모를 적의 공격에 대비하도록

272

하라."

　누각 위에서 육지 쪽을 바라보며 상황을 살피던 유키나가는 지휘소인 누각 안으로 들어가며 전군에게 전투태세를 갖추도록 했다. 유키나가와 부장들이 지휘실로 들어가자, 병사들이 수군대기 시작했다.

　"저게 조선 땅이라네!"

　"그러게."

　"그럼, 이제 곧 한바탕 싸움이 시작되는 건가?"

　"그렇겠지. 근데 조선군의 전력이 어떤가?"

　"낸들 아나! 그런데 츠시마에서 들은 소문인데, 조선군이 덩치는 큰데 무기는 별로라던데…."

　막상 육지가 다가오자, 병사들은 다가올 전투에 대한 두려움을 떨쳐 버리려고 아는 것 , 모르는 것, 죄다 꺼내 밑도 끝도 없이 한마디씩 내뱉었다. 왜군의 하급 병사의 대부분은 차출된 농민병이었다. 평소에는 농사를 짓는 농민이나, 전시에는 영주에게 동원돼 병사 역할을 하는 반농반병들이었다.

　조선 출병을 결정한 히데요시는 모든 영주들에게 군사 동원 명령을 내렸다. 쌀 일만 석에 군사 이백오십여 명이 배분되었다. 영지 십만 석 이상의 영주들에게는 병사뿐만 아니라 식량 등의 병참과 군역을 제공하도록 했다. 또한 바다를 건너는 해외 출병이기에 수군의 역할이 중요함을 감안해, 어촌 100호마다 선원으로 쓸 어부 열 명씩을 차출하도록 명령서를 내렸다. 히데요시의 이 같은 명령에 따라 각지에서 많은 사람들이 차출되었다. 각 영지마다 나이를 불문하고 병자를 제외한 모든 사내가 동원되었다. 전투 경험이 풍부한 자들도 많았으나, 젊은 병사들은 대부분 전투 경험이 전혀 없는 신출내기들로 채워졌다.

"상륙하면 곧 싸움이 벌어질까요?"

같은 마을에서 차출되어 온 고로가 도리에몽의 옆으로 다가와 말을 건넸다.

"글쎄, 상대가 어떻게 나오느냐에 달렸겠지."

도리에몽은 건성으로 대답하며 위쪽을 다시 한 번 살폈다. 영주는 이미 그곳에 없었다. 영주가 선실로 들어간 것을 확인한 그는, 시야를 이물 쪽으로 돌렸다. 도리에몽의 눈에는 육지가 거무스레한 형상을 하고 있었다. 뱃전 앞 멀리 바다에 첨벙덩 머리를 처박고 있는 것처럼 보였다.

부산포의 파도는 왜군 제1번대의 형세에 기가 꺾였는지, 잔잔하게 출렁거렸다.

"고로, 모두를 불러 모아라."

도리에몽은 같은 마을에서 차출되어 온 일행 다섯을 불러 모으도록 했다. 야이치, 고로, 히코베, 마타에몽, 다쿠로가 도리에몽의 곁으로 몰려왔다. 같은 마을 출신이라 한 배에 타고 있었는데, 중년의 야이치를 제외한 넷은 싸움 경험이 전혀 없는 젊은이들이었다.

"상륙하면 바로 싸움이 시작될지 모른다. 첫 싸움이 가장 위험하다. 함부로 움직이지 말고 조심하여야 한다. 목숨을 귀히 여겨라."

도리에몽의 말이 끝나자, 고로와 같은 연배인 나이 어린 히코베가 반문했다.

"싸움에서 공을 세우면 논공을 많이 받는다던데요?"

"공이고 뭐고 죽으면 아무 소용없다. 어떻게든 살아서 고향에 돌아가야 한다!"

야이치가 고로의 군모를 바로잡아 주며 도리에몽의 말을 거들었다.

"이 애들이 걱정이네, 싸움 경험이 없으니…."

"고로와 히코베는 전투가 시작돼 각개로 움직이게 되면, 되도록 내 옆으로 붙어라. 그리고 야이치, 자네는 싸움 경험이 풍부하니까, 마타에몽과 다쿠로 이 둘을 봐 주게."

"알았네."

"잘 들어라. 절대 경거망동하지 말고 조심해야 한다. 먼저 나서서는 안 된다. 싸움터에서 죽으면 개죽음이다. 더구나 여긴 객지다. 죽으면 여기에 버려진다. 모두 살아서 고향에 돌아가야 한다. 명심해라!"

도리에몽은 말에 또박또박 힘을 주어, 강조했다.

"알겠습니다."

싸움을 전쟁놀이로 생각하며 조금은 들떠 있던 고로와 히코베가 마뜩치 못해, 답을 했다. 곁에 있던 야이치는 더는 첨언하지 않고, 고개만 끄덕여 그 말에 동의했다.

도리에몽의 나이 삼십 대 초반, 같은 마을에서 차출된 일행 중, 가장 연장자였다. 히데요시가 규슈를 정벌할 때, 이십 대의 나이로 차출돼 몇 번의 전투에 참전했었다. 덩치는 크지 않았지만 몸이 빨랐으며 완력도 있었다. 싸움에 자신이 없진 않았다. 그러나 몇 번 전투를 경험하면서 생각이 바뀌었다. 전쟁이 무서웠다. 싸움터에서는 완력과 민첩함 같은 건 아무런 소용없었다. 생사는 운에 달렸다. 그는 지금까지 살아남은 것은 운이 좋았기 때문이라 믿고 있었다.

많은 사람들이 사무라이(무사)로 출세하고자 기회를 노렸으나 도리에몽은 몇 번의 싸움에 참가하고선, 두렵기도 했지만 서로 죽고 죽이는 것이 싫었다. 그래서 사무라이 출세의 꿈을 일찌감치 버렸다. 고로의 생부는 도리에몽과 어린 시절부터 함께 자란 마을 동무였다. 그는 히데요시의 규슈 정벌 때, 출전했다가 전사했다. 전사에 대한 보상은 없었다. 말단 병사의 죽음이야말로 개죽음과 다를 바 없었다. 이후 도리에몽은 친구의 자식인 고로를 친자식처럼 돌보았다. 생활이 어려운 고로의 가족을 돕기 위해 틈틈이 농사일을 거들어 주었고, 조금이라도 먹을 것이 생기면 나눠먹었다.

도리에몽은 신의를 중시 여기는 아량이 넓은 성격의 소유자였다. 인정도 많았고 올바른 도리라 여기면 굳게 지킬 줄 아는 인물이었다. 도리에몽은 땀을 흘린 만큼 거두어들일 수 있는 농사일이 좋았다. 소작이라 생활이 여의치는 않았지만 틈틈이 텃밭도 만들며 열심히 일했다. 자신의 밭에서 작물을 거두는 재미가 쏠쏠했다.

"도리에몽 아저씨! 바쁘시지요?"

"오, 고로! 웬일이냐?"

"얘들이 아저씨를 뵙고 싶다고 해서 아저씨 일도 도와드릴 겸, 제가 데리고 왔어요."

마을의 젊은이들은 평시에도 도리에몽을 잘 따랐다.

"농사일이 많아서 바쁠 텐데, 동무들과 나다닐 틈이 있느냐?"

"예. 맡은 일을 후딱 끝내고 왔어요."

"녀석들. 한창때라 배가 고플 텐데. 고구마 쪄 놓은 게 있으니, 우선 요기 좀 하거라."

"아녜요. 먼저 일을 하고 나서 먹을게요. 아저씨는 텃밭이 많아서 잔일이 많잖아요. 저희들이 후딱 끝낼게요. 논에 난 피사리를 뽑을까요?"

"요기를 먼저 하라는데도 그러는구나."

"대신 끝나면 철포 좀 보여 주세요. 그리고 싸움터 얘기를 들려주세요."

"허허, 녀석들 알았다. 그럼 저쪽 위에 있는 밭에서 돌을 좀 골라

내거라."

　도리에몽은 처음에는 창을 든 보병으로 싸움터에 끌려다녔다. 창을 들고 항상 앞줄에 서서, 적을 맞이했다. 창병은 항상 위험했다. 육박전이 대부분인 창부대보다는 원거리에서 적을 쏘는 철포 부대가 안전했다. 또 그는 창을 들고 사람을 찌를 때의 느낌이 싫었다. 그래서 언젠가부터 철포 부대로 옮겨야겠다고 생각했다. 그러던 차에 싸움터에서 상대가 쓰던 철포를 습득해 고향 마을로 돌아왔다. 그는 철포를 들고 틈만 나면 철포를 익혔다. 겨울이면 사냥을 나가 들짐승들을 잡아 왔다. 눈의 초점이 좋아서인지 총이 잘 맞았다. 마을 젊은이들 사이에서, 그의 기민하고 정확한 사격 실력은 마치 전설처럼 회자되었다. 젊은이들은 그의 사격 실력을 귀신이라 평했고, 그를 동경하며 흉내를 냈다.

　고로의 부친이 전사하고, 가장을 잃은 그의 가족들의 곤경을 곁에서 보아 왔던 그였다. 장가를 늦게 들어, 아직 자식은 없었지만 처와 노모가 있었다.

　'가족들을 위해서라도 절대 싸움터에서 죽어선 안 된다.'

　싸움터에 나갈 때마다 마음속으로 다짐을 하곤 했다. 철포 쏘는 법을 익히고, 사냥을 하면서 사격 실력을 키워 왔던 것도 따지고 보면 가족들에 대한 책임 때문이었다.

　이번에도 철포를 들고 참전했고, 사격술을 인정받아 영주 직속 조총 부대에 배속되어 있었다.

　"각 대, 제 위치로!"

　지휘장의 명령이 울려 퍼졌다.

　"빨리빨리 움직이도록."

육지에 다가서며 대열을 끌고 있는 지휘장들의 언성이 높아졌다. 지휘장들은 눈꼬리를 추켜올리며 고함을 쳤고, 꾸물대는 병사들에게 다가가서는 들고 있던 봉으로 어깨를 내려치며 열을 정비했다.

"제1열 철포 부대, 제2열 장창 부대."

병사들이 전열을 갖추자 점호가 시작되었다.

전투 대형이 이루어지고, 대장선에서 조개 나팔이 길게 울렸다. 난간에 섰던 깃발수가 연달아 깃발을 흔들며 명령을 전달했다. 상륙 준비 신호였다.

시커멓게만 보이던 조선 땅은 점점 커다랗고 선명하게 모습을 드러냈다. 병사들은 대오를 유지하며 점점 커다랗게 다가오는 육지를 침묵으로 바라보았다. 조금 전까지만 해도 들떠 있던 모습은 어디론가 사라졌다. 모두 표정이 딱딱하게 굳어져 있었다.

현해탄 위에 떠 있는 대마도와 오도열도 같은 섬은 땅이 척박해, 그곳에는 주로 어업을 생업으로 하는 이가 많았다. 평소에는 어업을 생업으로 하여 삶을 영위하나 흉년이 들거나 어업이 신통치 않아 기근을 겪게 되면, 일부는 왜구로 변해 인근 지역인 조선이나 명을 침략해 약탈을 일삼았다. 그래서 이들 섬에서 차출된 자 중에는 오래전부터 왜구 짓을 하며 약탈과 방화, 하물며 인신 납치를 일삼았던 자들도 많았다. 그들은 조선 해안을 잘 알았고 조선의 지리와 풍습에도 밝았으며, 조선말도 조금은 알았다. 왜구로서 싸움 경험도 풍부했고 잔인했다.

"왜구들이 날뛰지 않도록 단속한다면 통신사를 파견하리라."

왜구들 때문에 골머리를 앓고 있던 조선 조정은 요시토시가 히데요시의 명을 받들어 조선과의 통교를 원하며 외교 교섭을 해 왔을 때, 왜구 단속을 조건으로 내걸었다.

"해안에서 분탕질하는 어민들을 엄격하게 단속하라."

히데요시는 조선의 요청을 받아 해적질의 단속을 철저히 하도록 했다. 해안의 감시가 심해지자, 이들은 이전처럼 왜구 짓을 맘대로 할 수가 없었다. 왜구 짓이 익숙했던 자들은 약탈을 할 수 없게 되자 수입이 줄어, 불만이 상당히 쌓였다. 그렇지만 히데요시의 명이 워낙 엄격해, 옴짝달싹 못하고 있던 터였다. 만일 왜구 짓을 하다가 발각이 되면 당사자들뿐만 아니라 마을 전체가 깡그리 초토화될지 몰랐다. 히데요시의 엄명이 무서워 끙끙 앓고 있던 그들에게 당사자인 히데요시가 조선 공략을 결정하고, 각 지역에서 군사를 모았으니, 이들에게는 마치 '불감청이지만 고소원(감히 청하지는 못하지만 원하던 바)'의 심정이었다. 이들은 누가 시키지도 않았는데 서로 앞장서서 지원했다.

"이번에 조선에 들어가면 한밑천 크게 잡아야지!"

"뭘로 한밑천을 잡나?"

"나는 이번에는 주로 조선 각시들을 노릴거야!"

"각시? 마누라가 있는 친구가 웬 각시 타령이야?"

"잘 모르는군. 나가사키에서 조선 각시들이 비싸게 팔린다고!"

"각시들을 어떻게 끌고 다닐라고? 도자기를 챙겨야지."

"그게 쉽지, 사기그릇은 집집마다 수북하니까."

"근데 별로 돈이 안 되잖아."

"무슨 소릴, 조선 자기는 사카이(堺)로 가져가면 금값이야, 금값."

"그래, 그럼 나도 자기를 챙길까?"

약탈과 납치에 익숙한 이들은 기대에 부풀어 있었다. 싸움터에서는 암묵적으로 약탈과 납치가 허락되었다. 왜구로서 경험이 풍부한 이들은 약탈과 납치에 아무런 장애가 없다는 것을 잘 알기에, 모두 한 몫 챙길 생각뿐이었다.

"그래도 살아남는 게 중요하지! 그깟 재물이 얼마나 한다고, 목숨과 바꿀 수야 없지!"

"싸움터에서야 죽는 것이 '병가지상사' 아니겠어. 죽기 아니면 살기지!"

"우하하, 죽긴 왜 죽어? 조선군들을 잘 몰라서 하는 소리지. 조선군 중에는 싸움을 제대로 하는 자가 별로 없어! 아마 우리 모습을 보면 싸움도 하기 전에 도망치기 바쁠걸!"

"그래, 맞아. 약탈할 때 못 봤어? 칼을 들고 쫓아가면 대항은커녕 무기는 다 버리고 무릎을 꿇고 목숨만 살려 달라고 두 손을 싹싹 빌잖아. 칼을 휘두를 것도 없다고. 큰소리를 지르며 칼만 뽑으면 다 줄행랑을 치니까. 하하하."

이들은 나가사키 서쪽 오도열도에서 차출된 병사들이었다. 오도열도의 영주인 고토 스미하루는 히데요시의 명령을 받고 할당 인원을 채우기가 힘들자, 왜구 짓만을 전문으로 하는 집단도 징발해 함께 출정했던 것이다.

이들의 관심은 오직 하나였다.

'한몫 단단히 챙겨야 한다.'

탐욕스런 이들의 눈에는 마치 먹이를 노리는 짐승처럼 살기가 뻗치고 있었다.

절영도

바다 끝 서녘 쪽 붉은 해가 아직도 꼬리를 길게 남기고 있을 무렵, 일만 팔천의 병사를 실은 왜군의 대선단은 늦봄의 온화한 날씨와 평탄한 파도 덕분에 유시(오후 6시 전후)경에 부산포 앞바다에 이르렀다. 갑작스런 많은 병선에 화들짝 놀란 바다는 크게 출렁였다. 병사들을 실은 칠백 척의 대선단이 부산포 아래, 절영도 앞바다까지 까맣게 뒤덮고 있었다.

"전군에게 상륙 준비를 하도록 군령을 전하라."

유키나가의 명령을 받은 부장이 즉시 깃발수에게 명령을 전달하려 할 때였다.

"전군이 한꺼번에 상륙하면 위험합니다. 만일 진을 치기도 전에 조선군이 불시에 기습해 온다면 피할 길이 없어 그야말로 배수의 진이 되고 맙니다."

군사역인 나이토 죠안(內藤如安)이었다. 그는 손으로 부장을 저지하며 유키나가에게 다가갔다.

그는 원래 단바(丹波) 지역의 영주였다. 죠안은 『일본사』를 저술한 포르투갈 출신 선교사 루이스 프로이스에 세례를 받은 크리스천 영주였으나, 노부나가에게 영지를 빼앗겨 낭인이 된 인물이었다. 유키나가는 자신과 같이 독실한 크리스천인 그를 받아들여, 외교 및 작전

281

을 담당하는 군사역을 맡기고 있었다.

"그럼, 어찌하면 좋겠소?"

"방어를 위한 싸움이라면 몰라도 바다 건너 이국에서 배수의 진을 친다는 것은 자멸을 초래할 뿐입니다. 게다가 조선의 왕이 있는 한성까지 가려면 긴 싸움이 될 것입니다. 병사들의 희생을 최소화해야 합니다. 섣불리 움직였다가, 적의 공격을 받게 되면 희생자가 나올 수 있습니다."

"잘 알겠소."

유키나가는 상륙 작전을 변경하여 즉시 대마도주 요시토시에게 군령을 띄웠다.

"츠시마대가 선두로 상륙하라. 츠시마대는 척후를 띄워 조선 측의 움직임을 살펴 보고하도록 하라. 전군은 안전이 확인된 후, 하선한다."

선봉으로 상륙하는 것은 그만큼 위험을 감수해야 했다. 유키나가는 자신을 가장 잘 이해해 줄 사위인 요시토시에게 선봉을 맡겼다. 다른 영주들은 이번 전투에서 어떡해서든지 공훈을 세워, 히데요시에게 잘 보여 출세하는 것이 목적이었지만, 자신과 사위는 그들과 생각이 달랐다.

유키나가와 대마도주는 되도록이면 본격적 싸움이 시작되기 전에 조선 측과 화평이 성립되길 바랐다. 어쩔 수 없이 바다를 건너오긴 했지만, 싸움을 하면서도 화평을 위한 교섭을 계속해 나갈 생각이었다. 그런 만큼 자신의 생각을 가장 잘 이해해 줄 사람은 오로지 사위 요시토시밖에 없다고 보았다. 그래서 위험하지만 선봉 상륙을 그에게 맡긴 것이었다.

대마도주는 총대장의 군령을 받자마자 신속하게 움직였다.

"척후대는 선봉으로 하선하라. 상륙 즉시 부산진성으로 향해 조선

쪽 동태를 살펴라."

정찰조인 척후를 가장 먼저 내려보낸 요시토시는 뒤이어 근위대만을 동반한 채, 소형선인 고하야선으로 옮겨 탔다.

"첨벙."

도주의 배가 해안 가까이 접근하자, 근위병들은 갑옷을 입은 채 바다에 뛰어들었다. 그들은 도주가 탄 배를 끌어 모래 위로 붙였다.

"땅을 고르고, 군막을 치도록 하라."

해안선 위쪽으로 주둔을 위한 군막이 세워지고 대열을 나누어 부대 배치를 끝냈다는 보고가 올라왔다.

"척후대로부터는 아직 연락이 없느냐?"

군막이 세워지고, 땅거미가 밀려오는데도 선발로 띄운 척후대로부터는 아직 연락이 없었다. 궁금해하던 도주 요시토시가 부장에게 물었다.

"예, 아직 아무 소식이 없습니다."

요시토시는 초조했다.

'일만 팔천의 병력이 하선과 상륙을 하려면 상당히 시간이 소요될 터인데, 척후대가 왜 이리 더디느냐?'

요시토시는 척후대의 움직임이 맘에 안 차는 듯, 혼자 중얼거리며 장검을 집어 들고 자리에서 벌떡 일어났다.

"날이 어두워진다. 바다 위에 있는 대장님께 빨리 척후 결과를 알려, 전군의 상륙을 도와야 하는데, 척후대가 너무 꾸물대지 않느냐."

답답한 듯 그는 성큼성큼 큰 걸음으로 군막 밖으로 나섰다.

"근위대는 나를 따라라."

장인인 유키나가에게 한시라도 빨리 보고를 하고 싶었다. 그런데 척후대가 꾸물대자, 답답한 마음을 억누르지 못하고, 직접 조선 쪽 동태를 살피기 위해 나선 것이다. 혈기 넘치는 이십 대의 그였다.

서쪽 하늘에는 태양이 마지막 붉은 기운을 바다에 남기며 비스듬하게 떨어져 갔다.

"전하, 저쪽을 보십시오."

측근 부장이 가리키는 곳을 바라보니, 붉은 석양빛이 길게 꼬리를 내리고 있는 절영도 앞바다가 아군의 병선으로 가득 뒤덮여 있었다.

"호, 과연 대군이로다."

요시토시는 근위장의 말을 듣고 앞바다를 덮고 있는 1번대의 병선을 바라보면서 감탄을 했다.

부산포 앞바다를 가득 메운 조선 침략 선봉대인 제1번대의 면모는 다음과 같았다.

총대장 히고국(현 구마모토현 일부)의 영주, 고니시 유키나가(小西行長). 휘하 병사 7천 명. 군사역의 나이토 죠안(內藤如安).

제1참모역의 대마도 도주, 소 요시토시(宗義智). 휘하 병사 5천 명. 통역을 겸한 군사역의 승려 겐소(玄蘇).

규슈 서쪽 히라토섬의 성주, 마츠라(松浦) 휘하 병사 3천 명.

시마하라 성주, 아리마(有馬) 휘하 병사 2천 명.

오무라 성주, 오무라(大村) 휘하 병사 1천 명.

후쿠에섬(오도열도) 성주, 고토 스미하루(五島純玄) 휘하 병사 700명.

도합 1만 8천 700여 명의 대군이었다. 모두 완전 무장을 한 정예였다.

반농반병으로 급작스레 차출된 신참들이 포함돼 있다고 하지만, 이들 왜병의 주력은 이미 일본 국내에서 많은 전투를 경험한 피 맛을 아는 병사들이었다.

284

처억. 처억.

절영도 위쪽 부산포 앞바다에는 파도가 잔잔하게 일고 있었다. 파도는 뱃전에 부딪쳤다가는 하얀 포말을 일으키며 스러져 갔다. 채 어둠이 깔리기 전인 신시(申時—오후 3시에서 5시)경이었는데, 한낮의 기세를 잃은 햇볕은 심드렁하게 바다를 비추고 있었다. 바다는 은은한 햇볕을 받으며, 연신 출렁이고 있었는데, 그 위로 군선 세 척이 물살을 가르며 부산진성 쪽으로 나아가고 있었다.

가운데 있는 군선에는 파란색 초요기가 펄럭이고 있었다. 초요기는 지휘장의 깃발이었으니, 그 배에 수장이 타고 있음을 알 수 있었다. 배 옆으로 노가 삐죽 나와 있었으나, 바다의 수면과 떨어져 허공에 떠 있었다. 대신 갑판 위에 세워진 가로돛은 넓게 펼쳐진 채, 바람을 받아 크게 불룩 하여 펄럭이고 있었다. 배는 순풍을 받아, 매끄럽게 미끄러져 나가고 있었다.

"저게 뭐꼬? 배들 아이가?"

"왜놈들 세견선인갑다?"

"세견선이 왜 저리 많노?"

"가져갈 물자가 많은갑다."

벙거지를 쓰고 갑판 위에 있던 병사들이 먼바다를 보면서 중구난방으로 떠들고 있었다.

"밖이 왜 저리 소란스러우냐. 무슨 일이라도 났느냐?"

선실에 있던 육 척에 가까운 커다란 몸집을 한 장수가 버럭 소리를 질렀다. 다름 아닌 부산진 첨사 정발이었다. 정식 명칭은 부산진 병마 첨절제사였으나, 흔히 첨사로 불렸다.

지휘선에서 조방장 및 측근 군관들과 여독을 풀 요량으로 있던 첨사는 갑작스레 선상에서 수군덕거리는 병사들의 소리를 듣고, 부아가 치밀어 소리를 질렀던 것이다.

"수사 영감. 절영도 남쪽 바다에 큰 배들이 떠오르고 있다고 합니다."

조방장 이응순이 첨사의 명령을 받고 밖으로 나갔다 돌아오면서, 보고하였다. 그는 머리에 적색 털로 장식한 전립을 쓰고 있었는데, 머리에서 전립이 떨어질세라 왼손으로 바치며 고개를 숙이고 선실로 들어왔다. 보고를 하면서도 바깥 동태가 염려되는지, 그는 연신 바깥쪽으로 고개를 돌렸다.

"웬 배들이 떠 있다는 건가?"

"송구스럽습니다. 처음 보는 배들인데, 큰 배들이 많습니다. 성에 돌아가는 즉시 순시선을 띄워야겠습니다."

"왜국에서 오는 세견선이 아니겠느냐? 어허, 모처럼의 여흥을 망치는구나."

정발은 눈을 위로 치켜올리며 진중하라는 투로 말을 끊었다. 호들갑을 떠는 것이 못마땅하다는 눈치였다.

정발은 수하의 수군과 배 세 척을 이끌고 전날부터 훈련 겸 사냥을 위해 절영도에 갔다가, 돌아오는 길이었다. 귀환 길에 여독을 풀 겸, 관기들을 태우고 떠났다. 오랜만에 사냥을 했더니 몸이 노곤했다. 기분 좋은 피로감이었다. 적당히 몸도 풀었겠다, 이제 주안상이 차려졌으니, 풍악을 울리도록 하고 관기들을 끼고, 술을 한잔 마시면, 쌓였던 피로가 절로 풀릴 듯 했다.

'다 된 밥상에 코 빠뜨린다더니.'

병사들이 밖에서 웅성웅성 소란스러워, 제지하라고 내보냈던 조방장까지 돌아와 호들갑을 피우니, 그로서는 모두가 마음에 차지를 않았다.

"돌아가서 군관들을 시켜 조사하면 되는 걸, 왜 그리 경거망동하는가? 쯧쯧."

그는 모처럼 마련한 여흥 자리가 파하게 되는 것 같아 안타까운 마음에 혀를 끌끌 찼다.

"죄송합니다. 세견선치고는 조금 의심쩍은 데가 있어서 그랬습니다. 송구한 마음입니다."

"뭐하느냐? 이것들아. 어서 술잔을 채우고, 풍악을 올려 봐라!"

"예, 나으리. 그럼 불로장생주부터 올리겠습니다."

첨사의 말이 떨어지자 주안상을 앞에 두고 눈치만 보고 있던 세 명의 관기들이 기다렸다는 듯, 두 손으로 술을 따르면서, 입으로는 코맹맹이 소리를 내며 아양을 떨었다. 조방장 이응순도 하는 수 없다는 듯이, 주안상 앞에 붙어 앉아 술잔을 받았다.

한편으론 불안했지만, 첨사의 비위를 거슬렀다가는 무슨 불호령이 떨어질지 알 수 없기에, 그냥 세견선이라 여기면서 술잔을 들었다.

얼굴이 동글동글하고 귀엽게 생긴 예향이라는 기생이 잔에 찰랑찰랑하게 술을 따랐다. 첨사가 술잔을 들이키는 것을 보고, 이응순이 '에라 모르겠다'라며 술잔을 막 입에 대려 할 즈음이었다. 군관 하나가 얼굴빛이 변하여 선실로 뛰어 들어오며 외쳤다.

"아룁니다. 바다 위에 왜군의 대선단이 나타나, 부산포를 향하고 있습니다. 아무래도 무슨 야단이 일어난 것 같습니다. 왜놈들이 틀림없습니다. 왜군이 쳐들어온 것 같습니다."

"저런 무례한 놈! 뭣이 어쨌다고?"

정발은 잔칫상에 재 가루를 뿌리는 군관이 미워, 먼저 무례를 꾸짖었으나, '왜군이 쳐들어온 것'이라는 소리가 귀에서 여운을 남기자,

뒤늦게 그 의미를 알고는 정신이 번쩍 들었다.

"너 이놈. 왜놈들이 쳐들어왔다 했느냐?"

"네, 틀림없습니다."

"거짓이 드러날 경우 경을 칠 줄 알아라."

"어느 안전이라고 제가 함부로 실없는 말씀을 올리겠습니까?"

군관은 얼굴색이 하얗게 변해, 정발의 말에 대답하며, 어서 빨리 선실 바깥쪽을 나가 보라는 듯 연신 고갯짓을 하였다.

"도대체 무슨 일이란 말인가?"

정발은 믿을 수 없다는 표정으로 이응순을 흘끗 바라보았다. 이응순은 말을 입 밖에 내진 않았으나, '내 그러지 않았느냐'란 표정으로 눈만 멀뚱멀뚱 뜨고 있었다.

정발은 다급한 마음에 버선발인 채로 안주와 술이 놓여 있는 주안상을 훌쩍 뛰어넘어 허겁지겁 선실 밖으로 나갔다. 군병들은 정발이 선실에서 나오는 것을 보고는, 일제히 절영도 아래쪽을 가리켰다. 그 손끝이 닿는 곳은 절영도 앞 먼바다였다. 정발의 눈길이 머문 바다 위에는 이미 왜군의 병선이 새카맣게 뒤덮여 있었다.

"저, 저게 무엇이더냐?"

"왜군의 병선인 것 같습니다요."

"저, 저런 죽일 놈들. 감히 여기가 어딘 줄 알고…. 여봐라, 즉시 성으로 배를 몰아라. 꾸물대지 말고 서둘러라!"

철썩, 철썩.

곧 바다로 노가 내려지고 수부들은 부지런히 노를 저었다. 세 척의 판옥선은 빠른 속도로 육지를 향해 나아갔다.

288

병화(兵禍)

부산진성에서 서남쪽으로 떨어진 가덕도 응봉 봉수대의 망꾼인 쇠철은 이 날도 망대에 올라 있었다. 그는 지방군으로 차출돼, 망대에서 근무하는 망꾼이었다. 외적의 침입이 없어, 망꾼이 되고 한 번도 봉화를 피운 적이 없었다. 그러니 망대는 그냥 유명무실했다. 망꾼들도 망대에는 올라와 있지만, 모두 타성에 젖어 있을 뿐, 큰 경계심은 없었다. 상관인 별장과 군관들도 마찬가지였다. 군기는 느슨했다.

군관들은 외적에 대한 경계보다는 개인적인 이문에 더 관심이 많았다. 수하 중에 살림살이가 조금이라도 괜찮은 자들이 있다면 근무를 빼 주거나 편한 곳에 배치해 주고는 뇌물을 챙겼다.

뇌물은 먹이 사슬로 연결돼 있었다. 그런데도 누구 하나 바로 잡으려는 자가 없었다. 오히려 서로 이권을 챙기느라 혈안이 되어 있었다. 어쩔 수 없이 군역을 지더라도 상납만 적당히 해 놓는다면, 편한 곳에서 근무할 수 있었고, 근무를 게을리해도 크게 문제될 일이 없었다. 군관이나 별장들이 가끔 규칙을 들먹이고, 까다로운 척하며, 점고를 하거나 근무 상태를 점검하는 경우가 있었으나, 규율을 지키기 위해서가 아니었다. 은근히 직책과 권위를 내세운 뇌물 챙기기의 일환이었다.

"첨사 나리는 팔자 폈다카이!"

"우리 같은 쌍놈이나 팔자가 사납제, 양반은 다 팔자 좋제, 와 뭔 일이 있노."

"첨사가 첩을 얻었다 카는데 그 애첩이 꽃같이 예쁘다 안 하나."

"그렇나, 관기도 많은데 또 애첩을 얻었나."

"근디 그 애첩이 몇 살인지 아노? 에구 이팔청춘이라 안 하나."

"이팔청춘이라면 낭랑 십팔 세란 말인데, 햐 한창 좋을 때네, 근데, 첨사 영감은 당년 몇인데?"

"첨사 나리야 불혹(不惑)을 넘었다 안 하나."

"아따, 문자 쓰고 있네. 불혹이 뭐꼬. 마흔이라카먼 어디가 덧나나."

"불혹이면 어떻코, 마흔이면 어떻노. 글고 양반 나리들이야, 나이가 뭔 상관이 있겠노. 매일 산해진미를 먹는 것도 모자라, 아침저녁으로는 따로 보약을 첩으로 지어 먹는데, 을매나 힘이 솟아 오르겠노. 넘쳐나는 아랫도리 힘을 쓸려면, 안방마님 하나만 가지고 되겠나. 택도 없대이."

"그나지나, 꽃 같은 나이에 애첩이 됐으면 뭔 사연이 있지 않겠나."

"사연 없는 사람 어디 있노? 양반들 빼고 우리네야 사연이 많지. 이게 어디 사는기가? 양반들이야 살만 하겠지만, 상민들이야 죽지 못해 사는 거 아이가."

"그제도 절영도로 사냥을 나가면서 관기를 태워 나갔다 안 카나."

"애첩이 있는데, 또 관기를…?"

"니, 뭔 소리 하노. 관기하고 애첩하고 같나? 관기야 가무를 잘하이 필요한 거고, 애첩이야 수청을 위해 필요한 거 아이가? 관기와 애첩은 애초부터 그 용처가 틀리다카이."

"그러게 팔자가 폈다지 안 하나."

"맞다. 맞아. 우리 같은 상놈들이야 조강지처 하나만 있어도, 감지

290

덕지하지만, 양반 나리들이야 기생이다 애첩이다 입맛 땡기는 대로이, 팔자가 좀 좋나. 마, 이놈의 세상은 양반들만의 세상인기라. 우리 같은 놈들이야 인두겁만 같지, 어디 같은 사람이라 할 수 있나."

"도대체 뭔 놈의 세상이 이리 생겨 묵었노. 내 부아가 치밀어 속병이 생겼다 안 카나."

"시끄럽다마, 양반 나리들이 들으면 능멸했다고 경을 친데이. 입이 재앙의 근원이 된단 말 모르나."

망꾼들은 처음에는 첨사 정발이 새로운 애첩을 얻었다는 이야기로 꽃을 피웠다가, 양반들의 행태와 횡포를 시작으로 세상에 대한 불만과 원망으로 투덜거렸다. 그러자 나이가 위인 천가가 주위를 두리번거리며 이들을 제지했던 것이다.

"아니, 저게 무에라? 앞바다에 웬 배가 저렇게 많이 떠 있노?"

잡담을 나누며 습관적으로 일어나 망루 밖을 흘끗 쳐다보던 망꾼 천출이 깜짝 놀라 큰소리로 외쳤다.

"응, 멀 그리 놀라노? 왜놈들의 세견선이 아이겠나?"

함께 이야기하던 쇠철은 천출의 깜짝 놀라는 소리에 으레 있는 일이라는 것처럼 앉은 채로 대수롭지 않게 대꾸했다. 천가가 천출의 놀라는 소리가 예사치 않았는지 천천히 일어났다.

"아니 저게 뭐꼬? 우째 세견선이 저리 많노?"

"내 그렇다 안 합니까? 저게 대체 몇 척인가예? 하나, 둘, 셋, 넷, 다섯…. 마, 억수로 많아 당최 셀 수가 없다카이."

그들의 눈에는 이미 바다에 올라선 배들도 적지 않았는데, 먼바다에서는 끊이지 않고 계속 돛이 솟아올라 오는 모습이 보였다. 바다를 덮은 왜선들의 깃발이 점점 선명해졌다. 망대에 있던 망꾼 다섯 모두 기겁했다.

"저건 세견선이 아니라카이. 왜군이라카이. 왜군."

"우, 우짜면 좋습니꺼?"

나이가 아래인 천출이가 지레 겁을 먹고 말을 더듬었다.

"난리가 터졌다카이. 뭔 일이 났음에 틀림없대이. 쇠철이 니는 먼저 오장 나리에게 알리그라. 퍼떡 뛰그라."

사태 판단이 빠른 천가는 얼른 발걸음이 빠른 쇠철을 시켜 망대를 내려가도록 했다. 봉수대 아래쪽에 숙소가 있었는데, 그곳에 오장 김응현이 머무르고 있었다.

"왜선이 나타났습니더, 헉헉, 왜, 왜선이 마이…."

곧바로 언덕 아래로 뛰어 내려간 쇠철이 경황없이 오장 김응현에게 보고했다.

"너, 이놈 무슨 헛것을 보았느냐? 웬 흰소리를 하고 난리냐!"

오장 김응현은 자다가 봉창을 두드린다는 표정으로 다그쳤다.

"그게 아니라니까예. 정말 왜선이 틀림없다니까예. 그것도 억수로 많다 안 합니꺼."

"만일 왜선이 아닐 시에는 그 말을 책임질 수 있으렸다."

"퍼떡 가서 보이소. 지가 그냥 죽기를 원하지 않는다면, 왜 헛소리를 하겠습니꺼?"

왜선이 출현했다는 보고를 받은 그는 쇠철이 헛소리를 하는 것으로 여기고 쇠철을 다그치려다가, 진지한 얼굴빛을 보고, 뭔 일이 일어난 것을 직감했다. 김응현은 '아닌 밤중에 홍두깨'도 이런 일이 없다 여겼다. 얼른 겉옷과 벙거지를 걸치고 일단 망대로 뛰어올랐다. 쇠철도 가슴이 조마조마한 채로, 부지런히 김응현의 뒤를 따라 올랐다. 가슴은 연신 두근거렸다. 왜선이 그리 간단히 바다 위에서 사라져 버릴 리 만무하지만, 그래도 만일 배들이 사라져 버렸다면, 허위 보고 죄로 간단한 처벌만으로 끝나지 않을 것은 불문가지였기 때문이다.

"헉헉."

언덕 중턱 정도에 이르자 김응현은 숨이 턱에 차, 연신 헐떡댔다. 마음은 급했는데 몸이 봉수대에 오르는 가파른 길에 막혀 허덕대고 있던 것이었다. 숨이 목까지 차올라 가슴을 짓누르는 느낌이었다.

'하기사 훈련을 받아본 것이 언제랴.'

가덕도 봉수대 오장 김응현은 오늘 따라 망대가 서 있는 봉수대 언덕이 높고 멀게 느껴졌다. 만일 큰일이라도 일어나, 임무를 게을리 했다는 죄를 덮어쓰면 그대로 참수형 감이었다.

'제길할, 언덕은 왜 이리 높나.'

그는 가쁜 숨을 몰아쉬며 젖 먹던 힘을 다해 뛰어올랐다. 겨우 언덕에 올라섰을 때는 이마에 땀이 송골송골 맺혀 흘러내렸다. 봉수대 너머의 바다가 넓게 퍼져 있었다. 그러나 그가 흘끗 바라본 가까운 바다는 평소와 다름없이 조용해 보였다.

'그러면 그렇지! 이놈이 뭘 잘못 보고 헛소리를 한 게지!'

김응현은 초조한 얼굴빛을 하고 자신의 뒤에 바짝 붙어 언덕을 올라오는 쇠철을 흘끗 바라보았다. 그러자, 그가 손짓으로 언덕배기를 가리켰다. 일순 안심하며, '뭐가 있으랴.'는 심정으로 봉수대가 솟아 있는 언덕배기로 성큼 올라선 그는 자신의 눈을 비볐다.

"저, 저게 뭐냐?"

높은 언덕에 올라서서 보니 웬걸 먼바다는 상황이 달랐다. 바다 전체가 온통 깃발로 장식한 군선으로 뒤덮여 있던 것이었다. 군선들은 절영도 동쪽으로 올라갔는데, 그쪽에 부산포가 있었다. 지금까지 조선 수군의 배가 저리 많이 바다를 항해하는 것은 본 적이 없었다. 또 아무런 연락도 받지 못했던 터였다. 왜군의 군선이 틀림없었다.

김응현은 눈앞이 아찔했다.

"여봐라. 어서, 봉화를 올려라!"

"네?"

"어서 봉화를 올리라니까…."

"아, 알겠습니다요."

쇠철의 말을 듣고 설마했는데, 눈앞에 펼쳐진 광경은 현실이었다. 김응현의 얼굴색이 하얗게 변해 갔다.

'꾸물거리다간 임무를 게을리했다는 죄목으로 먼저 죽을 판이다.'

"몇 번 올릴갑쇼?"

"무에? 응! 두 번 연속 올려라."

천가가 횟수를 묻는 소리에, 넋이 빠진 듯 바다를 응시하던 김응현은 다시 정신을 차리고, 겨우 명령을 내렸다.

봉화대에 불이 지펴졌고, 곧 봉수대 산정 위로 하얀 연기가 머리를 풀고 오르듯이 솟아올랐다. 왜적의 침입을 알리는 봉화였다.

"가덕도 봉수대에서 연기가 두 번 솟아올랐습니다."

절영도 쪽에서 왜의 대선단을 발견하고 허겁지겁 성으로 돌아온 정발에게 올라온 보고였다.

"아, 이런 죽일 놈들, 어려울 때마다 그렇게 곡물을 주며 도와주었는데… 배은망덕도 유분수라더니… 아무튼 왜놈들이 드디어 본색을 드러냈구나!"

왜군의 침략이 있을 것이라는 소문이 없지는 않았다. 북쪽 변방에서 근무해 오던 자신이 남쪽 해안가인 부산진 첨사로 영전되어 온 것도 사실은 왜군이 침략할지도 모른다는 소문 때문이었다. 그런데 한편으로는 대마도의 왜인들이 조선과의 무역을 늘리기 위해 만들어 낸 소문일 것이라는 추측도 있었다.

어떤 게 사실인지 갈피를 잡을 수가 없었다. 아무도 왜인들의 속을 몰랐다. 아니 굳이 알려고 하지 않았다는 말이 더 맞는 말이었다.

통신사로 다녀온 정사와 부사도 그 의견이 갈라져 제각각이었다. 소문이 있다 한들, 누가 장래의 일을 알 수 있으랴 하는 무사안일한 태도였다.

바다 건너 왜국의 정세가 심상치 않다는 것은 어제 오늘의 일이 아니었다. 대마도에서 병화가 있을 거로 경고했고, 통신사를 파견해 왜의 동향을 살피기도 하였다. 조정은 병화에 대비해 군비를 늘리고 군사를 훈련해야 함에도 불구하고, 대비책이란 것은 아주 임시방편적이며, 고식적이었다. 이른바 무장인 정발을 정3품 당상관으로 승진시켜 부산진 첨사로 파견한 게 다였다. 군비와 군사를 늘리지 않고, 첨사 하나를 바꾸는 것으로 그 대비를 다한 꼴이 되어 버렸던 것이다.

게다가 정발이 임금의 명을 받은 것은 두 달 전인 임진년(1592) 이월 하순의 일이었으며, 부산진에 내려온 것이 한 달 전인 삼월 하순이었다. 첨사로 봉직되어, 부산진에 내려오면서도 '왜군의 침략'이라는 소문에 '설마' 하는 마음이 컸다. 그러나 그는 기껏해야 왜구의 분탕질 정도라고 치부했다. 그는 왜구 정도의 규모라면 자신의 능력으로 얼마든지 진압할 수 있을 것으로 보았다. 그런 마음에서, 한편으론 오히려 왜구가 나타나 주길 바랐다. 공을 쌓아 승진할 수 있는 좋은 먹잇감이 될 것으로 보았기 때문이었다.

'그런데 왜군의 출현이라니! 그것도 대규모의 왜병이라니.'

"장군! 병화가 일어난 것이 틀림없는 것 같습니다."

여러 가지 정황으로 보아 병화가 일어난 것이 틀림없었다. 그러나 믿고 싶지 않다. 북방에서처럼 소규모 전투이길 바랐다. 그런데 현

실은 그의 기대와는 점점 다른 상황으로 전개되고 있었다.

"호들갑 떨지 말라!"

분풀이하듯 그는 병화를 보고하는 조방장을 꾸짖었다. 그리고는,

"즉시 척후를 내보내, 왜군의 움직임을 살피도록 하라. 군관 하나에 발이 빠른 병사 열을 붙여 내보내도록 하라. 그리고 남은 군관들을 시켜 군사를 모으도록 하라. 이방은 지필묵을 준비하고, 파발을 대기시켜라!"

정발은 싸움을 잘 알았다. 만주의 여진족들이 북쪽의 종성을 침략했을 때 오랑캐들과 몇 번 실전을 치렀던 경험이 있었다. 수하 병사들을 이끌고 여진족 부락까지 쳐들어가, 여진족 남정네들을 붙잡아 온 적도 있었다. 여진족의 침범을 평정했다는 공을 인정받아, 거제 현령을 제수받았다. 이번에 첨사로 승진해, 부산진에 파견된 것도 따지고 보면, 다 그때 쌓은 무공 덕분이었다.

정발은 제승방략에 따라, 전시에 취해야 할 대책을 세웠다. 척후를 띄우는 한편, 군사를 모으도록 했고, 주변 지역에 원군을 요청했다.

'부산포 앞바다에 왜군 병선 출현. 적선의 수가 너무 많아 헤아릴 수가 없음. 왜병들은 갑옷과 창칼로 무장하고 있음. 속히 군병을 모아 원군을 보내 주길 바람.'

원군을 요청하는 치계를 작성해, 가까운 동래성과 울산성에 신속하게 파발을 띄웠다. 그리고 측근 부장들과 함께 동헌에 모여 군사 회의를 열었다.

"성안에 군사 수만으로는 적을 막아내기가 어렵습니다. 군민 구별 없이 우선 장정들을 모아야 합니다. 그렇지 않고서는 저 많은 왜병을 맞아 싸우기가 힘들 것으로 사료됩니다."

조방장, 이응순이 군사 수가 부족함을 지적하며, 군역 의무와 관

계없이 장정들을 모을 것을 건의했다.

"잘 알았다. 힘을 쓸 수 있는 장정들은 나이와 관계없이 모두 모으도록 하라. 즉시 수행하라."

명령이 떨어짐과 동시에 군관들은 병졸과 사령들을 데리고, 동헌을 빠져나갔다. 그들은 방을 써 붙이는 한편, 사방팔방으로 퍼졌다.

"왜병이 틀림없습니다. 바다 위에 배가 새카맣게 떠 있습니다. 백성들의 말에 의하면, 이미 일부 왜병들은 이곳 가까이까지 와, 정탐을 끝내고 돌아갔다고 합니다. 모두 칼과 창으로 무장하고 있다고 합니다."

정탐을 내보내고 한 식경쯤 지나자, 척후로부터 보고가 올라왔다.

"영감, 왜군의 침략이 사실로 드러난 것 같사옵니다."

보고를 받으며 얼굴이 굳어져 가는 정발을 바라보며, 이응순은 올 것이 왔다는 투로 말을 건네 왔다.

"소문이 사실이 되었구나. 상종 못할 놈들 같으니라고. 은혜를 원수로 갚는다더니… 금수(禽獸) 같은 놈들이로다."

"적군이 대규모라 하니, 어서 군사를 배치하고 방비를 서둘러야 될 것이옵니다. 장군!"

정발이 한탄만 하고 있자, 부사맹 출신으로 첨사를 보필하고 있던 이정헌(李庭憲)이 나서며 독촉했다. 이정헌은 당시 나이 일흔 살의 노인이었다. 대마도의 승려 겐소(玄蘇)가 히데요시의 명령으로 조선에 건너와 '가도입명(假道入明-명나라를 치기 위해 길을 빌림)' 등의 조건을 내세우며 조선 조정과 교섭을 할 때, 후에 의병장으로 활약하는 조헌이 왜란이 있을 것을 예견하고, 왜의 사신인 겐소의 목을 베라고 임금에게 상소를 올리는 일이 있었다. 이정헌도 이에 동조했다.

'왜란이 일어나면 국가 존망이 위태해질 것이다. 병란이 일어난다면 문반보다 무반이 더 필요할 것이다. 이를 알고도 가만히 있는다면

어찌 선비라 할 수 있겠는가?'

그는 원래 문관직이었으나, 무관에 응시하기 위해 문관직을 집어 던졌다. 그리고는 무관 시험을 준비해, 노령의 나이임에도 불구하고 무과에 응시해 무반에 등과했다. 그러나 나이 때문에 직함 제수를 못 하고, 그저 야인으로 지내야만 했다. 우국지정(憂國之情)이 가득한 그는 전국을 돌면서 성곽이나 각 고을의 군비를 살폈다.

임진왜란이 일어나기 직전, 그가 부산진에 내려왔는데, 첨사로 막 내려와 있던 정발이 그의 우국충정과 지략을 높이 사, 수하의 막장(幕將)으로 붙잡아 두고 있던 터였다.

"알겠소! 내 그리하리다."

"왜적이 대군이라 하니, 성에 남아 성문을 철통같이 잠그고 농성전을 준비해야 승산이 있겠소이다."

"나, 역시 동감이오."

이정헌의 재촉을 받아 농성전을 준비하면서도, 정발은,

'왜군의 침략이 아니길 바란다. 그저 대규모의 세견선이길 바란다.' 라며 속으로 비는 마음이 컸다.

"왜군이 상륙을 마쳤다고 합니다."

속속 들어오는 보고는 자신의 바람과는 어긋나는 것뿐이었다.

"죽일 놈들. 내 몰살을 시키리라."

보고를 받은 정발은 이를 부드득 갈며, 큰소리를 쳐 댔으나, 성안의 병졸 수가 절대적으로 부족함을 아는 그는 말과는 달리 그저 속만 답답한 심정이었다.

기장 앞바다

"행님요! 어망을 땡기소."

음력 4월이 되어 그런지, 한낮이 되면 벌써 햇살이 따가웠다. 태양은 사내의 정수리 위로 떠올라 강렬한 뙤약볕을 수면 위에 하얗게 뿌려 대고 있었다. 반짝이는 수면 위로는 조각배 두 척이 떠 있었다. 웃통을 벗어, 알몸이 된 사내가 배 위에서 사투리로 연방 소리를 쳐 댔다. 알몸이 된 웃통은 땀으로 젖어 있었는데, 마치 동백기름이라도 발라 놓은 듯이 윤기가 잘잘 흘렀다. 햇살이 쏟아지는 바다에는 기름이 올라 반질반질한 봄 멸치가 새하얀 은빛을 튀겨 내며 팔딱팔딱 수면으로 튀어 올랐다.

예로부터 기장 지역의 봄 멸치는 그 맛이 좋은 것으로 유명했다. 멸치를 잡아 바닷바람에 잘 말리면 기름이 골고루 살에 퍼져 응축됐다. 잘 말려진 멸치는 날로 씹어도 쫄깃쫄깃했고, 바닷물로 간이 잘 밴 멸치는 그 향이 좋아, 씹으면 씹을수록 입안에 고소한 맛이 퍼졌다.

또한 기장에서 갓 잡아 담근 멸치젓은 서산의 어리굴젓과 함께 임금님의 수라상까지 올라갈 정도로 맛이 일품이어서, 양반들도 기장 멸치라면 환장할 정도로 평판이 좋았다.

"행님요, 그물을 땡기소. 들출이, 니는 뭐하노. 어망을 따라 배를 돌리라 안 카나."

어동은 팔딱팔딱 튀는 멸치를 보면서 조금이라도 더 많이 잡고 싶은 욕심에 팔에 힘을 가해, 어망이 걸려 있는 장대를 힘껏 당겼다. 팔뚝의 힘줄이 시퍼런 배추벌레처럼 퍼런빛을 띠며 불끈 솟아올랐다.

"알았다카이. 웃샤, 웃샤."

옆에서 나란히 떠 움직이던 배의 사내도 어동의 재촉하는 소리를 듣고는 장단을 맞추며 어망을 끌어당겼다. 멸치 떼로 가득 찬 어망이 손끝에 묵직하게 와 닿았다. 그물이 제법 무겁게 느껴지자, 모두 이를 악물고 힘을 주어 당겼다. 같은 배에 타고 있던 돌쇠는 멸치가 움직이는 방향으로 키를 조절하며 바쁘게 움직였다. 배는 키의 반대 방향으로 스르륵 미끄러지며 회전했다.

"힘껏 들어 올리그래이."

어동의 배 가까이로 또 한 척의 배가 원을 돌았다. 두 척의 배가 서로 이물이 가까워지자 어망이 끌어올려졌다. 둥그런 어망에는 멸치 떼가 가득 담겨 있어 그런지, 그물은 마치 둥근 모양을 한 복어 배처럼 밑으로 축 처져 있었다.

"들출아 힘 쓰래이! 힘껏 끌어 올리라카이, 쪼금만 더, 옳지, 영차, 영차."

"어동아 도망치지 못하게 잘 잘 땡기레."

"걱정 붙들어 매라 안 캅니꺼."

어망에 가득 담긴 멸치를 보고, 이들은 신이 나서 '형님, 아우님' 하면서 묵직한 어망을 끌어올렸다. 어망은 명주실로 짜여 있었고, 그물에는 장대가 달려 있었다. 그물이 무거워 장대가 휘청휘청했다.

배 위로 올린 그물을 바닥에 놓자, 찹쌀떡을 눌러 놓은 것처럼 옆으로 넓게 퍼져 배를 가득 채웠다. 어동이 그물의 밑부분을 잡고서는 뒤집어 들어 올렸다. 멸치와 잡어들이 배 위로 '좌악' 하고 쏟아졌다.

들출은 한 마리라도 아까운 마음에 그물망에 붙어 있는 멸치를 악착같이 털어 내고 있었다. 어동뿐만 아니라 일행 모두의 얼굴에 희색이 만면했다.

어동은 어민이었지만 신분은 양민이었다. 양반집 노비에 비해 삼시 세끼 제때 찾아 먹지는 못했으나 마음은 자유스러웠고, 편했다. 어려서 조실부모해, 몇 번이고 노비로 떨어질 뻔 했으나, 누이가 하나 있어, 운 좋게 양민으로 살아갈 수 있었다.

일찍 시집간 누이는 부족한 시집살이 속에서도 항상 어동의 삶을 보살펴 주었다. 자립할 정도의 성인이 되고 나서야 겨우 누이의 신세를 벗어날 수 있었다. 항상 부족한 삶이었지만 그래도 작은 배라도 타고 바다에 나오면 생선을 잡을 수 있어 좋았다. 풍족하진 않지만 어민의 삶이 좋았다. 어동은 천성적으로 구속된 삶을 사는 노비 생활은 질색이었다.

"니도 얼른 장가가 살림을 해야 하지 않겠노."

혼자된 동생의 외로움을 잘 아는 누이가 시집간 마을의 양가의 처자와 혼인할 수 있도록 주선해 주었다. 어동은 누이가 말한 처녀를 멀리서 슬쩍 훔쳐본 적이 있었는데, 중키에 쪽머리를 딴 모습이 자신의 마음을 썩 끌지는 않아, 그냥 무덤덤하게 있었다.

"지난번의 각시가 외모는 좀 그래도, 마음이 참하다카니, 혼사를 올리는 게 어떻노?"

"…."

"부모님도 안 계시고, 이 누이 혼잔데, 내 니가 걱정이 돼, 죽으려도 죽을 수가 없대이."

"아따, 누이는 참말로 죽긴 누가 죽는다고 그라나? 내 장가든다. 장가들면 될 거 아이라."

"증말이가?"

"글타까이. 내 누이가 말한 그 처자에게 장가갈란다."

그날 이후 어동은 날만 좋으면 바다로 나와 열심히 고기를 잡았다. 생선을 바꾸어 양식을 구했고, 양식이 남으면 옷감과 교환했다. 장가 밑천을 마련하기 위해 닥치는 대로 일을 했다. 배를 못 타는 날에는 품을 팔았다. 그 덕에 이제 재물이랄 건 없지만, 그래도 어느 정도 살림도 장만했다. 이제 여름이 지나고 가을이 오면, 손 없는 날을 잡아 혼인식만 올리면 되었다. 하나밖에 없는 누이가 시집간 이후로 고아 비슷하게 혼자 살아온 어동은 가정을 꾸린다는 생각만 하면, 왠지 모르게 가슴이 뛰었다.

이날도 아침부터 하늘에 구름이 없고 날씨가 좋아 어동이 서둘러 동무들에게 연락해 멸치잡이를 나왔다. 이들은 부산진성에서 가까운 동백섬 근처 어촌에 살았는데, 돌쇠와 칠칠이 두 살 많아 형님 노릇을 하였고, 들출은 동갑내기였다. 덩치는 어동이 제일 컸고 힘도 장사였다. 돌쇠는 어동보다 두 살이 많아서 그런지, 생각도 깊었고 어른스러웠다. 넷은 봄이 되면 곧잘 어울려 기장 쪽에서 내려오는 멸치를 노리고 배를 몰고 나오곤 하였다.

왜구들의 극성이 심해 먼바다로 나가는 일은 금지되어 있기도 하지만, 이들의 배가 원체 작아 먼바다로는 나갈 엄두도 못 냈다. 주로 가까운 앞바다에서 계절마다 올라오는 생선을 잡아, 시장에 내다 팔거나 필요한 물건들과 교환했다. 고기를 잡아도, 빌려 탄 뱃삯을 갚으면 별로 남는 것은 없었으나, 어릴 적부터 배를 탔고, '배운 게 도둑질'이란 말대로 이들은 고기를 잡는 것이 제일 수월했고, 마음 편했다.

"햐, 오늘은 제대로 잡았다 아이가."

"글게 말이다."

"자 어망 잡아라. 다시 한 번 건져 보는 게 좋지 않겠나."

"하모, 하모."

"오늘 한번 배를 가득 채워 보재이."

돌쇠의 말이 끝나기 무섭게 어동은 고기를 털어 낸 어망을 들어서는, 바닷속에 던져 넣었다.

'철썩'하는 소리와 함께 바닷물이 하얗게 튀었다. 웃통을 벗어 던져, 근육질의 상반신을 드러낸 어동은 장대의 끝을 뱃전에 걸었다.

"행님여! 다시 한 번 멀리 돌아보이소⋯."

"⋯."

"어, 저게 뭐라!"

어동이 돌쇠에게 배를 돌리게 하면서 고개를 선미 쪽으로 돌리려 할 때였다. 절영도 아래쪽 수평선 끝에서 커다란 돛이 계속 떠오르는 것이 눈에 들어왔다. 높고 넓게 퍼진 돛대 아래쪽으로는 화려하게 장식된 깃발이 펄럭이고 있었다.

바닷가에 사는 이들은 시야가 좋았다. 절영도가 멀리 떨어져 있었지만, 그들의 눈에는 아주 선명하게 잘 보였다.

"저게 분명히 어선은 아이데이."

어동의 중얼거리는 소리를 듣고, 칠칠은 손가락으로 눈에 낀 눈곱을 떼어 내는 듯한 시늉을 하며, 눈을 한 번 비비고는, 눈을 크게 떠 절영도 남쪽을 응시했다. 수백 척의 배들이 대열을 이뤄 절영도를 지나 부산포를 향해 다가가고 있음을 한눈에 알 수 있었다.

"뭔 놈의 배가 저리 많이 떠 있노! 부산포 쪽으로 다가가는 것 같은 데⋯."

심상치 않은 광경인지라 마음에 걸린 칠칠이 중얼거렸다.

"아니, 저건 왜놈들의 배 아이가."

"맞다, 왜놈들 배다. 저 깃발 보그래이, 왜놈들 맞다."

"근데, 와 저래 많노?"

"저, 저, 저거 왜놈들이 쳐들어온 거 아이가."

큰 난리가 날 것이라는 소문이 돌았던 것은 달포 전이었다. 왜관에 있던 왜인들이 모두 짐을 싸 돌아갔고, 왜관에는 왜인이 없어 폐쇄되다시피 했다는 풍문도 돌았었다.

'쓸데없는 소문을 퍼트려 민심을 동요시키는 자는 엄벌에 처한다.'

관에서는 함구령을 내렸다. 모두 내놓고 말은 못했지만 왜놈들이 쳐들어올지도 모르니 조심해야 한다는 말이 입에서 입으로 옮겨지고 있던 때였다. 연장자인 돌쇠는 소문을 되새기고, 순간적으로 왜군이 침입했음을 직감했다.

"어동아, 퍼, 퍼떡 그물 걷으래이, 이걸 우째야 하나. 아무래도 무슨 변고가 있대이."

돌쇠는 서두르라는 말을 하는데도 턱이 덜덜 떨렸고, 말은 더듬더듬 나왔다. 돌쇠가 긴장하는 모습을 본 일행들도 모두 덜컥 겁이 났다.

"야, 야들아, 뭐, 뭐하고 있노. 잘못하면 죽는데이."

돌쇠의 얼굴이 겁에 질려 점점 창백하게 변해 갔다.

"글씨 무슨 일인고, 절마들이 왜 저리 많이 왔노?"

그래도 강단이 있는 어동이 침착하게 절영도 쪽을 바라보며 동무들을 달래려 여유를 부렸다.

"왜군이 치들어왔나 보대이. 빨리 돌아가자카니. 지금 멸치가 문제가 아인 기라! 잘못하면 목숨이 날라 갈 판인기라."

신명나게 멸치를 걷어 올리며 만선에 기쁨으로 가득 찼던 네 장정의 표정이 갑작스레 두려움으로 가득 찼다.

"제길할."

그들은 그길로 멸치 잡는 것을 포기하고는 급하게 그물을 거두어 부리나케 마을의 포구로 돌아왔다. 선착장 옆 안쪽 평지에서는 머리에 흰 무명을 둘러멘 아낙들이 어부들이 잡아온 생선을 손질하며 잡담을 하고 있었는데, 아낙들은 칠칠과 들출이 포구에 배를 대고는 멸치를 담아 놓은 나무통을 끌면서 허둥대는 것을 보고는 의아해했다.

　　"저이들이 와 저러노?"

　　"하이고, 엉덩이에 불이 붙었도 저리 안카겠네. 와 저러노."

　　아낙들은 일하던 손을 놓고는, 허둥대는 어동 일행을 물끄러미 바라보면서 남정네들이 점잖지 못하게 호들갑을 떤다는 듯이 타박하는 소리로 중얼거렸다.

　　"뭣들 하는교? 퍼떡 피난 갈 생각 안하고."

　　"뭔 일이 났다 그라는교?"

　　"마, 큰일났데이. 왜놈들 배가 겁나게 몰려왔다 안캅니까. 게 있지 말고 퍼떡퍼떡 집으로 가, 숨으이소. 왜놈들한테 잡히면 다 죽는데이."

　　돌쇠가 빠른 걸음으로 지나치면서 소리쳤다.

　　"저 남정네들이 뭐라카노?"

　　얼굴이 겁에 질려, 서두르는 어동 일행을 보고는 선착장에 있던 사람들이 모여들었다.

　　"와 그라노, 누가 물에 빠지기라도 했나?"

　　다른 배에 있던 어부들도 심상치 않은 얼굴을 하고 있는 어동 일행을 보고 다가와서는 물었다.

　　"그기 아이라, 저… 저 좀 보소. 왜놈들이 떼거지로 몰려왔다 안합니꺼. 난리가 났다카이. 난리라요."

　　칠칠은 말까지 더듬으며 절영도 쪽을 가리키며 손짓했다. 칠칠의 손가락이 가리키는 바다 끝은 새까맣게 배로 뒤덮여 있었다. 수평

305

선 너머로 배들이 자꾸 올라와 점점 더 불어나고 있었다. 멀리서 보아도 그 크기를 알 수 있는 배들이 시커먼 모습으로 절영도 앞바다를 뒤덮어 갔다.

"저게 다 무어라?"

바닷가 사람들도 그렇게 많은 배가 부산포 앞바다에 떠 있는 것을 보는 것은 처음이었다.

"왜놈들 배라 안 캅니까? 빨리 짐 챙겨 성안으로 안 들어가면, 저 노마들한테 다 잡혀 죽는다카이까."

왜군의 상륙

"척후로부터 아직 연락이 없더냐?"

화려한 갑옷으로 몸을 치장한 대마도주 요시토시가 측근 근위에게 물었다.

"네, 그렇습니다. 아직 돌아오지 않는 것을 보니, 깊이 들어가 적정을 상세히 살피고 있는 것으로 보입니다."

늦봄의 해는 서쪽으로 급히 기울어져 떨어져 갔다. 요시토시와 근위병들의 그림자가 점점 길게 늘어져 갔다. 태양은 바다 끝에 걸려 가라앉았고, 서녘은 태양이 내뿜는 빛으로 붉게 물들어 있었다.

"너무 지체되는구나. 좀 더 나가 보자."

"주군, 너무 깊숙이 들어가시면 위험합니다."

요시토시는 선발대로 조선 땅에 상륙해 진막을 세운 뒤, 앞서 띄운 척후대로부터 보고가 늦자, 스스로 정찰을 겸해 근위대를 이끌고 부산진성 쪽으로 약 한 마장 정도 나왔던 것이다. 근위장이 제지를 하자,

"뭔 일이 있겠느냐?"

하고 성큼 나섰다.

"근위대는 주군 곁에 바싹 붙어 따르라."

요시토시가 근위장의 말을 무시하고, 발걸음을 앞으로 내딛자, 좌우로 조총과 장창으로 무장한 호위대가 경호를 겸해 붙어 섰다.

간베에도 무장을 하고 요시토시의 옆에 바짝 붙어 있었다. 그는 얼마 전까지 부산포의 왜관에 머물며 조선 측과의 교역을 도맡아 하던 책임자였다. 그러다가 히데요시의 조선 공략이 결정되자, 급히 대마도로 돌아갔다가, 이번 출정에 길 안내를 맡게 된 것이다. 그는 도주 요시토시의 통역 겸 호위를 담당하고 있었다.

"저게 부산진성이냐?"

요시토시는 부산진성이 멀리 보이는 산기슭 아래 언덕까지 와서야 발걸음을 멈추고 물었다.

"예, 그렇습니다."

간베에가 가까이 다가와 답을 했다. 이미 어둠이 엷게 깔려 부산진성은 거무스레한 형태로 멀리 보였다. 요시토시는 그곳에서 잠시 주변 지형을 살폈다. 그때였다. 일단의 무리가 다섯 명씩 듬성듬성 두 줄로 대열을 이루어 이쪽을 향해 빠르게 다가오고 있었다.

"저기 다가오는 저들은 뭐냐?"

요시토시는 일순 상대가 조선군이라 여기고, 당황했다. 그러자 옆에 있던 부장이 대답했다.

"아군입니다. 척후로 보낸 병사들입니다."

척후병들은 시야가 좋았다. 이들은 멀리서도 언덕 위의 군사들이 아군임을 확인하고 다가오는 중이었던 것이다. 척후병으로 선발된 자들이라 그런지 움직임과 발걸음이 쟀다. 일부는 조선인 농부의 복장으로 변복한 자도 있었다. 요시토시가 순간적으로 당황한 것은 그의 복장을 보았기 때문이었다.

"성의 움직임이 어떻더냐?"

이들을 가장 먼저 알아본 부장이 척후장에게 척후 내용을 물었다. 척후장은 곧 요시토시 앞에 무릎을 꿇고 부산진성의 경비 상황을 보고했다.

"성안의 조선군 수천, 해자를 파고 농성 준비를 하고 있습니다."

"성 밖에는 군사가 없더냐?"

"예, 전령들이 움직이는 듯하나, 군사의 이동은 없었습니다. 성 밖 백성들이 성안으로 피신하고 있는 것만 확인됐습니다."

"음, 공성전에 대비하는 것이 틀림없군. 수고했다. 곧 돌아가, 나는 총대장님에게 상황을 보고해야 하니, 그대들은 내일 있을 전투를 준비하도록 하라."

요시토시는 그길로 곧장 해안가 군막으로 돌아왔다. 그리고 즉시 작은 배를 준비하도록 지시해 놓고는 간베에를 불렀다.

"간베에! 난 유키나가 님이 계신 대장선으로 갈 것이다. 그대는 이곳에 남아 조선군의 움직임을 주시하라. 그리고 내일 있을 싸움을 위해 병사들이 경거망동하지 않도록 철저히 단속하라."

요시토시는 간베에와 병사들을 군막에서 대기토록 하였다. 그리고 자신은 승려 겸 군사역인 겐소와 호위병 셋만을 대동하고, 앞바다에 정박하고 있는 유키나가의 배로 향했다. 정찰 내용을 보고하기 위해서였다.

수평선 끝에 엷게 걸려 있던 석양은, 그땐 이미 그 꼬리를 다 거두고 자취를 감추었다. 태양이 사라진 바다에는 어둠이 빠르게 밀려왔다. 요시토시를 실은 배가 바다로 나갔을 무렵에는 사방이 컴컴했다.

"누구냐? 멈추어라."

유키나가가 있는 대장선으로 다가서자, 소형선에 꽂아 놓은 대마도대의 깃발이 보이지 않았는지, 경비 군사들이 철포를 겨누었다.

"츠시마 도주이신 요시토시 님이다. 유키나가 님을 뵈러 왔다."

검문이 있고 도주임이 확인되고 나서야, 비로소 대장이 있는 선실로 안내되었다. 경계가 삼엄했고, 싸움을 앞둔 병사들의 얼굴은 굳어 있었다.

"척후를 마치고 돌아왔습니다."

지휘실로 들어서면서 요시토시는 무릎을 꿇고 머리를 조아렸다. 측근들과 무언가 긴밀하게 이야기를 나누던 유키나가는 사위를 보자, 아주 반가운 표정을 지었다. 선실에는 유키나가의 군사격인 나이토 죠안도 함께 있었다. 유키나가가 나이토 죠안을 흘끗 바라보고는 요시토시에게 존대를 쓰며 물었다.

"오! 수고했소. 많이 늦었구먼. 그래 조선군의 움직임이 어떻소?"

장인인 유키나가가 옆에 있던 죠안을 의식해, 경어를 사용함을 알고는 요시토시도 공적인 입장에서 정중하게 답변했다.

"조선군이 농성전을 준비하고 있는 듯하옵니다. 척후를 띄운 후, 걱정이 돼, 제가 직접 부산진성이 보이는 곳까지 다녀왔습니다만, 길목에 복병은 없었습니다. 부산진성까지 나아갔던 척후로부터도 군사와 백성이 모두 성으로 모여들고 있다는 보고였습니다. 농성전으로 버티려는 게 틀림없습니다."

"그럼, 성 밖으로 나올 기미는 없다는 거요?"

"예, 그러하옵니다. 기습 공격은 없을 것 같습니다. 전군을 하선시켜도 될 것 같습니다."

"사실이 그렇다면 그러는 것이 좋겠군. 아무튼 수고했네."

유키나가는 곁에 있던 죠안을 흘끗 바라보았다. 사위인 요시토시의 보고가 마음에 들지 않느냐는 표정이었다.

'척후들의 보고로도 충분할 텐데, 직접 적정을 살피고 오다니….'

유키나가는 언제나 최선을 다하는 사위가 대견스러웠다. 그는 깊게 생각해 볼 겨를도 없이, 요시토시의 제안을 받아들였다.

그때였다.

"신, 말씀 올립니다. 도주의 제안대로 도주께서 직접 나서서 적정을 살피고 왔으니 틀린 판단은 아니라 봅니다. 그러나 싸움에서는 만의 하나까지도 경우의 수를 두고 신중해야 하는 것이 병법의 원리입니다. 조선군이 아무리 오합지졸이라 하지만, 여긴 적진입니다. 이미 사방이 어두워졌습니다. 지금부터 하선한다면 야밤이 되어 끝날 것입니다. 저들에게 상륙의 혼란을 이용해, 야음을 틈타 기습할 수 있는 기회를 줄 수 있습니다. 보초를 두어 경계를 철저히 한다 하더라도 피해가 생길 것이며 그에 따른 사기 저하도 있을 수 있습니다. 그렇게 되면 내일 미명에 있을 공격에도 차질이 생길 수 있습니다."

군사역으로 사위와 장인의 대화를 듣고 있던 나이토 죠안은 부드럽게 그리고 논리 정연하게 자신의 의견을 개진하기 위해 심호흡을 한 번 가다듬었다.

"저들을 유인할 필요가 있으면 몰라도 일부러 허점을 드러내, 저들에게 기회를 주어서는 안 됩니다. 그러하오니 군사들이 조금 힘들어 하더라도 오늘 밤은 배에서 머무는 것이 상책으로 사료되옵니다. 하선은 내일 새벽녘 공격 개시와 함께 이루어지는 것이 좋을 것 같습니다."

죠안은 대마도주 요시토시의 감정이 상하지 않게 배려하면서 조용히 자신의 의견을 피력했다. 요시토시는 처음에 나이토 죠안이 자신의 의견을 묵살하는 것 같아 속으로 불쾌했으나, 그의 논리 정연한 말에 반론을 펼치진 못했다.

"음, 듣고 보니 그 말이 맞는 말이오. 병사들이 조금 힘들겠지만 저들에게 빈틈을 보여서는 안 된다는 말에 동감이오."

"도주, 어떻소?"

"지당한 말씀이옵니다. 결정에 따르겠습니다."

"그럼, 즉시 하선 명령을 중지하고, 전령을 띄워 각 대의 대장들을 건너오도록 하시오. 오늘 밤을 선상에서 보내려면 이곳에서 군사 회의를 가져야겠소."

유키나가의 명령에 따라 즉시 각 대장들에게 전령이 파견되었다.

"부아아앙⋯."

그리고 조개 나팔이 한 번 길게 울려 퍼졌다. 집합의 신호였다.

이미 사방은 먹물을 뿌려 놓은 것처럼 깜깜했다. 바다와 하늘의 경계는 사라졌고, 세상이 온통 무겁고 시커먼 검은색으로 변해 있었다. 전령의 전달을 받은 각 대의 영주들을 실은 소형선들이 부리나케 대장선으로 옮겨 왔다. 그들이 선상으로 올라올 무렵에는, 잔별들이 낮게 깔려 무수히 반짝였다.

지휘소인 선실에는 다다미가 깨끗하게 깔려 있었다. 영주들이 들어서자, 상좌인 정중앙에 유키나가가 앉고, 각 대의 영주들이 좌우로 앉았다. 먼저 요시토시가 척후 내용을 설명했다. 촛불의 빛은 희미했다. 그래서 양쪽으로 열을 지어 마주보고 앉아 있는 영주들의 얼굴에는 어스름한 어둠이 드리워져 있었다. 언뜻 보면 모두 음울하고 심각한 모습이어서, 마치 저승에서 온 사자들처럼 보였다.

유키나가의 옆에 앉아 정탐 보고를 하던 요시토시의 말이 끝나자, 묵묵히 보고를 듣던 영주들은 요시토시를 응시하고는, 곧 질문을 했다.

"성안의 군사는 얼마나 되는 것 같소?"

시마하라 성주 아리마가 고성으로 따지듯이 물었다. 위엄을 나타내려고 목에 힘이 잔뜩 들어간 탓이었다.

요시토시는 같은 줄에 앉아 있던 아리마를 흘끗 쳐다보고는 다시 유키나가 쪽으로 천천히 고개를 돌려 대답했다.

"많아야 삼천 내지, 사천에 불과하다고 합니다. 거기에 무기도 없는 백성들이 섞여 있어, 실제 병사는 채 반도 안 될 것입니다."

"군사 수도 군사 수지만 그 정도라면 오합지졸에 불과하구먼, 무기 없는 백성들이 함께 섞여 있다니…. 하하하, 성을 함락시키는 데, 한 식경이면 족하겠구먼."

요시토시의 말이 끝나기가 무섭게, 오무라 성주인 오무라도 자신의 존재감을 나타내려고 목소리를 높였다.

"그렇다면 성을 포위하고 위협한다면, 항복을 받아낼 수도 있지 않겠소?"

유키나가는 싸움만이 능사가 아니라는 것을 우회적으로 전달하려는 듯이, 항복을 유도하면 어떠냐는 듯한 발언으로 주전파의 의견을 조용히 눌렀다.

"내일 아침 일찍 선봉으로 전령을 보내는 것이 좋겠습니다. 우리의 의향을 전달하고 받아들여지지 않으면, 그때 성을 포위해 위협을 가하는 것이 좋을 듯합니다."

유키나가 옆에 앉아 있던 죠안이 대마도 승려 겐소를 바라보며 동의를 구하는 듯 넌지시 건의했다. 겐소가 고개를 끄덕였다.

"음, 우리의 본심이 전달되면 좋겠소만…."

"저희 쪽에서 문안을 작성하겠습니다."

요시토시는 그리 말하고는 승려 겐소를 응시했다. 한문에 능한 그에게 문안 작성을 부탁한다는 의미였다.

"글에 능한 겐소 님이 계시니, 그렇게 하는 게 좋겠구먼."

사위의 의중을 읽은 유키나가가 허락을 내리고는, 겐소에게 눈길을 주었다. 좋은 결과를 끌어낼 수 있게끔 부탁한다는 표정이었다.

"아마, 쉽지는 않을 것입니다. 저쪽도 조정의 명이 없이는 호락호락 항복하지는 못할 테니까요."

겐소가 고개를 숙이며 굳은 표정이 되어, 자신의 견해를 표했다.

"안타까운 일이오. 그러나 최선을 다해 봅시다."

"자, 지금부터 내일 있을 전투에 대해 각 대의 배치를 정하겠소."

유키나가가 군령을 내렸다.

"내일 공성전이 시작되면 대마도대가 선봉을 맡으시오. 그리고 중앙은 우리 히고군이 맡을 테니, 마츠라대는 우익을 맡으시오. 좌익은 오무라대와 아리마대에게 부탁하오. 고토열도의 병사들은 수가 적으니 후방을 맡으시오."

"아니 선봉은 우리가 맡겠소."

고토열도 성주 스미하루가 유키나가의 말을 받아치며, 선봉을 자청했다. 상대적으로 군사 수가 적은 자신들의 입지가 미약함을 알고, 선수를 친 것이다. 선두에 서서, 군사 수의 열세를 용맹으로 만회하고, 각 부대에 자신들의 무용을 보여 입지를 확보하는 한편, 전공을 쌓아, 나중에 논공행상을 받기 위함이었다.

"아니오. 이곳의 지리와 조선을 잘 아는 대마도대가 맡는 것이 적격이오. 그대로 따르도록 하시오."

유키나가의 목소리는 단호했다. 더는 왈가왈부하지 말라는 투였다.

"선봉대의 임무를 한 치도 틀림없이 수행하겠습니다."

요시토시가 큰소리로 군령대로, 자신이 선봉대를 맡을 것을 자임하고 나서자, 더 이상의 왈가왈부는 없었다.

"그나저나 병사들의 시장할 텐데 허기를 달래도록 해야겠습니다. 그래야만 내일 전투에서 사기 진작을 할 수 있을 겁니다."

나이토 죠안이 화제를 바꿨다.

"맞는 말이오. 하선할 줄 알고, 지금까지 아무것도 먹이질 못했소다."

"모두 그렇게 하시오. 배 위에서 밤을 보내는 것이 힘들긴 하지만, 내일의 작전을 위해서이니, 모두 따라 주시오."

선상에서 밤을 보내기로 결정한 것에 투덜대는 영주들의 불만을 흘려들으며, 유키나가는 다시 한 번 다짐하듯이 못을 박았다.

"하아."

요시토시가 허리를 숙여, 답을 하자, 더 이상의 이견은 없었다.

폭풍전야

"왜놈들이 쳐들어왔다 안카나."

성 밖 백성들은 왜군이 쳐들어왔다는 소문이 퍼졌지만 긴가민가하여, 어쩔 줄 몰라 하고 있는데, 벙거지와 더그레를 걸친 병사들이 성에서 나와,

"왜군이 쳐들어왔다. 난리가 터졌으니, 빨리 성안으로 피하라."

피난을 재촉했다.

"이자 우짜믄 좋노?"

"무엘 우짜노. 니는 뭐하노? 퍼떡 가재도구를 챙기라카이."

"뭘 챙겨야 합니껴?"

"식량부터 챙겨야 하지 않겠나!"

쨍그랑.

갑작스런 병란에 사람들은 어찌할지 몰라 허둥댔다. 어른들은 급한 마음에 이리 뛰고 저리 뛰며, 소리를 내질렀다. 그 통에 애지중지하던 가재도구가 깨져 바닥에 뒹굴었다.

"어매요, 아부이요, 아앙, 어엉."

이를 본 아이들은 아이들대로 갑작스런 상황 변화에 겁을 먹고 소리를 지르며 울어 댔다.

"야, 이노므 가시내야. 니는 동생들 챙기지 않고 뭐하노? 손잡고

퍼떡 쫓아오지 않으믄 죽는데이. 퍼떡 챙기래이.”

이미 보따리를 싸 들고 피신하는 사람들을 보고는, 모두 마음이 급했다. 간단한 가재도구만을 머리에 이고 오는 이가 있는가 하면, 지게 위에 바리바리 이불까지 잔뜩 싸 들고 오는 이도 있었다.

갑작스레 부산진성으로 들어가는 길이 피난민들로 줄을 이었다. 영문도 모르는 아이들은 부모들이 겁먹은 모습을 보며, 눈치를 살폈다. 모두 눈을 동그랗게 뜨고는, 허둥대는 부모들의 옷깃을 놓치지 않으려고, 돌돌 말아 쥔 손에 힘을 꼭 쥐고는 어른들을 따랐다.

멸치잡이를 나갔다가 왜의 대선단을 보고 기겁을 하여 돌아온 어동 일행도 가족들과 함께 성안으로 들어왔다.

“절놈의 짜식들이 은제나 돌아갈라나? 제길, 멜치 잡아 논 거, 다 썩히게 생겨 아까바 죽겠데이.”

가볍게 꾸민 행리를 등에 지고, 성 쪽으로 향하는 어동이 투덜거렸다.

“내 말이 그 말 아이가. 모처럼 한 배 가득 잡았다 카이, 이 난리 아이가. 그래도 버리지 않고, 대충 널부러 놓았으니 절로 잘 마르지 않겠나? 마, 난리가 한 달이 가갔나, 두 달이 가갔나. 금방 끝나지 않겠나?”

칠칠이 달래는 투로 말하자,

“하, 성님은 속도 편하네. 글고 뒤집으며 말려야지 그냥 두면 잘 마릅니꺼.”

무언지 모를 불안감에, 괜히 언성을 높인 어동이 칠칠에게 불평하자, 옆에 있던 돌쇠가 한마디 쏘았다.

“지금, 멜치가 문제가 아니라카이. 왜놈 배들이 저래 많은 걸 보믄, 사태가 심상치 않데이. 분명 큰 싸움이 될 게 뻔하데이. 게다가 성

317

이 무너지면, 우리 목숨이 다 날아갈 판인기라. 어동이 니도 멜치 타령 그마하그레."

날은 이미 어둑어둑해 왔다. 평소 같으면 성문이 닫힐 시간이었다. 그리되면 성으로 향하는 길은 한산해지기 마련이었는데, 사위가 어두워졌음에도 길은 피난 가는 사람들로 더욱 북적대었다.

"이럇."

다다닥. 다다닥.

활짝 열린 성에서 말이 달려 나와 흙먼지를 일으키면, 사람들이 양쪽으로 좌악 갈렸다가, 말이 지나가면 다시 한 덩어리가 돼, 걸음을 재촉했다.

"하나씩, 하나씩."

부산진성 앞에서는 철릭을 걸친 군관이 병졸 몇을 데리고, 성으로 몰려오는 사람들을 눈으로 하나하나 검문하고 있었다. 거동이 수상쩍거나 낌새가 이상한 사람은 곧바로 짐 검색이 이루어졌다.

"거기."

군관이 손짓하면, 병사들은 창으로 겁을 주면서 보따리와 짐을 뒤졌다. 피난민 속에 숨어 있을지 모를 왜군 첩자를 색출하기 위한 것이었다. 어동 일행은 큰 제지 없이 성안으로 들어섰다. 성안에는 벙거지를 둘러쓴 병졸들과 철릭을 입은 군관들이 이리 뛰고 저리 뛰며 바쁘게 움직였다.

"병졸들이 을마 안 되는 갑네, 왜선이 억수같이 왔던데, 저걸로 싸움이 되겠노?"

"글게 말이라. 대립인가 뭔가로 니도 내도 다 빠지니 뭔 정병이 있겠노?"

병사들과는 다르게 흰 무명옷을 입은 남정네들이 끼리끼리 성벽

근처에 모여 있었는데, 그나마 돌아가는 상황이라도 귀동냥하려고 몰려들었다가, 군복을 입은 정병이 얼마 안 되자, 수군거렸다.

"그라면, 우리라도 함께 싸워야 되는 거 아이가?"

"니, 병장기 갖고 싸움할 줄 아노?"

"모르제."

"그란데, 우째 싸운다는 기고….."

그들이 웅성댈 무렵 이미 철릭을 입은 장교가 병사들을 이끌고, 그들이 모여 있는 곳으로 다가오고 있었다. 그러더니,

"사내들은 성루 앞으로 모여라. 지금 즉시 모여라. 첨사 영감의 명령이다. 거역하는 자는 경을 칠 것이다."

"우야꼬?"

"너거 먼저 가 있그레이."

어동은 혈혈단신이기에 움직임이 간편했지만, 다른 일행은 식구들이 붙어 있었다. 어동과 들출이 먼저 동문루로 나갔고, 돌쇠와 칠칠은 가족들을 안쪽에 있는 마을로 데려다 놓은 후, 나중에 성루로 와, 어동과 합류했다.

"장정들에게는 모두 병장기를 나누어 주고 성벽에 배치토록 하라. 싸움에 대비하여 아낙들도, 돌 등을 나르고 취사를 돕도록 하라."

첨사는 군사적 열세를 만회하기 위해서는 군민 총동원 태세를 취할 수밖에 없다고 판단했다.

'성을 지켜내기 위해서는 풀 한 포기, 돌멩이 한 개마저도 중요하다.'

그래서 장정뿐만 아니라 아낙들도 도움이 된다면 모두 동원할 수 있도록 영을 내렸다. 이른바 총동원령이었다. 군령은 엄격했다. 거역하는 자는 그 자리에서 즉결 처분해도 무방했다. 첨사의 영에 따라 군

관과 병사들은 닥치는 대로 사람들을 모았다. 거동이 불편한 노인과 어린아이들을 뺀 나머지 사람들은 모두 동원 대상이었다. 총동원 태세에 따라 장정들이 모여들었고, 이들에게 병장기를 나누어 주기 위해, 장교들은 병사들을 시켜, 병기고에서 병장기를 꺼내 오도록 했다.

동문루 아래쪽으로 마당이 넓게 퍼져 있었는데, 그 마당으로 병기고에서 꺼내온 창과 활, 화살, 장도 등이 어지럽게 놓여졌다. 그중에는 길이가 짧은 승자총통도 놓여 있었다. 승자총통은 화약을 사용해야 하는 무기이기 때문에 전문적으로 훈련을 받은 사람이 아니면 다루기가 힘든 무기였다. 그러니 일반 장정들에게 쓸 수 있는 병장기는 창과 활, 화살 정도였다. 그러나 활도 평소에 훈련을 받지 않은 사람이 다루면 그 위력과 명중률이 낮았다.

결국 일반 백성인 장정들이 훈련 없이 곧바로 요긴하게 쓸 수 있는 병장기라고는 창밖에 없었다. 그런데 동문루 앞마당에 놓인 창은 한눈에 보더라도 열을 지어 서 있는 장정들의 수보다 턱없이 부족했다.

"우선 창부터 지급하라. 줄을 세워 순서에 따라 나누어 주도록 하라."

장정들의 수와 병장기의 내용을 대충 어림짐작으로 파악한 군관이 병졸들에게 명을 내렸고,

"줄을 똑바로 서라. 줄을."

"상민들은 이쪽 줄로 서라."

"진사 어른과 양반네 댁은 이쪽으로 서십시오."

병졸들은 흔들흔들하는 벙거지를 손으로 잡으며, 줄을 세웠다. 성내에서 거주하는 양반들 중, 왜병의 침입 소식을 듣고, 동문루 앞으로 모여든 자들이 몇 있었는데, 그들의 자제들로 보이는 젊은 사람들도 몇 끼어 있었다. 임금을 곧 하늘로 여기고, 그 임금에게 성은을 받아,

충성을 지조로 삼고 산다는 양반들이었다. 그들 중, 지방 향시인 소과에 합격해 마을에서는 진사 대접을 받는 이빈열이라는 자도 끼어 있었다.

'이번 기회를 잘 이용하면 대과에 급제하지 않아도, 공을 인정받아 벼슬의 기회가 주어질지 모른다.'

이빈열은 소과의 초시, 복시에 합격하였으나, 대과에는 번번이 낙방해, 벼슬길이 멀어지는 것 같아 전전긍긍하고 있던 터였다. 문과 지망이라 병법을 알리 만무했다. 키는 큰 편이었으나, 삐쩍 말라 기운이 있어 보이지도 않았다. 눈꼬리가 위로 쪽 찢어져 올라 있고, 콧날은 야트막하게 서 있으나, 콧등이 길어 입 아래까지 뻗어 있었다. 입은 옆으로 주욱 찢어져, 언뜻 보아도 인상이 표독했다. 사람을 보는 눈이, 어미 닭에게서 떨어진 어린 병아리를 노리는 음흉한 쥐의 면상으로, 아주 포악하고, 탐욕스럽게 보였다.

'싸움이야 아랫것들 시키고 난 뒤에서 적당히 몸조심하면서 대처한다면 싸움에 참가한다 해도, 그리 위험할 일은 없으리라.'

구국의 충정으로 성루 아래로 뛰어온 양반가의 사람들도 있었지만, 이빈열같이 출세의 기회를 잡으려, 하인들을 끌고 참가한 양반도 더러 있었다.

"자, 지금부터 창을 배급할 테니 받으시오."

병사들은 양반들과 그 자제들이 서 있는 줄로 가, 먼저 창을 지급했다. 창을 받아, 쥐고 찔러 보는 시늉을 하는 자도 있었지만, 창을 쥐는 법도 몰라 창을 받아들고는 망연자실 우두커니 서 있는 자도 있었다.

"잘 드는 창으로 주게나. 그리고 여기 아이들은 내가 데려온 비자(婢子－하인)들이네. 힘이 좋으니, 이 아이들에게도 창을 주도록 하게."

장교는 나이 차이도 없어 보이는 이빈열이 문자를 써 가며, '하게'

소리를 해 대자, 기분 나쁘다는 듯, 한 번 흘긋 그를 바라보고는 차갑게 대꾸했다.

"순서가 있소. 양반이 먼저니, 하인들은 남으면 주리라."

양반들에게 창을 지급하고 나자, 장교는 눈대중으로 남은 창을 흘긋 세더니, 양민 장정들이 줄을 서고 있는 곳으로 다가가, 힘깨나 씀직한 자들을 찍어 내듯이 불러냈다.

"너, 너, 그리고, 너…. 앞으로 나와라."

손가락질을 받은 장정들은 하나둘 앞으로 나왔다. 어동도 장교의 지명을 받았다. 그들에게 남은 창을 지급하자, 창은 동이 났다.

"그라믄, 우린 우찌 합니꺼?"

"게 있는 걸 좋을 대로 집어라."

창을 못 받은 사람들이 묻자, 군관이 알아서 하라는 투로 답을 했다.

"집어, 집어."

사람들이 서로 밀치며 앞으로 나서서는, 바닥에 놓여 있는 활과 화살, 승자총통 등을 닥치는 대로 주워 들었다.

"그 총통은 화약이 없으면 별 도움이 되지 못하니 놔두어라. 대신 무기가 없는 사람들은 창이 모자라니, 각자 집으로 가서 곡괭이와 쇠도리깨 등 뭐든지 농기구라도 들고 나와라. 없는 것보다는 나을 것이다."

병장기가 턱없이 부족함을 느낀 군관은 굳은 표정을 지었다. 그리고는 고육지책으로 농기구라도 들고 오라고, 남 말하듯이 외쳤다.

"성 밖에서 온 사람들은 우째 하라꼬예. 도로 성 밖으로 나갈 수도 없고…."

창을 못 받은 돌쇠가 따지듯 퉁명스럽게 묻자, 장교는 난처한 표정을 짓더니 입을 열었다.

"성 밖에서 들어온 백성들은 여기 그대로 있거라. 다른 사람들이

322

무기를 가져오면 그걸 받아쓰도록 하라. 대신 성내에 사는 사람들은 무기가 될 만한 건 뭐든지 가져오도록 하라. 지금 즉시 움직여라.”

군관은 임기응변으로 다른 사람들에게 농기구를 가져오게 하고는, 돌쇠를 사납게 꼬나보았다. 시끄럽게 떠들지 말고, 조용히 하라는 무언의 압력이었다.

“나으리 저희도 집에 다녀옵니까요?”

이빈열의 곁에서 눈치만 살피던 하인 둘이 군관의 말을 듣고 이빈열에게 물었다. 군관이 자신의 말을 무시한 채 다른 상민들에게 창을 다 지급해 버리자, 이빈열은 곧 잡아먹을 듯한 표정으로 그를 표독스럽게 노려보더니,

“그럴 필요 없다. 너는 이 창을 받아라. 그리고 너희 둘은 날 따라와라.”

이빈열은 창을 받아들고 있는 상민 둘에게 다가가, 다짜고짜 창을 빼앗았다.

“아니, 왜 이러는교?”

“네 이놈들! 엄연히 상반을 구별하는 국법이 있느니라. 양반인 내가 무기가 없는데 상민인 네가 창을 차지한다는 게, 어디 가당한 일이더냐. 그리고 이 아이는 나의 가속이다. 나를 따라 싸움에 나섰으니, 나와 한 몸임에 다름이 없다. 그러니 이 창은 내가 갖는 것이 타당하다.”

창을 빼앗긴 상민 둘은 어이가 없었으나, 양반과 싸움을 하기도 뭐해, 멀뚱멀뚱 군관만 쳐다볼 뿐이었다. 무기를 나누어 주면서, 지휘를 하던 군관도 이빈열의 행동을 보고는 ‘흐흠’ 하고 헛기침만 하더니,

“시키는 대로 해라. 무기가 없는 자들은 곧바로 집에서 무기가 될만한 것들을 모두 가져오도록 하라.”

장교의 말이 끝나자, 사람들은 투덜대며 삼삼오오 흩어졌다.

"지미랄, 싸움을 하는 데도 양반 상놈을 가르네. 아, 싸움에서야, 심 센 놈이 최고지, 뭔 양반 상놈이 따로 있나? 참말로 웃긴다 아이가."

창을 빼앗긴 장정이 빈손이 되어, 처음 서 있던 줄로 돌아오면서 불평을 해 댔다. 그도 성 밖에서 들어와, 무기를 가져올 처지가 아니었던 모양이었다. 돌쇠가 장정이 투덜대는 소리를 듣고, 나지막한 소리로 대꾸했다.

"내말이 그거라 아입니꺼. 때가 이런데 이참에 뭔 귀신 씻나락 까먹을 양반 상놈 타령인지 모르겠는기라. 참말로 저 양반, 저리 삐쩍 말라갖고, 싸움이나 할 수 있겠노. 창으로 지 배때지나, 안 쑤시믄 다행이라카이."

"…."

돌쇠의 말을 들은 어동도 이빈열의 행동을 이해할 수 없었지만, 자신은 창을 받아들었으니, 투덜대는 소리를 못 들은 척하고 자신의 자리로 돌아왔다.

휙휙.

창을 지급받은 어동은 처음 잡아 보는 창이었지만, 창대가 손바닥에 착 달라붙는 기분이었다. 팔에 힘이 불쑥 솟아올랐다. 빈 허공에다 대고 좌우로 몇 번 휘둘러 보았다. 가볍게 느껴졌다. 이어서 양손으로 창대를 잡고 앞으로 내밀면서 찔러 보았다. 다루기가 그리 어려울 것 같진 않았다.

"왜놈 짜식들 나타나기만 해보그레. 내 요걸로 어육을 만들어 부릴끼라."

기운이 철철 넘치는 어동은 싸움이 별로 두렵지 않았다. 오히려 창을 손에 잡자, 왜병에 대한 분노가 치밀어 올라, 어서 빨리 한바탕 싸움을 치르고 싶은 마음이었다. 젊은 혈기 탓이었다.

"자 병장기가 없는 사람들은 여기에 있는 것을 마음대로 골라들도록 하라."

얼마 지나지 않아, 농기구를 가지러 갔던 장정들이 쇠도리깨와 곡괭이, 도끼 등 무기가 될 만한 것들을 들고 왔다.

창을 못 받은 돌쇠와 칠칠, 들출도 앞으로 나가 농기구를 하나씩 주워 들었다. 무기라고 해 봤자, 도끼와 쇠도리깨 등은 농기구 주인들이 이미 차지하였던 터라, 남은 것은 빨갛게 녹이 슨 곡괭이 정도였다.

"이걸로 왜놈들과 싸움을 우찌 하노?"

"글게 말이다. 니 괭이로 싸움해 봤나?"

"누가예, 괭이 들고 싸움했다면 살인이 일어났을 텐데, 여기 일고 있을 수 있겠는교? 싸움이라 해봤자 주먹질뿐이제. 글고 이런 난리는 처음 아임니꺼."

"글타. 니 말이 맞대이."

"근데, 왜놈들은 칼을 잘 다룬다카든데….."

"그뿐이가, 그놈들 칼이 잘 들어, 몸에 닿기만 해도 팔다리가 툭툭 떨어져나간다 안 카나. 근데 이걸로 그런 놈들과 싸움이 되겠나. 아이고 내사마 겁나 뒤비지겠네."

돌쇠와 들출이 괭이를 들고 투덜대는 투로 말을 주고받을 때, 어동이 불쑥 말참견을 했다.

"마, 한 번 죽지 두 번 죽나! 암튼, 왜놈 짜슥들 오기만 해보레이."

소심한 칠칠은 농사에 쓰는 곡괭이를 손에 들고 있었지만, 몸이 덜덜 떨려 아무 참견도 못하고 있었다.

'도망갈 수 있는 방법이 없을까?'

칠칠은 지금이라도 당장 열을 이탈해 도망치고 싶은 마음뿐이었다.

"칠칠아! 니 와 그러고 있노? 이리 가까이 오그레."

돌쇠의 목소리가 들리자, 칠칠이 번쩍 정신이 들어 돌쇠를 바라보았다.

"되도록이면 떨어지지 말그레이! 죽어도 같이 죽고 살아도 같이 살아야 한데이."

돌쇠는 침착한 말투로 모두를 바라보며 당부의 말을 이었다.

"거 재수 없게 죽긴 누가 죽는다 그럽니꺼! 여기가 우리 땅인데 왜놈들 하나 못 이겨 낸다는 게 말이 됩니꺼!"

어동이 퉁명스럽게 대꾸하며 돌쇠의 말을 끊었다. 어동의 말투가 원래 불퉁스러운 것을 잘 아는 돌쇠는 조용히 말을 이었다.

"누가 죽고 싶다 했나. 서로 조심하고, 돕자는 거 아이가. 어동이 니는 싸움이 일어나도 성질 죽이래. 성질부리다 잘못하믄 개죽음당한 데."

서로 신경이 날카로워져 사소한 말투 하나로 티격태격했다. 그때였다.

"조용히 하고 지금부터 하는 말을 잘 들어라. 여긴 병사들이 맡을 것이고, 우리는 북문을 방어할 것이다. 너희들은 모두들 나를 따라 오너라. 지금부터 군법을 적용한다. 명령을 따르지 않고 꾸물대는 자는 즉결 처분할 것이다."

군관 하나가 모두를 향해 큰소리로 외쳤다. 그는 자신의 말에 위엄을 나타내려고 눈꼬리를 추어올리고, 목에 힘을 넣어 군령을 강조했다. 말이 끝날 무렵에는 왼손에 들고 있던 칼집에서 환도를 빼더니, 번쩍 들었다. 군령을 따르지 않는 자는 군율에 따라 단칼에 처분할 수 있다는 무언의 경고였다. 칼날은 시퍼렇게 갈려 있었다. 앞에 있던 장정들의 얼굴에 긴장의 빛이 돌았다.

군관이 곧장 앞에 섰다. 철릭을 입은 장교가 앞으로 나서자, 그 뒤로 하얀 도포를 입은 양반들이 무리를 지어 졸졸 따랐다. 양반 티를 내느라, 가슴을 꼿꼿하게 펴고 팔자걸음을 하고 있었으나, 창을 두 손으로 움켜잡은 모습은 어정쩡했다. 장교 바로 뒤로 정병인 병졸들이 따라야 함에도 불구하고 양반들이 장교 뒤로 붙어 서자, 그들은 하는 수 없이, 찍 소리도 못하고 양반들 뒤를 따랐다. 돌쇠와 어동 같은 상민들은 맨 뒷줄에 붙어 터덜터덜 군관을 따랐다.

'이러다, 뒈지는 거 아이라.'

맨 뒷줄에서 뒤처져 걸어가던 칠칠은 싸움이고 뭐고 그냥 도망치고 싶은 심정이었다. 그런데 장교의 서슬이 하도 퍼래서, 실행에 옮기지는 못하고, 소태 씹은 표정을 하고 있었다.

'도망치다가 잡히면 저 칼로 그 자리에서 목이 떨어질 테니….'

내빼고 싶은 마음이 굴뚝같았으나, 잡혀서 받을 형벌이 더 두려웠던 칠칠은 이러지도 저러지도 못한 채, 엉거주춤 뒤를 따랐다.

한편, 동문루에서는 첨사를 비롯해 휘하 장교들이 모두 수성 준비로 부산했다.

"왜군이 몰려오기 전에 가마솥을 준비하고 땔감을 한데 모아 두어라."

장교들은 부산하게 병사들을 지휘했고, 병사들은 백성들의 힘을 빌려 여기저기 성벽을 보수하고, 가마솥에 물을 붓고 돌뭉치도 쌓아 두었다. 어둠이 밀려와 시야가 안 좋았으나, 그래도 모두 부지런히 움직였다. 백성들은 처음 접하는 싸움에 두려움이 가득했으나, 첨사와 장교들을 믿고 따를 수밖에 없었다. 그들은 그저 시키는 대로 고분고분 움직였다.

농성에 대비하는 가운데 어둠은 여지없이 밀려들었고, 사방은 십

보 밖이 보이지 않을 정도로 깜깜해졌다. 여기저기서 모닥불이 펴지고, 횃불이 올라왔다.

지휘소인 동문루에는 첨사 정발을 중심으로 조방장 이응순과 측장 이정헌이 모여, 때때로 성 밖 너머를 살피며 장교들을 지휘하고 있었다.

"장군, 각 문에 군사 배치가 끝났습니다."

말에서 내린 전령장이 성루로 뛰어 올라오며 정발에게 군사 배치가 끝났음을 보고했다.

"오, 수고했다."

"싸움이 일어나면, 적이 성 가까이 접근하지 못하도록 해야 한다. 그러기 위해서는 활과 화살이 가장 중요하다. 솜씨가 좋은 궁수들을 뽑아 각 문의 성벽에 골고루 배치하도록 하라."

농성전이 벌어지면 왜군이 성문을 노릴 것이라는 것에 뒤늦게 생각이 미친 정발은 솜씨 좋은 궁수들을 성문 가까이 배치하도록 재차 명령을 내렸다.

"알겠습니다. 장군."

전령장이 명령을 받아 성루 아래로 내려가자, 조방장 이응순은 정발을 응시하며 조용히 말을 건넸다.

"영감, 왜군이 야습을 해 올지도 모르옵니다. 야습에도 대비해야 하지 않을까요?"

"왜군이 금일 바다를 건너왔으니, 야습을 하지는 않을 것이오."

이응순이 야습을 경계하자, 이정헌이 이견을 나타냈다.

"이사맹의 말에 동감이오."

두 사람의 얼굴을 바라보던 첨사가 이정헌의 말에 동의했다. 그러자, 이정헌이 그 말을 받아,

"유비무환이라 했습니다. 야습이 없다 하더라도 첩자가 있을 수 있사오니, 초병을 세워 경계를 철저히 할 필요는 있습니다. 초병 외의 나머지 군사와 장정들은 내일의 싸움을 위해 휴식을 취하는 것이 좋을 것입니다. 아마 왜적들은 날이 밝자마자, 대군을 이끌고 성벽으로 몰려올 것입니다. 총공격이 예상되니 사기를 위해 병사들을 쉬게 하십시오."

"타닥, 타닥."

성루 아래에 피워 놓은 모닥불에서 잔가지가 화기를 못 견뎌서인지, 소리를 내며 불꽃과 함께 튀었다.

음력 4월이라지만 밤기운은 찼다.

이정헌이 말을 이었다.

"지금쯤 병사들과 백성들도 허기가 졌을 테니, 요기를 시키고, 장군도 좀 쉬도록 하시지요."

"농성 준비가 끝난 것 같으니, 부사맹도 좀 쉬시오."

이정헌의 건의를 받은 정발은 주위를 둘러보면서 명을 내렸다.

"서리들은 지금 즉각 요기를 할 수 있게 준비시키고, 병사들은 교대로 번을 서가며 휴식을 취하도록 하라. 야습이 있을지 모르니 조심해야 한다."

"분부, 받들겠습니다."

첨사의 명이 떨어지자, 아전인 병방이 얼른 창고를 열어 병량으로 비축해 놓았던 쌀가마를 풀었다. 장정들이 부지런히 쌀을 날랐고, 성안의 아낙들이 동원돼 장정들을 도왔다. 불을 지피고, 가마솥을 걸어 늦은 저녁을 준비했다. 얼마 지나지 않아, 성안 여기저기에서 쌀이 익어 밥 짓는 냄새가 그윽하게 퍼졌다. 구수한 냄새였다.

"밥, 냄새 좍이네. 아직 멀었는교?"

밥 냄새를 맡은 배들은 더는 못 참겠다는 듯이 일제히 쪼르륵 소리를 내며 밥을 재촉하자, 장정들이 성화를 부렸다. 장정들이 가마솥을 들어 잘 익은 밥을 커다란 양푼에 쏟자, 아낙들은 손에 물을 묻혀 가며 주먹밥을 만들었다.

"자, 요기들 하라고. 금강산도 식후경이고, 먹어야 양반이라고, 내일 삼수갑산을 간다 해도 우선 배 속을 채워 놓아야지."

병사들이 이를 배급했다. 장정들은 밥을 쏟아 낸 솥에 다시 물을 부어 숭늉을 만들어 냈다.

"햐, 둘이 묵다가 하나 죽어도 모르겠다카이."

허기가 진 탓에 모두들 주먹밥을 달게 먹었다. 주먹밥을 먹은 후, 숭늉을 한 사발씩 돌려 마시고는 식사가 끝났다. 정병들은 성벽으로 올라 교대로 번을 서고, 민병들은 아래쪽에서 휴식을 취하라는 명령이 떨어졌다. 모두 눈을 붙여 보려고 애를 썼지만, 좀처럼 잠이 오지 않았다. 그도 그럴 것이 싸움을 앞둔 채, 쉽게 눈을 붙일 수 있는 강심장을 가진 사람은 그리 많지 않았다. 태평스럽게 잠이 든 사람들은 둔감한 사람들뿐이었다.

눈을 못 붙인 민병들은 누가 먼저랄 것도 없이 모닥불 근처로 모여 쪼그리고 앉았다.

"자, 내일을 위해 눈을 붙여두라고."

"행님은 지금 잠이 오게 생겼는교?"

모두 근심 어린 표정을 짓고 있었는데, 돌쇠가 불안한 마음을 털어 버리려 한마디 하자, 어동이 대꾸를 했다.

"그래도 잠을 자 나야지. 괜히 뜬눈으로 밤새웠다간 왜놈들이 쳐들어올 땐, 졸려서 싸움도 못하고 그대로 당할지 모른데이."

"하따, 낼 목숨이 왔다 갔다 할 판국인디, 태평스럽게 잠이 옵니꺼? 글고, 잠을 잘라케도 이런 맨빠닥에서 우째 잠을 잡니꺼?"

"암튼 잠을 자두는 게 신상에 좋은 기라."

"참 행님은 속도 편하요."

"문둥이, 글타고 뭔 뾰족한 수라도 있나? 자야지, 그 힘으로 목숨이라도 건진다 안카나!"

어동이 꼬치꼬치 대꾸를 하자, 돌쇠도 언성을 높였다. 쓸데없는 소리란 걸 알면서도 그들은 신경이 날카로워 서로 티격태격했다. 달은 점점 기울어지고, 밤은 더욱 깊어 갔고, 티격 대던 민병들도 하나, 둘 쓰러져 잠이 들었다.

"타닥, 타닥."

불침번 병사들이 피워 올린 모닥불 소리가 밤의 정적을 깰 뿐, 밤은 어둠을 내린 채 고요했다. 폭풍전야의 밤은 그렇게 깊어 갔다.

331

야심

　도키치로의 주군인 노부나가가 지배하는 지역은 오와리였다. 일본의 왕도인 교토 동쪽에 위치한 지역이었다. 당시의 주변 세력을 보면, 오와리 왼편 접경으로는 이마가와, 위쪽으로는 사이토, 그 아래쪽으로는 다케다가 똬리를 틀고 있었다. 모두 내로라하는 유력 영주로, 노부나가 입장에서 본다면 경쟁자였으며, 강적들인지라, 위협의 대상이었다.

　서쪽에 있는 교토에는 조정과 막부를 대표하는 쇼군(將軍)의 거처가 있고, 또 왕도를 방비하는 수호역(守護役－무관)이 있어, 그곳만은 별도의 영주는 존재하지 않았다.

　오와리 위쪽에 있는 사이토 도산(齊藤道三)은 이나바 산성을 거점으로 오와리 북쪽의 미노 지역을 다스리고 있었는데, 그가 거주하는 산성은 난공불락으로 널리 알려져 있었다. 게다가 사이토는 하극상을 일으켜 자신의 주군을 몰아내고 영주의 자리에 앉은 자로 권모술수에 능했다. 그 독기가 독사에 필적한다는 이유로 '살모사(殺母蛇)'라는 별명이 붙을 정도로 냉정하고 독한 자였다. 원래는 기름 장수 출신이었는데, 성주에게 접근해, 계략을 써 영주를 몰아내고 자신이 성주가 된 자였다. 항상 경계를 하지 않으면 안 될 정도로, 교활하고 악명이 높았다.

오와리 서북쪽을 장악하고 있는 다케다 신겐(武田信玄)은, 당시 영걸 중의 하나로 일컬어지는 인물이었다. 야심이 큰 그는 가이국(甲斐－현 야마나시 일대)을 중심으로 그 세력을 넓혀 가고 있었다.

한편, 서쪽 접경을 이루고 있는 스루가 지역(駿河－현 시즈오카 지역)에는 이마가와(今川) 가문이 커다란 세력을 형성하고 있었다. 당시 이마가와 가문은 도쿠가와계(德川)를 휘하에 넣을 정도로 세력을 확대해 나가고 있었다.

'교토로 들어가 막부를 몰아내고 천하를 지배하리라.'

교토 이전의 일본의 왕도는 원래 나라 지역이었다. 794년, 간무 미카토(帝－왕)가 지금의 교토 지역으로 왕도를 이전시켜 헤이안쿄(平安京)가 열리면서 교토가 왕도가 된 것이었다. 그런데, 미카토와 조정이 실권을 상실하자, 무력을 지닌 막부(幕府)가 실권을 잡고 교토를 관리했다. 그런데, 일본 전토가 하극상이 만연하는 전국시대(戰國時代)로 접어들면서, 막부도 실권을 상실하게 됐다. 그러자, 강력한 무력을 지닌 이들 영주들이 왕도인 교토와 지리적으로 가까운 이점을 살려, 서로 앞다투어 교토로 진출하려 했다. 유력 영주들은 유명무실화된 막부(幕府)를 무력으로 장악하고, 자신들이 천하를 지배하려는 야망을 품고 있었다.

야심만만하고 강력한 무력 세력이 교토 주변의 오와리를 동서남북으로 둘러싼 형국인지라, 신흥 세력인 오다계는 항상 주변 세력의 위협을 받아 왔다.

오와리의 영주 노부히데는 노부나가의 친부였는데, 그는 강력한 주변 세력을 견제하며, 자신의 영지를 유지하기 위해 주변 세력과 적극적으로 동맹을 맺어 나가는 전술을 택했다.

우선 북쪽의 위협을 막기 위해 살모사로 소문난 사이토 도산의 딸 노히메(農姬)를 자신의 적자인 노부나가와 정략결혼을 시켰다. 혼인을 통해 동맹 관계를 맺은 것이었다.

그리고 동쪽 접경 지역의 맹주인 도쿠가와 가문과도 동맹을 맺고는, 이마가를 견제하고자 했다. 그런데 동맹국인 도쿠가와 가문이 당시 승승장구하던 이마가와의 침략을 받아, 굴복을 했다. 도쿠가와가 이마가와에게 무너짐으로써, 오다 가문과의 동맹 관계도 자연히 깨지고 말았다. 이마가와에 굴복한 도쿠가와는 가문의 존속을 약속받는 조건으로 적자인 이에야스를 인질로 바치는 등, 종속국으로서 갖은 수모를 겪고 있었다.

"다음은 오다계를 무너뜨릴 차례다."

도쿠가와를 굴복시킨 이마가와는 오다 가문을 적으로 간주했다. 그러자, 이마가와에게 굴복한 도쿠가와는 그때까지 동맹 관계에 있던 오다 가문과 인연을 끊을 수밖에 없었다. 이제껏 동맹이던 오다 가문과 도쿠가와는 졸지에 적대 관계가 되어 버렸다.

이와 같이 주변 형세가 이마가와를 중심으로, 그 세력 구도가 바뀌어 나가자, 적대 관계가 되어 버린 오다 가문으로서는 경계를 게을리할 수가 없었다. 자칫 잘못하면 자신들도 도쿠가와와 마찬가지로 언젠가는 이마가와의 종속이 되거나 멸망할 수도 있다는 위기감이 팽배했다.

그런 상황 속에서 영주였던 노부히데가 갑작스레 병사를 했고, 적자였던 노부나가가 영주직을 계승한 것이었다.

이마가와가 파죽지세로 세력을 넓혀 나가자, 위기감을 느낀 것은 오다 가문뿐만은 아니었다. 주변 지역의 영주들이 모두 위기의식을 느꼈다. 그래서 선택한 것이 동맹을 통해 안전을 꾀하는 정책이었다.

노부나가 역시 마찬가지였다. 그는 언젠가 닥쳐올 이마가와의 공격을 견제하기 위해 외부적으로는 끊임없이 주변국과의 동맹을 맺는 한편, 내부적으로는 재정을 확보해 나가면서, 이전의 반농반병과는 구별되는 싸움 전문 병사 체제를 구축하려 애를 쓰고 있던 것이었다.

도키치로가 노부나가의 수하로 들어온 지, 오 년여가 지날 무렵이었다. 그는 여전히 전시, 평화시 구별 없이 끊임없이 정보를 입수했다. 시장의 상인뿐만 아니라 건달, 비렁뱅이 하물며 필요하다면 산적들과도 마다하지 않고 친밀 관계를 유지했다. 필요한 모든 정보를 얻기 위해서였다. 성내의 모든 구매를 담당하는 책임자가 되어서는, 장터를 수시로 다니며 상인들을 통해 물건에 대한 거래 정보 외에도, 각 지역의 정보를 빠짐없이 모았다. 당시 상인들은 통행 허가만 있으면 큰 불편 없이 전국을 자유롭게 돌아다니며 행상을 할 수 있었다. 도키치로는 그들을 통해 어떤 지역의 어떤 영주가 어떤 물건을 어느 정도 구입하는지를 면밀하게 파악했다. 이러한 정보를 통해 상대 지역의 움직임을 관찰하려 했던 것이다. 누가 시킨 것도 아니었다. 자신의 직무와도 관계가 없었다. 그러나 정보의 중요성을 잘 아는 그는 항상 각 지역 유력 영주들의 움직임을 정확하게 파악해, 수시로 주군인 노부나가에게 보고하고 있었다. 이른바 당시로서는 누구도 감히 생각하지 못했던 정보 참모의 역할을 수행하고 있었던 것이다.

오월 하순인데도 초여름같이 무더운 어느 날이었다. 그날도 도키치로는 여느 날과 다름없이 성에서 필요한 물건을 구매하기 위해 수하들과 함께 시장에 나왔다. 품목을 적어 수하들에게 맡긴 그는 홀로 저잣거리를 돌아다니며 나름대로 필요한 물건을 찾기도 하고, 또 어떤 물건이 새롭게 나왔나 보곤 하였다. 장터 곳곳을 꿰뚫고 있는 그였기에 대충, 한 바퀴만 돌아도 그날 어떤 물건이 나왔으며, 장꾼들이 어디서 넘어왔는지 한눈에 알 수 있었다.

"이건 보기 드문 물건인데……."

한 장꾼이 펼쳐 놓은 보따리에 맘이 끌리는지, 그는 허리를 숙이며 말을 걸었다.

"이거, 어디서 가져왔소?"

처음에는 곁눈으로 물어보기에, 지나가는 걸음인 줄 알았는데, 도키치로가 아예 쭈그리고 앉자 장사꾼도 '옳거니' 하고 장단을 맞추었다.

"역시 물건 보는 눈이 있구려, 이건 스루가에서 가져온 자기 그릇이라오. 웬 아낙이 생활이 어려워 내놓은 것을 가져왔소이다. 아마 전에는 좀 살았나본데, 형편이 어렵게 보여 적선하는 셈치고 비싸게 주고 가져왔소."

당시로서는 귀중한 자기 그릇이었다. 도키치로가 자기에 유난히 관심을 나타내자, 장사꾼은 이문을 남기려고 이것저것 묻지도 않은 대답을 했다.

"스루가에서 왔소?"

"그럼요, 스루가에서 가져왔다니까요!"

"스루가에는 요즘 물건이 귀하다 하던데?"

도키치로는 슬쩍 화제를 바꾸며, 스루가의 동정을 파악했다. 직감적으로 이상한 낌새를 눈치챈 그의 육감이 작동한 것이다.

"말도 마시오. 스루가에선 요즘 뭘 하려는지 식량을 긁어모으고 난리요. 각종 쇠붙이에다, 피륙, 활줄 등은 있는 대로 사들이고 있다오. 아마 그런 물건은 지금 스루가로 가져가면 대번에 팔릴 거요. 그런데 그 밖의 것들은 거래가 한산하다오. 그래서 내가 이걸 오와리로 가져온 거라오. 이걸 팔아 필요한 가죽을 구해 다시 스루가로 갈 작정이라오. 손님, 내, 이 자기 그릇을 싸게 줄 테니 가져가시오."

도키치로는 상인이 싸게 주겠다는 말에는 싫다 좋다 대답도 않고,

재차 물었다.

"언제부터 그렇소?"

"아니, 뭐가요?"

"스루가에서 식량과 물자를 긁어모으는 것 말이오."

"아, 난 또, 지난번 장 때부터 그럽디다. 스루가 사람들도 '농번기라 출정 전에 벼를 심어야 한다'라며 바쁘게 움직입디다. 아마 어디에선가 곧 싸움이 터지긴 터지려나보오."

"어라, 내 엽전 주머니를 안 가지고 왔네. 이거 마음에 드는데 돈이 없구려. 내 미안하게 됐소. 외상은 안 되오?"

"됐소. 여보, 외상은 하늘이 두 쪽 나도 안 되니 그리 알고, 거, 앞길이나 터 주오."

상인에게 면박을 받은 도키치로는 미안하다는 표정을 짓고는 펼쳐 놓은 좌판 앞에서 급히 일어났다. 그는 마음이 급했다.

'이마가와가 움직이기 시작한 게 틀림없다.'

그는 빠르게 몇 군데 더 들러, 스루가의 동향을 확인하고는, 부리나케 성으로 돌아왔다. 그리고는 바로 노부나가를 찾았다.

"전하! 스루가 지역, 이마가와의 움직임이 심상치 않습니다."

"잔나비! 무슨 자다가 봉창 두드리는 소리냐?"

"스루가에서 싸움에 필요한 물자를 모으고 있다는 정보입니다."

"네 이놈, 틀림없는 정보렸다?"

"하아. 틀림없습니다."

자신의 거실에서 도키치로에게 직접 보고를 듣고 처음에는 미심쩍은 표정을 짓기도 하며 노부나가는 도키치로의 상세한 보고에 귀를 기울였다. 그러더니 갑자기 정색을 하면서,

"잔나비, 만일 잘못된 정보라면 네 목은 그날로 떨어진다는 것을

337

명심하렸다.”

도키치로를 몰아붙였다.

“전하! 어느 안전이라고, 제가 감히…. 틀림이 없습니다.”

“이마가와가 전쟁 준비를 한다면, 그 목표는 누가 될 것 같으냐?”

머리를 조아리고 있는 도키치로를 내려다보며 노부나가가 물었다.

“이마가와가 출진을 한다면 그 목적은 천하를 손에 넣기 위함입니다. 천하를 노린다면 교토로 진출할 것이고, 그 길목에 있는 우리 오와리가 걸림돌이 될 것은 자명한 일입니다. 감히 아뢰옵니다만, 아마도 여기 오와리가 첫 번째 목표가 될 것으로 사료되옵니다.”

“잔나비! 네, 이놈 누구 앞에서… 째진 입이라고 함부로 주둥이를 놀리느냐!”

노부나가가 눈꼬리를 치켜뜨면서, 책망을 하자,

“황송하옵니다. 주군!”

도키치로는 더욱 바짝 엎드렸다.

“스루가의 움직임이 심상치 않다는 것은 틀림없는 일이렸다.”

“틀림없사옵니다. 여러 통로를 거쳐 몇 번이고 확인한 내용입니다.”

도키치로를 추궁하듯 하던 노부나가가 주위를 둘러보더니, 가신들에게 물었다.

“그대들은 이 견해를 어떻게 받아들이는가?”

노부나가는 도키치로의 정세 파악 능력에 한편으론 흠칫 놀라면서도, 한편으로는 무시하는 척했다. 그리고는 나중에 합류하여 좌우에 앉아 있는 측근 중신들에게 넌지시 의견을 구했던 것이다.

“글쎄요! 척후를 띄워 정확하게 파악하는 것이 좋을 것 같사옵니다.”

“그렇사옵니다. 이마가와의 움직임을 파악하기 위해 스루가에 척

338

후를 파견해 정보를 수집하는 것이 옳은 줄 아뢰오."

노부나가의 중신 시바다 카츠이에(柴田勝家)가 말을 받자, 다키가와 가즈마쓰(瀧川一益)도 척후를 띄워, 이마가와의 동태를 확인할 것을 주장했다.

"만일 저 잔나비의 정보가 사실이라면 그러기엔 여유가 없질 않는가. 만일 사실이라면 이마가와가 누굴 눈엣가시로 여길 거 같은가?"

"…."

제장들은 묵묵부답이었다. 노부나가가 답답하다는 듯이 재차 물었다.

"이마가와가 누구를 치려고 싸움 준비를 하느냐고 묻지 않느냐?"

"오와리가 첫 번째 목표라는 잔나비의 견해가 맞는가, 어떤가를 묻고 있다."

노부나가의 몰아치는 듯한 물음에 중신들은 누구도 선뜻 대답을 못 하고, 주저들 했다. 그러자, 노부나가가 짜증을 내듯이 말을 했다.

"어허, 답답한지고… 내 말이 안들리더냐."

노부나가가 답답하다는 표정을 짓자, 가신 시바다가 원로 중신으로서 책임을 느꼈던지 앉은 자리에서 사방을 한번 휙 둘러본 후, 조금 앞쪽으로 나와 고개를 숙인 채로 대답했다.

"신, 시바다 아뢰옵니다. 이마가와가 오와리를 제일 목표로 할 가능성이 없다고는 못할 것입니다. 그러나 그렇지 않을 가능성도 있습니다. 섣불리 움직이기보다는, 그에 앞서 이마가와의 의도를 정확히 파악하는 일이 우선돼야 할 것입니다."

"같은 말을 반복하는가, 그러기엔 너무 늦지 않느냐고 묻고 있질 않는가?"

"다른 사람의 의견은 어떤가?"

"……."

"호오, 나는 이미 스루가의 움직임이 파악됐다고 보는데, 제장들은 아직 파악이 안 되었단 말인가?"

노부나가는 씁쓰레한 웃음을 지으며 부장들의 얼굴을 빤히 둘러보았다. 중신들의 무능함을 탓하는 눈빛이었다. 가신들은 여전히 진의를 몰라 멀뚱멀뚱 서로의 얼굴만을 쳐다볼 뿐이었다.

"쯧쯧."

가신들을 둘러보던 노부나가가 갑자기 혀를 끌끌 차고 나서는 갑자기 도키치로를 지목하면서 목소릴 높였다.

"잔나비! 지금부터 네놈이 책임지고, 이마가와의 움직임을 파악하라. 하나도 빠짐없이 나에게 직접 보고하라!"

도키치로가 얼굴을 들자, 노부나가와 시선이 마주쳤다.

"하아. 황공하옵니다. 있는 힘을 다해 이마가와의 동태를 살피겠습니다."

겁을 먹은 그는 얼른, 머리를 숙이고는 우렁차게 답을 했다.

다른 소식통을 통해 나름대로 이마가와의 움직임을 파악하고 있던 노부나가였다.

교토 출진

이마가와계는 11대인 요시모토(今川義元)가 영주가 되어, 스루가 (駿河) 지역과 미카와(三河 – 현 시즈오카 지역) 지역을 중심으로 그 세력을 확대해왔다. 요시모토가 영주가 된 후, 이마가와계는, 그 세력이 더욱 강대해져, 천하 통일을 노리는 관동 지방의 유력 영주로 거론되고 있었다.

이마가와 가문은 막부의 최고 권력자인 쇼군(將軍 – 막부의 대표)의 방계였다. 요시모토는 그 후손이었다. 지방 관리였던 이마가와계가 영주가 되더니, 11대인 요시모토대에 이르러, 도쿠가와 가문을 종속시키는 등, 세력을 확대하여 전성기를 이루고 있었다.

이마가와계가 지배하던 스루가(현 시즈오카)는 북쪽으로 가이(甲斐) 지역과 접경을 이루고 있었는데, 요시모토는 힘이 약한 영주는 전쟁을 통해 굴복시키는 한편, 세력이 대등한 영주와는 동맹을 맺는 전략을 택하고 있었다.

그는 북쪽 접경인 가이 지역의 맹주 다케다(武田) 가문과는 정략 결혼을 통해 동맹을 맺었고, 동쪽의 강자인 호죠(北條)씨와는 다케다와 함께 삼국 동맹을 통해 결속을 맺어 놓았다. 서쪽 접경 지역인 도쿠가와 가문은 이미 무력으로 종속시켜, 적자를 볼모로 잡아 놓았다. 남쪽은 바다이니 위협이 될 만한 적수가 없었다.

에도(江戶 – 현 도쿄 지역)와 동북쪽에는 오랑캐로 표현되는 무리들이 날뛰는 무질서가 판을 치는 지역이라, 아직 위협을 느낄 만한 강대한 세력은 존재하지 않았다.

'내 기필코 일본 전국을 통일해 천하를 지배하리라.'

영주가 된 요시모토는 언젠가는 자신이 천하를 통일하리라는 야심을 품고 있었다. 게다가 그는 자신이 쇼군인 아시카가의 방계라는 자부심이 강했다.

요시모토는 다섯째로 태어났기 때문에, 적자 계승 싸움에서 밀려, 한때 절에 귀의했었다. 그때 교토에 있는 절에 승려로 근무하게 되었다. 승려로서 젊은 시절을 교토에서 보내게 된 그는 많은 귀족들과 교류하며, 교토의 귀족 문화를 체험하게 됐다. 그는 승려의 본분인 불경의 해석보다는 교토의 귀족 문화에 흠뻑 빠져 취하게 됐다.

'영원히 교토에 머물며 귀족 문화를 즐길 수 있으면 얼마나 좋으랴.'

그의 꿈은 문화의 본거지인 교토에서 귀족 문화를 향유하며, 지내는 것이었다. 부처님의 말씀에는 별로 관심이 없어 귀에 들어오질 않았다.

그런데 영주를 맡고 있던 형이, 둘이나 연속적으로 졸지에 사망을 했다. 영주 계승 순서에서 밀려나 모든 걸 포기하고, 불교에 귀의했던 그에게 영주직을 계승할 기회가 온 것이었다.

'어차피 내 의지로 귀의했던 절이 아니다.'

그는 잘됐다 싶어, 곧바로 환속해 이마가와 가문의 영주직을 계승했다. 그런데 젊은 시절 체험한 교토의 귀족적 체험이 얼마나 컸던지, 그는 향수를 잊지 못했다. 그는 얼마나 교토의 귀족 문화를 숭상하고 동경했는지, 영주가 된 뒤에도, 교토의 문화를 흉내 내는 것은 물론, 휘하 가신들에게도 눈썹을 밀고 화장을 하게 하는 등, 교토의 귀족 문화를 모방하도록 했다.

그런 그였으니, 영주가 된 자신이 교토에 입성해 최고 권력자가 되어 천하를 지배하며, 교토의 귀족 문화를 향유하고 싶은 일념을 가슴속에 품는 것은 당연한 일일지도 몰랐다.

요시모토는 이런 자신의 꿈을 실현하기 위해 세력을 확대시켜 나갔고, 실력을 키우며, 호시탐탐 교토로 진출할 기회를 엿보았다. 영지를 접하고 있는 다케다 가문과 정략결혼을 통해 동맹을 맺은 것도 자신의 입지를 강화하고 교토로 진출했을 때, 후방의 위협을 제거하기 위해서였다.

요시모토의 천하 지배에 대한 꿈은 대의명분상으로는 혼란 상태의 난세를 끝내고 일본을 통일시킨다는 것이었으나, 실제 그의 속마음은 교토의 귀족 문화를 즐기는 데 있었다.

"동맹을 통해 후방의 안전을 튼튼하게 해 놓았으니, 내가 이곳을 비워도 본성인 슨푸(駿府)성이 침략받는 일은 없을 것이다."

그는 하루라도 빨리 교토로 진출해, 천하를 손아귀에 쥐고, 교토에서 귀족 취향의 문화를 마음껏 즐기고 싶었다.

"모든 일은 계획대로 이루어졌다. 이제 교토로 진격해 막부를 휘하에 넣고 천하를 다스리는 일만 남았다. 나의 앞길을 방해할 세력은 아무도 존재하지 않는다. 으하하, 자 교토를 향해 출진하라!"

1560년 5월 18일, 행렬의 뒤쪽에 있던 후지산 위로 해가 비스듬히 솟아오르는 아침나절이었다.

이마가와 요시모토는 자신의 일생일대의 대망이었던 천하 지배와 동경의 대상이었던 교토 입성을 위해 삼만의 대병력을 이끌고 자신의 거성인 슨푸(駿府)성을 나와 교토로 향했다.

거성을 나오기에 앞서, 그는 교토로 향하는 길목에 있던 오카자키성에 전령을 보내 서신을 전달하도록 했는데, 그곳에는 볼모로 잡혀 있다가 아명인 다케치요라는 이름을 버리고, 요시모토의 이름에서 모토를 따, 모토야스로 개명한 도쿠가와 가문의 적자 도쿠가와 모토야스(후의 도쿠가와 이에야스)가 주둔하고 있었다.

'도쿠가와는 선봉을 맡도록 하라.'

"이를 어쩌면 좋으랴?"

오카자키성에 있던 도쿠가와는 요시모토의 명령을 받고 당혹스러워했다. 선봉을 맡게 되면 접경 지역에 진을 치고 있던 오와리의 노부나가 세력과 가장 먼저 전투를 치러야만 했다. 지금은 어쩔 수 없이 적대 관계가 된 상태지만, 과거 동맹 관계에 있었기 때문에 과거의 정이 전혀 없진 않았다. 중신들 중에는 지금도 오다 가문의 측근들과 은밀히 내통을 하는 자도 있었다.

"거역을 했다가는 저희가 먼저 당할 것입니다. 달리 거역할 명분이 없습니다."

오다와 도쿠가와 두 세력을 철저하게 떼어 놓으려는 요시모토의 치밀한 계산하에 내려진 명령에 도쿠가와계는 모두 곤혹스런 표정을 짓고 있었다. 그러나 어린 시절부터 이마가와가에 볼모로 잡혀 성장해 왔던 도쿠가와와 그의 참모들은 요시모토의 속을 뻔히 알면서도 그의 명령을 거역할 대의명분이 없었다. 이른바, 어제의 동지가 오늘의 적이 되는, 즉 상황에 따라 언제든지 동지도, 적도 될 수 있는 난세였다.

"하는 수 없네, 출정하세."

명령이 떨어지자, 도쿠가와의 병사들은 울며 겨자 먹기로 선봉을 맡아 오다의 영지로 나아갔다.

"으하하하."

도쿠가와의 군대가 선봉대로 오다가의 영지로 향했다는 보고를 듣고는 요시모토는 크게 파안을 하며 웃어 댔다.

'제 놈이 내 말을 안 듣고, 견뎌 낼 재주가 있더냐?'

요시모토는 모든 일이 자신의 계획대로 순조롭게 이루어지자, 너무도 기쁜 마음에 기고만장한 상태가 되었다.

"가마를 준비하도록 하여라. 이번 출진은 소풍가는 것과 진배없으니, 가마를 타고 가도 될 만하다. 우하하하."

그는 지휘장의 상징인 말을 내려 가마로 갈아탔다. 교토의 귀족 생활을 동경하는 그는 갑옷을 입으면, 항상 무겁고 거추장스럽게 느껴졌다. 언제나 울긋불긋한 비단옷을 입고 우아하게 치장하고 싶었다. 그런데 싸움터에선 그럴 수가 없어, 어쩔 수 없이 갑옷을 걸쳐야 했다. 갑옷과 투구는 지휘장의 위엄을 나타내고 상대의 기를 죽이는 상징성이 있기 때문이었다.

"오호호. 갑옷을 벗어 던졌더니, 날아갈 것 같구나."

그는 가마에 타면서 갑옷을 벗어던지고는 여자의 웃음소리 냈다. 웃는 모습 역시 교토의 귀족을 흉내 낸 것이었다. 전쟁터에 수장으로 출전을 하면서, 갑옷을 벗어 던진다는 것은 당시로서는 상상하질 못할 행동이었다. 그는 그만큼 자신만만했던 것이다.

요시토모는 가마에 올라탄 채, 근위대에게 자신의 말과 무기를 맡겨 두고는 뒤따르게 했다. 가마에 올라앉아서는, 비단옷을 걸치고, 머리에는 투구 대신 망건을 쓰고 마음껏 교토의 귀족 흉내를 냈다.

일설에 의하면 이마가와 요시모토는 하체가 짧아 말을 타는 것을 힘들어 해, 가마를 선호했다고도 한다. 이유야 어쨌든 삼만이라는 대군에 둘러싸인 채, 가마에 앉아 진군을 하는 요시모토의 모습은 마치 평화시의 왕의 모습과 흡사했다.

'이번 교토 입경에는 걸림돌이 될 만한 게 하나도 없구나. 마치 순풍을 탄 돛단배와 같다. 내 앞을 가로막을 자 누구더냐! 으하하.'

그는 이미 천하를 얻은 기분이었다. 교토의 귀족을 흉내 낸 차림으로 가마 안에 앉아 있던 요시모토는 이미 교토를 완전 장악한 것 같은 기분이었다. 그는 만면에 희색을 띠며, 연신 싱글벙글하고 있었다.

바로 그때였다.

"전하, 전령입니다."

"누가 보낸 전령이더냐?"

요시모토는 흔들거리며 앞으로 나아가는 가마의 차양을 들어 올리며 밖을 내다보았다. 하얗게 분을 바른 화장한 얼굴이었다.

"가문의 문양으로 보아, 도쿠가와가 보낸 것으로 보입니다."

"데리고 오너라."

곧 도쿠가와 가문의 깃발을 등에 꽂고 있는 군사가 가마 앞으로 안내돼 왔다.

"누가 보내서 왔느냐?"

"하아, 전하! 저희 주군인 도쿠가와 공께서 보내어왔습니다."

말을 타고 온 군사는 요시모토 앞에서 무릎을 꿇고는 숨을 헐떡거렸다.

"무슨 일로 왔느냐? 어서 고해라!"

"하아, 선봉대 도쿠가와군, 오와리 접경에서 접전 끝에 오다군을 격파, 성루를 확보했습니다."

전령은 승전 보고와 함께, 적장의 수급이 싸인 보자기를 동시에 바쳤다. 요시모토 곁에 있던 근위가 보자기의 매듭을 풀자, 머리를 풀어헤치고, 두 눈을 부릅뜬 적장의 수급이 모습을 드러냈다. 피가 아직 마르질 않아 피가 흥건했다.

"오오, 역시 도쿠가와로다! 주군에게 전하라. 공을 높이 치하한다고, 그곳에서 주둔하며, 우리 본대를 기다리라고 전하라!"

"하아!"

보고를 마친 도쿠가와의 전령은 곧 자신의 본대를 향해 말을 돌렸다.

"으하하하."

선봉에 맡으라는 명령을 내리긴 했지만, 내심 도쿠가와를 의심했던 요시모토였다. 그런데 도쿠가와군이 접경 지역에서 오다군을 물리쳤다는 보고를 받자, 요시모토는 벌써 천하를 얻은 기분이 되어 웃음이 절로 터져 나왔다.

'이제야말로 천하를 내 손아귀에 쥘 수 있게 되었다. 내, 명실상부한 권력자가 되어 천하를 지배하리라. 으흐흐.'

요시모토는 너무 기뻐서 입 밖으로 삐져나오는 웃음을 주체할 수 없었다. 얼른 오른손에 들고 있던 부채를 입으로 가져갔다. 그리고는 다시 한 번 귀족들의 웃음소리를 흉내 냈다.

"오호호호."

요시모토는 교토에 이르는 길목인 오와리를 오다 가문이 지배하고 있어 껄끄러웠으나, 그 군세나 세력은 자신의 군세에 비하면 그야말로 한 줌에 불과한 소규모 세력으로 치부했다. 게다가 노부나가 따위는 자신과 비교한다면, 조그만 부락의 촌스런 부족장이란 말이 어울린다고 여겼다. 자신을 과대평가하던 그는, 상대적으로 노부나가를 업신여겨, 그를 '눈에 낀 눈곱보다 못한 존재'로 깔보았다.

'만일 나의 진로를 방해한다면 단숨에 쳐들어가, 오와리 지역 전체를 쑥대밭으로 만들어 놓을 것이다.'

모든 귀천의 가치 중심을 교토에 두었던 그는, 노부나가를 교토의 귀족 문화도 경험하지 못한 미개한 인물로 치부했다.

'아마, 싸움이 시작되면 아침 식전 요깃거리도 안 될 것이다.'

오다 가문을 얼마나 깔보았던지, 요시모토는 천하를 제패하기 위한 전략으로 주변국인 다케다와 호죠 등, 유력 영주들과는 동맹을 맺어 화평을 유지했으나, 노부나가가 영주로 있는 오다 가문에는 동맹을 요구하지 않았다. 그만큼 오다 가문을 한 수 아래로 본 것이었다.

'까불면 짓밟아 깔아뭉개 버리면 될 것이다. 그런 촌뜨기 영주와 동맹을 맺는다니 어불성설이다. 도저히 자존심이 허락하지 않는다. 차라리 이번에 눈엣가시처럼 걸리적거리는 오다 가문을 쳐부수는 것이 장애 요소도 없애고 후환도 없애는 일이 될 것이다.'

요시모토는 노부나가에게 일부러 항복도 요구하지 않았다. 스스로 항복을 구걸하고 무릎을 꿇으면 모를까, 자신이 요구할 마음도 일지 않았다. 대항하면 노부나가를 단숨에 쳐부술 심산이었다. 후환을 없앨 뿐만 아니라, 천하 지배를 위해 자신의 군세와 실력을 널리 알릴 희생양으로 삼으려 한 것이다.

'일석이조다.'

그런 그에게 도쿠가와군이 오다군을 격파했다는 보고를 해 온 것이었다.

"으흐흐흐."

자신의 야심이 계획대로 착착 실현돼 가고 있음을 확신하자, 웃음이 비실비실 터져 나왔다.

'이제 교토에 입성해, 모든 영주들을 다스리는 쇼군(將軍)이 되는 일만 남았다. 미카토(왕을 의미하는 일본어)는 허수아비에 지나지 않으니, 이 손에 권력을 틀어쥐고 천하를 호령하는 일만 남았다.'

전국의 내로라하는 영주들이 쇼군이 돼, 비단옷을 걸친 자신에게 정중하게 배례를 하는 모습을 상상하며 그는 환희에 사로잡혔다.

"꾸물대지 말고 서둘러 진군하라."

가마의 차양을 걷어 올려, 주욱 늘어선 대열을 보며 근위장에게 명을 내렸다.

도쿠가와군의 활약과 선전 덕분에 요시모토는 오와리 접경 지역을 아무런 걸림 없이 넘어섰다. 그야말로 유유자적한 진군이었다.

오와리 지역에 있는 오다카(大高)성과 구츠카케(沓掛)성은 원래 오다 가문이 구축해 놓은 성이었다. 그런데 세력을 확장하던 이마가와군이 오래전에 이를 무력으로 빼앗아 지배해 왔다. 성을 빼앗긴 오다 가문은 오다카성을 고립시키기 위해, 삼면에서 둘러싸는 형태로 세 개의 보루를 쌓아, 이마가와군과 대치하고 있었다. 이 세 개의 보루가 오와리 일대를 지키는 일종의 외성 역할을 하고 있던 것이었다.

노부나가는 영주가 된 후, 이마가와군이 점령하고 있는 오다카성을 고립시키고, 쉽게 영지를 침범하지 못하도록, 이 보루에 정예군을 파견시켜 이마가와군과 대치하고 있었던 것이었다. 이른바 노부나가군에게는 전략적 요충지였다.

오다군이 쌓아 놓은 세 개의 보루 중 가장 견고한 보루가 마루네(丸根) 보루였다. 노부나가는 이곳에 군사 약 오백을 파견해 주둔을 시켰는데 요시모토는 도쿠가와군을 시켜, 이를 쳐서 몰아내도록 명령한 것이었다.

요시모토의 명령을 받은 도쿠가와군은 마루네 보루를 지키던 오다군을 공격해, 그곳을 지키던 장수의 수급을 거두어, 요시모토에게 보냈던 것이었다. 장수를 잃은 오다의 병사들은 보루를 버리고 모두 달아났다.

도쿠가와군의 활약 덕택에, 위험 요소를 제거한 요시모토는 아무런 장애 없이 유유히 오다카성으로 들어갔다.

"연합대를 형성해, 나머지 두 개의 보루도 공격하라."

성으로 들어간 요시모토는 곧바로 명령을 내렸다. 도쿠가와군과 연합대를 형성해 접경 지역의 오다군을 싹 거두어 내고자 했다.

'눈엣가시다.'

"철저히 때려 부숴라."

도쿠가와, 이마가와의 연합대가 합세해 오다군을 밀어붙이자, 오다의 군사가 지키던 나머지 보루들도 허망하게 무너져 버렸다. 수적으로 비교가 안 되었다. 연합대의 노도(怒濤)와 같은 공격에 보루를 지키던 오다군의 장수는 모두 전사했고, 휘하 군사들은 산산이 흩어져 버렸다.

'도대체 싸움이 되질 않는군. 내 생각대로 오합지졸에 불과하다.'

싸움이 한 식경도 지나지 않아, 아군의 승리로 끝나자, 너무 싱거운 싸움에 요시모토는 한편으로는 어이가 없을 정도였다.

"부하들이 이 정도라면 노부나가가 역시 약장에 불과하다. 전군은 주저 말고 진군하라. 노부나가의 목을 따라. 목을 따는 자에게는 큰 상을 내릴 것이다."

'불과 부족장에 지나지 않은 자가 영주인 척하며 거들먹거린게지! 내 크게 혼찌검을 내주리라.'

요시모토는 몇 번의 접전에서 간단하게 승리를 거두자, 노부나가를 극도로 폄하하게 됐다.

노부나가가 오와리의 맹주라는 소문도 있어, 전혀 경계가 없진 않았는데, 이젠 오히려 실망감마저 들었다. 이것이 그를 기고만장하게 만드는 요인이 되었다.

한편, 노부나가는 이마가와군이 자신의 지배 지역인 오와리 국경을 넘어 서쪽으로 진군해 온다는 보고를 받고는, '최선을 다해 막아라'라는 명을 내려놓고, 여러 궁리를 하고 있었다.

"마루네 보루가 도쿠가와군의 공격을 받고 무너졌습니다."

"뭣이? 마루네 보루가…. 그게 정말인가?"

가장 견고하다고 여기던 마루네 보루가 점령당했다는 보고가 올라오자, 노부나가는 당혹해했다.

"전합니다. 국경 근처의 보루가 이마가와, 도쿠가와 연합대의 공격을 받고 모두 무너졌다 합니다."

"그럼, 장수들과 병사들은… 어찌 되었느냐?"

"장수들은 모두 전사하고, 병사들은 뿔뿔이 흩어졌다는 보고입니다."

"세상에….”

마루네 보루 점령의 충격이 채 가시기도 전에, 연이어 접경 지역의 보루가 모두 무너졌다는 보고는 노부나가에게는 설상가상이었다.

"우리 병사들이 농민병이 아닌데… 그리 쉽게 무너지다니….”

"주군, 수적인 면에서 도저히 적의 상대가 되질 않습니다."

자신의 정예가 무너지고 지리멸렬했다는 말에 노부나가가 당혹해하는 모습을 보고, 중신인 시바타가 위로를 겸해 수적 열세가 문제임을 거론했다.

그의 말대로 이마가와군은 거대한 태풍이었다. 그에 비하면 오다군은 마치 태풍에 휩쓸리는 초개와 같았다. 군사 수에서 절대적 우위를 점하고 있는 이마가와군은 성난 파도와 같이 거침없이 오와리를 유린해 들어갔다. 두려움이나 경계는 조금도 찾아볼 수 없었다. 제 아무리 싸움만을 직업으로 하는 정예의 오다군이라도 수적 열세는 어쩔수 없었다. 그야말로 중과부적이었던 것이다 .

"노부나가의 거성인 기요스(淸州)성도, 이 정도라면 반나절이면 족할 것이다."

"저희들에게 맡겨만 주십시오."

요시모토와 부장들은 승리에 고무돼, 오다군을 아주 얕잡아 보았다. 부장들은 서로 전공을 세우려고, 앞다투어 요시모토에게 선봉을 맡겨줄 것을 청했다.

"알았다. 알았어. 하하하."

요시모토는 자신만만한 가신들을 보며 파안대소했다.

"만일 노부나가가 성안에서 농성으로 버틴다면 일만의 병력으로 포위망을 만들어 꼼짝달싹 못하게 해 놓을 것이다. 그런 자와 실갱이 할 여유가 없다. 짐은 지체 없이 나머지 이만 군사를 이끌고 교토로 입경할 것이다. 노부나가는 천천히 말려 죽이면 된다."

"으하하하."

연이은 승리에 요시모토는 기쁨을 주체 못 할 정도였다. 한시라도 빨리 교토에 들어가고 싶은 마음이 더욱 동했다.

"서둘러 진군하라."

음력 5월 19일 아침 해가 솟자, 그는 자신의 군사를 이끌고 오다카성을 나왔다. 오다카성은 도쿠가와군에 맡겼다. 오다군을 얕본 요시모토는 이젠 자신이 직접 앞장을 서는 대신, 도쿠가와군에게 후방을 맡겼다.

그리고는 삼만의 대군을 이끌고 여유 있는 모습으로 유유히 서쪽에 위치한 교토를 향해 진군을 했다. 무장을 한 삼만의 병사가 진군하자, 길게 늘어선 이마가와군의 행렬은 그 말미가 보이지 않았다.

노부나가의 고민

요시모토가 이끄는 대군이 파죽지세로 오와리의 접경 지역을 치고 들어올 무렵, 노부나가는 여전히 자신의 거성인 기요스성에 있었다.

"적의 본대가 영지 내로 들어섰습니다."

국경으로 파견된 전령들이 주성인 기요스성으로 연이어 달려와 급보를 전했다. 요시모토가 삼만의 대군을 이끌고 영지 내로 들어왔다는 보고였으니, 이젠 싸움은 피할 수 없는 일이 돼 버린 것이었다. 싸움을 걸어왔으니, 싸움을 하든 포기를 하고, 영지를 내주든 선택하지 않으면 안 되는 상황이었다.

"적의 군세가 어떻드냐?"

"상상을 초월합니다. 대충 보아도 삼만은 넘는 것으로 보입니다."

군사 수에서 도저히 비교가 되지 않았다. 열 배 정도의 차이가 있었다. 너무도 큰 열세였다.

'중과부적이다.'

측근 가신들 대부분은 이마가와군과 정면 대결을 해서는 승산이 없을 것으로 보았다. 급히 작전 회의가 소집됐다.

"적이 대군이니, 전면전은 백전백패요, 성안에서 농성을 해야 조금이라도 더 버틸 수 있습니다."

"그렇지 않습니다. 농성을 한다 해도, 어차피 장기전에 들어가면

함락되고 말 것입니다. 어디서 지원군이 온다면 모를까? 농성은 시간만 연장할 뿐 승산이 전혀 없는 작전입니다. 오히려 기습을 통해 적의 기선을 제압한다면, 승산이 없지도 않습니다. 세력이 부족한 우리로서는 당연히 기습전으로 적의 허를 찔러야, 희박하나마 승산이 있습니다."

가신들의 의견이 갈라졌다. 원로들은 농성전을 주장하는 한편, 소장파는 기습전을 내세우며 맞섰다.

긴급하게 마련된 비상 군사 회의였다. 평소 회의는 영주와 중신들만 모여서 정세를 논하고 대책을 세웠으나, 비상 군사 회의 때는 사무라이급 이상이면 모두 참가를 했다. 노부나가가 거주하는 천수각의 넓은 방안에 가신들이 가득 들어찼고, 문은 죄다 열려져 하급 무사들은 맨 아래쪽에 쭈그리고 앉아, 중신들의 의견을 경청했다. 도키치로도 맨 아래쪽에 있었다.

"그래, 숫자가 적으면 농성을 해야 한다는 건 삼척동자도 아는 일이지."

"말은 맞지만, 죽는 건 마찬가지니, 기왕이면 조금이라도 가능성이 있는 기습전을 택해야지."

원로들과 소장파의 의견이 부딪칠 때마다, 아래쪽에 있던 하급 무사들도 자신의 견해에 따라 웅성거렸다.

그런데 이상한 것은 일촉즉발의 비상 상황인데도 불구하고, 정작 총대장인 노부나가는 가타부타 아무런 말도 없이, 그저 침묵만을 지키고 있었다. 가신들의 의견을 건성건성 듣고 있는 것 같기도 했고, 무언가를 골똘히 생각하고 있는 것 같기도 하였다.

'….'

주군이 자신들의 의견에 아무런 견해 표명도 없이, 침묵을 계속하자, 가신들은 어리둥절했다.

일견 이마가와군이 대군이라는 소리에 겁을 먹고, 아무런 판단을 못하는 것은 아닌가 하는 의심을 하는 가신도 있었다. 노부나가의 나이 당시 스물셋이었으니, 원로들의 입장에서 본다면 충분히 그럴 수도 있었다.

"자, 오늘은 이것으로 마칠 테니, 제장들은 무장이나 든든히 하라."

묵묵부답이었던 노부나가는 농성을 할 것인지, 기습전을 펼칠 것인지, 아무런 결정도 내리지 않은 채, 밑도 끝도 없이 작전 회의를 해산했다.

"주군! 그럼, 농성전을 준비하라는 말이십니까?"

진의를 파악 못한 중신들이 안절부절못하면서 노부나가를 바라보았다.

"…."

노부나가는 중신들의 묻는 말에는 아무런 대꾸도 하지 않고, 손짓으로 모두 나가라는 동작만을 하였다.

"도대체 어쩌자는 말인가?"

"그러게 말이오."

불안한 얼굴빛으로 가신들은 노부나가가 듣지 못하게 작은 소리로 불만스럽게 중얼거리면서, 쪽마루를 내려섰다.

"도대체 어찌하란 말인지…."

아무도 직접 노부나가의 흉중을 헤아리지 못했으니, 가신들은 속으로 걱정을 하면서도 자리를 떠날 수밖에 없었다.

가신들이 다 떠나버린 텅 빈 자신의 거실에 혼자 남은 노부나가는 그저 여느 때와 마찬가지로 태평스런 모습을 하고 있었다.

"오다카성을 나온 이마가와군 본대가 기요스성으로 곧장 진군해 오고 있습니다."

긴급 보고 사항으로 전령이 가져온 보고였다. 근위가 이를 받아 보고 차, 노부나가를 찾았을 때도, 그의 모습은 여전히 전과 동이었다.

"…."

노부나가는 마치 지금 일어나고 있는 사태가 자신과는 아무런 상관이 없다는 듯한 표정으로, 건성건성 보고를 받았다.

"주군! 이마가와군이 변경의 성루를 불사르고, 이젠 기요스성을 향하고 있다 합니다."

중신들이 다시 몰려왔다.

"이제 더 머뭇거릴 여유가 없습니다. 어서 명령을 내려주십시오."

그들은 방 위로 올라서지는 못하고, 마루 아래서 거실을 향해 노부나가의 결정을 재촉했다.

밤사이에 적을 맞이해 싸울 준비를 해야만 했다. 기습전이냐, 농성전이냐에 따라 전투 준비도 달라진다. 그런데 아무것도 결정된 것이 없이 시간만 흐르고 있었던 것이다. 측근들은 우왕좌왕하다가, 더 미룰 수 없다는 판단하에 작심하고 주군에게 몰려온 것이었다.

"…."

노부나가는 여전히 아무런 명령을 내리지 않고 있었다. 완전무장을 하고 심각한 모습을 한 채, 마루 밑에 모여 있던 가신들은 전령이 달려와 보고를 할 때마다, 노부나가를 재촉했다.

"전하, 어서 명령을 내려주십시오."

노부나가는 가신들의 애걸을 일부러 무시하는 것 같기도 했고, 아니면 정말 판단이 안 서, 전전긍긍하는 것처럼도 보였다. 가신들은 이러한 노부나가의 행동이 도저히 이해가 안 되었다.

'병이 도진 것은 아닌가? 설마?'

어릴 적 '미치광이'라는 소리를 들어온 노부나가였다. 아무도 예상치 못한 노부나가의 행동을 보면서, 퍼뜩 머리에 의심이 들은 가신들은 이심전심으로 서로의 얼굴을 쳐다보았다.

"주군, 어서 명령을 내려주십시오. 명령을 내리셔야 합니다."

"수성을 위해서는 성안에 병사를 배치하고, 전투태세를 갖추어야 합니다."

"시각을 지체할수록 아군에게 불리해질 따름입니다."

중신인 시바다와 사쿠마가, 거실 바깥에서 격앙된 소리로 아주 급하게 재촉했다.

타닥, 타닥.

밤이 깊어 바깥에선 어둠을 밝히기 위한 장작불만 불꽃 소리를 내며 타올랐다. 노부나가는 거실 바깥쪽에서 하소연을 하며 재촉하는 가신들에게는 아무런 대꾸도 하질 않았다.

대신 그는 방바닥인 다다미 위에 벌렁 누웠다. 마치 잠을 자려는 것처럼 보였다. 완전 무장을 한 부장들은, 노부나가가 큰 싸움을 앞둔 긴박함과는 전혀 맞지 않는 괴팍한 행동을 보이자, 모두 당황했다.

노부나가가 누워서 발을 포개곤 발가락을 까닥까닥 움직이는 것을 보고, 잠이 든 것은 아니라는 걸 알고,

"휴우."

잠깐이지만 안도의 한숨을 내쉬었다. 그러나 여전히 노부나가는 아무런 영도 내리질 않았다.

'어쩌려고 저러는가….'

그의 괴이한 행동을 보는 중신들은 벙어리 냉가슴 앓듯, 이러지도 저러지도 못한 채 그저 속만 태웠다. 그들의 눈에 비친 주군의 모습이 너무도 무사태평했기 때문이었다.

지역 맹주로 자타가 공인하는 이마가와계의 수장 요시모토가 천

하 통일을 공언하고, 삼만의 대군을 이끌고 국경을 넘어섰다는데도, 아무런 지시도 없이 누워 있는 노부나가의 모습은 도저히 작전을 위해 고민하는 모습으로는 비춰지진 않았다.

'도대체 어쩌자고 저런단 말인가?'

중신들은 답답했다. 노부나가가 무언가를 생각하고 있는 것 같긴 한데, 마치 어린아이가 자신만의 상상에 빠져 골몰하는 천진무구한 모습이었다. 더불어 밤은 점점 깊어 갔고, 시각은 점점 흘렀다. 어둠이 깊어질수록 시바타를 비롯한 측근 중신들의 얼굴은 점점 곤혹스런 표정으로 바뀌었다. 뒤이어 합류한 젊은 부장들도 무릎을 꿇고는 침통한 표정을 짓고 있었다.

"흐흑흑."

그중 몇몇은 이미 주군이 모든 걸 포기한 것으로 여기고 눈물을 흘렸다. 그때였다.

"노히메. 갑옷과 투구를 준비하시오."

노부나가가 누워있던 다다미방의 바닥을 치며 벌떡 일어섰다.

"하이."

정실인 노히메가 갑옷과 투구 등의 무구를 준비하는 동안, 노부나가는 옆 허리에 꽂아 놓았던 부채를 꺼내 들었다. 그러더니 갑자기 시가(詩歌)를 읊으면서, 율동에 맞추어 천천히 몸을 움직였다.

인생 오십 년,

영겁의 세월에 비하면 찰나에 지나지 않아,

태어나 영원한 것 없고…….

당시 유행하던 시가 아츠모리(敦盛)였다.

'…'

마루 아래에 있던 중신들과 부장들은 또 한 번 의아한 눈으로 주군의 행동을 바라보았다. 노부나가는 자신이 읊조리는 시가의 선율에 맞추어 서서히 부채를 펴고는 춤을 추듯 몸을 움직였다.

시가가 끝나자, 노히메에게 갑옷과 투구를 입히도록 했다.

"단단히 조여 매시오."

노부나가는 평소보다 더욱 단단히 끈을 당겨 갑옷과 투구가 몸통을 조이도록 하였다. 그가 싸움을 할 때, 행하는 태도였다. 갑옷 착용이 끝나자, 투구를 쓴 채로 물에 말은 밥을 훌훌 먹었다.

"자, 나를 따르라."

이제껏 아무런 영도 말도 없던 노부나가가 거실을 나오면서, 던진 한마디였다.

"하아."

중신들은 노부나가의 마음을 읽지 못해 어리둥절해하며, 어찌할 바를 모르고 있었다. 그런데 갑작스럽게 출진 명령이 떨어진 것이었다. 그들은 영문도 모르고 허둥지둥 노부나가의 뒤를 따를 수밖에 없었다.

흑단같이 까맣던 밤도 이미 동쪽부터 서서히 여명에 자리를 내어주고 있는 시각이었다. 자신의 준마에 올라 탄 노부나가는 뒤도 돌아보지 않고 앞으로 달렸다. 노부나가가 박차를 가하자 말은 멀리서 희뿌옇게 밝아오는 동쪽을 향해 쏜살같이 달렸다.

"그럼, 그렇지."

한편, 도키치로는 노부나가가 기습전을 펼칠 것을 예견하고 있었다. 이미 자신에게 이마가와의 움직임을 면밀히 파악하도록 지시를 내렸던 것이었다. 도키치로는 노부나가의 뒤를 바싹 따라 붙었다.

"바짝 붙어라. 주군을 호위하도록 하라."

어리둥절해하던 측근 부장들은 노부나가가 성을 나가, 동쪽으로 향하는 것을 보고는 그때서야 노부나가가 농성전이 아닌 기습전을 선택했음을 깨달았다.

군사 수가 열세일 때는 농성전이 유리하다는 것은 병법을 알면 누구나 아는 일이다. 노부나가도 처음엔 농성을 하면서 버티면 적이 물러갈 것으로 보았다. 강하게 밀려오는 거대한 파도를 정면에서 맞부딪칠 필요는 없다는 생각이었다. 상황적으로도 농성전이 가장 안전한 전법이었다.

그러나 노부나가는 앞을 내다보았다. 적이 싸움을 걸어왔는데 승산도 없이 그저 살아남기 위해 수비전으로 농성전을 펼친다는 것은 별 도움이 되지 않는 것으로 여겼다. 또 운이 좋아 버텨 낸다 하여도 싸움에서 이기는 것도 아니요, 딱히 이마가와군을 쳐부술 특별한 계책도 없었다. 농성전으로 버텨 낸다 해도, 제 이, 제 삼의 공격이 있을 것이고, 그때마다 농성전을 펼쳐야 한다는 것은 죽을 목숨을 연명하는 것에 불과했다. 어차피 이마가와를 깨부수지 못하고서는 가슴속에 품고 있는 천하포무의 야망을 실현시킬 수도 없었다.

'절체절명의 위기다. 그러나 위기를 극복하면 기회가 될 수 있다.'

노부나가는 고심 끝에 자신의 목숨을 담보로 일생일대의 도박을 벌이기로 결심했던 것이다.

자신의 결심을 중신들에게 밝히고 의견을 구할 수도 있었다. 그러나 중신들 중에는 안전을 위해 농성전을 주장하는 세력도 있었다. 결국 논쟁으로 시간만을 허비하여 기회를 놓칠 수도 있었다. 영주로서 자신의 목숨을 걸고 결심한 기습 공격이었다. 노부나가는 중신들이 반대하지 못하도록, 속전속결로 움직여야만 조금이라도 승산이 더 있

360

다는 결론에 도달한 것이다.

"워, 워."

성문을 나온 노부나가는 어림잡아 이십 리가 넘는 길을 한숨도 쉬지 않고 달렸다. 그러더니 아츠다(熱田) 신궁 앞에서 말고삐를 당겨, 말을 세웠다. 노부나가는 신궁으로 올라가 출전을 위한 제례를 올렸다. 노부나가가 제례를 올리는 동안, 후속 부대들이 속속 도착했다.

"헉헉."

부장들과 병사들은 영주를 놓칠세라 사력을 다해 달려 왔던 것이다. 아츠다 신궁 앞에 넓은 마당이 있었는데, 뒤늦게 도착한 부장들은 그곳에서 전열을 재정비했다.

"휴우."

병사들은 전날 밤부터 동원되어 대기하고 있던 터라 충분한 휴식을 취하지 못한 상태였다. 더구나 이마가와군이 대군이라는 소문을 듣고는 긴장한 채로 밤을 지새웠던 터라, 모두 극도의 피로감을 느끼고 있었다.

기습

교토 진출을 위해 성을 나온 요시모토는 휘하 병력을 이끌고 별다른 저항 없이 유유히 서쪽으로 진군하고 있었다.

이마가와군의 움직임은 여러 정보망을 통해 노부나가에게 시시각각으로 전달되고 있었다. 도키치로 역시 자신의 정보망을 이용해, 이마가와의 움직임을 상세하게 파악하고 있었다.

"이마가와군의 본진이 서진하고 있습니다. 기요스성을 노리고 진군하는 게 틀림없습니다."

곡괭이를 어깨에 둘러메고 터벅터벅 걷는 것이 언뜻 보기에는 영락없는 농부였는데, 도키치로에게 다가와 나지막하게 보고를 했다. 도키치로가 파견한 농군으로 가장한 밀정이었다. 도키치로는 여기저기 자신의 밀정을 파견해 놓고 있었다.

"삼만의 대병력이 이열종대로 나누어져 진군하고 있습니다. 본진은 수장인 이마가와 요시모토가 끌고 있으며, 그 수가 약 오천입니다. 행렬 가운데에 위치해 있습니다. 워낙 대군이라 열이 길게 이어져 본진에서 후미가 잘 보이질 않을 정도입니다."

정보는 정확했다. 도키치로는 염탐 결과를 즉각 즉각 노부나가에게 보고했다.

"수고했다. 잔나비!"

"지도를 가져와라."

지도를 바라보며 지형을 유심히 살피던 노부나가는 산으로 둘러싸인 오케하자마(桶狹間) 협곡의 완만한 계곡 지역을 지휘봉으로 찍었다.

"바로 여기다!"

측근들이 다가서서, 그가 지적하는 장소를 바라보자, 곧 명령이 떨어졌다.

"몸이 날랜 자를 뽑아라. 돌격대를 선발한다!"

노부나가의 명령에 보급 담당 등, 비전투 세력은 제외되고, 창과 칼로 무장한 공격조가 선발됐다. 선발된 병사, 약 이천 명 남짓이었다.

"이마가와군의 본진을 친다. 적의 심장을 곧장 찌르고 들어간다. 적이 대군이라 해서 두려워할 것 없다. 적장인 요시모토의 목을 따기만 하면, 이 싸움은 우리의 승리가 된다. 적장 요시모토의 목을 따는 자는 크게 포상할 것이다. 명심하라. 다른 자의 목은 필요 없다. 오직 이마가와 요시모토의 목만을 노려라."

'기습 작전의 목표는 요시모토의 수급'이라는 영이 떨어지자 돌격대 병사들은 비장한 각오를 하였다. 목을 따기만 하면 논공행상을 받아 출세는 보장된 것과 다름없기 때문이었다.

"지금부터 나를 따르라. 민첩하게 움직여야 한다."

노부나가는 선봉에 섰다. 그는 주저 없이 돌격대 이천을 이끌고, 곧바로 동남쪽에서 다가오는 이마가와군을 찾아 나섰다. 날은 벌써 훤히 밝아, 해는 중천을 향해 치솟아 오르고 있었다. 밤을 새운 오다군의 군사들은 누구 하나 예외 없이 눈에 핏발이 벌겋게 서 있었다.

해가 중천에 떠오를 무렵, 기습대를 이끈 노부나가는 오케하자마 협곡이 멀리 보이는 산정에 도착했다. 운이 좋아 아직 이마가와군은 보이질 않았다.

"적에게 노출되지 않도록 숲에 몸을 숨기도록 하라."

노부나가는 기습을 성공시키기 위해서는, 병사들을 노출시켜선 안 된다고 여겨, 휘하 가신들에게 철저히 당부했다.

곧 사방으로 척후를 띄운 노부나가는 침착하고 냉철하게 작전 지시를 내렸다. 첩보를 통해 정확하게 사태를 파악한 후, 계획대로 움직였다.

'한 번의 실수가 치명타가 된다.'

그의 움직임은 마치 매가 먹이를 낚아채려는 모습과 흡사했다. 정중동(靜中動), 휘하 병사들에게는 조용히 정(靜)을 유지하도록 하고는, 자신은 숲속에 몸을 숨기고, 이마가와군의 동태를 빠짐없이 정찰해, 입수된 첩보를 시시각각으로 분석했던 것이다.

"요시모토가 가마를 타고 있습니다."

도키치로는 물 만난 물고기요, 이번 싸움은 마치 그를 위해 깔아 놓은 멍석이었다. 그는 유감없이 진가를 발휘했다. 직접 뛰어다니거나 심어 놓은 밀정 등을 통해 상세한 정보를 입수해, 노부나가가 필요로 하는 정보만을 족집게처럼 전해 주었다. 정보를 요리할 줄 아는 일류 요리사였다.

"수고했다. 잔나비."

'섣부른 공격은 안 하느니만 못하다. 한순간의 실패가 전멸로 이어진다.'

노부나가는 모든 신경을 집중시켜 공격의 순간을 노렸다. 그의 눈도 벌겋게 충혈되어 있었다.

'일격에 숨통을 끊어야 한다. 역습에 기회를 주었다가는 끝이다.'

노부나가는 끈기 있게 때를 노렸다.

"적의 본진이 협곡에 이를 때까지 움직이지 말고 기다려라."

모두 숨을 죽인 채로 적을 기다렸다. 해는 중천에 높이 솟았고, 날씨는 화창했다. 시야도 좋아 숲속에서 계곡 아래가 훤히 보였다.

'무얼 하느냐? 어서 오너라.'

기습 준비가 끝난 오다군에게는 이마가와군의 진군이 유난히 느리게 느껴져, 모두 초조한 마음이 되었다.

"모두들 조금만 기다려라. 이제 곧 적의 본진이 나타날 것이다. 적의 선봉과 후미는 신경 쓰지 마라. 본진만을 노려 깊숙이 들어가 쳐라. 적의 수가 많다지만, 적은 농민병이고 우리는 정예다. 승산은 우리에게 있다."

"이마가와군의 선봉이 나타났습니다."

드디어 척후로부터 보고가 올라왔다. 조금 후에 노부나가의 눈에도 선봉의 대열이 보이기 시작했다.

"선봉은 그냥 보내라. 본진만을 노려라. 조금 더 참아라."

"퉤, 퉤."

칼집에서 칼을 뽑아 쥐고 있던 손에 침을 바른 소리가 여기저기에서 들려 왔다. 명령만 떨어지면 즉각 기습 공격을 할 참이었다. 돌격대 병사들은 몸을 낮게 숙인 채 공격 명령이 떨어지기만을 기다렸다.

그런데 그때까지 쨍쨍 내리쬐던 해가 갑자기 사라지더니, 한낮인데도 앞이 안 보일 정도로 시커먼 구름이 하늘을 뒤덮었다.

번쩍, 꾸르르릉, 콰앙.

번쩍하고 벼락이 치는가 싶더니, 이어서 천둥소리가 연이어 울려 퍼졌다.

"투투툭. 좌아악. 쏴아."

말 그대로 장대 같은 비가 하늘에서 쏟아졌다.

집중적인 폭우였다. 얼마나 세게 내리는지 앞이 전혀 안 보였다.

365

사선으로 내리는 빗발은 병사들의 시야를 가로막았다.

'이러면 낭패인데….'

당장이라도 뛰어나가려던 돌격대 병사들이 주춤했다.

"아, 하늘이시여!"

노부나가의 입에서 탄식이 터져 나왔다. 돌연한 폭우로 이마가와 군의 움직임을 가늠할 수가 없게 된 노부나가는 당황했다.

'요시모토가 대열을 돌려 성으로 돌아가기라도 한다면… 기습은 실패다.'

그는 하늘이 자신을 돕질 않는 것으로 보았다. 순간적으로 낙담한 그는 하늘을 원망했다.

"주군, 적의 본진이 보이질 않습니다. 본진을 찾기가 어렵습니다."

시바타가 비에 흠뻑 젖어, 나무 밑에 몸을 웅크리고 있는 노부나가 곁으로 다가왔다. 그렇다고 기습을 포기하고 돌아갈 수도 없었다. 적이 눈치라도 채면, 큰일이기 때문이었다.

"병사들을 끌고 좀 더 아래쪽으로 내려가게. 가까이 붙게."

"적에게 발각될 위험이 있습니다."

"…."

잠시 멈칫하던 노부나가가 앞으로 나서며,

"나를 따라라."

노부나가는 위험을 무릅쓰고 아래쪽으로 내려갔다. 되도록 가까이 붙어야 기습이 가능하다고 여겼기 때문이었다.

'죽기 아니면 살기다.'

적에게 발각되면 기습 공격은커녕 적의 공격을 받아 궤멸될 것이 뻔했다. 그렇지만 달리 방법이 없었다. 노부나가는 위험을 무릅쓰고 적진 가까이로 붙은 것이었다.

그런데 폭우로 인해 전열이 흐트러진 것은 오히려 이마가와군의 병사들이었다. 행군 중에 갑작스레 호우를 만난 요시모토의 삼만 군대는 옷이 모두 비에 젖었고 길이 질퍽해져 움직임이 둔해졌다. 시계도 안 좋아져, 행렬 가운데 있던 본진에서도 선봉대와 후미에 있는 병사들이 보이질 않아, 움직임을 파악하기가 어려웠다.

게다가 호우는 노부나가가 이끄는 돌격대의 움직임을 가려 주었다. 산정에서 기슭 가까운 중턱까지 내려갔는데도, 적은 이쪽의 움직임을 전혀 눈치채지 못하고 있었다.

위험을 무릅 쓴 노부나가가 산비탈 아래로 내려오니, 바로 눈앞에서 적이 진군을 하고 있었다. 기습을 하기엔 더할 나위 없이 좋은 위치였다. 비 덕분에 상대의 시야가 가려졌고, 기습이 시작되면 산 위에서 산기슭 아래로 내려가는 시간을 그만큼 단축시켜 준 것이었다.

'전화위복이다. 오히려 하늘이 돕는 천재일우의 기회다.'

노부나가의 돌격대는 산기슭 무성한 숲에 몸을 숨긴 채, 칼을 곧추세웠다. 요시모토의 삼만 대군이 길게 늘어져, 우왕좌왕하며 오케하자마 협곡 쪽으로 올라오고 있었다. 대열의 중간에 가마가 흔들흔들거리며 움직이는 모습이 보였다. 보병들이 깃발을 높이 세우고 근위대가 말을 탄 채, 좌우로 가마를 둘러싸고 있었다. 붉은 깃발을 등에 꽂은 근위대로 보아 요시모토를 호위하고 있는 게 틀림없었다.

"본진입니다."

근위대를 중심으로 한 본진에는 어림잡아 오천 정도의 군사가 한 덩어리를 이루고 있었다. 본진은 먼저 지나간 선봉대와 반 마장 정도 떨어져서 오케하자마 협곡을 오르고 있었다. 비에 젖어 질척거리는 흙탕길 위로 가마를 짊어진 병사들이 힘들게 올라오는 모습이 보였다. 이미 첩보를 통해 요시모토가 가마를 타고 있다는 것을 아는 노부나가는 실눈을 뜨고 그 모습을 응시했다.

'저 안에 요시모토가 있으렷다.'

본진의 앞쪽 대열이 눈앞을 지나가기 시작했다. 숲속에 몸을 숨기고 있던 노부나가의 병사들이 조금씩 동요했다.

"기다려라."

노부나가는 부하들에게 꼼짝하지 말라고 명령했다.

'요시모토가 가마에서 내리는 것을 기다려야 한다. 가마에 타고 있는 채로는 놓칠 수도 있다.'

요시모토를 태운 가마는 비가 그치자, 오케하자마 협곡에 있는 작은 구릉 위에 올라서서는 멈췄다. 가마를 지고 있던 병사들의 숨이 턱에 닿아 헉헉 대는 모습이 시야에 들어왔다.

'지쳤다는 표시렷다.'

노부나가의 기습대가 몸을 숨기고 있는 숲에서 구릉까지는 비스듬히 약 백 보도 채 안되었다. 요시모토는 비가 그친 것을 알고는, 가마의 차양을 걷어 올리고는 협곡 아래쪽을 내려다보았다. 뒤따라오던 후미의 병사들이 많이 떨어져 있었다. 본진의 병사들도 모두 비에 흠뻑 젖어 물에 빠진 생쥐 같은 초라한 모습을 하고 있었다.

'교토에 들어갈 병사들이 저런 모습으로 안 되지.'

"이곳에서 멈추어라."

뒤를 따르던 병사들이 비에 젖어 길게 늘어져, 쳐진 것을 본 요시모토는 휴식을 명했다.

"전하! 조금 더 나가 기요스성 앞 평지에서 쉬는 것이 좋을 듯합니다."

근위병들이 지형을 살피고 나서, 요시모토에게 다가와 무릎을 꿇고는 지형이 좋지 않아, 위험하다는 투로 만류했다.

"무얼 그리 겁을 내는가? 하하하."

"이곳은 아무런 방어벽이 없습니다. 이런 골짜기 사이의 구릉에서 휴식을 취한다는 것은 전술상 매우 위험합니다."

"내 그걸 모르는 바 아니지만, 무얼 그리 두려워하는가? 내 말대로 어서 군막을 치고 병사들을 쉬게 하라."

"전하! 이곳은 협곡이라 적의 기습이 있을 경우 당하기 쉽습니다."

"병사들이 모두 비에 젖어 떨고 있지 않은가! 옷을 말릴 동안이라도 이곳에서 잠시 쉬게 하거라."

"하지만….."

"그대들은 노부나가라는 촌뜨기가 그렇게 두려운가? 하하하."

호탕하게 웃고 나서는 요시모토는 언덕 위에 놓인 가마에서 내리며, 재차 부장들에게 휴식을 명했다. 그에게는 노부나가 따위는 안중에도 없었다. 요시모토는 구릉 위에서 다시 한 번 후미의 행렬을 내려다보고는 근위병이 준비해 놓은 의자로 다가가 앉았다. 병사들도 병사지만 자신도 비에 젖어 몸이 끈적끈적하였다. 가마로 스며든 빗물에 몸이 젖은 것이었다. 갑옷을 착용하지 않고 있던 터라 빗물이 속옷까지 스며들었다. 병사들도 그렇지만 우선 자신도 옷을 갈아입을 겸, 잠시 휴식이 필요했던 것이다.

그의 명령에 따라 구릉 위에 장막이 쳐졌다.

"어라, 저건 무지개가 아니더냐?"

비가 그쳐 맑게 갠 하늘에 무지개가 수를 놓고 있었다.

"길조(吉兆)로다. 으하하."

요시모토는 부장들에게 오다카성에서 마을 주민들이 바친 술과 음식을 꺼내도록 했다. 비에 젖어 차가워진 몸의 한기를 술로 털어내고, 행군으로 생긴 허기를 채우기 위해서였다. 장막 안에서 잠깐의 휴식을 취하며 측근 부장들과 술과 음식을 나눠 먹었다. 술이 한잔 들어가자 몸이 따뜻해졌고, 몸이 따뜻해지자 기분도 한결 좋아졌다.

자신의 거성을 나와 지금까지 모든 것이 계획대로 순조롭게 이루어졌다. 싸움이랄 것도 없이, 적의 성과 거점을 함락시켰다. 이대로라면 교토 입성은 시간 문제였다.

'노부나가 같은 피라미가 어디 감히…!'

"병사들에게도 술과 음식을 나누어 주고 잠시 쉬도록 하라."

술이 한잔 들어가자 기분이 좋아진 요시모토는 병사들에게도 술과 음식을 나누어 주도록 했다.

"와아!"

병사들이 환호했다. 모두 젖은 갑옷을 벗어 햇볕에 말리고 배급된 음식과 술로 허기와 목을 축였다.

"꼬르륵. 꿀꺽."

숲속에서 이를 지켜보던 오다군 병사들도 침을 삼켰다.

"조금만 참아라. 싸움이 끝나면 실컷 먹게 해 줄 테니…."

노부나가와 기습대는 젖은 숲속에서 허기진 배를 달래며 끈기 있게 참았다. 요시모토의 병사들은 갑옷을 벗어 놓고 따뜻한 햇볕을 받으며, 배급된 떡과 술로 배 속을 채우고는 긴장이 풀어져 느슨해져 있었다. 이쯤 되니, 누구도 기습을 경계하는 병사는 없었다.

바로 그 순간이었다. 아니 찰나였다.

"쳐라!"

가까운 산기슭 중턱에 몸을 숨긴 채 호시탐탐 기회를 엿보던 노부나가는 자신의 정예 이천에게 명령을 내렸다.

"우와아아아아."

호시탐탐 기회를 엿보던 기습대는 일거에 먹이의 숨통을 노리는 날랜 표범같이 산 아래를 향해 뛰쳐나갔다.

"이마가와 요시모토의 목을 따라!"

푸른 녹음으로 뒤덮여 조용하던 산 중턱에서 갑작스레 함성이 터져 나와서는 협곡에 퍼져 나갔다.

"무슨 소리냐?"

요시모토의 부장들은 아군이 함성을 지르는 것으로 생각하고, 장막 너머 구릉 옆쪽을 무심코 바라보다가 깜짝 놀랐다.

"아니, 저 깃발은!"

"오다군입니다, 기습입니다!"

산 중턱에서 경사를 타고 기슭으로 내려오는 노부나가군 이천 기는 하강하는 힘을 이용해 이마가와군 본진의 허리를 치고 들어갔다. 휴식을 취하며 떡과 술로 허기를 달래던 이마가와군의 병사들은 기겁을 했다. 전광석화 같은 기습 공격에 본진의 전열이 무너지기 시작했다.

방심했다가 허를 찔린 이마가와군의 본진은 허리가 잘렸다. 양쪽으로 분산된 전열은 우왕좌왕하였다. 협곡 위아래로 길게 두 열로 늘어선 선봉과 후미의 장수들도 본진이 습격받는 것을 보았다. 그들은 즉시 병사들을 수습해 본진에 합류하려 하였으나, 좁은 길이 병사들로 막혀 옴짝달싹할 수가 없었다.

"길을 터라. 본진을 보호하라!"

아래쪽에서 후미를 끌던 요시모토의 부장들은 급한 마음에 소리만 내지를 뿐 그냥 허둥대기만 했다.

노부나가가 이끄는 이천은 정예였다. 비록 수는 적었지만, 사기만은 충천해 있었다. 게다가 돌격대로 선발된 병사들이었다. 모두 일당백에 죽을 각오로 싸움에 임했다.

이에 비해 이마가와군은 수는 많았지만 정예는 일부 사무라이뿐

371

이고, 나머지는 강제 동원된 농민병이 대부분이었다. 게다가 풍우를 만나 비에 흠뻑 젖어, 움직임이 둔했고 지쳐 있었다.

전혀 예상치 못한 너무도 갑작스런 기습이었다. 요시모토가 이번 출정을 자신만만하게 여겼지만, 그도 병법을 알고 있는지라, 척후를 띄워 적의 동태를 탐색하고 있었다. 그런데 그 척후들도 전혀 눈치를 채지 못한 기습이었다. 이마가와군은 기습을 해 온 상대의 전력을 파악조차도 못하고 허둥지둥 댔다.

동서고금을 막론하고 육박전에서, 대부분의 싸움은 누가 먼저 기세를 장악하느냐에 승패가 갈린다. 상대의 전력도 파악 못한 채, 기선을 제압당한 이마가와군의 병사들은 혼비백산 그대로였다. 상대에 비해 대군이었지만 사기를 잃자, 그대로 오합지졸이 되어 버렸다.

노부나가의 기습대가 요시모토가 있는 본진의 허리를 끊어놓자, 뱀의 머리와 꼬리가 잘려 나간 것처럼 전열이 무너져 따로 놀았다. 노부나가가 이끄는 이천의 기습대는 닥치는 대로 칼로 긋고 창으로 찔렀다. 이마가와군은 전열을 재정비할 틈도 없이 무너져 갔다. 금세 이탈하는 병사가 나타났다.

"쳐라. 요시모토의 목을 따라!"

노부나가는 필사적이었다. 그가 외치는 소리가 계곡에 쩌렁쩌렁 울려 나갔다. 그는 목이 터지도록 외쳐 사기를 북돋는 한편, 요시모토의 목을 따도록 채근했다.

이마가와군은 생각보다 쉽게 지리멸렬하였다.

노부나가의 명령을 받은 기습대 일부가 장막을 노리고 곧장 구릉 위로 치고 올라갔다. 기습이 시작됐을 때만 해도 요시모토는 구릉 위쪽에서 아래쪽 소란을 느긋이 내려다보고 있었다. 설마하는 심정이었다. 그런데 본진의 전열이 점차 무너지고 전세가 점점 불리해져 가자,

그도 위험을 감지했다. 그는 앉아 있던 의자를 박차고 뚱뚱한 몸을 들어 올렸다.

"말을 가져와라! 말을!"

오다군의 깃발을 등에 꽂은 적병이 구릉 위를 노리고 곧장 올라오는 것을 보자, 겁이 덜컹 난 그는 허둥댔다. 대장으로서 작전 지휘보다는 신변의 위험을 먼저 느낀 요시모토는 우선 위험 지역을 벗어나고자 했다. 그런데 애마가 근처에 없었다. 가마 타는 것을 즐기던 요시모토는 구릉 위까지 가마를 타고 올라왔던지라, 장막 옆에는 말 대신 가마가 놓여 있었던 것이었다. 가마는 위급한 상황에서는 무용지물이었다. 떨어져 있던 말 담당 병사가 말을 대령하기도 전에 장막이 찢어져 나갔다.

"오다군의 핫토리, 요시모토 님의 목을 받으러 왔소."

노부나가의 기습병들이 칼로 장막을 내리치며 들이닥쳤다. 키가 작달만 하고 어깨가 넓었으며 몸이 탄탄해 보였다. 첫눈에도 무예로 닦여진 몸임을 알 수 있는 적병이 진막 안으로 들어서며 사무라이답게 예를 표했다.

"주군을 보호해라. 주군을!"

요시모토의 근위장들이 핫토리를 막아섰으나, 오다군의 기습대가 연이어 장막을 찢어내며 막사 안으로 들어섰다.

모두 요시모토를 노리고 있었다. 이미 대세는 기울었다는 것을 알 수 있었다. 모두 노부나가의 특명을 받은 자들이었다.

"싸움이 시작되면 곧장 구릉 위로 치고 올라가, 이마가와 요시모토의 목을 따라. 요시모토의 목을 따는 순간 이번 싸움의 승리는 우리 것이 된다. 가라."

노부나가는 대장인 요시모토를 잡기만 한다면 승패는 결정될 것으로 보고 별동대를 따로 보냈다. 요시모토를 노리고 올라온 노부나가의 병사들은 무예가 뛰어나고 몸이 민첩한 정예 중의 정예였다.

"주군을 보호하라. 주군을…."

기습대가 들이닥치자 근위장들은 요시모토를 에워싸고 이들을 막아섰다. 그러나 이들은 노부나가의 기습병들을 당해내지 못했다.

"시바타의 근위 핫토리 카즈타다. 이마가와 요시모토의 목을 받으러 왔다."

핫토리는 요시모토를 에워싸고 있는 근위병들을 칼로 겨누다가, 뒤로 한 발 물러서더니, 다시 한 번 자신의 신분을 밝혔다. 싸움터에서의 예의였다. 처음에는 정중하게 경어를 썼으나, 이번에는 반말이었다. 말을 끝내는가 싶더니, 칼을 곧추세워 근위병들이 에워싸고 있는 원을 찌르며 들어갔다. 요시모토를 막아선 근위병들 중에는 중신들도 함께 섞여 있었다. 핫토리는 앞쪽으로 튀어나오는 근위병의 칼을 피하면서 몸을 틀었다. 연이어 칼을 사선으로 내려 그었다.

"으윽."

요시모토를 둘러싸고 핫토리를 막아서려던 근위병 하나가 피를 흘리며 쓰러졌다. 핫토리의 칼이 투구와 갑옷 사이에 노출돼 있던 근위병의 목을 파고 들어갔다.

"야압."

핫토리가 손에 힘을 가했다. 상대의 몸에서 피가 튀었다. 칼을 맞은 근위병은 휘청하면서도, 균형을 잡으며 몸의 중심을 유지하려 했으나, 힘에 밀려 옆으로 몇 걸음을 옮기다가 그대로 고꾸라졌다.

"쳐라."

이를 시작으로 오다군의 기습대는 요시모토를 둘러싼 근위병들을 노리고 일제히 공격해 들어갔다. 근위병들은 요시모토를 보호하느라

374

몸을 마음대로 움직이질 못했다. 그에 비해 오다군의 기습대는 넓은 공간을 마음껏 이용하며 바깥에서 안쪽으로 공격해 들어갔다. 근위병들이 하나, 둘 쓰러져 가자, 그들의 등 뒤에서 근위병들과 가신들의 움직임에 맞추어 몸을 가리며 우왕좌왕하던 요시모토도 사태가 만만치 않음을 깨닫고 근시로부터 칼을 받아 들었다.

"네, 이놈들! 감히 내게 칼을 들이대다니! 죽음이 두렵지 않더냐."

요시모토는 자신의 보검을 뽑아 들고 칼끝을 세워 방어 자세를 취했다. 핫토리가 안쪽의 요시모토를 발견하고는, 바로 안쪽으로 파고들었다. 원의 안쪽에서는 조금 전까지 요시모토가 앉아 있던 의자가 나뒹굴고 있었다. 핫토리가 안쪽으로 파고들자, 요시모토 바로 옆에 있던 가신들이 요시모토를 몸으로 감싸며 핫토리를 막아섰다. 그들은 칼을 들고 핫토리를 막아섰으나, 핫토리의 상대는 안 되었다. 핫토리의 칼이 아래쪽에서 위쪽으로 비스듬히 빗겨 올라갔다가, 몸을 돌리며 다시 아래로 내려 긋자, 근시 둘이 피를 튀기며 쓰러져 뒹굴었다.

요시모토는 갑옷이 아닌 소매가 치렁치렁한 비단옷을 걸치고 있었다.

"각오하라."

핫토리는 요시모토를 보고는 칼을 곧추세워 달려들었다. 요시모토는 자신에게 달려드는 핫토리를 보고 몸을 왼쪽으로 틀며 위에서 아래로 칼을 그었다. 이를 받은 핫토리의 칼이 튕겨져 나갔다. 동시에 요시모토의 칼이 핫토리의 하반신을 노리고 들어갔다. 칼이 핫토리의 아래쪽 무릎을 치고 나갔다.

"으윽."

무릎을 베인 핫토리는 몸의 균형을 잃으며 그대로 옆으로 굴렀다. 요시모토가 몸은 비대했으나, 그 역시 소싯적에 무예를 익힌 사무라이 대장이었다. 그는 자신의 칼을 맞고 옆으로 구르는 핫토리를 보고는, 그의 숨통을 노렸다. 핫토리는 넘어지면서 칼을 놓쳐 무방비 상태였다. 요시모토는 칼을 높이 쳐들어 핫토리의 가슴을 노렸다. 이제 내리꽂기만 하면 되었다. 다 잡아 놓은 먹이였다.

"하룻강아지 범 무서운 줄 모르고…. 이놈!"

요시모토는 분노로 얼굴이 붉어져 저절로 팔에 힘이 들어갔다. 큰 동작으로 칼을 내리치려는 순간이었다.

"모리 신스케!"라는 소리가 바로 귓밑에서 쩡하고 울려 퍼졌다.

처음 들어보는 이름이었다. 칼을 쳐든 채, 고개를 돌리자, 고함을 내지르며 달려드는 자가 있었다. 그는 요시모토를 보고는, 뒤쪽에서 육탄 공격으로 달려들었다. 요시모토의 몸통으로 달려들고는 두 팔로 동체를 감싸며 밀어붙였다.

"어이쿠."

가속을 못 이겨 요시모토를 안고 함께 구릉의 경사 쪽으로 굴렀다. 요시모토의 근위병들은 속속 다가오는 오다군의 창과 칼을 피하기 위해 이제 주군을 보호할 여유조차 없었다. 모리 신스케에게 허리를 잡혀 함께 구르던 요시모토는 아래쪽 평지에서 멈췄다.

"네, 이놈."

머리가 어질어질했다. 얼른 몸을 일으키려 했으나, 뚱뚱한 몸이 마음같이 움직여 주질 않았다. 요시모토가 둔한 몸을 일으키려 애를 쓰는데, 신스케가 먼저 일어나서는 그대로 요시모토의 몸통을 밀어 바닥에 붙였다. 요시모토가 어정쩡한 자세에서 균형을 잃고 흔들하자, 잽싸게 그의 복부로 올라탔다.

"이놈이. 이놈이."

밑에 깔린 요시모토는 일어나려 몸을 뒤척였으나, 쉽지 않았다.

신스케는 요시모토의 몸통을 깔고 올라탄 채, 왼손으로 요시모토의 목을 누르고는 오른손으로 허리춤에 꽂아 놓은 단도를 찾아 더듬었다. 단도가 손에 잡히자, 칼집에서 단도를 잡아 뽑으며, 밑에 깔려 허둥대는 요시모토의 머리를 왼손으로 다시 쥐어 잡았다.

"이마가와 요시모토! 모리 신스케의 칼을 받아라!"

모리 신스케는 큰소리로 외치며 살이 올라 허여멀건 요시모토의 목에 단도를 들이댔다.

"네, 이놈. 이놈."

요시모토는 필사적으로 몸을 틀어 대며 빠져나오려 애를 썼다. 단도가 목에 닿자, 요시모토의 눈이 휘둥그레졌다. 뿌리치려고 필사적으로 머리를 내쳐 흔들었다. 신스케의 오른손에 힘이 들어가는지, 팔뚝의 힘줄이 불끈 솟아올랐다.

"스윽!" 하고 단도는 요시모토의 목을 파고들었다.

'이젠 됐다!'

신스케는 단도가 요시모토의 목을 파고 들어가는 것을 느끼며, 요시모토를 잡았다고 안도했는데, 왼손 엄지에 엄청난 통증이 느껴졌다. 오른손에 힘을 가하느라 왼손이 조금 느슨해진 틈을 타, 요시모토가 양손으로 자신의 왼손을 붙잡아 당기며 자신의 엄지를 물어뜯고 있었다. 요시모토의 마지막 발악이었다.

"으어억."

신스케는 통증에 소리를 내지르며, 단도를 쥐고 있는 오른손에 더욱 힘을 가했다. 목이 두꺼워 한 번에 끊을 수가 없었다. 몇 번인가 단도를 들어 올렸다가 내리치며 힘을 가해 누르기를 거듭했다.

밑에 깔려 안간힘을 쓰던 요시모토는 상대의 단도가 자신의 목을 파고 들어오는 것을 느꼈다. 목 근처가 서늘했다. 통증은 없었다. 무엇보다 허망했다.

'허어, 이렇게, 이렇게 끝날 줄이야.'

상상도 못했던 순간이었다. 삶이 너무나 무상했다. 대군을 이끌고 보무도 당당히 교토에 입경하여 대장군이 되어 천하를 지배하려던 자신의 야심이 이렇게 허무하게 끝날 줄은 꿈에도 생각지 못하였던 것이다. 그것도 유력 영주가 아닌 무명의 촌뜨기 영주라고 생각해 왔던 노부나가 따위에게 허를 찔려 이렇게 당하게 될 줄은 그로서는 꿈에서라도 상상도 못한 일이었다. 상대의 칼이 목을 누르고 들어올 때마다 자신의 목에서 피가 솟구쳐 오르는 게 보였다.

'어어? 허허허!'

그야말로 인생무상이었다. 한순간에 모든 것이 변하고 끝나가고 있었다. 요시모토는 자신의 머리가 몸에서 분리되는 것을 느꼈다. 의식은 점점 희미해져 갔다.

"됐다."

모리 신스케는 드디어 요시모토의 목을 떼어 냈다.

"요시모토의 수급이다. 이마가와 요시모토의 목이다."

수급을 쥐고 있던 신스케의 왼손 엄지에서는 피가 뚝뚝 떨어졌다. 요시모토의 목을 떼어 낸 신스케는 요시모토의 몸통에서 떨어져 일어섰다. 그는 곧장 일어나서는, 요시모토의 수급을 앞으로 내밀며 크게 소리를 질렀다.

"오다 노부나가의 수하 모리 신스케, 이마가와 요시모토의 수급을 땄다. 자 보아라. 이게 요시모토의 수급이다!"

오다군의 기습을 받아 분투하면서도 주군을 보호하기 위해 장막으로 몰려들던 요시모토의 부장들이 신스케의 외치는 소리를 들었다. 설마하며 고개를 돌리자, 그곳에는 등에 오다군의 깃발을 꽂은 사무

378

라이가 피가 뚝뚝 떨어지는 요시모토의 머리를 들고 마치 야차 같은 모습을 하고는 고함을 내지르고 있었다. 손에 들려진 요시모토의 수급은 눈을 부릅뜬 채였다.

한눈에도 주군인 요시모토의 수급이라는 것을 알 수가 있었다. 적군의 손에 떨어진 수장의 수급을 보고는 모두가 아연실색을 하였다.

"오오! 주군!"

가까이 있던 요시모토의 부장들은 잘린 요시모토의 수급을 보고는 그 자리에서 무릎을 꿇고는 통곡을 하였다. 이제는 몸을 의탁할 수 없는 낭인의 몸이 된 것이었다. 주군이 사라진 이상 누구를 위해 싸울 것인가. 싸워서 공을 세운다 한들 누가 그 공적을 치하해 줄 것인가. 요시모토 휘하의 사무라이들은 싸움의 목적이 사라진 것이다. 이들이 무방비 상태로 주춤하자, 오다군의 칼과 창이, 등과 옆구리를 파고들어 왔다. 그들은 저항도 못하고 털썩 털썩 쓰러져 나갔다.

"이마가와 요시모토는 쓰러졌다. 요시모토의 목이 잘렸다!"

오다군은 저항하고 있던 적의 사기를 꺾기 위해 모두 큰소리로 외치며 요시모토의 종말을 널리 알렸다.

"와아아아아!"

수적인 면에서 열세였지만, 사기는 오다군이 높았는데, 요시모토의 전사가 확인되자 사기는 더욱 충천했다. 어디서 그런 힘이 솟아오르는지 닥치는 대로 이마가와군을 찌르고 베었다.

싸움은 사기로 결정되는 것, 상대적으로 이마가와군의 병사들은 등등한 기세로 다가오는 오다군에게 일방적으로 밀렸다.

만일 이마가와 요시모토가 죽지 않고 무사했다면, 순간적인 기습에 동요는 있었겠지만, 수적인 면에서 월등하게 우세였던 이마가와군이 오다군에게 패한다는 것은 상상할 수 없는 일이었다. 오다군의 승리는 하늘에서 별 따기보다 어려운 일이었다. 있기 어려운 일이 일어 난 것이었다.

"주군이 전사했다. 주군이 쓰러졌다."

요시모토의 전사는 점점 기정사실이 되어 싸움터에 좌악 퍼져 나 갔다. 대장의 전사 소문이 퍼져 나가자 이마가와군의 병사들은 전의 를 상실했다. 대부분의 병사들이 전열을 이탈해 계곡 아래로 도망쳐 내려갔다.

계곡 아래 멀리 떨어진 후미에서 병사들을 지휘하던 이마가와군 의 부장들도 더는 병사들을 통제할 수 없었다. 전의를 상실한 요시모 토의 대군은 수가 적은 오다군에 밀려, 패퇴해 맥없이 무너져 갔다. 각 대를 끌던 부장들은 조직적인 후퇴를 끌지도 못하고 대열을 유지 시키지도 못한 채, 각 개로 흩어져, 오던 방향으로 쫓겨 돌아갔다. 기 세등등하던 대군이 졸지에 패잔병이 된 것이었다.

오케하자마 전투에서 패한 이마가와군은 많은 사상자를 냈다. 삼 만의 대군 중, 겨우 반수 정도만이 영지인 스루가로 패퇴하였다고 하 니, 일만 오천의 병사가 전투에서 희생된 것이었다. 오다군의 병사가 병참 담당까지 합쳐 오천이 채 안 되는 수였고, 게다가 기습대로 선발 된 병사는 이천 정도였으니 오다군의 병사 하나가 일곱 명 이상의 이 마가와의 병사들을 처치한 것이 되었다. 그야말로 일당백이었다. 상대 적으로 오케하자마 전투에서 이마가와군이 얼마나 허망하게 무너졌는 지 능히 짐작할 수 있는 대목이었다.

요시모토가 전사한 후, 이마가와 가문은 요시모토의 적자인 이마 가와 우지자네(今川氏眞)가 그 뒤를 이었다. 그러나 유력 다이묘(大名) 였던 이마가와계는 이후 내분이 일어나는 등, 그 위세가 기울어, 명맥 만 존재했다.

반면 오케하자마 전투에서 요시모토를 잡은 오다 노부나가는 그 명성과 세력이 널리 알려지며 유력 영주로 급부상하였다. 싸움 전까지만 해도 오다 가문은, 겨우 그 지역에만 알려진 소규모 신흥 세력에 불과했다. 그러나 이 싸움의 승리를 통해 노부나가는 그의 이름을 천하에 알리게 되었으며, 전국의 유력 영주로 성장하게 된 것이었다.

오케하자마 전투는 노부나가에게는 위기를 기회로 역전시킨 개인적 사건에 불과했지만, 일본 중세사 입장에서 본다면 천하 통일의 중심 세력이 뒤바뀌고, 역사의 물줄기를 틀어 놓은 역사적인 대사건이었다.

중부 지역 한쪽 귀퉁이인 오와리의 영주에 불과했으며, 아무도 주목하지 않고, 오직 미치광이로 소문이 났던 오다 노부나가가 오케하자마 싸움 후, 천하통일의 주체로 떠오르게 된 것이었다.

이때부터 노부나가는 가슴속에 숨겨 두었던 천하포무의 야심을 실현시키기 위해 자신의 패를 쓰기 시작했다.

첫 번째 작업으로 그때까지 이마가와가와 동맹 관계를 유지하던 도쿠가와와 동맹을 추진했다.

도쿠가와는 노부나가가 지배하던 오와리의 동쪽 접경 지역인 미카와의 맹주였다. 한때 가문의 세력이 기울어 어쩔 수 없이 이마가와에 종속되어 군신 관계를 유지해 오던 터였다. 그러나 오케하자마 싸움에서 이마가와 가문이 패퇴하고 세력이 기울자, 이를 틈타 이마가와와 동맹 관계를 끊었다. 동맹 관계라 하더라도 무력에 의해 어쩔 수 없이 맺어진 관계였다. 도쿠가와는 한술 더 떠, 그때까지 이마가와 가문에게 빼앗겼던 오카자키성을 탈환했다.

도쿠가와 가문으로서는 이마가와 가문과 결별을 하였지만, 불과 얼마 전인 오다카 전투에서는 이마가와군의 선봉에서서 노부나가군과 적군의 입장으로서 전투를 치르던 관계였다. 도쿠가와가 이마가와와 동맹 관계를 끊고 오카자키성을 탈환한 것도, 내심은 노부나가에게 자신이 적개심이 없다는 것을 피력하기 위해서였다.

아무튼 이마가와와 오다의 싸움에서 오다가 승리를 거두자, 가운데 끼인 도쿠가와는 여전히 전전긍긍할 수밖에 없었다. 그런데 노부나가가 동맹을 제안해 오자, 도쿠가와는 '불감청이지만 고소원(감히 청하지는 못 하지만 원하는 바)'이라는 심정으로 흔쾌히 동맹에 응했다.

'동맹을 맺는 의식을 위해 기요스성으로 와 주길 바라오.'

노부나가는 자신의 거성인 기요스성에서 동맹식의 절차를 갖자고 제안했다. 도쿠가와 가문의 가신들은, 이는 노부나가의 계략이라며, 영주에게 기요스성에 가지 말 것을 주문하며 막아섰다.

"내가 가지 않는다면 동맹을 어떻게 맺을 수가 있겠소?"

"주군을 끌어들여 해치려는 노부나가의 음흉한 계략일 수 있습니다."

"계략이든 어떻든 동맹을 맺기 위해서는 누군가 가야하지 않겠소. 만일 내가 가지 않는다면 동맹을 거절한다는 뜻으로 받아들여질 테고, 그렇게 된다면 적대 관계가 되어 곧 싸움이 일어날 텐데, 세력이 커져나가는 오다군을 우리가 이겨낼 수 있겠소?"

"만일 저들의 초청이 주군을 살해하기 위한 거라면, 차라리 싸움을 선택하는 편이 나을 것입니다."

"아무도 모르는 일을 가지고 미리 싸움을 걸 필요는 없소. 어차피 내가 살해당하면 싸움은 일어나게 될 것이오. 그렇다고 노부나가 님을 이리로 오라 할 수도 없는 일, 내가 가는 것이 타당하오."

어린 시절부터 인질로 잡혀 볼모로 자라 왔던 그였다. 어차피 약

소국의 영주로서 겪어야 할 수모였다. 그는 생명의 위험을 무릅쓰고 노부나가의 거성인 기요스성으로 들어가기로 작심했다. 노부나가 역시 이러한 상황과 심리 상태를 빤히 내다보고 있었기에 도쿠가와가 어찌 나올지를 흥미진진하게 지켜보았다. 그런데 모든 걸 받아들인 도쿠가와가 기요스성으로 오자, 노부나가는 진심으로 그를 환영했다.

"어서오시오. 이에야스 공."

노부나가는 이에야스가 직접 자신의 거성으로 오고 있다는 전갈을 받고, 일부러 성 앞으로 나가 그를 맞이했다.

"이리 맞이해 주시니 황송할 따름이옵니다."

노부나가는 동생뻘의 이에야스의 두 손을 꼭 잡았다. 그리고 두 영주는 굳건한 동맹을 맺었다. 이른바 기요스(淸洲) 동맹이었다.

오케하자마 전투 이후, 이마가와 가문이 쇠퇴하고, 오다와 도쿠가와가 동맹을 맺는 등, 일본 중부 지역의 세력 구도와 동맹 관계가 바뀌면서, 지역의 세력 판도가 꿈틀거리기 시작했다.

이는 교토를 둘러싼 지역의 세력 판도가 노부나가와 이에야스를 중심으로 바뀌어 가는 지각 변동을 의미하는 것이었다.

1권 끝

2권에서 계속…

현해(玄海), 통한의 바다 1

초판발행   2019년 11월 8일
지은이   김경호
펴낸이   안종만·안상준

편 집   황정원
기획/마케팅   송병민
표지디자인   이미연
제 작   우인도·고철민

펴낸곳   (주) **박영사**
            서울특별시 종로구 새문안로3길 36, 1601
            등록 1959. 3. 11. 제300-1959-1호(倫)
전 화   02)733-6771
f a x   02)736-4818
e-mail   pys@pybook.co.kr
homepage   www.pybook.co.kr
ISBN   979-11-303-0850-0 04810
            979-11-303-0849-4 04810 (세트)

* 잘못된 책은 바꿔드립니다. 본서의 무단복제행위를 금합니다.
* 저자와 협의하여 인지첩부를 생략합니다.

정 가   15,800원